福建師範大學文學院百年學術論叢　第五輯

京派文學批評研究

（修訂版）

黃鍵　著

本成果受「開明慈善基金會」資助

第五輯

總序

光陰似箭，歲月如流。從西元二〇一四年福建師範大學文學院與臺北萬卷樓圖書公司合作刊印「百年學術論叢」第一輯，至今已經走過了五個年頭，眼下論叢第五輯又將奉獻給學術界。

回顧已刊四輯，前兩輯的作者，大多數為德高望重的老先生；後兩輯，約有一半是中青年學者。由此，我們一方面看到老輩宿師攘袂引領的篤實風範，另一方面感受到年輕後學齊頭並進的強勁步武。再看第五輯，則幾乎全是清一色中青年英彥的論著。長江後浪推前浪，我們的學術梯隊已經明顯呈現出可持續發展的勢頭。

略覽本輯諸書，所沁發出的學術氣息，足以令人精神一振，耳目一新：陳穎《中國戰爭小說綜論》，宏觀與微觀交替，闡述中國戰爭小說發展史跡及文化意義，並比較評析海峽兩岸抗日小說創作；郭洪雷《小說修辭研究論稿》，綜括小說修辭研究史及中國小說修辭意識的發展現狀，力圖喚醒此中被遺忘的文學意識；黃科安《現代中國隨筆探賾》，梳理現代中國隨筆的發展歷程及其對中外隨筆傳統的傳承與創新，總結隨筆創作的經驗教訓；陳衛《聞一多詩學論》，以意象、幻象、情感、格律、技巧為核心，展開對聞一多詩學與詩歌的論述；林婷《出入之間——當代戲劇研究》，結合入乎其內、出乎其外兩種研究思路，為中國當代戲劇研究獻一家之言；黃鍵《京派文學批評研究（修訂版）》，考察中國現代文學史上「京派」的文學批評成就，發掘其對當代中國現代文藝批評的啟示性意義；李詮林《臺灣現代文學史稿》，從文本創譯用語的角度構建臺灣現代文學史，研究臺灣現代文學進程中獨特的語言轉換現象；劉海燕《從民間到經典——關羽形象與關羽崇拜生成演變史論》，研究關羽崇拜及關羽形象塑造的宗教接受，深入闡釋關羽形象的文學生成與宗教生成；高偉光《神人共娛——西方宗教文化與西方文學的宗教言說》，以宗教派別之外的視角審視西方宗教文化內涵及其發展軌跡，用理智言說一部宗教文化；王進安《明代韻書《韻學集成》研究》，將《韻學集成》與相關韻書比較，探尋其間的傳承或改易情實，為明代早期韻書的研究添磚加瓦。凡此十種專著，無論是學術觀點之獨到，還是研究方法之新穎，均讓我們刮目相看。

讓我尤感欣喜的是，本論叢各輯的持續推出，不斷獲得兩岸學界、教育界的良好評價與真誠祝願。他們的讚許，是激發我們學術進步的一大鞭勵，也是兩岸學術交流互動的美贍見證。我堅碻不移地認為：在當今自由開放的學術環境中，兩岸文化溝通日趨融暢，我們的學術途程必將越走越寬闊久遠。

汪文項

西元二〇一九年歲在己亥春日序於福州

目次

第五輯總序 …… 1
目次 …… 1

第一部分　問題的由來、現狀及意義

第一章　「京派」：歷史與敘述 …… 3

一　一九二九：寂寞故都 …… 3
二　獨立與超然之旗 …… 7
三　青與藍 …… 21
四　升騰與湮沒 …… 32
五　小結：京派的文化個性 …… 44

第二章　關於「京派」與「京派批評」研究 …… 47

一　重提「京派」 …… 47
二　「京派」的界定 …… 49
三　關於京派批評研究 …… 54

第二部分　京派批評家個案研究

第三章　沈從文：高揚京派批評的人文理念 …… 71

一　反抗「時代」 …… 71

二　「五四」文學精神的承繼與調整……77
三　體驗的「時代」與微觀的「時代」……85

第四章　朱光潛：奠定京派批評的理論基石……93

一　藝術是抒情的直覺……94
二　文學的趣「味」……102
三　「距離說」與趣味偏向……115
四　文學的大路……120
五　尋根與探路：中國詩聲律形式的特徵與依據……126
六　深廣堅實的基礎……130

第五章　李健吾：悖論與張力中的自我提升……137

一　批評觀念中的悖論與張力……137
二　向心靈世界進發……147
三　從「印象」到「條例」……156

第六章　梁宗岱：中國現代詩歌形式意識的深度重建 163

一　「形式」的沉浮……163
二　從二元到一元……168
三　純詩觀念與形式形而上學……173
四　體味「形式」……177
五　「走內線」的批評……179

第七章　李長之：重塑情感文化……189

一　批評精神……189
二　體驗是一切藝術製作的母懷……192
三　美育夢想與文化批判……200

四　生命力的追尋 …… 204
五　孔子與屈原：兩種生命的範型 …… 210
六　在浪漫之中嚮往古典 …… 213
七　感情的智慧 …… 216
八　感情的型 …… 224

第三部分　走向自覺的審美批評

第八章　京派文學批評與中國傳統文化精神 …… 229

一　探尋創造之源 …… 229
二　文化精神資源的利用 …… 234

第九章　混融的思維
——京派批評家對中西文學批評範式的融合 …… 241

一　透鏡與鑽石 …… 241
二　直覺意象與定向詮釋 …… 246
三　文化的象徵 …… 254

第十章　網際人語
——京派批評家對中西文學批評術語的會通 …… 257

一　欣喜與嚮往：面對另一張語言之網 …… 257
二　雜用與黏合 …… 261
三　合適的映射以及闡述機制 …… 267

第十一章　社會關懷與審美追求的交匯
——京派文學批評與左翼文學批評 …… 277

一　誤解與衝突 …… 277

二　社會關懷的分歧……282
三　「本質」歧見……287
四　體驗與形式……293

結語　自由與秩序……305
參考文獻……313
修訂後記……321

第一部分

問題的由來、現狀及意義

第一章
「京派」：歷史與敘述

一　一九二九：寂寞故都

一九二九年似乎是中國現代史的一個間歇。對於久歷亂世之苦的中國老百姓來說，這算得上是個難得的平靜的年頭。早在一年前，國民革命軍閻錫山部進占了北京，南京政府便宣布北伐成功，「統一告成」，北京也改稱北平，將京都的資格讓給位於長江口的另一座城市——南京。這時的北平，真可算得是太平無事，兩三年前的「三・一八」所流的鮮血，僅給不多的幾個人留下些「淡紅的血色與微漠的悲哀」[1]，即使在茶館裡恐怕也難得有人提起。兩年前南方大鬧「清黨」，據說也曾殺人如麻，血流遍地，但那是在南方，對於這座北國名城裡住著的老百姓來說，似乎太遙遠。現今，雖則在南方，有中國共產黨組織的紅軍繼續在與南京政府對抗，但是南京政府與紅軍的五次「圍剿」與反「圍剿」的鬥爭卻要在一年以後才真正開始；蔣系部隊與其他地方軍閥部隊偶有戰鬥摩擦，但這些擾動對於中國老百姓來說，已是習以為常，不足為奇，比起兩年後將要震動全國的「九・一八」來說，這些更是不值一提的小事。

但是對於蟄居於北平城裡的文人們來說，這一年卻顯得有些寂寞。事實上，這時居留在這座城市裡的文人已比幾年之前大為減少。「三・一八」慘案之後，段祺瑞政府以及後來進入北京的張作霖對文

1　魯迅：〈記念劉和珍君〉，《魯迅全集》（北京市：人民文學出版社，2005年），卷3，頁290。以下版本皆同，不再注明。

化界採取高壓箝制政策，導致了大量文化人士離京南下。幾年後出版的一本《中國新文學運動史》中記載：「一九二六年以前，北京在國民軍勢力範圍之下，言論很是自由，國民黨在北京也很活動，所以各種刊物亦頗盛行。直到一九二六年春，奉軍快入北京的時候，當時的段政府列出五十位過激的教授和知識分子的名單，（由保守派的大本營擬出來的，）預備通緝他們，如魯迅、周作人等，通在列名之中。所以大批的教授和知識分子，都離去北平南下，或赴上海，或赴武昌，所以北京文藝界大有衰落之勢。不久張作霖入北京，言論更不能自由。邵飄萍（京報主筆）之被害，為新聞界殉難之第一人。未名社的韋素園與李霽野合譯了一本俄國 L.Trotsky 的《文學與革命》，社中好幾個人竟因此被捕。後來細審察該書的內容，與中國政治革命沒有什麼關係，才釋放了。一九二七年燕大男女生在協和大禮堂合演熊西佛的四幕劇《蟋蟀》。劇中人的丁圖將軍，觸犯了軍警當局怒氣，竟被迫停演。又平民大學某教授因一作文題遭了當局的猜忌，幸而他預先聞風逃歸江蘇，晚一會兒即被捕了。凡此種種都是奉系軍閥箝制言論，摧殘自由的例證，無怪乎北京文藝界竟銷沉到如此地步。」[2]不僅如此，由於軍閥的壓制與南方革命勢力逐漸向北挺進，眾多刊物或是被查封，或是終刊歇業，或是遷往南方。其中：

一九二六年四月二十四日，《京報》被張作霖查封，「京報副刊」亦隨之停刊；

一九二七年七月二十三日，《現代評論》因言論不能自由，遷往上海；

一九二七年十月，《語絲》被張作霖查封，十二月，從四卷一期起在上海復刊；

2 王哲甫：《中國新文學運動史》（上海市：上海書店，1986年，據北平傑成書局1933年版影印），頁74。

一九二八年六月五日「晨報副刊」因國民革命軍快攻入北京，報社的主要人多是研究系的分子，與國民黨不能相容，遂歇業終刊。

於是，當北伐成功，統一告成時，滯留北京（或者稱北平）的文人們卻發現，北京不但失去了京都的資格，而且喪失了作為全國文化中心的地位，取代它占據這個地位的是位於南方的上海。於是當滯留於北平的周作人在一九二九年檢視當時的北平文化界時，他會發現，無論是《語絲》還是《現代評論》，也無論是「京報副刊」還是「晨報副刊」，幾年前打成一團的交戰雙方或敗走或撤離，剩下的是一個幾乎空空蕩蕩的舊戰場。

周作人顯然根本感受不到任何一點勝利的感覺。北伐勝利後的北京（或者北平）並沒有顯示出多少變化，雖然「齷齪的五色旗換了青天白日了」，但是「擁護五色旗者改成擁護青天白日的要人」[3]，令人幾乎有「咸與維新」之慨，「一切都是從前的樣子，什麼都沒有變革」[4]但是，這時的周作人等似乎連失望感都無法強烈起來，十幾年來，他們經歷了無數次的革命、戰亂、社會運動，但是，最終的結果只是「城頭變幻大王旗」，造就了一批又一批既得利益者，至於國家，似乎並沒有什麼改善的希望。此時的周作人已經認定「太陽底下沒有新鮮的東西」，「至於腐化恐怕中國到處差不多，未必由於北京的特別的風水」[5]。

所以，當一九二八年的上海文壇圍繞「革命文學」展開激烈論戰的時候，身居北平的周作人只是冷淡而輕視地遠遠看著這一場熱鬧，

---

3 《通信》，引自周作人：〈北京的近事二〉，《語絲》第4卷第29期（1928年7月），《周作人文類編》《中國氣味》（長沙市：湖南文藝出版社，1998年），頁664。以下版本皆同，不再注明。

4 《通信》，引自周作人：〈北京的近事〉，《語絲》第4卷第28期（1928年7月），《周作人文類編》《中國氣味》（長沙市：湖南文藝出版社，1998年），頁661。

5 《通信》，引自周作人：〈北京的近事二〉，《語絲》第4卷第29期（1928年7月），《周作人文類編》《中國氣味》（長沙市：湖南文藝出版社，1998年），頁667。

毫無捲入戰團的興趣。不僅如此，幾年來捲入政治鬥爭的經驗更讓他感到其中的危險，因此他雖然在〈閉戶讀書論〉等文章中反話正說、正話反說，內含牢騷諷刺，但也確實有從此緘口，明哲保身的想法，對於在上海熱鬧一時的「革命」、「反革命」一類的「敏感話題」，自然更是謹慎地保持著一定的距離，不願多惹是非，即便提到，也是半遮半掩，或出之以反嘲滑稽，因為「這個年頭，不是寫字的年頭」[6]。

因此，如果說一九二九年是中國歷史的間歇的話，對於身在北平的周作人來說，時間也許乾脆就已經停止不動了。

處於這個歷史間歇中的周作人無疑感到了一種近乎處於時間空洞之中的濃重的寂寞與無聊，他在一九三〇年一月致胡適的信中反覆表達著類似的意思：「近一年來在北京毫無善狀可以奉告，文章簡直不曾做，不過偷閒讀一點雜書，稍廣見聞而已……」[7]「近六、七年在北京，覺得事故漸深，將成『明哲』，一九二九年幾乎全不把筆，即以前所做亦多暮氣，偶爾重閱，不禁憮然。」[8]

周作人對一九二九年的北平的體會恐怕不是個人性的。同一年，魯迅因母親生病一度回到已離開了數年之久的北平，他在給許廣平的信中寫道：「為安閒計，住北平是不壞的，但因為和南方太不同了，所以幾乎有『世外桃源』之感，我來此已十天，卻毫不感到什麼刺戟，略不小心，確有『落伍』之懼的。上海雖煩擾，但也別有生氣。」[9]

然而，魯迅到底回到了上海，而周作人卻終於繼續留在了北平。不僅如此，這時的周作人還關注著正在上海對政權方始穩固就開始壓

---

6 豈明（周作人）：〈半封回信〉，《新晨報》1930年4月7日，引自《周作人文類編》《本色》（長沙市：湖南文藝出版社，1998年），頁124。

7 《胡適來往書信選》（北京市：中華書局，1979年），中冊，頁1。

8 《胡適來往書信選》（北京市：中華書局，1979年），中冊，頁4。

9 魯迅、許廣平：《兩地書》，《魯迅全集》（北京市：人民文學出版社，2005年），卷11，頁305。

制言論自由與民主權利的國民黨進行抨擊的胡適，並且在致胡適的信中勸他「以後別說閒話」，「回北平來，回大學仍做一個教授，當系主任，教書做書。」「拋開了上海的便利與繁華，回到蕭條的北平來，——在冷靜寂寞中產生出豐富的工作。」[10]這些表示很能透露出周作人以及其他居留故都的文人們的一種心理。居留北平，是他們對於政治環境和文化環境作出的雙重選擇，通過這種選擇，他們既可以全身遠禍，又可以獲得一種他們所企望的冷靜清明的文化建設心境。

二　獨立與超然之旗

作為故都的北平儘管瀰漫著一種寂寞的氣氛，但仍然聚集了一批文化人士，在這其中，曾經是新文化運動健將的周作人與胡適儼然是兩面文化大旗，吸引與凝聚了相當一批年輕一代作家。

一九三〇年五月十二日，周作人主持的散文週刊《駱駝草》出刊，這似乎顯示出，經過一段時間的徬徨與寂寞，一批文人正逐漸開始聚集並企望有所作為。它的〈發刊詞〉以一種周作人式的清高孤傲並在自嘲中內含嘲世的口吻提示了這批文人的一種態度：「我們開張這個刊物，倒也沒有什麼新的旗鼓可以整得起來，反正一向都是於有閒之暇，多少做點事兒，現在有這一張紙，七天一回，更不容偷懶罷了。」「不談國事。既然立志做『秀才』，談幹什麼呢？此刻現在，或者這個『不』也不蒙允許的，那也就沒有法兒了。」「不為無益之事。凡屬不是自己『正經』的工作，而是惹出來的，自己白費氣力且不惜（其實豈肯不惜呢？）恐怕於人也實在是多事，很抱歉的，這便認為無益之事，想不做。」「文藝方面，思想方面，或至於講閒話，玩古董，都是料不到的，笑罵由你笑罵，好文章我自為之，不好亦知

10 《胡適來往書信選》（北京市：中華書局，1979年），上冊，頁539。

其醜，如斯而已，如斯而已。」[11]這種態度的形成，部分地根源於上文提及的對於五四乃至北伐以後的社會現實的失望和畏懼，但另一部分則由於左翼文學——尤其是創造社等發起的「革命文學」運動的刺激。可以說，「革命文學」登陸上海文壇，給中國文學界與理論界帶來了巨大的衝擊，這種衝擊不僅僅在於它揭開了一個新的文學運動與政治文化運動的帷幕，而且是由於它以一種幼稚的左傾姿態對幾乎整個文壇進行了全面的批判與否定，尤其是，這一批判挾革命話語與階級正義形成了某種文化霸權姿態，這一霸權姿態不但對其他文化存在與集團構成了強烈的擠壓之勢，同時也在後者面前築起了深厚的文化一政治壁壘。這一切都引起了當時文壇上的其他文化集群——尤其是曾經是五四啟蒙運動的推動者與參與者的作家與知識分子的強烈反感與抵抗。事實上，無論是遠在北平的周作人，還是近在上海的魯迅，他們的感覺大致是相似的：「革命文學家」們理論上生吞活剝、粗疏幼稚，與此同時又盛氣淩人、唯我獨革；加之這套本就不為他們所熟悉的理論在對方生硬的操用之下，更使他們無法與之進行正面的對話，出於一種精英知識分子的高傲與自尊，他們幾乎是本能地以一種我行我素的逆反方式或多或少地進行了回擊。魯迅在〈「醉眼」中的朦朧〉裡寫道：「我們的批判者才將創造社的功業寫出，加以『否定的否定』，要去『獲得大眾』的時候，便已夢想『十萬兩無煙火藥』，並且似乎要將我擠進『資產階級』去（因為『有閒就是有錢』云），我倒頗也覺得危險了。後來看見李初梨說：『我們以為一個作家，不管他是第一第二……第百第千階級的人，他都可以參加無產階級文學運動；不過我們先要審察他們的動機。……』這才有些放心，但可慮的是對於我仍然要問階級。『有閒便是有錢』；倘使無錢，該是第四階級，可以『參加無產階級文學運動』了罷，但我知道那時又要問『動

11 〈發刊詞〉，《駱駝草》第1期（1930年5月）。

機』。總之，最要緊的是『獲得無產階級的階級意識』，——這回可不能只是『獲得大眾』便算完事了。橫豎纏不清，最好還是讓李初梨『由藝術的武器到武器的藝術』，讓成仿吾去坐在半租界裡積蓄『十萬兩無煙火藥』，我自己是照舊講『趣味』。」[12]周作人乾脆就依照自己幾年來對於文學功能的一貫看法對「革命文學」下了這樣的結論：「文學既然僅僅是單純的表現，描寫出來就算完事了。那末現在講革命文學的，是拿了文學來達到他政治活動的一種工具，手段在宣傳，目的在成功。……想著從那革命文學上引起世人都來革命，是則無異乎以前的舊派人物以讀了四書五經，諸子百家等的古書來治國平天下的夢想。」[13]對於對方表現出來的「革命霸權」姿態，他們都不約而同地以一種戲諷反嘲的方式加以反抗與消解：「倘使那時不說『不革命便是反革命』，革命的遲滯是『語絲派』之所為，給人家掃地也還可以得到半塊麵包吃，我便將於八小時工作之暇，坐在黑房裡，續鈔我的《小說舊聞鈔》，有幾國的文藝也還是要談的，因為我喜歡。所怕的只是成仿吾們真像符拉特彌爾・伊力支一般，居然『獲得大眾』；那麼，他們大約更要飛躍又飛躍，連我也會升到貴族或皇帝階級裡，至少也總得充軍到北極圈內去了。譯著的書都禁止，自然不待言。」[14]在此，魯迅的不滿與嘲諷之意固然溢於言表，而此時的周作人雖已與兄長分道揚鑣，但在對待革命文學陣營的態度上卻並無大異：「本來能革命的自然最好還是革命，無如現今革命已經截止，而且我又是不革命的人，不能自己浸在溫泉裡卻用傳聲筒發命令，叫大眾快步走，衝鋒！……我至今還想整理中國猥褻的歌謠，這個我恐怕

12 魯迅：〈「醉眼」中的朦朧〉，《語絲》第4卷第11期（1928年3月），引自李何林編：《中國文藝論戰》（太原市：陝西人民出版社，1984年），頁24。

13 周作人：〈文學的貴族性〉，《晨報副刊》，1928年1月1-2日，引自《周作人文類編》《本色》（長沙市：湖南文藝出版社，1998年），頁110-114。

14 魯迅：〈「醉眼」中的朦朧〉，引自李何林編：《中國文藝論戰》（太原市：陝西人民出版社，1984年），頁25。

簡直還有點反革命的嫌疑！」[15]

可以看到，「革命文學」的刺激使得在五四以後已趨於瓦解與分化的民主主義文化集群又有了某種程度的重新聚合的傾向，而在魯迅等人通過自己的思考與學習（又經左翼文化陣營的政策調整）最終與革命文化陣營實現聯合，從而徹底從原先的民主知識分子群體中分化出來之後，餘下的一部分對革命持不信任態度的自由主義傾向的知識分子終於重新組合起來，構成了一個新的文化群體，而《駱駝草》可以說是其中的一方面。

不僅如此，「革命文學」在藝術上的幼稚粗糙還在一定程度上反向刺激了這一群體的一個文化向度。這就是《駱駝草》所提示的對於藝術的專注與追求。這一文化向度不僅使他們有以對抗藝術成就上相對薄弱的左翼文學，又使得他們得以迴避國民黨當局的指揮刀的鋒刃，而且，這又正是他們最有興趣與擅長的東西，於是，周作人與《駱駝草》們應運而生，以一種包含優越感的貌似謙遜的高傲為相當一批文人知識分子提示了一塊安身立命的精神綠洲。

可以說，周作人以其在當時文壇上的聲望、特有的人文態度，以及清淡雋永的散文文體在三十年代的北平與北方文壇形成了一個文學影響中心，與當時居留北平的朱自清、俞平伯、聞一多、楊振聲等人一起，對當時的青年作家輻射著潛隱然而卻頗為有力的影響。這種影響會同當時北平獨有的政治與人文氛圍，逐步整合起一個與上海（或南方）文壇風氣迥然異趣的作家群。

並且，這一整合力量還將隨著胡適的北歸而大大增強。

在三十年代，周作人與胡適確實可稱北平（或北方）文化界的兩大重鎮，他們不僅識拔與扶持了沈從文、朱光潛等一批後輩作家與理

---

15 周作人：〈《大黑狼的故事》序〉，作於一九二八年一月二十二日，收入《永日集》，引自《周作人文類編》《本色》（長沙市：湖南文藝出版社，1998年），頁118。

論家登上文壇與大學講壇，更以自己的文化涵量與人文姿態對這些後輩作家施加了某種深刻的影響。

周作人的文學風度在當時無疑成為青年作家們的一種典範。這裡且不說廢名等「周氏弟子」對他的景仰和崇拜，即使是朱光潛、沈從文乃至梁宗岱、李長之，也時時在自己的文章中或多或少地流露出對於周作人文學風度心儀神往的追慕。

可以看出，周作人對這些青年作家的影響主要是透過他的散文文體而達成的。這一點，周作人多少有點自覺。他在一九三六年發表的〈自己的文章〉中寫道：「有人好意地說我的文章寫得平淡，我聽了很覺喜歡但也很惶恐。平淡，這是我所最缺少的，雖然也原是我的理想，而事實上絕沒有能夠做到分毫，蓋凡理想本來即其所最缺少而不能做到者也。現在寫文章自然不能再講什麼義法格調，思想實在是很重要的，思想要充實已難，要表現得好更大難了，我所有的只有焦躁，這說得好聽一點是積極，但其不能寫成好文章來反正總是一樣。」他甚至先引述了自己十年前在《雨天的書》序二中的話：「我近來作文極慕平淡自然的境地。但是看古代或外國文學才有此種作品，自己還夢想不到有能做的一天，因為這有氣質境地與年齡的關係，不可勉強，像我這樣褊急的脾氣的人，生在中國這個時代，實在難望能夠從容鎮靜地做出平和沖淡的文章來。」然後又引述了不久前的《苦茶隨筆》後記：「我很慚愧老是那麼熱心，積極，又是在已經略略知道之後，——難道相信天下真有奇蹟麼？實是大錯而特錯也。以後應當努力，用心寫好文章，莫管人家鳥事，且談草木蟲魚，要緊要緊。」最後總結道：「這番叮囑仍舊沒有用處，那是顯然的。……中國是我的本國，是我歌於斯哭於斯的地方，可是眼見得那麼不成樣子，大事且莫談，只一出去就看見女人的紮縛的小腳，又如此刻在寫字耳邊就滿是後面人家所收廣播的怪聲的報告與舊戲，真不禁怒從心上起也。在這情形裡平淡的文情那裡會出來，手底下永遠是沒有，只在心目中尚存耳，所以我的說平淡乃是跛者之不忘履也，諸公同情遂以為真是能履，跛者固不敢受，諸公殆亦難免有失眼之譏矣。」[16]這類周作人特有的迂迴曲折式的表白一方面固然透露出他的別有懷抱，以及不為世所理解的寂寞，另一方面卻也以一種故作謙抑與自我貶低的低（或高）姿態，透露出一種自得和對別人的褒貶都予以邈視的高傲。

然而在旁人看來，尤其在後輩後家們心目中，周作人卻無疑是下筆行文平淡自然的散文大師。

一九二六年，朱光潛為周作人的散文集《雨天的書》寫了一篇書評，在引述了周作人自序中那段關於平淡自然的話後說：「我們讀周先生這一番話，固不敢插嘴，但總嫌他過於謙虛，小林一茶的那種閒情逸趣，周先生雖還不能比擬，而在現代中國作者中，周先生而外，很難找得第二個人能夠做得清淡的小品文字。他究竟是有些年紀的人，還能領略閒中清趣。如今天下文人學者都在那兒著書或整理演講集，誰有心思去理會蒼蠅搓手搓腳！然而在讀過裝模做樣的新詩或形容詞堆砌成的小說（應該說『創作』）以後，讓我們同周先生坐在一塊，一口一口的啜著清茗，看著院子裡花條蝦蟆戲水，聽他談『故鄉的野菜』，『北京的茶食』，二十年前的江南水師學堂，和清波門外的楊三姑一類的故事，卻是一大解脫。」[17]這時的朱光潛尚未精研克羅齊美學[18]，《文藝心理學》的寫作更是數年之後的事情，然而周作人文

16 周作人：〈自己的文章〉，《青年界》第10卷第3期（1936年10月），收入《瓜豆集》，引自《周作人文類編》《本色》，頁325-327。

17 朱光潛：〈雨天的書〉，《朱光潛全集》新編增訂本（北京市：中華書局，2012年），卷8，頁14。以下版本皆同，不再注明。

18 事實上，朱光潛在同年寫了《歐洲近代三大批評家》系列文章，克羅齊為其中之一，儘管〈克羅齊〉一文對克羅齊推崇備至，文後所附的參考書目中也列入了兩本克羅齊著作的英譯本，但朱氏後來的博士論文〈悲劇心理學〉中所引的克羅齊言論卻是轉引，由此可以懷疑他其時是否真看了克羅齊原著的英譯本，而且直至四十年

體所包含的超然冷靜地品味人生的姿態，卻已令他心折嘆服。從下面的語句中，更可以說明朱光潛所接受的是周作人哪方面的影響：「師爺氣在《雨天的書》裡只是冷，在《華蓋集》裡便不免冷而酷了。《雨天的書》裡談主義和批評社會習慣的文字露出師爺氣最鮮明，——尤其是從〈我們的敵人〉至〈沉默〉（頁九十五至一九六）二十幾篇。這二十幾篇文章未嘗不好，但在全書中，未免稍遜一籌。」[19]他最欣賞佩服的仍然是周作人「保存著一種輕視的冷靜」，以及「由於心情很清淡閒散，所以文字也十分簡潔」[20]的文風。

沈從文的評價則更是帶有某種史家的眼光與氣度，即使是這樣，周作人的文學風度仍然具有不可動搖的地位：「從五四以來，以清淡樸訥文字、原始的單純，素描的美，支配了一時代一些人的文學趣味，直到現在還有不可動搖的勢力，且儼然成一特殊風格的，提倡者與擁護者，是周作人先生。」「無論自己的小品、散文詩、介紹評論，通通把文字發展到『單純的完全』中，徹底地把文字從藻飾空虛上轉到實質言語來，那麼非常切貼人類的情感，就是翻譯日本小品文，及古希臘故事，與其他弱小民族卑微文學，也仍然是用同樣調子介紹與中國年輕讀者晤面。因為文體的美麗，最純粹的散文，時代雖在向前，將仍然不會容易使世人忘卻，而成為歷史的一種原型，那是無疑的。」「周先生在文體風格獨自以外，還有所注意的是他那普遍趣味。在路旁小小池沼負手閒行，對螢火出神，為小孩子哭鬧感到生命悅樂與糾紛，那種紳士有閒心情完全為他人所無從企及，用平靜的

代翻譯克氏《美學原理》之前，他一直對克羅齊的直覺論存在著重大誤解。王攸欣在《選擇‧接受與疏離——王國維接受叔本華、朱光潛接受克羅齊美學比較研究》（北京市：生活‧讀書‧新知三聯書店，1999年）一書中也持此觀點，可參看。

19 朱光潛：〈雨天的書〉，《朱光潛全集》新編增訂本（北京市：中華書局，2012年），卷8，頁14。

20 朱光潛：〈雨天的書〉，《朱光潛全集》新編增訂本（北京市：中華書局，2012年），卷8，頁15。

心，感受一切大千世界的動靜，從為平常眼睛所疏忽處看出動靜的美，用略見矜持的情感去接近這一切，在中國新興文學十年來，作者所表現的僧侶模樣領會世情的人格，無一個人有與周先生面目相似處。」[21]

不僅朱、沈二人，其他的青年作家們也時常會在不經意間流露出這種對周作人的傾慕。梁宗岱在〈說「逝者如斯夫」〉一文中寫道：「最近在《水星》四期裡得讀知堂老人那篇平淡而美妙的〈論語小記〉。裡面也提到這章，說『讀了覺得頗有詩趣』。可見這句話之富於詩意，是有目共賞的了。」[22]李長之也在關於梁實秋的《偏見集》的評論文章中寫道：「周作人先生的批評原是很好的，趣味也極高，學識又富，常能根據健全的頭腦和常識，而寫出清淡而雋永的批評文字來，不過他不是專弄批評的，現在則久又不執筆作這種文章了，我自己感覺到這是文壇上的一件大損失。」[23]我們看到，周作人的趣味和判斷對他們幾乎具有一種類似準繩與典範的價值，李長之甚至在《魯迅批判》中論及魯迅因為社會批判意識過於激昂，導致筆下不太從容，也說：「這也是一切藝術的特質吧，必須和實生活有一點距離，所以和愛人吻著的時候大抵是不會寫情詩的，如周作人所說。藝術的創作究竟是有閒的，鑑賞亦然，這是事實。」[24]評樹人卻準的乎作人，其間更顯出某種深層的傾向。同時，以上所提及的作者都津津樂道於周作人超然閒散的文學趣味與生活態度以及「平淡」的文風。這就可見周作人對於他們所產生的是哪方面影響了。

---

21 沈從文：〈論馮文炳〉，《沈從文全集》（太原市：北嶽文藝出版社，2002年），卷16，頁145。以下版本皆同，不再注明。

22 梁宗岱：〈說「逝者如斯夫」〉，《梁宗岱文集》（北京市：中央編譯出版社，2003年），卷2，頁125-126。以下版本皆同，不再注明。

23 李長之：〈梁實秋《偏見集》〉，《國聞週報》第11卷第50期，引自《李長之文集》（石家莊市：河北教育出版社，2006年），卷4，頁104-105。以下版本皆同，不再注明。

24 李長之：〈魯迅批判〉，《李長之文集》（石家莊市：河北教育出版社，2006年），卷2，頁37。

相形之下，胡適對於這批作家所施加的影響，則在方式以及作用層面上都與周作人頗不相同。

實際上，胡適是在與國民黨勢力鬥爭失敗後，丟下陣地退回北平的。然而，這位敢於挑戰國民黨專制政權的自由主義者卻像英雄與導師一樣，受到了北平文化界的熱烈歡迎。

可以說，這在很大程度上顯示了胡適與周作人的區別。相比之下，後者更多地表現出一種以高蹈超脫來退守全身的韜晦傾向，胡適則更多地表現出一種勇於擔當、積極干預現實的姿態。他在給周作人的回信中說道：「有時候總有點看不過，忍不住。」[25]即使明知於事無補，他也像要濡翅滴水滅火的鸚鵡一樣「知其不可而為之」。

胡適在政治上所持的自由主義立場，在當時的知識分子中間有很多的同情者，他的觀點最為集中地表述於〈我們要我們的自由〉（未刊稿）一文中：「我們的政府至今還在一班沒有現代學識沒有現代訓練的軍人政客的手裡。這是不可諱的事實。這個政府，在名義上，應該受一個政黨的監督的指導。但黨的各級機關大都在一班沒有現代學識沒有現代訓練的少年黨人手裡，他們能貼標語，能喊口號，而不足以監督指導一個現代的國家。這也是不可諱的事實。所以在事實上，黨不但不能行使監督指導之權，還往往受政府的支配。最近開會的『第三次全國代表大會』，便有百分之七八十的代表是政府指派或圈定的。所以在事實上，這個政府是絕對的，是沒有監督指導的機關的。以一班沒有現代知識訓練的人統治一個幾乎完全沒有現代設備的國家，而絲毫沒有監督指導的機關，——這是中國當前的最大的危機。」[26]而解決這個危機的唯一辦法，就是「今後必須尊重專家，延請專家去顧政治，解決難題；沒有專門研究的人，不配擔負國家和社

25 《胡適來往書信選》（北京市：中華書局，1979年），上冊，頁542。

26 胡適：〈我們要我們的自由〉（未刊稿），《胡適文集》（北京市：北京大學出版社，1998年），卷11，頁144。以下版本皆同，不再注明。

會的重要責任。」[27]也就是說，受過現代知識訓練的知識分子應該承擔起一種類似古代知識分子「為帝王師」的責任，成為政府的導師和監督。

因此，胡適對於知識分子乃至全體國民的思想自由與言論自由極為重視，這不但是知識分子得以對政府和政黨實行監督的先決條件，也是促進學術發達，培養有專門知識與民主意識，有能力做「政府和政黨的指導監督」的國民的必要條件。

但是胡適對於當時青年學生經常進行的罷課鬥爭，卻並不贊同，即使是為了爭取民主和自由。因為在他看來，「有專門知識」是參政議政的先決條件，學生罷課勢必影響學業，不利於培養他心目中的有指導和監督政府的能力的國民。更何況他認為大多數學生運動都是大多數人為少數人的標語口號所煽動的結果，有悖於他所重視的思想獨立的要求。

可以說，與思想自由密切相關的思想獨立，更是胡適反覆強調和倡導的。他在一九二九年寫的〈從思想上看中國問題〉一文中說：「今日的思想，從極左到極右，都看不見一點自己想過的思想，也看不見一點根據現實狀況的思想。做堯、舜、禹、湯、周公、孔子的夢的，固然不曾思想。囫圇吞下馬克思、考茨基、列寧、孫中山的，也算不得曾經思想。」[28]「人家的思想是實際狀況的產兒，是多年研究實驗的結果，——例如達爾文，馬克斯，——到我們的眼裡，只不過是一個抽象名詞，一句口頭禪，一個標語。我們不肯思想，更不肯調查試驗來證實或否證一個思想。我們的思想方法完全只在紙上變把戲。眼光不出紙上，心思不透過紙背。合我的脾胃的，便是對的思

27 胡適：〈思想革命與思想自由〉，《胡適文集》（北京市：北京大學出版社，1998年），卷11，頁200。

28 胡適：〈從思想上看中國問題〉，《胡適文集》（北京市：北京大學出版社，1998年），卷11，頁159。

想；不合我的脾胃的，便是不對的。」[29]「攏統是用幾個抽象名詞來概括許多性質不同，歷史不同的事實。如『資本主義』、『帝國主義』、『封建勢力』、『文化侵略』……等等都是一些範圍廣漠的名詞，所包含的意義有地域上的不同，有歷史上的不同。然而這些名詞一到了我們的手裡和嘴裡，一個個都成了法寶。你要咒詛誰，只消口中念念有詞，唱一聲『資本主義』，畫一道符，寫上『封建勢力』，那人就打倒了，那制度也就永永被咒詛了！」[30]為了糾正中國社會的這種思想偏誤，他甚至將自己的全部的學術研究都作為一種為青年人提供思想方法的示範。他在《胡適文存》第四集〈介紹我自己的思想〉一文（恰好寫於一九三〇年舉家回歸北平的前一天）中說：「我要教人知道學問是平等的，思想是一貫的。……少年的朋友們，莫把這些小說考證看作我教你們讀小說的文字。這些都只是思想學問的方法的一些例子。在這些文字裡，我要讀者學得一點科學精神，一點科學態度，一點科學方法。科學精神在於尋求事實，尋求真理。科學態度在於撇開成見，擱起感情，只認事實，只跟著證據走。科學方法只是『大膽的假設，小心的求證』十個字……少年朋友們，用這個方法來做學問，可以無大差失；用這種態度來做人處事，可以不至於被人蒙著眼睛，牽著鼻子走……從前禪宗和尚曾說，『菩提達摩東來，只要尋一個不受人惑的人』。我這裡千言萬語，也只是要教人一個不受人惑的方法。被孔丘、朱熹牽著鼻子走，固然不算高明；被馬克思、列寧、斯大林牽著鼻子走，也算不得好漢。我自己決不想牽著誰的鼻子走。我只希望盡我的微薄的能力，教我的少年朋友們學一點防身的本領，

29 胡適：〈從思想上看中國問題〉，《胡適文集》（北京市：北京大學出版社，1998年），卷11，頁161-162。

30 胡適：〈從思想上看中國問題〉，《胡適文集》（北京市：北京大學出版社，1998年），卷11，頁162。

努力做一個不受人惑的人。」[31]

胡適的這種立場和態度，以及他對中國政治現狀與思想現狀的理解影響與吸附了為數不少的高層知識分子，並在他周圍形成了一個以超然與中立於國、共兩黨與左右兩翼思想集團為標榜的自由主義知識分子群體，這個群體以胡適等人主辦的《獨立評論》雜誌為中心與象徵，形成了當時知識界令人矚目的思想政治景觀[32]。

在胡適周圍的後輩作家那裡，人們可以毫不費力地看到他們對這種獨立、自由的思想精神的認同與契合。朱光潛的〈中國思想的危機〉(1937)所表達的觀點幾乎與胡適的〈介紹我自己的思想〉與〈從思想上看中國問題〉如出一轍:「我們所認為危機者，第一是誤認信仰為思想以及誤認旁人的意見為自己的思想的惡風氣。思想都需要事實的憑證與邏輯的線索。它是一種有條理的心理活動而不是一套死板公式。真正思想都必定是每個人摸索探討出來的，創造的而不是因襲的。沒有事實的憑證與邏輯的線索，沒有經過自己的有條理的運思，而置信於自己的或旁人的一種意見，那只是信仰而不是思想。沒有思想做根據的信仰都多少是迷信。比如馬克思的學說是他在倫敦博物院的圖書館裡困坐數十年辛苦研究所得的結論，那對於他確實是思想的成就，無論它是否完全精確。現在中國有許多人沒有經過馬克思的辛苦的研究，把他的學說張冠李戴地放在自己身上，說那就是他們自己的『思想』，把它加以刻板公式化，制為口號標語，以號召青年群眾，這就未免是誤認信仰為思想，誤認旁人的意見為自己的思想了。這種惡風氣並不限於某一派。以口號標語作防禦戰，已成為各黨

31 胡適:〈介紹我自己的思想〉,《胡適文存》(合肥市：黃山書社，1996年)，第4集，頁463。

32 不付稿費、僅憑社內同仁各自共同出資支持的《獨立評論》到一九三五年已行銷到七千份，到一九三六年更銷到一萬三千份，這幾乎是一個奇跡——據《胡適文集》(北京市：北京大學出版社，1998年)，卷11，頁676,〈獨立評論編輯後記〉與頁708,〈獨立評論的四周年〉。

派的共同的戰術。」[33]

即使是梁宗岱，由於私人關係與思想上的衝突，他與胡適交惡，但是就是在將胡適也當作靶子的〈非古復古與科學精神〉一文中，他表述的觀點仍與胡適所曾表達過的大同小異，（實際上他與胡適交惡，在很大程度上是因為他認為胡適背叛了自己所宣揚的思想）：「我們必須有心靈上的自由。我所謂心靈上的自由，就是無論對於任何問題，任何原理，都要不囿於成見，不惑於權威，不盲從，不迷信，而一以躬自耐心精細檢討得來的認識為依皈。」[34]「再沒有比對於我們這民族，經典更有力量的；也沒有比我們這民族更厭惡實驗的；在從前，孔孟之道是天經地義；現在呢？孔家店打倒了，其實只換了招牌，因為許多不容人懷疑不容人討論的『放諸四海而準』的神道又代之而興，馬克思，實用主義，或乾脆只是紅須綠眼底一切（全盤西化）……看你奉的是什麼神明。」[35]

而李健吾則幾乎可以說是將自由主義原則貫穿於他的批評之中：「一個批評者有他的自由。他不是清客，伺候東家的臉色；他的政治信仰加強他的認識與理解，因為真正的政治信仰並非一面哈哈鏡，歪扭當前的現象。他的主子是一切，並非某黨某派，並非若干抽象原則，然而一切影響他的批評。他接受一切，一切滲透心靈，然而揚簸糠秄，汲取精英，提供一己與人類兩相參考。他的自由是以尊重人之自由為自由。他明白人與社會的關聯，他尊重人的社會背景；他知道個性是文學的獨特所在，他尊重個性。他不誹謗，他不攻訐；他不應徵。屬於社會，然而獨立。沒有是非可以說服他，摧毀他，除非他承

---

33 朱光潛：〈中國思想的危機〉，天津《大公報》，1937年4月4日，收入《朱光潛全集》新編增訂本（北京市：中華書局，2012年），卷7，頁153。

34 梁宗岱：〈非古復古與科學精神〉，《梁宗岱文集》（北京市：中央編譯出版社，2003年），卷2，頁273。

35 梁宗岱：〈非古復古與科學精神〉，《梁宗岱文集》（北京市：中央編譯出版社，2003年），卷2，頁274。

認人類的幸福有所賴於改進。」[36]

至於沈從文所惹起的兩次筆戰——反「海派」與反「差不多」，更是不難看到對於獨立思想原則的崇揚。

當然，胡適之所以對這批青年作家構成了一種無形的親和力，一方面是由於他在政治、文化等各方面積極介入的學者型社會活動家的姿態對這些青年人形成的引領作用，另一方面，在很大程度上也是由於胡適憑藉自己在當時各類文化教育機構中的地位對青年作家與學者的識拔與支持。從一九三〇年北歸之後，他就一直擔任北京大學文學院院長一職，並在當時的中華教育文化基金董事會中擔任要職，在此期間，他聘任了梁宗岱、朱光潛等一批他所賞識的學者為教授，並且對李健吾、沈從文等人的文學事業甚至生活也曾經給予了積極有力的支持。這其中顯然寄託了他自己對中國文化與教育進行改革的宏願。他在一九三四年力邀梁實秋擔任北大研究教授，並在信中說：「我所希望者是希望你和朱光潛君一班兼通中西文學的人能在北大養成一個健全的文學中心。最好是你們都要在中國文學系擔任一點功課。」「北大舊人中，如周豈明先生和我，這幾年都有點放棄文學運動的事業了，若能有你來做一個生力軍的中心，逐漸為中國計劃文學的改進，逐漸吸收一些人才，我想我們這幾個老朽也許還有可以返老還童的希望，也許還可以跟著你們做一點搖旗吶喊的『新生活』。」[37]

而在沈從文等人這邊，也可以看出他們對胡適作為文化界領袖的一種期許。一九三四年與一九三六年，沈從文曾兩次致信胡適，請求胡適向中基會提議，為無名文學作家設立獎金與提供支持。信中說：「先生為新文學運動提倡者，一定明白自從五四以來中國社會組織、

36 李健吾（劉西渭）：〈跋〉，《咀華二集》（上海市：文化生活出版社，1942年），頁161。

37 梁實秋：〈懷念胡適先生〉，收入《看雲集》（臺北市：皇冠出版社，1984年）。引自《胡適書信集》（北京市：北京大學出版社，1996年），中冊，頁615-616。

政治組織與青年思想三方面的變遷，受新文學影響到何種程度，也一定明白這個東西在將來還可以如何影響到這個民族的前途。」「使中國產生一個新的文化，或再造一個新的國家，單是十個大學院的科學研究生與廿個中國上古史的研究者，以及幾十本翻譯名著還不夠用。在造就科學家以前，還必須如何先造就國民對於科學尊重的觀念，以及國民堅忍結實的性格。且必需了解目前中國新文學的發展，在一個民族趨向健康的努力上，它負了多少責任，且能夠盡多少責任。」並說「我說到的事，它的結果只在先生。」[38]對於胡適的信任與崇仰之情可謂溢於言表。

持守自由主義的立場，積極地表達自己的思想，並企圖以文化思想層面的活動介入與干預社會現實，這是胡適與周作人的區別，同時也是朱光潛等後輩作家近於胡適而遠於周作人的地方。這種區別與距離的遠近親疏正表明了老一輩五四知識分子在三十年代所出現的不同趨向，也顯示了年輕一代作家對前輩影響的自主選擇。

三 青與藍

就在沈從文、朱光潛等這批年輕作家在胡適、周作人的扶育與召引下開始成長起來的同時，他們也已經開始顯示出與這些前輩作家頗不相同的文化與文學個性。

一九三三年八月，朱光潛與李健吾同船回國，北平文藝界因之大大增強了實力。此後，朱光潛在擔任北大教授並在北平各大學講授《詩論》的同時，開始在自己家中定期舉辦「讀詩會」。據後來回憶，讀詩會聚集了北平文藝界的大批人士，尤其是清華北大的師生構成了其中的重要部分。同年九月，沈從文、楊振聲接編《大公報》

38 《胡適來往書信選》（北京市：中華書局，1979年），中冊，頁247-248。

「文藝副刊」,《大公報》也時常宴請北平文藝界的知名人士，我們可以看到北平文藝界的許多重要人物都是這兩個聚會中的常客。多年以後，人們將發現，朱光潛家中的讀詩會與沈、楊主持的《大公報》「文藝副刊」意味著北平作家群開始由瀰散狀態轉變為相對凝聚的狀態，這時候，周作人、胡適以及楊振聲、朱自清、聞一多等前輩作家繼續活躍其中，並散發著不可忽視的影響力與整合力，但是，文壇的中心已經開始下移到朱光潛、沈從文等年輕一代作家身上了。

不僅如此，年輕一代也開始擺脫周、胡等前輩作家的牽引，而開始凸現自己區別於後者的獨立品格（從某種意義上說，這正是前輩作家們的自由主義立場的邏輯結果）。

這首先體現在他們雖然繼續保持著對周作人的傾慕，同時卻已開始批判周作人等人所代表與倡導的某種文學傾向。這可以從他們與林語堂一路的「小品文」潮流的分歧見出。

周作人作為三十年代文壇的重鎮，散發著複雜多面的文學影響，朱光潛、沈從文等人對於這一影響的接受與發揮顯然與同時的林語堂所做的很不相同。

這種情形甚至並不是從一九三三年才開始的，沈從文甚至在一九三一年就已開始對周作人的某種趣味有了警覺，他在〈窄而霉齋閒話〉中表示了對於「京樣」的「人生文學」的懷念與肯定，然後說：「京樣的人生文學結束在海派的浪漫文學興起以後，一個談近十年來文學之發展的情況的人，是不至於有所否認的。人生文學的不能壯實耐久，一面是創造社的興起，也一面是由於人生文學提倡者同時即是『趣味主義』講究者。趣味主義的擁護，幾乎成為文學見解的正宗，看看名人雜感集數量之多，以及稍前幾個作家詼諧諷刺作品的流行，即可明白。諷刺與詼諧，在原則上說來，當初原不悖於人生文學，但這趣味使人生文學不能端重，失去嚴肅，瑣碎小巧，轉入泥裡，從此這名詞也漸漸為人忘掉了。」[39]到了一九三四年，他把話說得更加清楚，他指出廢名的〈莫須有先生傳〉，「將文體帶到了一個不值得提倡的方向上去」，並認為「趣味的惡化……作者方向的轉變，或者與作者在北平的長時間生活不無關係。在現時，從北平所謂『北方文壇盟主』周作人、俞平伯等人，散文中糅雜了文言文，努力使它在這類作品中趣味化，且從而非意識的或意識的感到寫作的喜悅，這『趣味的相同』，使馮文炳君以廢名筆名發表了他的新作，我覺得是可惜的。這趣味將使中國散文發展到較新情形中，卻離了『樸素的美』越遠……」[40]「此種作品，除卻供個人寫作的懌悅，以及二三同好者病的嗜好，在這工作意義上，不過是一種糟塌了作者精力的工作罷了。」[41]

隨著周作人在一九三二年發表〈論新文學的源流〉，將新文學的源流追溯到明末的公安派與竟陵派，袁中郎等人的晚明小品立刻成為當時文壇的熱點，林語堂創辦《人間世》、《論語》等刊物，以周作人為旗號大力鼓吹「幽默」與「閒適」的小品文，儘管朱光潛等人也被邀為這些刊物的撰稿人，但是他們對於這熱鬧一時的文學傾向顯然持有一種批判性的眼光。沈從文在〈談談上海的刊物〉中論及《論語》與《人間世》時說：「至於《論語》，編者的努力，似乎只在給讀者以幽默，作者存心扮小丑，隨事打趣，讀者卻用遊戲心情去看它。它目的在給人幽默，相去一間就是惡趣。」[42]「《人間世》是好些這類刊物

39 沈從文：〈窄而霉齋閒話〉，《沈從文全集》（太原市：北嶽文藝出版社，2002年），卷17，頁38。

40 沈從文：〈論馮文炳〉，《沈從文全集》（太原市：北嶽文藝出版社，2002年），卷16，頁148。

41 沈從文：〈論馮文炳〉，《沈從文全集》（太原市：北嶽文藝出版社，2002年），卷16，頁150。

42 沈從文：〈談談上海的刊物〉，《沈從文全集》（太原市：北嶽文藝出版社，2002年），卷17，頁90。

值得說說的一個。它的好處是把文章發展出一條新路，在體制方面放寬了一點。壞處是編者個人的興味同態度，要人迷信『性靈』，尊重『袁中郎』，且承認小品文比任何東西還重要。真是一個幽默的打算！編者的興味『窄』，因此所登載的文章，慢慢地便會轉入『遊戲』方面去。作者『性靈』雖存在，試想想，二十來歲的讀者，活到目前這個國家裡，哪裡還能有這種瀟灑情趣，哪裡還宜於培養這種情趣？這類刊物似乎是為作者而辦，不是為讀者而辦的。讀者多，那是讀者不長進處。讀者不明白自己處。」[43]朱光潛也在〈論小品文〉中說：「晚明式的小品文聊備一格未嘗不可，但是如果以為『文章正軌』在此，恐怕要誤盡天下蒼生。」[44]不僅如此，他還認為當時文壇推尊小品文實際上是「沿襲中國數千年來的一種舊風尚」，這種風尚恰恰「暴露中國文學的一個大缺點」，就是缺乏偉大藝術所應有的「堅持的努力」。[45]

李健吾則認為以「發揚性靈」、「光大人性」為標榜的晚明式的小品文，只是些「纖巧遊戲的頹廢筆墨」，將「人性割解成零星的碎塊」——「也許屬於鑽石，可惜只是碎塊」[46]。針對周作人關於中國現代白話文「用語猥雜生硬，缺乏洗煉」因而「佳作甚少」的說法，他指出：幾乎所有偉大的詩人都「在一個時期的開端露面」，「一個靈魂偉大的健全的身體，雖說衣服襤褸，勝過一個多愁多病的衣冠禽

43 沈從文：〈談談上海的刊物〉，《沈從文全集》（太原市：北嶽文藝出版社，2002年），卷17，頁93。

44 朱光潛：〈論小品文〉，《朱光潛全集》新編增訂本（北京市：中華書局，2012年），卷6，頁98。

45 朱光潛：〈論小品文〉，《朱光潛全集》新編增訂本（北京市：中華書局，2012年），卷6，頁98。

46 李健吾（劉西渭）：〈魚目集〉，《咀華集》（上海市：文化生活出版社，1936年），頁140-142。

獸。」[47]他質疑道：「當你遭到一種空前的浩劫僅能帶一本書逃命的時候，譬如說，你挑選屈原，還是袁中郎呢？」[48]

可以說，所有這些批評，都集中在這幾點上：一、這種所謂的「小品文」並不如鼓吹者所宣揚的那樣是「文章正軌」、甚而唯一的文學樣式；二、境界狹窄纖巧；三、態度不夠嚴肅，與中國當時的苦難現實有一種「離奇的隔閡」。

如果說關於「小品文」趣味的分歧，表露的是這批後輩作家與周作人的某種差異的話，那麼，在一九三六、一九三七年前後發生的幾場論爭則清晰地標示出這批後輩與周作人、胡適乃至梁實秋等「五四」以及一九二〇年代文壇的代表人物的分歧，從而也凸現了這批作家與批評家的文藝思想上的群體個性。

一九三六年，胡適在梁實秋主持的《自由評論》上發表〈談談「胡適之體」的詩〉，總結了自己的詩歌觀念：第一，說話要明白清楚，第二，用材料要有剪裁，第三，意境要「平實」。對於其中第一條，胡適強調道：「看不懂而必須注解的詩，都不是好詩，只是笨謎而已。」「凡是好詩沒有不是明白清楚的。」[49]

梁實秋在《自由評論》同期發表〈我也談談「胡適之體」的詩〉，認為胡文第二條「大家都可以接受」，第三條「實在也只是一種意境」，唯有「明白清楚」是「不可不特別注意」的，並且說「『胡適之體』與『明白清楚』是不可分離的」，值得拿出來詳細討論。

梁實秋認為，「白話」的「白」就是「明白」的「白」，所以「白話詩」就是「明白清楚」的詩。「明白清楚」不僅僅是「胡適之體」

47 李健吾（劉西渭）：〈魚目集〉，《咀華集》（上海市：文化生活出版社，1936年），頁140。

48 李健吾（劉西渭）：〈魚目集〉，《咀華集》（上海市：文化生活出版社，1936年），頁143注。

49 胡適：〈談談「胡適之體」的詩〉，《胡適文集》（北京市：北京大學出版社，1998年），卷9，頁281。

獨有的特點，而且應是一切白話詩的共同特點乃至標準。

梁實秋認為當時的新詩「有很大一部分趨於晦澀，晦澀即是不明白清楚。」並認為這就屬於胡適所說的「笨謎」。而「笨謎」的產生是由於「模仿一部分墮落的外國文學，尤其是模仿所謂『象徵主義』的詩。」梁實秋矛頭所向，是梁宗岱等象徵主義詩人，他甚至依據托爾斯泰對象徵派詩人的批評而認為「精神生活太貧乏」是「墮落」的「象徵主義」(當然也包括梁宗岱)走向晦澀的一個原因。他企圖以「胡適之體」的「明白清楚」來糾正這種「晦澀」的詩風。梁實秋最後下了一個頗為刻薄的結論：「是人就得說人話，詩人也得說人話，人話以明白清楚為第一要義。」[50]

梁實秋顯然是極度自信的。他對梁宗岱《詩與真》一書的評論充分地表現了這種自信，同時，也同樣清晰地表露出了他文學趣味的侷限。

在讀了梁宗岱對象徵主義的闡釋之後，梁實秋堅持認為「我覺得他的理論不充實，若把他的華美的衣裳（即修辭的賣弄）脫下去之後，其理論的貧乏是很顯然的。象徵主義到底是什麼？……說了歸齊，象徵主義還是一個迷迷糊糊的東西。我讀了這些解說之後和未讀之前沒有什麼分別。」他雖然不再用「墮落」之類的詞，但是仍然說：「我覺得梁宗岱先生是最有理想的，不過他的理想根本不大清晰、所以很難令人理解。他所嚮往的理想，大概是一種『惝恍迷離』的，『靈幻飄渺』的，『撲朔迷離』的，『浩蕩無邊』的，『陶醉』的，『和諧』的東西。所以他不能用簡單明白的論理與文字來解說，愈解說愈使人茫然。其間根本沒有什麼理論，只是單純的一股對神秘的愛好與追求。這只可說是一種極度浪漫的性格，他不用常識，不用理

50 梁實秋：〈我也談談「胡適之體」的詩〉，《自由評論》第12期（1936年2月），頁18。

智，不用邏輯方法去思維，而他用感情，用直覺，用幻想去體驗。這種性格，本來宜於寫詩，因為不宜於做旁的事，不過若趨於極端則變為病態。這種性格不宜於說理，因為在說理時是用不著感情直覺與幻想的。」

並且，針對梁宗岱對韓波的讚賞，梁實秋的評論更表現出他常見的尖刻：「梁先生喜歡的詩人之一是 Rimband……像韓波的這樣的詩：『A 黑，E 白，I 紅，U 綠，O 藍，母音』，老實說，實在使我覺得，一個常態的人是不能懂為什麼 A 黑 E 白 I 紅 U 綠 O 藍。」他認為這是一種病態——Hyperaesthesia（感覺過敏，或知覺過敏——引者注）。[51]

顯然，梁實秋確實過於自信了。他對梁宗岱與象徵主義的批評恰恰顯示出他對於這一派詩歌缺乏足夠的理解。但是關於「明白清楚」的問題，仍然很快在北平文壇引起了討論。人們將發現，這場討論清晰地劃分出了朱光潛、沈從文等年輕一輩作家與周作人、胡適、梁實秋等前代作家的界限。可以看出，年輕一代對於被指為「晦澀」的「象徵主義」等流派抱有充分的理解與認同，這顯示出他們對文學的理解與前輩作家已頗有不同。可以說，他們已屬於另一個完全不同的「文學代」。

正如李長之所指出的，胡適等人是秉持著五四的啟蒙主義、理智主義的基本精神：「明白與清楚，也正是五四時代的文化姿態。這樣的一個象徵人物，就是胡適。白話文運動不妨看作是明白清楚的啟蒙精神的流露，梁實秋有一次批評梁宗岱說：『詩人也是人，人就要說人話，人話以明白清楚為第一義。』可見明白清楚的理智要求一直支配到現在。」[52]

---

51 見梁實秋：〈書評三則〉，《自由評論》第25、26期合刊（1936年5月），頁48-50。

52 李長之：〈五四運動之文化的意義及其評價〉，《李長之文集》（石家莊市：河北教育出版社，2006年），卷1，頁20。

實際上，作為一代作家共同的價值取向與心理—智能傾向，無論是胡適與梁實秋，還是周作人，都無法跳出五四啟蒙主義與理智主義的界域。一九三七年六月十三日，《獨立評論》登載了一封署名「絮如」的中學教員的來信，指摘當時「一種看不懂的新文藝」，所舉的例子中有卞之琳的詩與何其芳的散文，胡適在〈編輯後記〉中說：「現在做這種叫人看不懂的詩文的人，都只是因表現的能力太差，他們根本就沒有叫人看懂的本領。我們應該哀憐他們，不必責怪他們。」[53]

兩週以後，《獨立評論》又刊載了周作人與沈從文的來信，對這一問題展開討論。周作人並不像胡適這樣簡單武斷，他在信中說：「有些詩文讀下去時字都認得，文法也對，意思大抵講得通，然而還可以一點不懂，有如禪宗的語錄，西洋形而上學派或玄學的詩。這的確如世俗所云的隔教，恐怕沒有法子相通。有些詩文其內容不怎麼艱深，就只是寫的不好懂，這有一部分如先生（這是給胡適的信——引者注）所說是表現能力太差，卻也有的是作風如此，他們也能寫很通達的文章，但是創作時覺得非如此不能充分表出他們的意思和情調。」很顯然，他並不認為所有這些寫不「明白清楚」的詩文的作家都「缺乏表現力」，但是他隨後卻引述了一段自己十年前翻譯的藹理斯的隨感錄，這段文字在對卻普曼與勃朗寧的「晦澀」文風進行了一番比較區分之後說：「他們都太多炫學，太少雅致。」周作人隨後說：「不過清算這筆帳乃是批評家與作家間的事，像我平凡的讀者實在只能憑主觀的標準來找點東西看，不能下客觀的判決，假如看不懂或覺得不好，便乾脆放下不看而已。」[54]話儘管說得委婉紆徐，意思卻很「明白清楚」：他還是更喜歡「明白清楚」的詩文。

53 胡適：〈編輯後記〉，《獨立評論》第238號（1937年6月），署名適之。

54 周作人：〈關於看不懂（通信之一）〉，《獨立評論》第241號（1937年7月），署名知堂。

沈從文的意見則截然不同。他指出，文學革命初期寫作的口號是「明白清楚」，但是時間一長，文學革命時的文學理想已有所變化：「當初文學革命作家寫作有一個共同意識，是寫自己『所見到的』，二十年後作家一部分卻在創作自由條件下，寫自己『所感到的』。若一個人保守著原有的觀念，自然會覺得新來的越來越難懂，作品多『晦澀』，甚至於『不通』。正如承受這個變，以為每個人有用文字描寫自己感覺的權利來寫作的人，也間或要嘲笑到『明白易懂』為『平凡』。」不僅作者有了分化，「讀者也有兩種人，一是歡喜明白易懂的，一是歡喜寫得較有曲折的。這大約就是為什麼一篇文章有些人看不懂，有些人又看得懂的原因。」[55]沈從文不但指出這批「難懂」的作者與其說是「缺少表現能力」，不如說是「有他自己表現的方法」，而且實在是對文字「過於注意」。他認為這批「漸漸能在文字上創造風格的作者」推動了中國新文學的「變動」，即或不能代表成就已「大」，至少可以說它範圍漸「寬」。

顯然，正如沈從文所透露出來的，這一輩作家無論是在文學上還是在人的心理體驗方面，都表現出一種向更豐富更深層的理解掘進的傾向。他們的文學觀念也因之顯得更為複雜與精深。在他們看來，「五四」的啟蒙理性的文學觀，已顯得過於粗淺簡單了。「對朦朦糊塗說，胡白清楚是一種好處：但就另一方面說，明白清楚卻就是缺少深度。」[56]胡適等人所倡導的「做詩如說話」的白話文學的口號，在朱光潛、梁宗岱他們看來，根本就是錯誤的，「不僅是反舊詩，簡直是反詩的；不僅是對於舊詩和舊詩體底流弊之洗刷和革除，簡直把一切純粹永久的詩底真元全盤誤解與抹煞了。」[57]

55 沈從文：〈關於看不懂（通信之二）〉，《獨立評論》第241號（1937年7月）。

56 李長之：〈五四運動之文化的意義及其評價〉，《李長之文集》（石家莊市：河北教育出版社，2006年），卷1，頁20。

57 梁宗岱：〈新詩底紛岐路口〉，載《大公報》（詩特刊），1935年11月8日，《梁宗岱文集》（北京市：中央編譯出版社，2003年），卷2，頁156。

胡適等對文學所懷抱的是平民化、日常化的理想與趣味，而這一批後輩作家們卻企圖以文學去撞擊與開掘精神世界的幽深玄秘之境，探索人生的形而上意義。梁宗岱就認為「只有細草幽花是有目共賞——用不著費力便可以領略和享受。欲窮崇山峻嶺之勝，就非得自己努力，一步步攀登，探討和體會不可。」「最深微的精神活動也需要我們意識底更大的努力與集中才能發現。而一首詩或一件藝術品底偉大與永久，卻和它蘊含或啟示的精神活動底高深，精微，與茂密成正比例的。」[58]尤其是，他們要求文學語言表達的不僅僅是理智的意義，更要求表現各種非理性、超理性的體驗，因此，他們對於文學語言與文體的要求就不是僅僅「明白清楚」散文，而是語言形式與情思直覺融合無間、一字不可改易的詩性的藝術。

這一爭論無疑具有深刻的意義。數年之後，甚至在抗戰的烽火中，他們中仍然有人（李長之與李健吾）在反思與總結著這場爭論[59]。它不僅向人們展示了這批作家的具有「代意識」意義的文學觀念，也使他們意識到自己與前輩的不同，使他們找到並確立了理論的自我意識。

相比之下，在差不多同一時期發生的朱光潛和梁實秋關於「文學的美」的爭論，就顯得不那麼重要了。但它仍然提示了這批後輩作家與啟蒙理性觀念的歧異。在這場爭論中，梁實秋的觀點在現在看來頗為奇怪：「我們要知道美學的原則往往可以應用到圖畫音樂，偏偏不能應用到文學上去。即使能應用到文學上去，所討論到的也只是文學上最不重要的一部分——美。」[60]難怪性格直爽的梁宗岱會發出這樣

58 梁宗岱：〈談詩〉，《梁宗岱文集》（北京市：中央編譯出版社，2003年），卷2，頁88-89。

59 參見李健吾：〈情欲信〉（1940），《李健吾批評文集》（珠海市：珠海出版社，1998年），頁199；李長之：〈五四運動之文化的意義及其評價〉（1942），《李長之文集》（石家莊市：河北教育出版社，2006年），卷1，頁20。

60 梁實秋：〈文學的美〉，《梁實秋批評文集》（珠海市：珠海出版社，1998年），頁196。

的譏彈：「我不相信世界上還有第二個國家——除了日本，或者還有美國——能夠容許一個最高學府底外國文學系主任這般厚顏去高談闊論他所不懂的東西！」[61]

朱光潛的態度自然不像梁宗岱那樣激烈與簡單。他甚至於十分耐心公允地理出了自己與梁實秋的主要分歧：「（一）你以為『道德性』是文學與其它藝術的相異點，文學不純粹的是藝術，我以為它是一切藝術的公同點，文學是一種純粹的藝術，（二）你以為『道德性』在文學中是超於美的，我以為它在文學中可以成為美感觀照的對象。『真』與『善』可以用『美』字形容，正如『美』可以用『真』字或『善』字形容。（三）因為上述兩種分歧，你所謂『美』意義比較窄狹，專指文字所給的音樂和圖畫，所以你認為『美』在文學中最不重要，我所謂『美』涵義較廣，指文字所傳達的一切——連情感思想在內，所以我認為『美』在文字中的重要不亞於其它藝術。這些都是基本上的分別。」[62]顯然他們在分歧焦點主要在於對審美與道德的關係理解上，梁實秋將「美」簡單地理解為一種形式上的愉悅，所以，他會認為「美」限於音樂美與圖畫（即意象）美，而且認為這些與「道德」相比都無足輕重，可以看到，雖然他在此依傍的是阿諾德關於文學是「生活的批評」的觀念，實際上，他與胡適、周作人等「五四」驍將們一樣，關注中心都在於現實生活倫理，而朱光潛們則不同，「美」並不限於形式帶來的愉悅，而是他們融匯全部價值取向並以此對人生進行批判與重建的立足點，因此，他們反覆聲言：「『真』與『善』可以用『美』字形容，正如『美』可以用『真』字或『善』字形容。」

61 梁宗岱：〈〈從濫用名詞說起底〉餘波——致李健吾先生〉，《大公報》（文藝）第343期，1937年6月2日。

62 朱光潛：〈與梁實秋先生論「文學的美」〉，《朱光潛全集》新編增訂本（北京市：中華書局，2012年），卷8，頁74。

事實上，早在一九三四年，李長之已經指出梁實秋的「人文主義派的批評，確少一種美學的見地。」「他的倫理的立場太過，而哲學意味的美學的根據還太稀少。以我的私見一個批評家卻寧當重在後一方面的。」[63]因此，當朱光潛、梁實秋之間發生論爭之後，他在〈我對「美學和文藝批評的關係」的看法〉一文中明確地表示自己同意朱光潛的觀點。他不僅認為「美學原理可以應用到文學上去」，而且也認為審美的態度是「無所為而為」的對現實與功利實行超越的態度。「一部作品之是否充實，是看作者平時如何修養，但是到了創作的時候，態度卻只有一個，就是『為藝術而藝術』。」[64]甚至認為「注重善的流弊，無可挽救，因為真正善者不必美。但是相反的，注重美的流弊，可以挽救，真正美者決不止於是美，而必善。」[65]其觀點與朱光潛幾如出一轍。

四　升騰與湮沒

通過與前輩作家們的爭論，朱光潛與沈從文等人相當鮮明地展現了自己不同於「五四」前輩們的群體個性。隨著他們的頻繁活動，人們很快就將發現，中國現代文壇上產生了一個新的文學集團，與此同時，人們也將在關於他們的各種敘述中理解與誤解他們，而這種種敘述又將在日後影響他們的歷史命運。

從一九三三年開始，沉寂多時的北平文藝界又重新熱鬧起來，眾多的作家與批評家頻繁地在朱光潛家的讀詩會上聚集，沈從文等人主

63 見李長之：〈梁實秋《偏見集》〉，《國聞週報》第11卷第50期（1934年12月）。

64 李長之：〈我對「美學和文藝批評的關係」的看法〉，《李長之文集》（石家莊市：河北教育出版社，2006年），卷3，頁6。

65 李長之：〈我對「美學和文藝批評的關係」的看法〉，《李長之文集》（石家莊市：河北教育出版社，2006年），卷3，頁10。

持的《大公報》「文藝副刊」也為他們提供了發表創作與理論的重要陣地，不僅如此，這些作家與批評家還利用讀詩會和《大公報》「文藝副刊」進行了一些相當有計劃性的文學活動：正是在讀詩會上規劃了《大公報》「文藝副刊」的「詩特刊」。詩人陳世驤一九三五年十月二十二日在給沈從文的信中說：「那天在朱先生家『詩會』上會見，到現在已有幾個禮拜了，自己每日忙著教書，很少有閱讀雜誌和拜會朋友的餘暇，不知先生所計劃詩刊已怎樣……先生如果同意，下次大家聚會的時候是否可把以後詩刊中批評一欄規劃得具體一點……」[66]一九三五年十一月八日，「詩特刊」正式創刊，沈從文在充當發刊詞的〈新詩的舊帳——並介紹《詩刊》〉一文中說，為了給「正陷入一個可悲的環境裡」的新詩尋找「出路」，特地開了這個「試驗的場所」，「來發表創作，共同批評和討論」。文中列出了參與編輯與撰稿者的名單：由「孫大雨、梁宗岱、羅念生先生等集稿，作者中有朱佩弦、聞一多、俞平伯、朱孟實、廢名、林徽因、方令孺、陸志葦、馮至、陳夢家、卞之琳、何其芳、李廣田、林庚、徐芳、陳世驤、孫毓棠、孫洵侯、曹葆華諸先生。」[67]可謂是群英薈萃。

這些記述展示的顯然只是冰山的一角，但仍然透露了讀詩會一類聚會活動與《大公報》「文藝副刊」等刊物上的某些內容之間的重要關聯，同時也向我們透露了讀詩會等沙龍聚會的活動形式對這批文人的重要意義。實際上，正像沈從文等人日後所追憶的，「這些人或曾在讀詩會上作過有關詩的談話，或曾把新詩舊詩外國詩當眾誦過、讀過、說過、哼過，大家興致所集中的一件事，就是新詩在誦讀上究竟有無成功可能？新詩在誦讀上已經得到多少成功？新詩究竟能否誦

66 刊《大公報》（文藝）第55期，1935年12月6日，「詩特刊」。

67 沈從文：〈新詩的舊帳——並介紹《詩刊》〉，《大公報》（文藝）第40期，1935年11月10日，署名上官碧。

讀？」[68]——當然，除了詩，他們也讀過散文小說等其他作品。可以看出，他們在讀詩會上所探討與關注的中心往往是有關藝術本身的問題，尤其是形式、風格與技巧方面的問題，可以說，對於這些大多數出身於高等學府的人們來說，讀詩會之類的沙龍成為課堂與研討班的擴展（當然有時在一定意義上也可能成為後者的基礎），而他們所主持的報刊則一方面在某種程度上成為沙龍群體面向公眾的一個窗口，另一方面也可能為沙龍討論提供新的材料和話題。

這裡必須加以強調的是，這種沙龍聚會形式對於文學批評的重要意義。聖伯夫曾說過：「巴黎真正的批評是在談話中進行的。」[69]這句話恰當地指出了在沙龍中進行的「口頭批評」的重要價值。因此，正如蒂博代所說的：「在一個有好的談話的地方，也有好的批評。」[70]我們不難想像，在對詩歌以及其他文學作品進行誦讀的過程中，沙龍成員難免要評頭論足，我們更不難想像這些「口頭批評」最終有可能被整理成文，出現在《大公報》「文藝」等刊物的版面上，或是被補充進正在撰寫或計劃撰寫的論著中，而這些發表的或正在撰寫的批評文字也往往成為下次沙龍談話的話題——事實上，我們在這批文人的作品中並不難於找到這方面的消息。

「沙龍裡的批評，小團體的批評，其趨勢是變成派別的批評」[71]。正是通過沙龍裡的批評與交流，這批文人逐漸在有關文藝的一系列問題上形成了相近的觀點，並且，也正是通過這種聚會時的誦讀、探討，他們的理論觀點與批評對圈內作家的創作形成了有力的影響，尤

68 沈從文：〈談朗誦詩〉，《沈從文全集》（太原市：北嶽文藝出版社，2002年），卷17，頁247。

69 〔法〕聖伯夫：《月曜日漫談》，卷1，轉引自〔法〕蒂博代撰，趙堅譯：《六說文學批評》（北京市：生活·讀書·新知三聯書店，1989年），頁5。

70 〔法〕蒂博代撰，趙堅譯：《六說文學批評》（北京市：生活·讀書·新知三聯書店，1989年），頁7。

71 〔法〕蒂博代撰，趙堅譯：《六說文學批評》（北京市：生活·讀書·新知三聯書店，1989年），頁31。

其是對於初出茅廬的青年作家，如當時的蕭乾等人，這種批評的引導作用更是顯而易見的。因此，可以說，正是這些沙龍聚會以及發生在沙龍內（外）的批評活動，使得這批文人在理論上和創作上趨於某種共同的傾向。

到了一九三七年，一份《文學雜誌》的產生則更明顯地表明了這些作家的凝聚傾向：編輯委員會中有沈從文、楊振聲、朱光潛、葉公超、周作人、朱自清、廢名、林徽因以及李健吾與淩叔華，都是讀詩會上的常客，不僅如此，整個雜誌由策劃、編輯到出版，都與朱光潛家中的客廳聚會和《大公報》「文藝副刊」的聚餐會有密切關係，並且顯然是從胡適到朱光潛的新老作家通力協作的結果[72]。

各種跡象表明，在北平文藝界已經產生了一個具有流派性質的作家群，雖然正像幾十年以後某些研究者所指出的：這一作家群「並非嚴密意義上的文學流派。它有集會，卻未曾結社；有報刊，卻喜歡容納非同人作家的夠水準的作品。」「然而，它代表了一種文學風氣，在二十年代後期和三十年代政治派系和文學思想激蕩奔騰之際，在遠離政治漩渦的北方學府，以靜觀的眼光諦視社會風雲，在吟詠人性的常態變態中，建構自已高雅的藝術神廟。」[73]可以說，這個群體在各種文化、政治因素以及老一輩作家的整合與栽培、新一代作家的聯絡與溝通之下，已經成為一個具有獨特群體個性的文學流派，人們將把他們看作一個文學集團，而他們的理論家與批評家也將在中國文學界發出自己的聲音。

一九三三年十月十八日，《大公報》「文藝副刊」第九期刊出了沈從文〈文學者的態度〉一文，抨擊了當時文壇的一些不良風氣——即

---

72 創辦《文學雜誌》的具體過程，可參看常風〈回憶朱光潛先生〉一文，載《文人畫像——名人筆下的名人》（上海市：上海三聯書店，1996年）。

73 楊義：《楊義文存》，《中國現代文學流派》（北京市：人民出版社，1998年），卷4，頁485。

他一向深惡痛絕的所謂「海派」文學作風。然而，令他沒有想到的是，這篇文章引發了一場文壇矚目的「京海論爭」，更令他做夢也沒有想到的是，他和他的同仁們由此獲得了「京派文人」的頭銜。這一頭銜對他們無疑具有很重要的意義。許多年以後，當這個文學集團的另一重要人物朱光潛回憶這段歷史的時候，也必須時時提及：「在解放前十幾年中，我和沈從文過從頗密，……他編《大公報．文藝副刊》，我編商務印書館的《文學雜誌》，把北京的一些文人糾集在一起，占據了這兩個文藝陣地，因此博得了所謂『京派文人』的稱呼。」(1980) [74]

與幾乎世界上的大多數文學流派一樣，「京派」之名，主要是由別人——甚至由對立派——贈予的，而這個集團內的成員在當時甚至根本沒有人想去接受這一稱號（沈從文自己常用的是「北方作家」、「北方文壇」的概念）。可以說，在相當長的時間內，「京派」始終是一種「他者的敘述」，這個名稱所蘊含的，主要是圈外人對於這個文學集團的看法，而這種看法，多多少少將影響到他們的命運。

事實上，沒有人能夠徹底弄清「京派」都有些什麼人。人們只能肯定一點，這批「京派文人」都曾居留北平，朱光潛等人提供的線索又提示出，這些人與朱光潛家裡的「詩讀會」、同《大公報》「文藝副刊」以及《文學雜誌》等刊物有密切的關係。並且，他們在文學風格或理論觀念上具有相近的、由當時人們心目中的這座古都所薰陶出來的那種「氣質」。按照這種標準搜尋，人們將會發現，並非所有居留北平的作家都是「京派」，也並非所有曾給《大公報》「文藝」寫稿的作家都是「京派」，如屬於北平左聯又與蕭乾甚為友善的楊剛；而有些後來離開北平並且久居外地——甚至上海——的作家，如李健吾、

---

74 朱光潛：〈從沈從文先生的人格看他的文藝風格〉，《朱光潛全集》新編增訂本（北京市：中華書局，2012年），卷8，頁330。

凌叔華等卻無疑算是「京派」，而有些作家，隨著生活道路的變遷，曾是「京派」，後來又遠離了「京派」，如何其芳。然而，有北平這座古都（如魯迅所提示過的），有朱光潛、沈從文等人在其中苦苦維繫，「京派」有如一團聚散變幻卻又無法吹散的雲團，在三十年代乃至四十年代的中國文學的天空中維持著固執的存在。據楊晦在一九四七年寫的一篇文章所言，似乎抗日的硝煙也沒能掩去「京派」與「海派」的面目：「在抗戰期間，無論是京派是海派，他們的根據地北平和上海都淪陷在敵人的魔掌裡了，……經過了八年的抗戰，無論是所謂京派還是海派都同樣地經歷過不少的苦難，也可以說，大家都投在抗戰的熔爐裡重新鍛煉過了。」然而，「在勝利後，一向住在北平的大多回到北平，一向住在上海的又到上海來。」似乎「所謂文化復員的，也是『復原』的同義語」[75]「所謂京派的，……在『復原』後的北平大有重整旗鼓，重建堡壘的形勢。」[76]

從蘇汶以向沈從文應戰的姿態發表〈文人在上海〉一文開始，就已經奠定了將「京派」與北平特殊的政治、文化環境聯繫在一起考量的思路。「上海社會的支持生活的困難自然不得不影響到文人，於是在上海的文人不容易找到副業（也許應該說『正業』），不但教授沒份，甚至再起碼的事情都不容易找，於是在上海的文人更急迫的要

---

75 楊晦：〈京派與海派〉，《楊晦文學論集》（北京市：北京大學出版社，1985年），頁221。

76 楊晦：〈京派與海派〉，《楊晦文學論集》（北京市：北京大學出版社，1985年），頁225。楊晦所言，並非子虛烏有，抗戰勝利之後，不但《文學雜誌》再度復刊，而且，朱光潛、沈從文都身兼多家報紙的文學副刊的主編，更為編輯文學副刊的青年作家提供後盾支持與幫助，這樣，他們不但重新凝聚起原來的《文學雜誌》作者群，而且進一步輻射影響了一批青年作家，在原來的「京派」群體出現離散分化的同時，又吸納了一批新生力量，接續了京派的血脈。具體資料可參見吳小如〈《夢之谷》書評〉「附記」（1991年6月）《蕭乾研究專集》（北京市：華藝出版社，1992年）、商金林《朱光潛與中國現代文學》（合肥市：安徽教育出版社，1995年），頁十一、十二章。

錢。這結果自然是多產，迅速的著書，一完稿便急於送出，沒有閒暇擱在抽斗裡橫一遍豎一遍的修改。這種不幸的情形誠然是有，但我不覺得這是可恥的事情。」[77]蘇汶這段似乎旨在自我辯解的話語實際上也內藏機鋒，指出了北平文人作風所賴以存在的環境支持因素：這些文人大多身居大學教授之職，沒有經濟上的壓力。這一意念經過曹聚仁的發揮，則揭示出無論「京海」還是「海派」，都無法擺脫現代社會文化運作機制的掣動，所不同的，則是「海派」的顯與「京派」的隱。而這種意念再經由左翼作家銳利的政治批判眼光的審視，很快被闡發出一種政治性的內涵。一九三四年一月二十日，徐懋庸在《申報》「自由談」上發表〈「商業競賣」與「名士才情」〉一文，指出「吟風弄月之徒多矣，而未必都是名士者，蓋未必都有官僚勢力作背景之故也。」「文壇上倘真有『海派』與『京派』之別，那末我以為『商業競賣』是前者的特徵，『名士才情』都是後者的特徵。」「名士用的錢，則可謂來得曲折，從小老百姓手中出發，經過無數機關而到名士手中的時候，腥氣已完全消失，好像離開廚房較遠的人吃羊肉一樣，名士的清高就在此。他的所以能夠大罵商人也在此。」徐又指出「但上海到底是一個複雜的地方，『商業競賣』的海派文人，固多如過江之鯽，而『名士才情』的京派文人，也不是沒有。」[78]這已經顯出一種淡化地域性意義背景（與此同時則強化了政治性背景）的傾向。

魯迅的介入無疑大大提升了這場論爭的意義，同時也在相當程度上使得對於「京派文人」的敘述定了性。可以看出來，魯迅使用了一個複雜的多重意義背景來界定「京派」與「海派」，一重是地域背景：「所謂『京派』與『海派』，本不指作者的本籍而言，所指的乃是一群人所聚的地域，故『京派』非皆北平人，『海派』亦非皆上海

77 蘇汶：〈文人在上海〉，《現代》第4卷第2期（1933年12月）。

78 徐懋庸：〈「商業競賣」與「名士才情」〉，《申報》（自由談），1934年1月20日。

人」這一重背景又通過其特有的政治文化特徵被換算成了政治背景:「籍貫之都鄙,固不能定本人之功罪,居處的文陋,卻也影響於作家的神情……文人在京者近官,沒海者近商,……要而言之,不過『京派』是官的幫閒,『海派』則是商的幫忙而已。但從官得食者其情狀隱,對外尚能傲然,從商得食者其情狀顯,到處難於掩飾,於是忘其所以者,遂據以有清濁之分。而官之鄙商,固亦中國舊習,就更使『海派』在『京派』眼中跌落了。」不僅如此,魯迅更具體地結合歷史時代的際遇分析了「京派文人」的歷史緣由與現實境況及其文化優勢:「而北京學界,前此固亦有其光榮,這就是五四運動的策動。現在雖然還有歷史上的光輝,但當時的戰士,卻『功成,名遂,身退』者有之,『身穩』者有之,『身升』者更有之,好好的一場惡鬥,幾乎令人有『若要官,殺人放火受招安』之感。『昔人已乘黃鶴樓去,此地空餘黃鶴樓』,前年大難臨頭,北平的學者們所想援以掩護自己的是古文化,而惟一大事,則是古物的南遷,這不是自己徹底的說明了北平所有的是什麼了嗎?」「但北平究竟還有古物,且有古書,且有古都的人民。在北平的學者文人們,又大抵有著講師或教授的本業,論理,研究或創作的環境,實在是比『海派』來得優越的,我希望能夠看見學術上,或文藝上的大著作。」[79]

可以說,魯迅的多重意義分析大體上把握住了「京派文人」所處的政治文化座標,但是,由於魯迅的官方政治的反抗者的角色,以及他處於遠離北平的左右翼激烈鬥爭的上海,使他不自覺地強調與放大了「京派文人」與其棲身其中的政治機制之間的緊密關係,而多少忽略了二者之間在特定的歷史與地域條件下的可能出現的疏離。

但是無論如何,「京派文人」作為「官的幫閒」的政治或準政治定性,則從此確立。

---

79 魯迅:〈「京派」與「海派」〉,《申報》(自由談),1934年1月30日,署名欒廷石,收入《花邊文學》。

蘇汶的文章中還認為：「也許有人以為所謂『上海氣』也者，僅僅是『都市氣』的別稱，那麼我相信，機械時代迅速的傳佈，是不久就會把這種氣息帶到最討厭它的人們所居留的地方者的，正像海派平劇直接或間接影響著正統的平劇一樣。」這無疑有暗示「京派文人」落後於時代、感受不到現代化的衝擊的意思，這一觀點在曹聚仁那裡也得到了正面的發揮：「京派不妨說是古典的，海派也不妨說是浪漫的；京派如大家閨秀，海派則如摩登女郎。若大家閨秀可嘲笑摩登女郎賣弄風騷，則摩登女郎亦可反唇譏笑大家閨秀為時代落伍。海派文人百無一是，固矣，然穿高跟鞋的摩登女郎，在街頭往來，在市場往來，在公園往來，她們總是社會的，和社會相接觸的，那些裹著小腳，躲在深閨中的小姐，不當對之有愧色嗎？」[80]這種認為京派與現實的社會進程脫節——與現代化進程脫節、與社會現實脫節的觀點也頗為普遍。胡風在〈《蜈蚣船》——京派看不到的世界〉一文的開頭對他所想像的「京派文人」的生活的諷刺性描述就反映了這種典型的看法：「曾經有過一次關於文壇上的『京派』『海派』的小小論爭。爭些什麼，現在當然模糊了，只記得當時曾得到了這麼一個印象：所謂『京派』文人底生活大概是很『雅』的，或者在夕陽道上得得地騎著驢子到西山去看垂死的落日，聽古松作龍吟或白楊底蕭蕭聲，或者站在北海底高塔上望著層疊起伏的街樹和屋頂做夢，或者到天壇上去看涼月……」[81]

---

80 曹聚仁：〈京派與海派〉，《申報》(自由談)，1934年1月17日。

81 胡風：〈《蜈蚣船》——京派看不到的世界〉，《胡風評論集》(北京市：人民文學出版社，1984年)，上冊，頁139。在這之後，胡風寫下了這樣幾句話：「然而北京或北方終究是在這個大地上面，終究是這個中國底一角，生活在那裡的文人只要是血肉的身子，也就不得不是社會底一員，各各過著好過或難過的各種中國人底生活。北方當然有風雅的文人，但也決不會沒有粗野的作者，……《蜈蚣船》……這裡面找不出一絲一毫的『名士才情』，更沒有什麼『明淨的觀照』，但這種『粗鄙』而熱辣的人生，卻是這個世界裡的事實。」

一九四七年楊晦所寫的〈京派與海派〉一文可以說是綜合了以上各種對京派的評價角度:「所謂京派的,自然是在他們的根據地北平的社會條件下形成一種作風,而所謂海派的,也自然就是由於上海的社會條件所造成的了。」[82]這秉承了一貫以來的地域文化背景的界定。而楊晦對京派的歷史發生卻有一些奇特的看法:「五四運動卻是發生在北京的,這好像是京派的光榮成績。其實不然。五四運動正是海派勢力伸張到北京去,突破了京派的士大夫傳統的結果。所以,等後來伸張到北京的海派勢力一部分又南下了,另一部分留在北京的,好像江南之橘,到了淮北就變成了枳的情形一樣,反倒接受了士大夫的傳統。於是所謂京派的聲勢才張大起來,這才造成了後來京派與海派的論爭,在京派挾著五四運動餘威,威嚇海派的時候,正是五四運動的精神對於京派的學者作家已經失去五四運動的內容,對於他們已經空虛,只剩下一個空殼供他們玩弄或者用一個他們最愛用的術語,供他們『欣賞』的時候。換句話說,這時候,他們已經差不多回到了舊日士大夫的路上,捧出舊日士大夫的傳統,當作他們新油漆過的招牌了。至於被京派譏嘲的海派,這時候,早隨工商業的進步,社會運動的發展,雖然還難免攜帶著上海灘上的泥沙,雖然還不能不使他們的作品商品化,在市場上找求銷路,卻已經從灘上的泥沙裡拔出腳來,通過所謂文化商場,肩起文化的使命,奔上社會變革運動的道路。」[83]但是這些看法無非綜合了從魯迅那裡承襲過來的政治定性與從曹聚仁那裡承續過來的歷史定位:既是官的幫閒,是反動勢力的附庸,又是歷史的殘留與陳跡,所以他說,「他們是跟舊士大夫一樣是封建意識的代表,他們是在有意或無意地跟封建的反動的勢力相表

82 楊晦:〈京派與海派〉,《楊晦文學論集》(北京市:北京大學出版社,1985年),頁222。

83 楊晦:〈京派與海派〉,《楊晦文學論集》(北京市:北京大學出版社,1985年),頁225。

裡，起他們的呼應作用。」[84]楊晦最後從政治定性的角度出發對京派的理論觀念進行了評述：「不是在五四運動後不久，那些自命為京派的作家們，早已經主張文化運動要不管社會運動，分道而馳了嗎？然而，卻也有一套理論來支持他們血都冰了的冷靜態度，以及到了幸災樂禍那樣程度的旁觀態度。這套理論是從哪裡來的呢？一方面是從歐美的資本主義的文藝理論那裡摭拾來的；一方面是從中國舊士大夫那裡繼承來的。這就是所謂京派的理論基礎。已經發展到帝國主義的現代，歐美資本主義的文藝理論早失去了它的進步性，而成為反動的了，我們的京派作家卻奉作最為神聖的教義一般。至於他們直接繼承來的那些士大夫的傳統呢，卻完全是由於中國農村經濟的落後性，由於我們農業生產的技術水準低落的條件造成的，並不是什麼高雅的理論可以奉作傳家的秘密。」[85]

楊晦的觀點可以顯示出，從三十年代到四十年代，對「京派」形象的政治性敘述已經隨著中國社會政治鬥爭的進展被提升到了一個頗為驚人的高度。不僅如此，我們將會看見，楊晦的觀點和思維可以說是一種在左翼知識分子陣營中具有普遍性的認知傾向。

一九四八年，就在中國歷史即將進入一個新階段的前夕，左翼作家與理論家對「京派文人」中的重要人物朱光潛、沈從文等人展開了激烈的抨擊。我們看到，這些批判與抨擊大體上並沒有越出三十年代魯迅等人已奠定的政治定性的框架，但是卻達到了一個少見的嚴厲程度。在這場批判中，沈從文、朱光潛以及蕭乾這些曾經名重當時的文人被斥為反動勢力的「御用文藝」，或乾脆就是「反動文藝」的代表

84 楊晦：〈京派與海派〉，《楊晦文學論集》（北京市：北京大學出版社，1985年），頁226。

85 楊晦：〈京派與海派〉，《楊晦文學論集》（北京市：北京大學出版社，1985年），頁226。

人物，「一直是有意識地作為反動派而活動著」[86]。這些發自左翼革命文藝陣營的批判在當時借重中國共產黨席捲全國的軍事勝利局勢形成了相當大的影響，給受批判者帶來了前所未有的巨大的心理壓力並影響了他們的人生命運。

很顯然，一九四八年的這場批判必須在當時中國國內政治與戰爭形勢，以及這一形勢所帶來的輿論勢力格局變化的背景下來理解。

四十年代末的中國政治鬥爭形勢及其造成的政治文化語境在胡繩與郭沫若的表述中得到了非常清晰的說明：「代表舊中國的是以蔣介石和四大家族為首的大資產階級大地主的統治，代表新中國的是以共產黨為領導的解放區和蔣管區的民主愛國力量；——兩個中國正在作著決戰。」[87]而在這個「人民的革命勢力與反人民的反革命勢力作短兵相接的時候，衡定是非善惡的標準非常鮮明。凡是有利於人民解放的革命戰爭的，便是善，便是是，便是正動；反之，便是惡，便是非，便是對革命的反動。我們今天來衡論文藝也就是立在這個標準上的，所謂反動文藝，就是不利於人民解放戰爭的那種作品，傾向，和提倡。」[88]

可以看出，胡繩、郭沫若等人採用的是一種戰爭思維，當國共兩黨的鬥爭到了最後決戰關頭的時候，中國政治局勢已經到了絕無任何其他中間路線可行的極端境地，在這個境地中，只有非此即彼的選

---

86 郭沫若：〈斥反動文藝〉，原載《大眾文藝叢刊》1948年3月1日，第一輯《文藝的新方向》，引自《中國新文學大系1937-1949．文學理論卷二》（上海市：上海文藝出版社，1990年），頁762。

87 胡繩：〈為誰「填土」？為誰「工作」？〉，原載《華商報》1948年2月22日，引自《中國新文學大系1937-1949．文學理論卷二》（上海市：上海文藝出版社，1990年），頁757。

88 郭沫若：〈斥反動文藝〉，原載《大眾文藝叢刊》，1948年3月1日，第一輯《文藝的新方向》，引自《中國新文學大系1937-1949．文學理論卷二》（上海市：上海文藝出版社，1990年），頁762。

擇，如果說，自由主義知識分子的主張在這個決戰階段來臨之前的一個相當長的時期內，尚能作為國共兩黨之外的第三方力量主持輿論上的正義，因而他們的存在尚有其歷史依據，那麼，隨著這一決戰的來臨，自由主義者們便被這一歷史進程徹底剝奪了存在的空間，他們的主張不但顯得迂腐天真，更有可能在客觀上對中國共產黨的政治與軍事進程起到干擾的作用，就這一點來說，從胡繩們的立場看來，他們的警惕與敵意並非無因，但是他們將朱光潛、沈從文等人看成「自覺的有意識地為反動勢力」服務，則顯然是一種誤判，言辭上更是偏激失當。事實上，幾乎就在他們將這批文人斥為「反動文藝」的代表的同時，這批文人卻大多數都放棄了國民黨政府為他們提供的飛往臺灣的機票而留在了即將由中國人民解放軍接管的北平城。

然而，當朱光潛與沈從文所居留的古都重新更名為北京的時候，中國歷史已經全面展開了一個新的階段，而一度固執地維持著他們的存在的所謂「京派」卻風流雲散，消隱在歷史的風塵之中。等到人們再度將他們從歷史的塵封中翻撿出來的時候，那已經是在幾十年之後。

五　小結：京派的文化個性

「京派」在中國現代文化史上幾乎是一個不可思議的奇異存在。時至今日，中國的人文知識分子提起他們的時候仍然帶著幾分莫名的欣羨與追懷之意。在人們的想像中，他們有時如同激流中滯重的沙石，有時又像是海市蜃樓裡的一片桃林。這在很大程度上要歸因於「京派」在一種獨特的歷史境遇中形成的獨有的文化個性。

從某種意義上說，「京派」的生成是對二十年代末、三十年代初的政治文化潮流的一種應激性反應。「京派」不滿於當時的社會現實，並為中華民族的前途命運憂心忡忡，但是他們對當時正在崛起的左翼政治力量並不了解，也不信任，對於左翼文化陣營的某些「左」

傾幼稚表現更懷抵觸情緒，加之這些人大多深受中西傳統文化薰陶，傳統士大夫的精英意識與西方人文主義的個性主義精神已深深浸入他們的骨髓，因此，他們大多數在政治上都持一種以超然於左、右兩翼為標榜的自由主義立場，他們對於國民黨政權的高壓統治手段極其不滿，在當局對左翼文化人士進行迫害的時候，有些「京派」人物敢於挺身而出撰文抨擊，但是，另一方面，他們對左翼陣營的推翻國民黨政權的革命目標以及暴力革命手段又持否定態度，沈從文就曾將國共兩黨的戰爭視為「民族的自殺」。他們更希望採取一種漸進的、和平的改良手段，來使國家走向歐美式的民主政治。他們對於左翼的學生運動和群眾運動也持否定意見，認為參加者是出於為黨派宣傳所蠱惑的盲從心理，他們宣揚一種「專業救國」論，要求「思想獨立」，要青年人將自己造就成為有專門技能與健全獨立的人格的有用之材，認為只有這樣的人才能建設國家、改善社會，使國家擺脫貧困、落後的境地。

他們將塑造國民人格精神的重大使命交給文化與文學，並極力反對左翼文學作家將文學作為政治鬥爭的工具的企圖，更反對文學由商業化而庸俗化。與他們對「專業性」的要求相一致，他們也極力強調文學自身的藝術特性，重視對文學的審美品格與藝術技巧的研討，強調對個人情感與體驗的藝術化的塑造與昇華。在批評上，他們極力主張公平公正，力圖超越「有意識的偏見」，推崇趣味的「純正與廣博」，在「審美距離」學說的指導下，崇尚「和諧」、「恰當」等具有濃厚古典色彩的藝術理想。與此同時，又推崇審美直覺，張揚批評主體的個性與情感體驗，無論面對的是陶淵明、李白等古代作家或是魯迅、蕭軍等現代作家，京派批評家們在批評中都努力通過對批評對象的個性心理與情感體驗的沉潛體味與挖掘而力圖達到凸現批評對象的審美品格與文化人格的目的，這使得他們的批評往往在學理的背景而外又帶有濃重的心理氛圍與個性色彩。

「京派」的思路似乎更多地傾向於綜合與重構，而不是離析與破壞。這一點，似乎是他們與五四啟蒙主義者根本的不同。作為後繼者，他們對五四啟蒙運動的反傳統傾向進行了反思，並著手進行在綜合利用中西文化資源的前提下重建與更新中國文化傳統的工作。可以說，這也正是「京派」最為引人注目、最令人讚歎與羨賞的成就之一。不僅如此，為給文化建設打下深厚的基礎，他們更提出了基本的文化建設策略：「自由生發，自由討論」。雖然這一文化思路在當時左右兩派爭奪政治與文化霸權的語境下備受扭曲，幾成一個迂闊的夢想，即使是「京派」自己也不敢說真正徹底公正地貫徹了這一思路，但是由於在左右兩派之間出現了一個「京派」，他們和左翼理論家之間既衝突又對話的過程仍然在一定程度上實現了這個口號所包涵的某些構想，從而在一定程度上推動了中國現代文藝理論與批評的進展，這可以說是「京派」們的又一貢獻。

第二章
關於「京派」與「京派批評」研究

一　重提「京派」

「京派」重新引起人們的注目，是在八十年代初。頗有意味的是，這一切又與沈從文有著某種微妙的關係。就在沈從文在中國文學界幾乎銷聲匿跡數十年之後，他積十數年之功完成的《中國古代服飾研究》正式出版，在國內外引起強烈反響，海外與港臺對沈從文的創作成就也日益重視，一九八〇年，沈從文終於獲准以著名作家和文物研究家的雙重身分赴美訪問講學。也幾乎與此同時，國內的一些重要刊物上出現了幾篇回憶性的文章，幾位老作家在提到沈從文的同時，也提到了「京派」。

這其中最常為人們所稱引的當然是朱光潛的〈從沈從文先生的人格看他的文藝風格〉和〈自傳〉。朱光潛在前一篇文章中寫道：「在解放前十幾年中，我和從文過從頗密，有一段時間我們同住一個宿舍，朝夕生活在一起。他編《大公報．文藝副刊》，我編商務印書館的《文學雜誌》，把北京的一些文人糾集在一起，占據了這兩個文藝陣地，因此博得了所謂『京派文人』的稱呼。京派文人的功過，世已有公評，用不著我來說，但有一點卻是當時的事實，在軍閥橫行的那些黑暗的日子裡，在北方一批愛好文藝的青少年中把文藝的一條不絕如縷的生命線維持下去，也還不是一件易事。於今一些已到壯年或老年的小說家和詩人之中還有不少人是在當時京派文人中培育起來的。」[1]在〈自傳〉中又用更多的篇幅回憶了有關「京派」的一些人和事：「當時正逢『京派』和『海派』對壘。京派大半是文藝界舊知識分子，海派主要指左聯。我由胡適約到北大，自然就成了京派人物，京派在『新月』時期最盛，自從詩人徐志摩死於飛機失事之後，就日漸衰落。胡適和楊振聲等人想使京派再振作一下，就組織一個八人編委會，籌辦一種《文學雜誌》。編委會之中有楊振聲、沈從文、周作人、俞平伯、朱自清、林徽音等人和我……」[2]

姚雪垠則在〈學習追求五十年〉中寫下了這樣一段文字：「當時住在北平的有兩位作家威望很高，人們稱作『京派作家』。老一代的作家以周作人為代表，好像是居於『盟主』地位，人們尊稱他『知堂老人』。我尊重他有學問，但不贊成他提倡沖淡和閒適情調，不但沒有去拜訪過他，後來還在曹聚仁主編的《芒種》半月刊上發表過兩篇文章批評和諷刺他。在北平的年輕一代的『京派』代表是沈從文同志，他在當時地位之高，今日的讀者知道的很少。他為人誠懇樸實，創作上有特色，作品多產，主編刊物，獎掖後進，後來又是《大公報》文藝獎金的主持人，所以他能夠成為當時北平文壇的重鎮。許多在北平的青年作家都常去看他，那是很自然的。我也喜歡他的文筆風格，喜歡他的一些短篇和中篇《邊城》。」[3]一九八一年，丁玲應邀訪問美國與加拿大，她在加拿大麥錫爾大學的談話中也提到沈從文曾是「當年京派作家的領銜者」。[4]

所有這些回憶都有意無意地以舊事重提的方式引領人們注意到這

1　朱光潛：〈從沈從文先生的人格看他的文藝風格〉，《朱光潛全集》新編增訂本（北京市：中華書局，2012年），卷8，頁330-331。

2　朱光潛：〈作者自傳〉，《朱光潛全集》新編增訂本（北京市：中華書局，2012年），卷7。

3　姚雪垠：〈學習追求五十年〉，《新文學史料》1980年第3期。

4　丁玲：《五代同堂　振興中華》，《丁玲文集》（長沙市：湖南人民出版社，1984年），卷6，頁341。

個事實，即在人們久已熟悉的現代文學史的主流敘述之外，似乎還存在著一段曾經輝煌卻久經湮沒的歷史。人們開始拂去歷史的塵埃，尋覓「京派」的蹤跡。

二　「京派」的界定

但是，人們很快發現，「京派」的面目，倒有些像古代詩論家所言，雖不致於「羚羊掛角，無跡可求」，卻總有些像「藍田日暖，良玉生煙」，「可遠觀而不可置於眉睫之前」。大體說起來，似乎誰都很清楚，然而一旦要確定這個流派的準確界限，或是確認誰是「京派」，誰不是「京派」，則頗讓人躊躇不已。

八、九十年代，關於「京派」小說、散文、詩歌、戲劇以及批評的研究都取得了相當的成果，但是，無論從哪個角度進行研究，如何界定「京派」作家群都是研究者必須首先解決的問題。對於這個問題，主要有兩種看法。

吳福輝的《京派小說選》〈前言〉據說是最早研究這一問題的重要論文，可以說，這篇文章基本上勾定了「京派」的歷史輪廓：「『京派』的文學傾向導源於文學研究會滯留在北方而始終沒有參加『左聯』(包括『北平左聯』) 的分子。顯然與『左翼』有社會政治和文學觀念的雙重分野，又決不與右翼文學認同。逐漸地，清華、北大、燕京等一些大學師生組合成一個鬆散的群體，先後出版了帶有初步流派意識的《駱駝草》、《文學月刊》、《學文月刊》、《水星》等刊物。特別以一九三三年沈從文執掌主編《大公報·文藝副刊》為流派確立的標誌。……一九三七年五月，朱光潛為商務印書館主編《文學雜誌》。此刊在抗戰期間被迫停辦，一九四七年六月復出，京派壁壘更為分明。」[5]吳文還具體列舉了「京派」的成員：「即便持一種狹義的觀點，以《大公報・文藝副刊》、《文學雜誌》周圍聚集起來的作家為主來加以認定，也便有小說家：沈從文、淩叔華、廢名、蘆焚、林徽因、蕭乾、汪曾祺；散文家：沈從文、廢名、何其芳、李廣田、蘆焚、蕭乾；詩人：馮至、卞之琳、林庚、何其芳、林徽因、孫毓棠、梁宗岱；戲劇家：李健吾；理論批評家：劉西渭（李健吾）、梁宗岱、李長之、朱光潛等。」[6]

李俊國的〈三十年代「京派」文學批評觀〉似乎是第一篇對「京派」批評做專題研究的文章，他的觀點與吳福輝近似。李文強調自己使用的「三十年代京派」的稱謂，「是在重新釐定這個文學群體的基礎上提出並使用的」，「著眼於三十年代活躍在北方文壇的青年作家」，文中所涉及的批評家有朱光潛、李健吾、蕭乾、梁宗岱等人。[7]

李文小心翼翼的「釐定」顯然透露出對京派進行清晰界定的某種困難。這一困難在人們將吳、李所代表的觀點與同時期楊義等人的觀點進行比較時就會得到清晰的呈現。

楊義所勾勒的「京派」歷史輪廓與吳、李等人的並未有太大的差異，所不同的，是他所列舉的京派作家中出現了一批資歷比沈從文等人更深的文人：「京派的成員主要是五四時期的文學社團——文學研究會、語絲社和現代評論社滯留在北京的部分成員，比如周作人、俞平伯、廢名（馮文炳）、楊振聲、淩叔華、沈從文，以及一批後起之秀如林徽因、蕭乾、蘆焚（師陀）、何其芳、李廣田、卞之琳以及理論批評家朱光潛、梁宗岱、李健吾（劉西渭）。」不僅如此，楊義明確地提出：「深刻地影響了京派的文學方向和文學視野的重要理論

---

5 吳福輝：〈前言〉，《京派小說選》（北京市：人民文學出版社，1990年），前言頁1-2。

6 吳福輝：〈前言〉，《京派小說選》（北京市：人民文學出版社，1990年），前言頁2。

7 李俊國：〈三十年代「京派」文學批評觀〉，《中國現代文學研究叢刊》1987年第2輯。

家，是周作人和朱光潛。」[8]將周作人也列入了「京派作家」與「京派批評家」的譜系之中。

於是，我們就至少有了兩種對於「京派」的界定：一種是狹義的，一種是廣義的。

之所以會出現這樣的兩種界定，除了「京派」作家群自身的鬆散性之外，還與當時身處北平的文人們之間的人際關係狀況與思想狀況有關。這一點，在九十年代的一些研究中得到了清楚的揭示。

劉峰傑發表於《文學評論》一九九四年第四期的〈論京派批評觀〉一文指出：「同處一個地域，不是劃分京派批評範圍的唯一標準。當時亦在北京的周作人、廢名、俞平伯、梁實秋，雖與朱光潛、沈從文、李健吾、李長之等人關係密切，但他們的內在分歧相當大。……惟有沈從文、李健吾、朱光潛、李長之，梁宗岱等有基本一致處。他們之間雖無明確的綱領，卻有默契與支持。」所以他認為「論京派批評觀，應以沈從文，李健吾、朱光潛，李長之，梁宗岱、蕭乾等為代表。」[9]這樣就顯然將周作人等排除在「京派」之外。

而許道明著的《京派文學的世界》（出版於一九九四年十二月）也顯然有對這兩種觀點進行剔清與辨正的意圖：「無論是周作人的標榜，還是梁實秋同魯迅與革命文學家們的論爭，還只是京派文學孕育的前導。周作人還不能說是嚴格意義上的京派作家，新月派與京派也不是同等概念。京派文學，誠然是由諸如周作人等幾個資深作家整合的結果，但這種整合不同於『左聯』，更多的是以北平為中心的一批作家在政治和文學的觀念上不同程度的不自覺契合，充分的、成熟的派別性質尚未具備。周作人、梁實秋等人的言論和行為，作為標準，自然並且符合實際地對京派文學的破土有著不可忽視的意義，這種意

8 楊義：《楊義文存》《中國現代文學流派》（北京市：人民出版社，1998年），卷4，頁470。

9 劉峰傑：〈論京派批評觀〉，《文學評論》1994年第4期（1994年7月）。

義大抵猶如種子撒在田地裡，種子與日後的禾苗，有承繼的一面，也會有變異的一面，不宜同日而語。……周作人一般可以作為過渡性質或前驅性質的人物看待，梁實秋或許會有些微的不同，但大體而言，也可作如是觀。」[10]這樣，仍然在周作人與「京派」之間劃下了一條界限。

高恆文發表於《文藝理論研究》一九九五年第四期的〈「京派」：備忘與斷想〉則幾乎同時對兩種界定都給予了有力的支持。高文既指出了周作人、梁實秋與沈從文等人在文學思想上的分歧——當然，他更主要的是指出梁實秋與京派整體的分歧，從而得出「梁因此很難說是一個『京派』作家（理論家）」的結論[11]。而對有關小品文的幽默與「獨抒性靈」之爭所表現出來的周作人與沈從文、朱光潛等人的分歧，此文則表現出一種模糊的態度。——同時，也指出了「京派」中有新、老兩代人，而正是朱光潛、林徽因的文藝沙龍以及《大公報》「文藝副刊」與《文藝雜誌》溝通了新老兩代人的文學觀念與情感，為「京派」各路人馬的重新「合夥」提供了前提。

無論是哪一種界定，似乎都必須面臨一個難題，這就是：如何擺放周作人等資深作家與沈從文、朱光潛等「京派」活躍骨幹的地位？如果僅僅講述創作風格，問題尚不明顯，一旦涉及文學思想與理論批評，則作為文壇老一輩重鎮的周作人與號稱「京派領銜人物」的沈從文、朱光潛等人的思想則有明顯的差異與分歧，由誰來統攝與代表，這恐怕是令不少學者都頗為頭疼的事情。

我認為，在界定的問題上，廣義與狹義其實可以並行不悖。正如楊義先生所說：「流派似乎有兩種：一種是『社團—流派』；一種是『文學形態—流派』。前者以社團和刊物作為連接流派的紐結，後者則在同人刊物中創造一種文學風氣和文學形態，因此流派紐結處於有

10 許道明：《京派文學的世界》（上海市：復旦大學出版社，1994年），頁24。

11 高恆文：〈「京派」：備忘與斷想〉，《文藝理論研究》1995年第4期（1995年8月）。

形與無形之間。前者以凝聚力著稱，後者以擴散性見長。」[12]事實上，不僅僅是「京派」，恐怕大多數的文學流派都會呈現出這種邊界模糊與內部歧異的狀況，人們往往只能確認其中的一兩個核心人物，「派」內外的其他人都往往由於與這些核心人物的距離遠近不同或接受他們所輻射的影響程度不同，而使得自己的創作和思想與這一流派的總體特徵吻合程度不同。其間的差異甚至可能會令人難以具體斷定某一人物是否屬於這一流派的成員。「京派」亦然，對這個提倡「自由生發、自由討論」的文學態度的流派來說，內部存在分歧與差異正是題中應有之義。強行劃出「京派」與非「京派」的界限，不但不符合文學流派的實際，恐怕更有違「京派」之為「京派」的特徵了。

但是，我們應該看到，正是沈從文、朱光潛等由周作人、胡適等人扶育起來的後輩作家充當著京派的核心力量，也正是他們通過自己的文學活動將當時北平文壇的新、老兩代作家團結起來，因此，無論周作人等人在當時有多大的威望，也無論他們對年輕一輩有多大影響，真正構成京派的中堅與核心的，應該是這些年輕的京派作家，也正是他們，即狹義上的「京派」，才能真正代表「京派」，而周作人等「老京派」(如魯迅所說的)，他們當然也應屬於廣義的「京派」，但他們早已交出了文學潮流的主控權，實際上，已成為與核心人物若即若離的「邊緣星體」了，這些曾經輝煌一時的「邊緣星體」還時常被其他星系利用，成為其他文學流派的招牌與幌子，如林語堂之利用周作人鼓吹小品文即其中一例。

可以說，人們在京派中所見到的流派的鬆散性與文學個人的活動性，恰恰是文學本來的面目。這一切都將有助於人們對文學本質的理解。

---

12 楊義：《楊義文存》《中國現代文學流派》(北京市：人民出版社，1998年)，卷4，頁486。

三　關於京派批評研究

二十世紀八十年代以來，學術界對京派批評也進行了一些專門研究。但是，到目前為止，如何理解這個批評流派所提供給我們的這一切精神遺產，如何確定它在中國現代文學理論批評史、乃至現代文化史上的地位，這些問題仍然讓學者們感到為難。在一九九五年出版的一本《中國現代文學批評史》中，作者在對京派批評進行了比較深入的探究之後，仍然感受到一絲惱人的困惑：「京派批評家同他們實際的社會思想相適應，其文藝思想以調和作為底色，美學傾向上的關於人生與文藝關係的捉握，創作原則上的表現與再現的兼容，藝術趣味與價值觀念的寬泛，大體顯示了和當時坊間盛行的理論很不相同的氣息，有深長的用心，不乏勝見，卻又充滿了令人困惑的矛盾。」[13]

我們當然不能說數十年來的研究沒有讓人們對這個流派有所感悟。從一九八七年發表的最初的幾篇研究京派批評的論文可以看出，研究者們很快就發覺，京派批評是通過他們兼收中西、融合古今的文化創造思維、通過與當時的左翼批評迥然異趣的社會——美學傾向而凸現了自己的獨特個性。尤其是，隨著對外文化交流的擴大，全球化與本土化矛盾日益凸現，伴隨著國家改革的進程，社會與文化劇烈轉型，文學與文學批評如何向人們提示一種廣泛適宜而又有強大長久的的生命活力的體驗、思維方式與文化評價範型的問題已經尖銳地擺在人們的面前，在這個時候，從文化傳統與現代精神、社會關懷與美學追求的雙重座標系中去理解京派批評就顯示出了激動人心的重要意義。

李俊國在〈三十年代「京派」文學批評觀〉一文中就已指出：「三十年代『京派』文學批評收納眾家，又不拘泥於一家，吸收創化為帶有中國文化思維印記的，溶文學批評諸種功能為一體的文學批評方法——既汲取法國分析學派將作家心理與作品，與時代和環境相聯

13 許道明：《中國現代文學批評史》（南京市：江蘇文藝出版社，1995年），頁264。

繫的理性思維和『科學態度』，又納入印象派『闡發一首詩或一件藝術品底偉大與永久的藝術原素』的欣賞直觀和『美感的態度』，還揉入中國傳統詩學的感悟性直覺思維方式，從而形成以李健吾為代表的『心靈探險』式的文學批評。」[14]李文不僅提示了京派批評融合中西批評觀念與範式的特徵，而且比較明確具體地指出了京派批評的綜合構架中所包括的幾方面不同構成成分及其結合方式：以印象派批評為中介，使中國傳統的直覺感悟式批評與西方批評範式實現對接。

這觀點似乎得到了不少學者的認同，《京派文學的世界》一書關於「京派批評」的論述依然大體上採用並進一步發揮了這一種觀點。該書明確認為「京派文學批評正是由傳統的感悟特徵汲納西方有關批評學理和技巧而生成發展的。這一派最著名的批評家李健吾的《咀華集》真稱得上『含華咀英』，西方批評中類乎蒙田的涉筆成趣，精湛的哲理感悟幫過他的大忙，但他獨到地從民族傳統中學會了批評未必一定要條分縷析，表達某種『綜合』的發現，才是他的天職。不判斷，不鋪敘，卻在一往如水地談他的了解，他的感覺，有時會情不自禁的稍稍游離作品本身，而去表達他的主觀感，呈示著閱讀的創獲。」[15]「強調直覺感悟，強調批評主體介入，強調情感動力，這三者突出地成為京派批評創造性思維和批評方法的基本特徵。它們朗然地顯示著民族的特色，反映了傳統美學觀和批評方式潛移默化的影響和滲透。同時需要指出：京派文學批評畢竟發生在二十世紀的現代中國，它對傳統的攝取與運用帶著通過它個性條件的批判與創造。它在較大程度上自覺不自覺地溝通了民族傳統批評與西方以印象主義為主要內容的批評傳統，但這種溝通是在儘量汲納一般科學方法的前提下進行的。」[16]

---

14 李俊國：〈三十年代「京派」文學批評觀〉，《中國現代文學研究叢刊》1987年2輯。

15 許道明：《京派文學的世界》（上海市：復旦大學出版社，1994年），頁72。

16 許道明：《京派文學的世界》（上海市：復旦大學出版社，1994年），頁349。

這些論斷確實大體上揭示了京派批評的某些重要特徵，但是大多數仍然停留於一種籠統概括的寬泛論述的層次上，也正是由於這種粗線條勾勒的敘述方式，使得這方面的研究有些淺嚐輒止的傾向，對於其中所涉及的中國文學批評傳統與西方批評範式的內部複雜性，以及京派批評在實現二者的溝通過程中所進行的精神觀念與命題、範疇等各種層次上的溝通、轉換的「微觀工程」，似乎未及進行過細的分析，而這在很大程度上限制了對「京派」批評在這方面取得的經驗的認識。

這些研究還涉及了我們所關注的另一個問題，這就是京派批評與左翼批評對批評的社會學維度與美學維度的不同處置方式：「在文學批評的具體標準和美學原則方面，左翼文學更多地滲透著與中國政治革命保持一致的時代意識，階級意識，更多地著眼於文學的階級性、政治性的批評標準，而三十年代『京派』卻一直著眼於藝術創作和欣賞的審美意識。可以說，左翼文學批評因其過多的現實功利感和階級、政治意識的介入，一定程度地淹沒了它對於文學規律某些方面的研討，與文學的批評相隔膜；同樣地，三十年代『京派』文學批評，又因為它過於執著地追求文學批評的藝術審美效應，與時代的要求相脫節。」這種思路——京派批評與左翼批評各自偏執於批評的審美維度和社會維度——是一種頗為普遍的看法。直到《京派文學的世界》一書，著者仍然持這種看法：「如果文壇主導觀念表現為文學對現實政治的依賴，作家對現實政治的依賴，那麼京派作家的文學觀念更著重表現為文學對現實政治的脫離，作家對現實政治的脫離。這是京派作家文學思想中最傑出的部分，同時也是最落後最不為時代所容的部分。所謂傑出，是他們在文學觀念上張揚了作家主觀能動精神的品格，它們足以溝通文學的本體層面和創作的主體層面，反映了某種文學自覺的特徵。所謂落後，說到底，京派作家的文藝思想是他們畏懼現實逃避現實的社會思想在文學領域內的反映。他們精心玩味文藝本身，搞得異常的玲瓏剔透，因而有時不免顯得過於狹窄。左翼革命文藝以與現實緊密擁抱為標誌，固然相對忽視文藝本身的特徵，但是它是盡了自己的歷史責任的。」[17]

當然，學界也注意到這種二元對立模式似乎過於簡單，不能深刻細緻地反映京派批評的真實面目。因此，也有學者著意指出了京派的文學觀念中「超然意識與介入意識雜揉」的狀況，並逐漸注意到其不同於左翼文學的介入與干預社會現實的方式與思路。李俊國在〈三十年代「京派」文學思想辨析〉（《中國社會科學》一九八八年第一期）一文中就著意凸出了這方面的觀點：「三十年代『京派』文學功利觀，是一種超然於現實政治利益和階級觀點的文學功利觀。它不與先進的無產階級及其政黨利益相聯繫，而是與一種寬泛意義的民族前途、『人生觀再造』的社會理想相聯繫。在其表現形式和實現途徑方面，它不是以政治的、階級的鬥爭形式和內容來實現，而是以道德的美學的途徑來表現。同是重視文學的社會改造作用，左翼文學是在革命與反革命的階級博鬥中作出自己的政治選擇，以鮮明的階級內容和政治力量介入改造社會的時代課題。三十年代『京派』則是從『傳統』與『現代』、『鄉村』與『城市』、『野性』與『文明』的多重文化衝突中，作出自己的文化選擇，以文學的道德力量與美學力量介入『民族自救』的歷史發展進程。」

李俊國〈辨析〉一文所論及的是整個京派文學的觀念，劉峰傑的〈論京派批評觀〉（《文學評論》一九九四年第四期）一文則更明確地討論了京派批評的文學觀念。劉文顯然試圖給京派一個明確的歷史定位。他指出「京派批評的出現代表著中國現代文學批評的審美自覺與成熟」，「代表著文學的自覺，試圖回歸文學本身，開闢了審美的前景」，同時又指出了京派並不是一個反人生的流派，「它不反人生，使

---

17 許道明：《京派文學的世界》（上海市：復旦大學出版社，1994年），頁65。

其看到了文學從人生中來；它不為人生，使其堅信文學要高於人生，超越人生。它所憧憬的藝術，是與人生接觸，又從人生中昇華而起的人類精神想像的大世界。」這種理解，顯然是一種「調和論」的理解，實質上仍然是將藝術和人生分而為二，人生自人生，藝術自藝術——雖然它們有某種關聯。這就完全沒有真正理解京派所反覆倡導的「人生藝術化」的真意，也沒有理解京派批評的抱負。京派批評家們不但要從人生中創造藝術，更要以藝術去融化人生，這是一種對整體文化的追求，他們追求的是一種藝術的、審美的人生體驗方式，一種獨特的而又具有普遍性的文化感受。這種文化感受是一種真實的生活，是一種貫串與滲透於人的整個生命過程的真實體驗，而不僅僅是一種暫時的虛幻的想像，也不僅僅是對日常生活的一種裝飾，而是生活本身，是一種他們力圖實踐的理想的生命存在方式。正如文化人類學家們所指出的，在一個特定的文化的結構中存在著兩個方面：「特定文化的道德（和審美）方面，評價性元素（the evaluative elements）被稱為『精神氣質』（ethos）。而認知的、存在的方面被稱為『世界觀』（world view）。一個民族的精神氣質是生活的格調、特徵和品質，它的道德、審美風格和情緒；它是一種潛在態度，朝向自身和生活反映的世界。世界觀則是他們對實在物的描畫，對自然、自身和社會的概念。它包容了其最全面的秩序的觀念。」[18]而「一個群體的精神氣質之所以表現出合乎理性，是由於它被證明代表一種生活方式，而這種生活方式理想地適應了該世界觀所描述的真實事態；這個世界觀之所以在感情上有說服力，是由於它被描繪成一種反映真實事態的鏡像，這種鏡像情理精當，符合這樣一種生活方式。」因此，所謂文化就是這樣一種對於文化主體來說彙聚了理性與感性確證的真實體驗，無論

18 〔美〕克利福德·格爾茲撰，納日碧力戈等譯：《文化的解釋》（上海市：上海人民出版社，1999年），頁148。

對於別人如何，它對於文化的主體來說，卻是真實不虛的生活狀態本身。可以說，京派所追求的「生活的藝術化」，就是這樣一種文化模式與文化感受。而這種體驗模式作為一種文化，它既是充分的個人性的，同時又是群體性的，正如格爾茲所指出的：「它既不是一種不變的亞文化自我，也不是既定的跨文化一致性，而是我們共同面對的現實。」[19]（在我們所說的文化模式中，宗教無疑是極為典型的一種形態，而京派批評家們反覆提及的「美育代宗教」、「小說代經典」等思路，恰恰證明了我們的推斷，即他們將藝術作為一種可能的文化而凝聚了自己巨量的社會關懷意向，對於他們來說，藝術經驗作為一種文化體驗方式不僅是屬個人的，而且可以推而廣之，成為社會的、民族的共同體驗方式。）而所謂「調和」的理解，關鍵在於將京派所說的「實際生活」等同於人生（體驗），與藝術體驗分立，而沒有意識到，對京派來說，超越「實際生活」的藝術經驗本身就是一種人生（或者說是一種人生體驗）。

不理解這一點，不理解京派批評的藝術──文化抱負，就必然無法理解所謂京派批評的審美自覺的真正意義，尤其是無法將之與「五四」時期的創造社等崇揚審美性的流派真正區別開來，這也就是為什麼研究者們總是在京派的審美與功利的關係問題上反覆糾纏的原因。人們或是將之目為固守審美尺度而忽略與無視社會歷史尺度的批評流派，或是極力抬升京派重視審美尤其是純審美、純藝術的觀念的意義，與此同時又極力代他們向指責他們不重視社會歷史的人們辯白，但在辯白的同時又不自覺地陷於某種矛盾之中。劉文一方面指出京派的審美自覺，另一方面又反覆辯稱他們不是反人生的，卻不是「為人生」的，但又指出他們對於社會、民族的責任感（這又有為人生的傾

19 〔美〕克利福德·格爾茲撰，納日碧力戈等譯：《文化的解釋》（上海市：上海人民出版社，1999年），頁60。

向了，與五四的文化批評派似乎沒有什麼太大的區別)。說他們的審美自覺與前期創造社以個性解放為歸依不同，但又說如果他們出現在「五四」，會被歸入個性解放的潮流中，這似乎又有將之與創造社等混同的危險。這實際上反映出，審美的京派批評如何處理社會功用的問題，仍然是一個尚未解決的難題。劉文提出，京派自覺形成了不同一般的藝術功用觀，他將之概括成為「三種轉移」:「其一是由狹隘功用觀轉向廣義功用觀。京派成員反對只賦予藝術一種功用的做法……面對豐富的人性，只給人性以單一的營養，那就必然扼殺人性，使人失去全面發展的機會。跳出狹隘功用的限制，不作壓抑人性的工具，用本身的自由為健康的多方面的人生觀之建設，貢獻一份力量，是藝術應盡的一份責任。」「其二是由入世功用觀轉向出世功用觀。入世功用觀宣傳倡導投身現實的精神。出世的功用則把對現實的超越，看作藝術的目的。朱光潛強調人生的藝術化，強調人要過一種理想的生活，均為重視藝術的出世功用。」「其三是由外在功用之證明轉向內在功用之倡導。外在功用不被京派批評重視表現在少談或不談文學改造社會，改造制度的作用。相反，相信文學不能離開人心之更新，生命之昇華，成為京派的論述重點。……朱光潛主張人要免俗，即是主張人心要經過美感的修養，養成『宏遠的眼界和豁達的胸襟』，追求人的最高生存。因此，藝術對人的作用，實際上是對生命的作用。……京派批評把藝術的內在功用具體化了，這種具體，使得京派批評突出了生命的意義，也尋找到了藝術作用於人，作用於人生的基本方式。」

劉文認為「京派這種看法，與無產階級文學的功用觀相去甚遠，甚至可以說，是反對無產階級文學功用觀的。」又說「京派批評者並未徹底否定無產階級文學所體現的一切方面，無寧說，其間的分歧，更多地著眼於藝術方面。……朱光潛對文以載道的某些肯定，可以見出他對求生存，求人道的思想，還是尊重的。……這樣的觀點，與無產階級文學重功利是有相通之處的。……他們所要求的創作是嚴肅和認真的，是肩負著人生職責的。這與無產階級文學精神不是絕對不相容的。……所以，我們認為京派批評雖然形成了注重人類審美特質的功用觀，卻未走向封閉的藝術之宮；他們的努力，既與恢復文學創作的正常態勢一致，也與求進步的人類力量根本一致。」[20]

這種近似於辯護的闡述，確實也展示出了京派文學觀念的複雜性與多面性，但是，充其量只是說明了這種觀念的複雜性而已，而未能充分闡明其中的有機統一性，在這種理解中，京派文學觀從「反無產階級文學的功用觀」跳到「與無產階級文學重功利有相通之處」，在這樣兩個極端之間卻缺少必要的邏輯連接與轉換。我們認為，在劉文所提出的京派功用觀的三種轉移中，真正構成了京派的特徵，並使之與左翼文學等其他文學流派相區別的只有第二點，而其他兩點：要求文學為人性的多方面的健康的發展作出貢獻、認為文學是作用於人心、作用於生命，則是文學的共同特點，即使是左翼或者「為人生」派的文學觀念中也未必缺乏。但是強調藝術的出世功能，則恰恰是京派獨特的文化與美學追求，但是，也正是在這裡，京派表現出其獨特的文化邏輯，這就是為朱光潛等津津樂道的「以出世精神，做入世事業」，正如中國古哲所說的「將欲取之，必先予之」，在這個出世的追求與提倡中，正蘊涵著強烈的入世意圖，這一「出世——入世」的功用思路通過第三個「轉移」，即「人心的更新」這一具體途徑而獲得實現，其基本文化思路與邏輯近似於古代士大夫的「內聖外王」與「修齊治平」的文化政治理想。可以說，正是通過這一文化邏輯，京派才能將兩種看似悖反的功利觀統一起來，也正是通過它，京派才會時時顯現出與左翼革命文學精神的某種相通。可以說，也正是因此，京派批評並沒有游離於「五四」以來的圍繞「救亡圖存」的主題目標

---

20 劉峰傑：〈論京派批評觀〉，《文學評論》1994年4期（1994年7月）。

展開的現代文學理論批評的語義場與語境。

正是因為沒有看到京派的文化邏輯及其文化追求，並且將藝術審美與社會功利放在一個二元對立的格局之中，才會將京派批評所呈現出來的觀念的複雜性理解成一種「既此又彼」的調和。這不但沒有理解京派批評的文學觀念，也沒有理解作為文化的審美本身。

凡此種種都歸根於這樣一種意識，審美與社會功利是涇渭分明的，在崇揚審美性的同時，又不能無視社會功利意識對於中國現代史乃至當代生存的重要意義，更不能無視京派對審美的追求中所包含的社會關懷意識，故而只好進行「調和」，而在調和中更感到四面受敵，左右為難。只有理解了京派的審美文化邏輯，將藝術方式看成一種人生方式，並坦率承認藝術（也即文化）本身包含的社會關懷意義，才可以從這種種矛盾的糾纏中擺脫出來。並且，也只有這樣，才能夠清楚地看到，京派批評久已為人們所看到的兩大特點——自覺的審美意識、對中西文化與批評傳統的融合努力之間有著內在的、必然的聯繫。正是將批評看成一種闡發與建設審美文化也即文化體驗的途徑，才會努力於建設一種融合中外古今的審美經驗模式的批評範式（也即體驗模式），在這種體驗模式中，藝術的經驗不僅是個人的，更是全民的；不僅是瞬間的，更是歷史的、永恆的，它連接著個體與群體，連接著過去、現在和未來。而這，長期以來一直沒有被人們明確地意識到。

當然，應該說，也有一些學者多少意識到了京派介入社會現實的獨特方式。上文提到過的李俊國的〈辨析〉一文雖然主要述及的是京派的文學創作，而未具體地對京派文學批評進行分析，但也已在一定程度上觸及了這個問題，李文明確指出：「京派」文學是在文化選擇的層面上，「以道德的、美學的力量實現文學的社會效用。」但是他卻認為京派作家是「以自己熟悉的鄉村文化價值和文人審美眼光看待這種『繁複紛擾』的社會現實。他們試圖從道德的、審美的角度（這又是農業文化社會裡鄉村文化價值的基本特點），揭示或抨擊社會變革時代『美』失落與『道德』的損傷，進而又以文學方式重建一種『道德』與『美學』的社會圖式，以干預現代社會的發展進程。」並認為，這種干預方式「與『現代』社會變革相衝突。他們與進步的左翼文學事業相抵牾，就是這種衝突的一種表現。」

可以說，這裡確實對京派介入社會的獨特方式有所觸及，正如文中所指出的，這是一種道德的、審美的方式。但是，這裡卻表現出一種單線直進的文化進化史觀與文化價值觀，對於「現代」這一範疇，沒有意識到其本有的複雜的多面多維度特性，以至將社會生產方式的現代性認做「現代」的全部內容，而沒有意識到「現代」範疇本身所可能含有的自我批判維度（主要是現代審美意識對於現代生產方式所帶來的一系列弊端的自我否定與批判），從這個角度看，京派文學顯示出來的某種似乎是反現代化的特徵恰恰應該是一種現代意義上的審美意識的反映，而這種批判性的審美意識正與現代西方的一部分審美意識傾向相契合，簡單地將之判定為「鄉村文化價值」似乎是不公平的。

此外，這裡認為京派文學意圖提供一種道德的與美學的理想的「社會圖式」，並以此干預現代社會的發展進程，這似乎過於誇大了京派文學社會介入意識的直接性，有將審美意象與現實設計混淆，以社會實用理性的標準來衡量與要求文學想像的嫌疑，如果果真是這樣，則京派文學的社會介入方式與以宣傳與社會動員自任的左翼文學就沒有什麼不同了。事實上，正如李健吾所說的，在京派的作品中「一切良善的歌頌，最後總埋在一陣淒涼的幽噎」（〈籬下集〉），這些對所謂「傳統農業社會」的描寫，往往只是一曲挽歌，與〈桃花源記〉所傾注的烏托邦情懷是根本不同的，根本無力承擔為社會提供「理想圖式」的重任，而只能力圖喚起人心靈中對某種失去的價值的惋歎與追懷。如果說京派文學果真是以「優美的人生形式」來「補救現代社會變革所帶來的精神病相」，也只有在這個意義上才能成立。

轉回到我們的主題——文學批評上來，這種「以文學方式重建一種『道德』與『美學』的社會圖式，以干預現代社會的發展進程」的理解仍然沒有看到京派批評的文化抱負。正如我們說過的，京派針對現代社會的批判性的審美意識與現代西方的審美意識有部分契合，但是，也正如人們所看到的那樣，現代中國與現代西方國家所處的發展階段與歷史境遇是完全不同的，對完成了工業化的西方國家來說，審美批判正是其社會與文化發展的一個必然的邏輯結果，是現代社會自身內部出現的自我批判，其社會的發展水平完全可以保證這兩種意識在一個社會的機體內部相生相剋地共存。而中國社會則不同，其完成生產方式與社會組織的現代化以獲取生存保障的訴求顯得無可比擬的急迫，原先的傳統文化因其無法迅速直接地轉化為推動社會現代化的動力，而遭到西方現代工商業文化的嚴重的挑戰，其價值因此受到普遍懷疑；而移植的西方文化既不可能是文化的全部整體，也無法迅速地在中國文化與社會環境中生長，因此，中國知識分子普遍感到一種文化傳統缺失的焦慮，「中國應向何處去？」的問題在他們這裡轉換成為「我們是誰？」與「我們應該是誰？」的問題[21]——曾經在全國知識界引起廣泛關注的「本位文化」與「全盤西化」的爭論就是這種

21 文化傳統的缺失顯然導致了一種秩序感的喪失，人類「可以設法使自己適應其想像可以對付的任何事：但他無法忍受無序。」人們「最重要的財富，永遠是關於在自然界裡、地球上、社會中以及我們所作所為中一般定位的象徵符號：即我們的世界觀與人生觀的象徵符號」，一旦人們失去了這一財富，或者，他們原先所擁有的這一切突然被宣佈為毫無價值，人們將無法給自己進行有效定位，更無法在這個世界上做出合理的行動。而對於中國社會來說，一旦這種文化體系瓦解，人們將只能依照自己的本能與利益行事，整個社會將變成一盤散沙，無法形成能夠對挑戰作出有效反應的整體，這將給已經遭受嚴峻挑戰的民族帶來更大的危險，這些所謂「禮崩樂壞」的歷史教訓對中國知識分子來說無疑是非常熟悉且具切膚之痛的。因此，知識分子對於文化傳統的追求本質上是一種對於全民共享的秩序感的追求，這種追求最終指向一種對民族生存競爭力的嚮往。

焦慮的表現。因此，文化與審美，在中國語境中不可能是完全反功利與反現代化的，恰恰相反，它還時時意圖包容與承擔社會功利價值。在這些知識分子看來，要使中國走上自強之路，必須首先對本土文化的歷史與現實境遇進行反思，進而選擇與重建一個能夠提供這種功能的文化機制，以確保國家的持續的發展前景。於是，人們就可以看到，他們不但時時熱衷於檢討中西文化的差異，反思中國文化的缺陷，他們的文章中更時時出現「恢復傳統」、「擴大中國文化」的籲求。而對於京派的文學批評家們來說，文學批評作為一種闡述人們的藝術經驗與文化體驗的方式，恰恰可以提供一條對文化進行探討與建設的途徑。因此，對於京派批評家們來說，他們的企圖不是提供什麼「理想的社會圖式」，而是「重建人心」，重建人們藉以體驗、思考、想像以及行動的文化，讓這些負載這種文化的人們去承擔建設與改造社會的任務。

作為一種自覺的批評，或者，更清晰地說，作為一種自覺的審美批評，不僅要有文學審美自覺，也要有批評的自覺，而京派批評，不僅對文學作著審美的闡釋，而且也在思考著批評自身的意義與價值，它顯然同時具備了這兩個方面的自覺意識。

批評觀包含了文學觀，但不僅是文學觀，還應包含對於批評自身（本體）的思考與反省，包含對於批評的總體文化功能的理解。這就是弗萊所說的：「我需要的批評之路是一種批評理論，它首先要說明文學經驗的主要現象，其次要導致對文學在整個文明中的地位的某種看法。」[22]京派批評作為走向自覺與成熟的審美批評，其重要之點就在於努力提供一種對於文學體驗與人生經驗的闡釋方式，並使這一闡釋能夠進入某種關懷性的全民文化體驗當中，這一建設性的努力首先

22 〔加〕諾思諾普・弗萊撰，王逢振、秦明利譯：《批評之路》(北京市：北京大學出版社，1998年)，頁1。

立足於文學的審美本質，通過對中西文化資源的綜合利用與溝通而努力構造相對穩定與較具包容能力的批評範式即文學經驗的闡述評價模式來達到的。必須提請注意的是，作為一種接近成熟型態的審美批評，「京派」批評並不是以對社會功利的迴避或抗拒為特徵的，相反，它之所以接近於成熟，正在於它並不排斥藝術的社會功利性質，而是深刻地理解了審美與功利、藝術與人生的微妙關係，正確地把握了以審美為其本質特徵的藝術對社會生活施加影響的途徑與方式。

京派批評是否就是一種完全意義上的成熟的審美批評呢？我們現在能夠肯定地答覆的只能是：它是中國現代文學批評史所貢獻出來的審美批評的最後（同時也是最有成就的）形態，我們不知道如果歷史允許文學批評按照自身的規律發展，而不受到外部因素的干擾，京派批評或者中國現代文學批評會發展成為什麼樣子，但是，應該說從來就沒有不受所謂外部因素影響的文學批評史，應該說，文學批評其實就是文學與現實歷史的一種對話，對中國現代文化史而言這一點恐怕尤其明顯。但是京派批評的言說被歷史驟然打斷，究竟是值得惋惜的，我們並不諱言，他們在留下了眾多精美的篇什的同時，也留下了許多的缺憾與未完成的構思，他們的全民文化的設計還未實現，與同時及後來的西方文學理論批評的成果相比，他們的成就也顯得貧乏，這都讓我們不能率爾稱其為成熟。當然，我們甚至寧願他們是不成熟的，因為這意味著我們的文化與批評還有更多的前景與可能，這恰是要留待我們去探索與建設的。

這又引發了與此相關的另一個問題。我們看到，人們探討京派批評的文學觀與批評觀時，總是習慣於將它放在和左翼批評相對照的一個理解框架中進行考察。應該說，無論如何，十幾年的研究確實增加了人們對於京派批評的理解，但是，作為相對的另一方面，對左翼文學批評以及社會學批評的認識卻並未有多大改觀，人們似乎仍然沒有超越當時這兩大流派互相對立、互相攻擊的格局與氛圍，人們在將京派批評所為一種審美批評進行褒揚或是貶斥的同時，幾乎一致認定了左翼文學批評缺乏審美方面的領悟，似乎沒有嚴肅地思考過，左翼文學及其左翼批評本身是否也包含了某種審美的、文化的追求與價值？人們似乎來不及思考，同時並存於三、四十年代的這兩大流派是否有可能以某種方式互相對話，互相砥勵，共同推進中國現代文學批評的學術積累？對於這些問題，顯然要經過對各自的學術理路進行細緻的分析與比較才可能得出結論。如果不進行這種工作，不但將影響人們正確地合乎學理地（而不僅僅是從政治立場上）認識左翼批評所取得的成就與缺陷，而且也將影響人們正確地認識左翼批評、社會學批評與京派批評的關係，並進而影響人們正確地認識中國現代文學批評史的全貌，並反過來影響人們對京派批評作出正確的認識和評價。只有在對這一切進行深刻的認識與反省的前提下，我們才有可以澄清與凸顯中國文學批評的理論與學術進程中的經驗和教訓，全面充分地接收歷史賦予我們的遺產。

第二部分

京派批評家個案研究

京派是一個理論批評與創作並重的文學流派，他們的代表刊物《文學雜誌》一反當時文學刊物只重創作的傾向，以五分之三的篇幅登創作，五分之二的篇幅登「論文和書評」，而且在編排上以「論文」打頭，以「書評」殿後；李長之等人更是創辦了專門的理論批評刊物《文學評論》，這些都體現出京派文人們對於理論與批評的不同尋常的重視。京派文人中，不少人都具有在創作與批評兩方面「左右開弓」的能力，更不乏主攻或專力於文學批評的人士。其中不僅有朱光潛這樣的中國現代文藝理論界的大師級的人物，也有沈從文這樣的以驕人的創作成就飲譽當時的文壇重鎮，更有李健吾、梁宗岱等一批懷有廣博精深的中西文學修養，寫得一手瀏亮瀟灑的批評文章的批評界的高手名宿。

正如一些論者所指出的，京派批評家並無明確的分工，但是他們順從各自的批評個性，在文學理論批評領域四面出擊，仍然形成了頗具整體衝擊力的流派氣勢。（劉峰傑：〈論京派批評觀〉，《文學評論》一九九四年第四期〔1994年7月〕）。其中，沈從文以「五四」文學精神的傳人的身分與姿態，為京派批評高揚起人文理念的大旗；朱光潛從自己的文藝心理學研究出發，為京派批評奠定了堅實寬闊而富有個性的理論基礎；李健吾則在對批評的本質進行體驗與思考的同時，努力提升著自己印象批評的精度與純度；梁宗岱則致力於在法國象徵主義詩學觀念的理論背景下探索空靈玄秘的詩歌境界；而李長之則在努力建構文藝學科的同時大力提倡「批評精神」，並以其獨特的情感中心主義批評張揚了京派批評家們所共有的重建與復興民族文化的熱忱。

這是一個兼有學理追求與個性詩情的批評學派，也是一個富有創造力與整合力的文化創造群體。當然，與所有其他流派一樣，他們也是一個洞見與盲視並存的流派。我們所應該做的，就是將他們為我們留下的一切鑄成鑒照今天的歷史之鏡，並希圖從中看見我們的一部分過去、現在，以及未來的可能選擇。

第三章
沈從文：高揚京派批評的人文理念

提到「京派」，就不能不提到沈從文。這不但是因為這位一直以「鄉下人」自況的湘西人在三、四十年代曾經是北方文壇具有重要影響力的作家，而且，也正是由於他寫的幾篇文章在某種似乎是偶然的機緣下挑起了一場關於「京派」與「海派」的論爭，從而使得自己與周圍的同仁們被加上了「京派」的頭銜，可以說，「京派」之得名並作為一個文學群體在中國現代文學史上產生影響，且為人注目，與沈從文的批評活動是有著密切的聯繫的。

一　反抗「時代」

可以說，沈從文很早就在文章中使用了「海派」一詞，但是直到他發表了通篇並無「海派」字樣的〈文學者的態度〉一文後，這個詞才在文壇上激起了軒然大波，「京派」與「海派」之名因之而廣泛流布，成為現代文學史上的一樁公案，其影響延綿至今不絕。

但是，應該說，這場論爭幾乎從一開始就偏離了沈從文的原意。地域的問題成了許多人關注的焦點，以至沈從文對「海派」的批判被視為北平（或北方）作家與上海（或南方）作家的意氣之爭，就連魯迅也未能完全超越「京」與「海」的地域觀念框架的限制，雖然他通過地域的亞文化特徵——居京者近官，居滬者近商——而將「京」與「海」的對立置換成社會身分的對立——「官的幫閒」與「商的幫忙」，但仍未跳出以地域為基本框架的理論思路。也許魯迅只是借題發揮，目的在於對「京」、「海」兩地的「幫閒」與「幫忙」文人作一針砭，——寫於同日，稍後發表的〈北人與南人〉則更顯示出這種從地域對立的角度挖掘文化精神的思路，但是這與沈從文原來的思路卻顯然有些錯位。

沈從文對「海派文學作風」大加撻伐，顯然出之於他對上海文壇風氣的厭惡與警惕，這種「上海風氣」主要包括了兩個方面的特徵：文學的商業化與文學的政治化。而在沈從文看來，前者更是決定後者的根本性因素。早在一九三〇年，他在〈現代文學的小感想〉等文中就已指出，在上海，文學方向轉換的背景實際上是出版界的商業競爭，因此，沈從文所鄙薄的「新海派作者」主要是指出於商業利益而趨赴時髦的作家，而這其中，既包括了以寫多角戀愛出名的張資平等輩，也在包括了一部分倡導「革命文學」的作家。

這樣兩種似乎截然不同的作家被劃歸同一個類屬，這其中透露出沈從文對於當時文學格局的某種理解，而這種理解也在一定程度上反映了新文學與新文化運動以來的某種社會意識與體制的變遷。

這裡首先必須強調的是無論以張資平為象徵的文學的商業化，還是「革命文學」為主潮的文學的政治化，在當時都構成了頗有聲勢與影響力的當代文化潮流，這一點，沈從文和捲入「京海論爭」的作者們都多少有所認識。蘇汶在〈文人在上海〉一文中就說：「也許有人以為所謂『上海氣』也者，僅僅是『都市氣』的別稱，那麼我相信，機械時代迅速的傳佈，是不久就會把這種氣息帶到最討厭它的人們所居留的地方者的，正像海派平劇直接或間接影響著正統的平劇一樣。」[1]沈從文也覺察到他所厭惡的「海派」已不僅僅是限制於上海一隅的地域文化現象，作為某種帶有現代商業社會氣息的現象，「上海方式」有逐漸泛化與擴展成為一種文化流通與傳播的普遍方式的趨勢。沈從文發現，「海派」風氣已經影響到了北方刊物和北方文壇：

1　蘇汶：〈文人在上海〉，《現代》第4卷第2期（1933年12月）。

「在南方，所謂海派刮刮叫的人物，凡在作品以外賣弄行為，是早已不再引起羞恥感覺，把它看成平平常常一件事情了的。在北方，則正流行著旁人對於作家糅合了好意與惡意的造謠，技巧古樸的自讚，以及上海謊話的抄襲。」[2]幾年以後，當他揭出反「差不多」的旗號而攻擊左翼文學潮流的時候，也意識到這一股文學政治化潮流的巨大影響力：「大多數青年作家的文章，都『差不多』。文章內容差不多，所表現的觀念也差不多。……凡事都缺少系統的中國，到這種非有獨創性不能存在的文學作品上，恰見出個一元現象，實在不可理解」，究其原因，「這個現象說得蘊藉一點，是作者大都關心『時代』，已走上一條共通必由的大道。說得誠實一點，卻是一般作者都不大長進，因為缺少獨立識見，只知道追求時髦，所以在作品上把自己完全失去了。」[3]

可以看出，沈從文顯然困擾於自己所置身其中的「時代」，他對這個「時代」抱有一種強烈的厭棄情緒，並時時追懷「五四」時期的「人生文學」的健康風範。然而，他所面對的這一文學商業化與政治化潮流，正是一個已經初具規模的現代文化流通機制的時代表徵，從某種意義上說，這正是「五四」啟蒙運動的邏輯結果。

「五四」啟蒙運動的一個重要成果就是將平民意識從封建士大夫意識形態統治的格局下解放出來，從而使得文學的生產與流通既脫離了圍繞以「修齊治平」為主題的封建主流意識形態中心進行運轉的軌道，也從封建國家政治機器的戰車與士大夫個人遣興酬答的庭院中逃逸出去，而來到了以商品經濟為基本運作框架的全民精神的公共空間當中。從理論上說，這個公共空間是一個每個個體都有權放聲喧嘩的

2　沈從文：〈論「海派」〉，《沈從文全集》（太原市：北嶽文藝出版社，2002年），卷17，頁56-57。

3　沈從文：〈作家間需要一種新運動〉，《沈從文全集》（太原市：北嶽文藝出版社，2002年），卷17，頁101。

沒有話語霸權的狂歡廣場，但是，事實上，這裡仍然有一隻「看不見的手」在操持著話語霸權，結果，只有通過與這隻「看不見的手」進行交易，作為商品的文化產品才能得以在這個空間中出現。當然文學作品成為商品，其流通與傳播方式進入商業運作機制，仍有可能促進文學自身的發展與繁榮。沈從文也十分清楚地看到了這一點，他在〈新的文學運動與新的文學觀〉一文中說：「話說回來，作品變成商品，也未嘗無好處。正因為既具有商品意義，即產生經濟學上的價值作用。生產者可以藉此為生，於是方有『職業作家』。其次是作品既以商品方式分佈國內，作者固龍蛇不一，有好有壞，讀者亦嗜好酸堿，各有興趣。讀者中比較少數，自然也盼望比較好的文學作品，能欣賞這類作品。作品中製作俗濫之物，固然在短時期中即可得到多數讀者，作品中製作精工不苟且的，文字有風格性格的，慢慢地從縱的方面說依然還有許多讀者！」[4]也就是說，商業渠道擴大了文學作品傳播的時空範圍，因而也可以為藝術價值高的好作品贏得更多的讀者，這對於抱有較遠大理想的作家是一種鼓舞，使他們更願意在寂寞中繼續努力，有可能產生許多「優秀示範作品」。

但是沈從文更多地是看到文學市場這柄雙刃劍所呈現出來的負效應。在實際運作中，文學的商業流通機制往往迫使文學自身退隱降格成為商品，而文化市場的商業利益反而獲得膨脹性的凸現，在當下時間中獲取最大程度的市場空間，從而牟取最大限度的利潤這一商業的基本規則，在文化市場上則落實為對於多數讀者的爭奪。於是，如沈從文所看到的，文學的生產策略也發生了相應的變化：「作家的寫作意識，不知不覺從『表現自我』成為『獲得群眾』。於是留心多數，再想方設法爭奪那個多數，成為一種普遍流行文學觀。『多數』既代表一種權力的符號，得到它即可得到『利益』，得到利益自然也就象

4 沈從文：〈新的文學運動與新的文學觀〉，《沈從文全集》（太原市：北嶽文藝出版社，2002年），卷12，頁47。

徵『成功』。」[5]於是，公共空間中本應有的廣場狂歡變成了對商業權力的膜拜與追逐，文化題材的炒作代替了藝術構築的匠心。

同時，「五四」以民族救亡為底色的思想啟蒙主題在這時已隨著中國社會革命與政治革命的進程而演變成為革命鬥爭主題，原來的啟蒙理性主義在這時變奏為階級革命的急進功利主義，而如何利用已經初具雛形的公共空間（文化市場）為革命運動服務已經被提上了社會議程，以「時代」為號召的革命與政治性題材一時成為眾多作者趨之若鶩的熱點題材（必須注意的是，這些作者龍蛇混雜，其中既有懷有社會責任感的嚴肅作者，自然也不乏投機取巧之徒），而這在沈從文眼裡，不啻於出版商與政治家的一場合謀。他在文章中這樣寫道：「民國十五年後，這個運動同上海結緣，作品成為大老闆商品之一種」[6]，通過商業運營，文學作品在社會上的影響力急劇擴大，因而「一部分作家或因太不明白政治，或因太明白政治，看中了文學的政治作用」，「用文學刊物作工具」，與上海的商人合作，推銷作品以擴大影響[7]。左翼文學通過商業運營渠道而得以流行，南京政府在查禁無效之後，才提出「民族主義文學」的口號，企圖與之相抗衡，這才形成了文壇上的政治分野。

因此，在沈從文看來，「時代」是作家製造出來的「空虛」的名詞，在這個名詞之下，隱藏著的是作家（及政治家）對於文學公共空間與文學市場的話語權益的爭奪——「既想作品坐收商品利益，又欲作品產生經典意義」，但是，這種爭奪經常使文學異化，成為政治利益與商業利益的純粹手段，於是，不少作家「記著『時代』，忘了

5　沈從文：〈小說作者和讀者〉，《沈從文全集》（太原市：北嶽文藝出版社，2002年），卷12，頁69。

6　沈從文：〈新的文學運動與新的文學觀〉，《沈從文全集》（太原市：北嶽文藝出版社，2002年），卷12，頁46。

7　沈從文：〈「文藝政策」檢討〉，《沈從文全集》（太原市：北嶽文藝出版社，2002年），卷17，頁280。

『藝術』」，許多作家自身藝術修養和素質欠缺，「對人事拙於體會，對文字缺少理解」，卻急於獲得「成功」，便以趨赴時髦，趕逐風氣為捷徑，對於所寫題材既無體驗，也無自己的藝術追求，因而作品「情感虛偽，識見粗窳，文字已平庸無奇，故事又毫不經心注意安排」[8]，「對於一個文學作品如何寫來方能在讀者間發生效果，竟似乎毫不注意，毫不明白」[9]。

在這種情形下，沈從文不無絕望地發現，「五四」啟蒙運動所欲掃蕩的封建政治與文化的幽靈似乎改頭換面之後仍在這新的文化運行構架中固執地存在著，並且毒害與侵蝕著新文學的精神。無論他解剖的是「海派」作風還是「差不多」現象，他都揭出了這種看似時髦的時代風尚下所隱含的傳統的文化心理。在「海派」作風中，他挖出了「名士才情」與商業競賣的畸形結合：古代文人，尤其在魏晉以後，對於文學寫作，往往持一種「玩票白相」的「遊戲心情」，一直並不將之作為正經嚴肅的事業，這種歷史遺留觀念延續至今，「使從事文學者如票友與白相人」。沈從文指出，這些以「名士風度」自鳴得意的文人不能從文學工作本身得到自我實現，就必須從別人那裡取得讚賞與鼓勵，自己工作成果的好壞往往由人而定，不由自己。這樣，這些「白相文學者」一方面「過分看重自己作品」，另一方面又「完全不能對於自己作品價值有何認識」，阿諛讚美與自我吹噓就成為這些人藉以確立自我、推銷自我以圖成名的必須的途徑。沈從文指出，這種習氣與上海大都市典型的商業操作方式合流之後，就形成了「海派」文學作風：「投機取巧」，「見風轉舵」。雖則「名士才情」與「商業競賣」二者表面上大相逕庭，但是缺乏對文學本身的專注與虔誠並

8 沈從文：〈作家間需要一種新運動〉，《沈從文全集》（太原市：北嶽文藝出版社，2002年），卷17，頁102。

9 沈從文：〈作家間需要一種新運動〉，《沈從文全集》（太原市：北嶽文藝出版社，2002年），卷17，頁103。

以之為遊戲與牟利的終南捷徑則如出一轍。而在「差不多」之中，他更看到了對勢力權威的崇拜：「中國是個三千年來的帝國，歷來是一人在上，萬民匍匐，歷史負荷太久，每個國民血液中自然都潛伏一種奴婢因子。」沿例照樣，成為國民的通性，而且社會文化結構也使得只有具有這種通性的人才能生存，反映在文學上，「則文章有八股，詩有試帖詩，字有館閣體（數百年一成不變！）每人來到社會上討生活，第一件事就是模仿，能夠『差不多』就可衣食無缺。」由於「社會既不獎勵思索，個人就不慣獨自思索」[10]，因此，政治制度瀰散為文化格局，個人話語權威泛化為群體話語霸權，不僅在社會關係上，而且在文化與文學上都形成了壓抑個性，服從權威與附和多數的成規，而時下文人，雖然已不是帝王子民，但是在市場化的公共空間中，通過與某種類型（雖然未必是正統王權）的權力話語形成合謀關係，以獲取營生之資，則仍然一如從前。

二　「五四」文學精神的承繼與調整

沈從文心嚮往之的是「五四」時期的「人生文學」。他在〈窄而霉齋閒話〉中寫道：「『京樣』的『人生文學』，提倡自於北京，而支配過一時節國內詩歌的興味，詩人以一個紳士或蕩子的閒暇心情，窺覷寬泛的地上人事，平庸，愚鹵，狡猾，自私，一切現象使詩人生悲憫的心，寫出對不公平的抗議，雖文字翻新，形式不同，然而基本的人道觀念，以及抗議所取的手段，仍儼然是一千年來的老派頭，所以老杜的詩歌，在精神上當時還有諸詩人崇拜取法的詩歌。但當前諸人，信心堅固，願力宏偉，棄絕辭藻，力樸質，故人生文學這名詞卻

---

10 沈從文：〈作家間需要一種新運動〉，《沈從文全集》（太原市：北嶽文藝出版社，2002年），卷17，頁104。

使人聯想到一個光明的希望。」[11]他還說要「重新把『人生文學』這個名詞叫出來」，頗有努力承續「五四」文學的精神傳統的意圖。然而，如前所述，他所厭棄的時代現實卻正是「五四」啟蒙運動的歷史產物，或者說，由於「五四」啟蒙傳統中的某些因素發生惡性畸變，從而導致了沈從文所厭棄的負面效應。於是當沈從文意圖提出一種矯正時弊的策略時，他並不對「五四」傳統進行簡單的否定，而是企圖以攜帶了當代教訓的眼光去反觀「五四」傳統，對之進行重新審視與評價，並在此基礎上對這一傳統進行歷史救濟意義上的重新發揮，以期挽救這一傳統的自我否定式的惡性發展。

沈從文企圖對「人生文學」的口號作某種調整性的發揮。「五四」啟蒙思潮以其對自然人生與平民意識的高揚而衝擊與瓦解了封建士大夫的意識統治格局，這一點，在周作人〈人的文學〉一文中有所昭示。周氏強調人是「從『動物』進化的」，這向我們顯示，人的動物性生存本能在當時獲得了思想界的正視與肯定，人的凡俗日常生活得到了價值肯定，這種觀念對於文化領域內的職業化、商業化潮流多少起到了推波助瀾的作用，從這一點上說，沈從文所厭惡的「海派作風」的形成與「五四」提出的這種啟蒙觀念的普及與擴展多少有些關係。

於是，我們就看到，沈從文在繼承「人的文學」這一觀念時，又對其觀念重心進行了某種調整。他在相當程度上表露出對於人的動物性的生存層次的鄙視，而更加強調了人性中對於動物性生存狀態的超越因素。尤其是在涉及文學工作的時候，他似乎認為，寫作是一種將人的生命從純粹自然的動物性存在提升到人的層次的一種方式。沈從文認為，某些作家的寫作，其動機是為獲得多數讀者，一方面可以藉此「抵補作者人格上的自卑情緒，增加他的自高情緒」，使他覺得

11 沈從文：〈窄而霉齋閒話〉，《沈從文全集》（太原市：北嶽文藝出版社，2002年），卷17，頁37-38。

「活下來，有意義」；一方面可望獲得豐厚的收入而過上穩定的生活，這兩方面都可以「使作者個人生命得到穩定」，因此，沈從文有些尖刻地認為，「一個作家有意放棄多數，離開多數，也可以說不僅違反流行習慣，還近於違反動物原則了」。[12]

但是對於一個作家來說，就不能僅僅滿足於動物本能層次的生活了。沈從文認為，寫作是出於一種生命永生的渴求。這一「永生的欲望」是產生於生命的痛苦之中的：「我們人類知識到達某種程度時，能夠稍稍離開日常生活中的哀樂得失而單獨構想，就必然會覺得生命受自然限制，生活受社會限制，理想受肉體限制。」[13]沈從文對於生命的痛苦顯然有著深刻的體驗：「任何人對死亡想要逃避，勢不可能。任何人對社會習慣有所否認，對生活想要擊破藩籬，與事實對面時，也不免要被無情事實打倒。個人理想雖純潔崇高，然而附於肉體的動物基本欲望，還不免把他弄得拖泥帶水。生活在人與人相挨相撞的社會中，和多數人哺糟啜醨，已感覺夠痛苦了，更何況有時連這種貼近地面的平庸生活，也變得可望而不可及，有些人常常為社會所拋棄，所排斥，生活中竟只能有一點回憶，或竟只能作一點極可憐的白日夢……」[14]作為與生命的痛苦體驗的對抗，寫作既是一種娛樂，一種表現，又為一種與性本能有關的永生願望所驅動，成為生命重造的方式。

因此，寫作的目的並不是為了博取大多數讀者的青睞而獲取衣食之資，而是追求精神之永生，這一目的的達成也不是依靠共時態上的多數讀者，而是能夠理解和欣賞作者生命體驗與夢想的少數讀者，儘

12 沈從文：〈小說作者和讀者〉，《沈從文全集》（太原市：北嶽文藝出版社，2002年），卷12，頁70。

13 沈從文：〈小說作者和讀者〉，《沈從文全集》（太原市：北嶽文藝出版社，2002年），卷12，頁71。

14 沈從文：〈小說作者和讀者〉，《沈從文全集》（太原市：北嶽文藝出版社，2002年），卷12，頁72。

管在每一個時代中，這種「能解其中味」的知音是少數，但在漫長的歷時態中，這些讀者卻能綿綿不絕地將作者的精神之火延續百代而不滅。

顯然，沈從文通過努力提高與凸現「五四」傳統中的個性主義——對這一傳統中的精神性與超越性維度進行張揚，來反抗由於「五四」啟蒙傳統中的另一部分——平民意識與實用理性膨脹而成的當代現實，但是這並不意味著沈從文企圖提倡一種個人化的寫作，實際上，他同樣看到了這種個性主義當中潛藏的危機。他指出：「人生文學的不能壯實耐久，一面是創造社的興起，也一面是由於人生文學提倡者同時即是『趣味主義』講究者。趣味主義的擁護，幾乎成為文學見解的正宗，看看名人雜感集數量之多，以及稍前幾個作家詼諧諷刺作品的流行，即可明白。諷刺與詼諧，在原則上說來，當初原不悖於人生文學，但這趣味使人生文學不能端重，失去嚴肅，瑣碎小巧，轉入泥裡，從此這名詞也漸漸為人忘掉了。」[15]他對馮文炳與周作人等人的狹窄的個人趣味頗不以為然：「在現時，從北平所謂『北方文壇盟主』周作人、俞平伯等人，散文中糅雜了文言文，努力使它在這類作品中趣味化，且從而非意識的或意識的感到寫作的喜悅，這『趣味的相同』，使馮文炳君以廢名筆名發表了他的新作，我覺得是可惜的。這趣味將使中國散文發展到較新情形中，卻離了『樸素的美』越遠……」[16]

因此，他對於「五四」啟蒙傳統內含的關懷社會民瘼的精神傾向也頗為崇仰，甚至對於這一精神傾向所演化而成的對政治革命的急切意圖與興趣，他也表現出相當程度的理解，儘管他時常對於革命文學

15 沈從文：〈窄而霉齋閒話〉，《沈從文全集》（太原市：北嶽文藝出版社，2002年），卷17，頁38。

16 沈從文：〈論馮文炳〉，《沈從文全集》（太原市：北嶽文藝出版社，2002年），卷16，頁148。

作者與作品有所指摘，但是對於像胡也頻、丁玲等人這樣真誠嚴肅地從事革命文學道路的探索的作家，他仍然抱有相當的尊敬，認為他們是「把自己一點力量擱放在為大眾苦悶而有所寫作的作者」[17]。他承認，貴族氣息濃厚的古典文化雖然名貴莊嚴，卻「救不了目前四萬萬人的活命，為了生存，為了作者感到了自己與自己身後在這塊地面還得繼續活下去的人，如何方能夠活下去那一點欲望，使文學貼近一般人生，在一個儼然『俗氣』的情形中發展；然而這俗氣也就正是所謂生氣，文學中有它，無論如何總比沒有它好一些！」[18]他有時甚至這樣表示自己對於左翼作家的社會關懷意識的讚賞：「詩人擴大了他的情感，使作品變成用具，在普羅作家的有些作品裡，卻找尋得出那些成功因果的。虛偽的堅實比虛空的美並不相差多少，然而，一聲呼喊卻可以壯氣旺神。」[19]所有這些都非常清晰地體現出他對「五四」啟蒙傳統中一脈流傳的民族救亡與社會干預意識的認同感。但是，另一方面，他又對這一意識的激進形態——即左翼文學作家「向社會即日兌現的」急進工具論文藝觀保持相當的距離與警惕：「不過因為每一個作者，每一篇作品，皆在『向社會即日兌現』意義下產生，由於批評者的阿諛與過分寬容，便很容易使人以為所有輕便的工作，便算是把握了時代，促進了時代而且業已完成了這個時代的使命。」[20]

「五四」啟蒙思潮中存在著兩條思想脈絡：個性主義與社會救亡意識，這兩條思路在「五四」以後，由於各自的畸形擴張都導致了一

---

17 沈從文：〈《鳳子》題記〉，《沈從文全集》（太原市：北嶽文藝出版社，2002年），卷7，頁80。

18 沈從文：〈《鳳子》題記〉，《沈從文全集》（太原市：北嶽文藝出版社，2002年），卷7，頁79-80。

19 沈從文：〈窄而霉齋閒話〉，《沈從文全集》（太原市：北嶽文藝出版社，2002年），卷17，頁39。

20 沈從文：〈《鳳子》題記〉，《沈從文全集》（太原市：北嶽文藝出版社，2002年），卷7，頁80。

些弊病，而沈從文則企圖將這兩條原來平行乃至相悖反的思想路向調和、平衡起來，從而產生出一種與當時的「時代」精神迥然異趣的健全而有效的思想路向。一九三四年，他在自己主持的《大公報》「文藝副刊」上發表〈元旦試筆〉，說：「我們實在需要一些作家！一些具有獨立思想的作家，能夠追究這個民族一切癥結的所在，並弄明白了這個民族人生觀上的虛浮、懦弱、迷信、懶惰，由於歷史所發生的壞影響，我們已經受了什麼報應。若此後再糊塗愚昧下去，又必然還有什麼悲慘局面。他們又能理解在文學方面，為這個民族自存努力上，能夠盡些什麼力，應當如何去盡力。」[21]一九三五年，他在文章中又提到，他心目中的理想的作家應該是這樣一些人：「這種人相信人類應當向光明處去，向高處走。正義永遠在他們胸中燃燒，他們的工作目的就是向生存與進步努力。假若每個文學作品，還許可作者保留一種希望，或希望他作品成為一根槓桿，一個炸雷，一種符咒，可以因它影響到社會組織上的變動，惡習氣的掃除，以及人生觀的再造。或希望他的作品能令讀者理性更深湛一些，情感更豐富一些，作人更合理一些。他們的希望容或有大有小，然而卻有相同的信仰，就是承認人的個體原是社會一部分，文學作品是給人看的，把文學從輕浮猥褻習氣裡救出，給它一種新的限制，使它向健康一方面走去，實為必需的情形。」[22]

很顯然，沈從文從自己的創作體驗出發來思考這樣一個問題，即文學如何才能依據自己的特點與優勢，有效地發揮其社會職能，達到從「五四」啟蒙主義者到左翼作家們都一直企圖達成的「騰翻社會」的目的。而在這個問題上，沈從文的選擇接續了魯迅改造國民性與蔡

---

21 沈從文：〈元旦試筆〉，天津《大公報》（文藝）第30期，1934年1月1日；一九三四年收入《廢郵存底》，題名為〈元旦日致《文藝》讀者〉，引自《沈從文全集》（太原市：北嶽文藝出版社，2002年），卷17，頁204-205。

22 沈從文：〈新文人與新文學〉，《沈從文全集》（太原市：北嶽文藝出版社，2002年），卷17，頁86-87。

元培的美育思路，即通過對每一個國民個體的人生觀的改造來達到社會改造與民族振興的目的。他說：「我們實需要一種美和愛的新的宗教，來煽起年輕一輩做人的熱誠，激發其生命的抽象搜尋，對人類明日未來向上合理的一切設計，都能產生一種崇高莊嚴感情。國家民族的重造問題，方不至於成為具文，成為空話。」[23]

與魯迅早年棄醫從文時的思路十分接近，沈從文也認為可以用文學來完成這一使命。他認為：「一個好作品照例會使人覺得在真美感覺以外，還有一種引人『向善』的力量」，但是所謂的「向善」，並「不僅僅是屬社會道德一方面『做好人』為止」，沈從文認為，文學可做的事「遠比這個大」，如果勉強運用它作為道德說教的工具，則往往費力不討好，文學對讀者與社會起作用，是通過使「讀者從作品中接觸了另外一種人生，從這種人生景象中有所啟示，對人生或生命能作更深一層的理解」而達到的[24]。而要做到這一點，並不是一件輕而易舉的事，它不但要求作者主觀上懷有真正的社會責任感，而且要求在客觀上能夠創造出打動讀者的成功的藝術作品，而藝術品的成功，其關鍵條件在於「恰當」，「能恰當給人印象便真」，無論其所寫的是「千年前活人生活」或是「千年前活人夢境或駕空幻想」，都同樣能夠真切感人。這「恰當」又建立在作家對人、對藝術手段的深刻理解與把握之上，具體說來，「一是作者對於語言文字的性能，必需具敏銳感覺性，且有高強手段來表現它，二是作者對於人的情感反應的同差性，必需有深切的理解力，且對人的特殊與類型能明白刻畫。」[25]因而沈從文十分強調作家對於生活有豐富深刻的體驗，只有

23 沈從文：〈美與愛〉，《沈從文全集》（太原市：北嶽文藝出版社，2002年），卷17，頁362。

24 沈從文：〈小說作者和讀者〉，《沈從文全集》（太原市：北嶽文藝出版社，2002年），卷12，頁66。

25 沈從文：〈小說作者和讀者〉，《沈從文全集》（太原市：北嶽文藝出版社，2002年），卷12，頁68。

描寫自己的真切的人生體驗，並能向每一個具體的讀者傳遞這種體驗，才能夠達到感動讀者，進而改造與提高讀者的人生境界的目的。因此，沈從文對於某些作者躲在租界裡，頭向壁虛造革命文學作品的做法十分不以為然，他並不是反對描寫當時充滿血腥鬥爭的現實，但是卻認為：「十年來國內的變亂，年輕人中正不缺少以一種不幸的意義，置身到一切生活裡去的人，他們看到一切殺戮爭奪的情形，聽到一切爆裂哭喊的聲音，嗅到一切煙藥血腥的氣味，他們經驗這個人生，活到過那個時代裡，才能說明那現象，以及從那現象中，明白我們租界以外的人的愛憎和哀樂。在明日的時代裡，只有這種人是我們所期待的，我們從他們那種作品裡，才會看到一些中國人的臉子，才能聽到一些中國人的聲音。」只有這樣「由於自己民族意識唱出的詩歌」，「這使文學成為騰翻社會的賒望，才能近於事實而成立」[26]。

但是現實卻顯然使沈從文感到失望與焦慮。他所憎惡的「海派文學作風」四處氾濫，大有籠罩文壇之勢，對作者與讀者都產生了惡劣的影響：「每一個讀者，全是在氣運中造成他對文學感情的好壞，在市儈廣告中，以及一些類似廣告的批評中，造成他對文學的興味與觀念。經營出版事業的，全是賺錢上巧於打算的人。一本書影響大小估價好壞，商人看來全在銷行的意義上。這銷行的道理，又全在一點有形的廣告，與無形的廣告上。結果完全在一種近於欺騙的情形下，使一些人成名。這欺騙，在『市儈發財』『作家成名』以外，同時也就使新的文學陷到絕路上去，許多人在成績上感到悲觀了。許多人在受騙以後，對創作，用卑視代替了尊重。」而且，這種商業炒作用各種惡劣作品毒化了空氣，「使新的創作者與創作的誦讀者，皆轉到惡化的興味裡去」[27]。

---

26 沈從文：〈現代中國文學的小感想〉，《沈從文全集》（太原市：北嶽文藝出版社，2002年），卷17，頁35。

27 沈從文：〈論中國創作小說〉，《沈從文全集》（太原市：北嶽文藝出版社，2002年），卷16，頁195-196。

出於一種對於文學的虔誠以及對於讀者的責任感，沈從文幾乎是本能地對這一「時代」潮流進行了反抗與阻擊，當他直接的批判「海派」、批判「差不多」時，固然是一種反抗，當他有意識地撰寫針對具體作家作品的實用批評時，也是一種建設性的反抗方式。

三　體驗的「時代」與微觀的「時代」

一九三一年，沈從文在〈論中國創作小說〉這篇長文中闡述了自己寫評論文章的動機。顯然，他企圖在氾濫的商業炒作氣氛中為讀者作一廓清迷霧的工作，幫助讀者正確地認識當時的新文學作品。作為一種策略，沈從文採取了一種較為平和公允的姿態：「我不在告你們買某一本書或不買某一本書……這裡我將說到的，是什麼作者，在他那個時代裡，如何用他的作品與讀者見面，他的作品有了什麼影響，所代表的是一種什麼傾向，在文學技術上，這作者的作品的得失……我告訴你是明白那些已經買來的書，如何用不同的態度去認識，去理解，去賞鑒，卻不勸你們去買某一個人的作品，或燒某一個人的書。買來的不必燒去，預備買的卻可以小心一點，較從容地選擇一下。」[28]

在《現代中國作家評論選》題詞中他又一次提出自己的批評主張：

一、寫評論的文章本身得像篇文章。

二、既然是評論，應注意到作者作品與他那時代一般情形。對一個人的作品不武斷，不護短，不牽強附會，不以個人愛憎為作品估價。

三、評論不在阿譽作者，不能苛刻作品，只是就人與時代與作

28 沈從文：〈論中國創作小說〉，《沈從文全集》（太原市：北嶽文藝出版社，2002年），卷16，頁196-197。

品加以綜合，給它一個說明一個解釋。[29]

顯而易見，沈從文意圖中的批評，主要是一種解釋性批評，這種批評旨在對作品，作者以及時代風習等各方面因素進行綜合考察之後，找到一條理解作品自身藝術特徵及價值的適當通路，並由此使對文學的真正的價值判斷從「時代」標籤所遮蓋的魚龍混雜、真偽莫辨的迷亂中呈現出來。

沈從文所寫的批評文字甚多，涉及具體作家作品批評的序跋、書信、隨筆為數不少，但是真正有意為之的實用批評文章，則主要是一本《沫沫集》與一篇〈論中國創作小說〉的長文。

「時代」──有時簡直就是「時尚」──的巨影無疑時時橫亙在沈從文的眼前，當他以一種接近於在火災現場尋找存留的寶藏的心情去剔清批評對象的時候，他仍然不得不顧及這巨影的存在。

然而，沈從文從來不願用「時代」的巨影去遮蓋文學現場，他似乎更願意對「時代」作一深度的細描，以便在潮流的水面下保留一些「不合時宜」的「異類」存在，並使得可能為「時代」的大敘述所掩蓋的作者、讀者、作品之間的複雜關係得以呈現。

應該說，沈從文所看到的「時代」是文學效應的時代。這種時代產生某種文學，或使某些類型的作家、作品獲得成功，為讀者所接受，或使另外一些作家作品陷於寂寞。

例如，沈從文在〈論聞一多的《死水》〉時指出，朱湘《草莽集》同聞一多的《死水》雖是「兩本最好的詩」，卻「皆以非常寂寞的樣子產生，存在」。原因呢？是因為這兩本詩集「皆稍離開了那個時代所定下的條件，以另一態度出現」[30]。這個所謂的「時代」塑造

29 沈從文：〈《現代中國作家評論選》題記〉，《沈從文全集》（太原市：北嶽文藝出版社，2002年），卷16，頁327。

30 沈從文：〈論聞一多的《死水》〉，《沈從文全集》（太原市：北嶽文藝出版社，2002年），卷16，頁110。

了讀者的心理與趣味，從而也奠定了讀者對於詩歌文體的接受預期：「帶著驚訝、恐怖、憤怒、歡悅，任情地歌唱，或謹慎小心地低訴，才成為一般所認可的詩。纖細的敏感的神經，從小小人事上作小小的接觸，於是微帶誇張，或微帶憂鬱，寫成詩歌，這樣詩歌才是合一九二〇年以來中國讀者的心情的詩歌。使生活的懣怨與憂鬱氣氛，來注入詩歌中，則讀者更易於理解，同情。因為從一九二三年到今日為止，手持新詩有所體會的年輕人，為了政治的同習慣的這一首生活的長詩，使人人都那麼憂愁，那麼憂愁！」[31]在這樣一種充滿感傷主義與浪漫主義氛圍的文學期待心理之下，郭沫若的詩「以豪放的聲音」與「英雄的調子」、徐志摩的詩則以「熱情的句子」，支配了「青年男女的多感的心」[32]。相形之下，《死水》作為一種「理智的靜觀的詩」[33]，當然使年輕人無法輕易理解，其寂寞是必然的。

然而沈從文滿懷信心地指出，在將來詩歌的興味有所改變，《死水》所代表的詩學審美標準為讀者所接受的時候，當讀者「以詩為『人生與自然的另一解釋』文字，使詩效率在『給讀者學成安詳的領會人生』，使詩的真價在『由於詩所啟示於人的智慧與性靈』，則《死水》當成為一本更不能使人忘記的詩！」[34]而他的《沫沫集》評論，則顯然有意要承擔引導讀者走向這一「將來」的責任。

沈從文的「時代」是文學心理的「時代」，他並不是無視社會歷史時代的特徵，但是他更多地看到了社會歷史時代對文學起作用的具

31 沈從文：〈論聞一多的《死水》〉，《沈從文全集》（太原市：北嶽文藝出版社，2002年），卷16，頁110。

32 沈從文：〈論聞一多的《死水》〉，《沈從文全集》（太原市：北嶽文藝出版社，2002年），卷16，頁110。

33 沈從文：〈論聞一多的《死水》〉，《沈從文全集》（太原市：北嶽文藝出版社，2002年），卷16，頁109。

34 沈從文：〈論聞一多的《死水》〉，《沈從文全集》（太原市：北嶽文藝出版社，2002年），卷16，頁111。

體方式，即只有通過人的具體的心理體驗，才可能對文學發生影響，只有體驗的「時代」，才是文學的「時代」。

這一點，在沈從文說明同屬湘籍作家的羅黑芷與黎錦明、羅皚嵐作品風格的差異時獲得了體現。沈從文指出，羅黑芷的作品，「貌似閒靜卻極焦躁」，說明了作者在創作時期的「動」，造成這種狀況的原因，沈從文認為與作者寫作的地方與時代有關：「民十到十六年，是作者作品產生的時期，作者所在地是長沙：這五六年來，湘人的愚蠢與聰明作戰，新與舊戰，勢力與習慣戰，沒有一天不是在使人煩燥的情形中，作者在這情形下，作品的形式，為生活所範，也是當然的事了。」但是，黎錦明與羅皚嵐以同時同地為題材的作品，「倘多鄉村和平的的美，以及幻想中的浪漫傳奇的愛。」沈從文指出，這是因為「這兩人離開了湖南，作品的背景雖不缺少本籍的聲音顏色，作品卻產生於北京」，生活與心境較平和，可以靜觀，當然不像羅那樣焦躁不安了。[35]

因此，體驗的「時代」，必然是微觀的「時代」，是一群人或一個人在某一時代的具體情境下的處境、感受與反應。作為一個作家，他似乎不習慣用大「時代」的宏觀敘述去化約與淹沒這些個體的微觀時代，而是在各種複雜的微觀的文學環境中去理解作家的創作。在所有這一切之中，文學人的心理境況往往是他所注目的焦點。這種眼光有助於他獲得對作家深刻的理解，使他的認識超越流俗與門戶意氣而達到一個較高的水準。他對魯迅的理解就是一個例子。沈從文在〈魯迅的戰鬥〉一文中，從個性心理層面對魯迅進行了分析，給我們畫出了一個活人的魯迅形象。

沈從文認為，曾經大膽無畏地戰鬥過的魯迅，「眼前彷彿沉默了」。但是過去的戰鬥對於魯迅究竟意味著什麼呢？「用腳踹下了他

35 沈從文：〈論施蟄存與羅黑芷〉，《沈從文全集》（太原市：北嶽文藝出版社，2002年），卷16，頁174-175。

的敵人到泥裡去以後，這有了點年紀的人，是不是真如故事所說的『掀髯喝喝大笑』？從各方面看，是這個因寂寞而說話的人，正如因寂寞而唱歌一樣，到臺上去，把一闋一闋所要唱的歌唱過，聽到拍手，同時也聽到一點反對聲音，但歌一息，年輕人皆離了座位，這個人，新的寂寞或原有的寂寞，仍然黏上心來。為寂寞，或者在方便中說，為不平，為脾氣的固有，要戰鬥，不惜犧牲一切，作惡詈指摘工作，從一些小罅小隙方便處，施小而有效的針螫，這人可以說奏了凱歌回營的。」[36]

然而，沈從文認為，魯迅在這勝利之後，卻感到衰老同死亡的不可抗拒的壓迫，魯迅因此而「嚇怕了，軟弱了」。他認為「從《墳》、《熱風》、《華蓋》各集到《野草》，可以搜索得出這戰士先是怎樣與世作戰，而到後又如何在衰老的自覺情形中戰慄與沉默。」[37]

從個人心理出發，沈從文從魯迅作品中讀出了寂寞心理與衰老意識，這與一般文化界所通行的魯迅的「戰士」形象迥然異趣，而且可以說，這顯然也不是對魯迅的全面概括，然而沈從文確實揭示出魯迅的一個頗具人性的重要側面，為人們理解魯迅的創作心理導入了一個重要的視角。尤其重要的是，他所看到的魯迅是一個複雜的矛盾統一體，既具有文化戰士的偉大，又具有凡人體驗與消極心理，這種眼光即使是對於今天的魯迅研究來說，仍然是有深刻的意義的。

沈從文注意到，魯迅加入左聯之後沉默了。他指出，魯迅既感到衰老與死亡意識的纏縛，更感到「由舊時代所培養而來的情緒不適宜新的天地」[38]，故而雖說將希望寄予年輕一代，卻「徬徨無措」，「多

---

36 沈從文：〈魯迅的戰鬥〉，《沈從文全集》（太原市：北嶽文藝出版社，2002年），卷16，頁166。

37 沈從文：〈魯迅的戰鬥〉，《沈從文全集》（太原市：北嶽文藝出版社，2002年），卷16，頁166-167。

38 沈從文：〈魯迅的戰鬥〉，《沈從文全集》（太原市：北嶽文藝出版社，2002年），卷16，頁167。

疑而無力向前」[39]，因此，「是時代使他啞了口」。[40]但是，推動魯迅反抗與戰鬥的那點「意氣」卻仍然還存於心間，因此「對一些不可知的年輕人，付給一切光明的希望，但對現在所謂左翼作者，他是在放下筆以後用口還仍然在作一種不饒人的極其缺少尊敬的批評。」[41]基於對這種個性心理的理解，沈從文看出了魯迅雜感中某些看似奇怪的說法所含有的反抗心理。沈從文指出，魯迅有時會「否認自己的工作」，甚至不惜自汙說「自己仍然只是趣味的原故做這些事」以「對付那類揹著文學招牌到處招搖兜攬的人物」[42]，沈從文指出，魯迅先生不要正義與名分，是「對於名分的逃遁」，「那不好意思在某種名分下生活的情形，恰恰與另一種人太好意思自覺神聖的，據說是最前進的文學思想揹客的大作家們作一巧妙的對照」，這正見出魯迅的「誠實」與可愛之處，是「最中國型」的人格之美。[43]可以看到，正是通過這樣一種微觀的個性心理的透視，沈從文看到並理解了魯迅在大「時代」潮流下的一種極具個性的微妙的反應方式，同時也揭示出了這一反應的意義與價值。

可以說，沈從文對文學的「時代」採用的是一種「細描」的手法，他看到的是身處「時代」之中的一個個具體分子的細微動作，以及各個分子與宏觀潮流之間的互動關係。這樣，他對文學潮流看得更加具體細緻而且立體，他看見的不僅僅是一個浮泛的面，也不是一些

---

39 沈從文：〈魯迅的戰鬥〉，《沈從文全集》（太原市：北嶽文藝出版社，2002年），卷16，頁168。

40 沈從文：〈魯迅的戰鬥〉，《沈從文全集》（太原市：北嶽文藝出版社，2002年），卷16，頁169。

41 沈從文：〈魯迅的戰鬥〉，《沈從文全集》（太原市：北嶽文藝出版社，2002年），卷16，頁169。

42 沈從文：〈魯迅的戰鬥〉，《沈從文全集》（太原市：北嶽文藝出版社，2002年），卷16，頁169。

43 沈從文：〈魯迅的戰鬥〉，《沈從文全集》（太原市：北嶽文藝出版社，2002年），卷16，頁170。

孤立的點，而是點、線、面交織重疊的複雜的立體圖景。

因此，沈從文便具備了一種深透細膩的史家眼光，在這種眼光下，同時代作家的風格相互聯繫又相互對照，呈現出一種各有勝場而又複雜多樣的文學生態。於是對沈從文來說，由一個作家、一種風格而聯繫起一系列其他作家與風格樣式是極自然的一種批評思維。例如他指出：「以被都市物質文明毀滅的中國中部城鎮鄉村人物作模範，用略帶嘲弄的悲憫的畫筆，塗上鮮明正確的顏色，調子美麗悅目，而顯出的人物姿態又不免使人發笑，是魯迅先生的作品獨造處。分得這一部分長處，是王魯彥、許欽文，同黎錦明。」然而後繼作家各自從魯迅那裡繼承的卻是不同的成分：「王魯彥把詼諧嘲弄拿去，許欽文則在其作品中，顯現了無數魯迅所描寫過的人物行動言語的輪廓，黎錦明，在他的粗中不失其為細緻的筆下，又把魯迅的諷刺與魯彥平分了。」此外，「就是因年齡、體質，這些理由，使魯迅筆下憂鬱的氛圍，在魯彥作品雖略略見到，卻沒有文章風格異趣的羅黑芷，那麼同魯迅相似。另外，於江南風物，農村靜穆和平，作抒情的幻想，寫了如〈故鄉〉、〈社戲〉諸篇表現的親切，許欽文等沒有做到，施蟄存君，卻也用與魯迅風格各異的文章，補充了魯迅的說明。」[44]

至於有些看似迥異的作家，沈從文也看出了二者之間有著某種相同點：例如徐志摩與魯迅的作品，一個是「正如作者被人間萬匯動靜感到眩目驚心，無物不美，無事不神，文字上因此反照出光彩陸離，如綺如錦，具有濃郁的色香，與不可抗的熱」，一個「卻好像凡事早已看得透看得准，文字因之清而冷，具劍戟氣。不特對社會醜惡表示抗議時，寒光閃閃，有投槍意味，中必透心。即屬抽抒個人情緒，徘徊個人生活上，亦如寒花秋葉，顏色蕭疏」，然而沈從文發覺，兩人

44 沈從文：〈論施蟄存與羅黑芷〉，《沈從文全集》（太原市：北嶽文藝出版社，2002年），卷16，頁171-172。

的作品都含有一種對於「當前」的「游離感」或「厭倦感」[45]；相形之下，文字風格「並無相同的」其他一些作家，如冰心、朱自清，廢名，「作品中無不對於『人間』有個柔和的笑影。」[46]

每一個作家代表「一種傾向」，屬於某種風格系列，但是各個風格系列內部的各個作家之間又都有著微妙的差別，對於這種文學生態系統的細描，如果不具有極其敏銳與精微的藝術感覺與藝術表述手段是無法達到的。尤其令人驚訝的是，沈從文是在對於單個作家作品的風格進行整體寫意式描述的前提下達到這一文學生態的細描的，實際上，沈從文對於作家作品的風格評論早已為世人讚歎，他對於朱湘、廢名等眾多作家的風格描述早已成為經典，無需在此贅述。在整體把握中不失細緻入微的體味與分毫析釐的準確，這樣的工作決非當時氾濫文壇的「差不多」者流所能完成，本身就是對於以「時代」的宏大敘述淹沒個體性與多元性文學體驗的一種抗拒。

45 沈從文：〈由冰心到廢名〉，《沈從文全集》（太原市：北嶽文藝出版社，2002年），卷16，頁272。

46 沈從文：〈由冰心到廢名〉，《沈從文全集》（太原市：北嶽文藝出版社，2002年），卷16，頁274。

第四章
朱光潛：奠定京派批評的理論基石

朱光潛一直以美學方面的成就知名於世，實際上文藝批評也一直都是他所關注的理論課題，他也曾經以自嘲的口吻說自己「在文藝批評中鬼混了一二十年」[1]，顯然也以此中人士自居。雖然朱光潛所寫的針對具體作家作品的實用批評文章並不是太多，但是他在批評理論的探索與建設方面的成就，在現代文壇上恐怕很少有人能出其右。

可以說，朱光潛從寫作他的第一部重要著作《悲劇心理學》起，就已經奠定了其批評理論的基本向度。我們可以看到，文藝批評原理在此時已成為他進行理論建構的一個旨歸：「一切正確的批評理論都必須以深刻了解創造的心靈與鑑賞的心靈為其礎。過去許多文學批評之所以有缺陷，就在於缺少堅實的心理學基礎。」因此，關於悲劇藝術的批評，「僅僅引用亞理士多德的名言或指出莎士比亞或拉辛的創作實踐，都不能使問題得到滿意的解決。還必須考慮悲劇以什麼方式對觀眾情緒所產生的作用。」[2]從這個角度看來，可以認為《悲劇心理學》的研究實際上是為悲劇批評尋找「心理學基礎」。

這一思路在《文藝心理學》中得到了進一步的擴展和明確：「它丟開一切哲學的成見，把文藝的創造和欣賞當作心理的事實去研究，從事實中歸納得一些可適用於文藝批評的原理。它的對象是文藝的創

---

1 朱光潛：〈談文學．寫作練習〉，《朱光潛全集》新編增訂本（北京市：中華書局，2012年），卷6，頁195。

2 朱光潛：〈悲劇心理學〉，《朱光潛全集》新編增訂本（北京市：中華書局，2012年），卷4，頁11。

造和欣賞，它的觀點大致是心理學的。」[3]至於他四十年代出版的《詩論》，則更是「應用本書（即《文藝心理學》——引者注）中的基本原理去討論詩的問題」[4]，他在《詩論》中說：「我們對於藝術作品的愛憎不應該是盲目的，只覺得好或覺得不好還不夠，必須進一步追究它何以好或何以不好。詩學的任務就在替關於詩的事實尋出理由。」[5]而這所謂「說出我何以覺得它好的道理」的過程，就是朱光潛所理解的批評了。

可以說，朱光潛的理論興趣顯然在於探尋某種較具有普遍性的藝術原理，他的理論視野企圖涵括整個文藝版圖，或者，至少覆蓋某種最為重要的文學品類——比如詩歌，力圖從各種典型性的文學事實中抽繹或推導出具有普遍適用性的原理。雖然他有時也對文學個案作批評與分析，他這種實用批評的指向或是出發點也往往是普遍性的原理或信條。但是，這並沒有使他走向某種僵硬抽象的理論推衍，甚至他的批評往往顯出很強的靈活性，保留了生動的感受性與創造性，這無疑應該歸功於他對這一根本問題的思考：「藝術如何在人心中呈現為藝術？」

一　藝術是抒情的直覺

眾所周知，朱光潛深受克羅齊直覺論美學的影響。可以說，克羅齊幫助他解決了這樣一個問題：人們在審美活動中的心理狀態是什麼樣的？通過對這個問題的解答，朱光潛融匯了中西各家美學與藝術欣

3 朱光潛：〈文藝心理學〉，《朱光潛全集》新編增訂本（北京市：中華書局，2012年），卷3，頁110。

4 朱光潛：〈文藝心理學．作者自白〉，《朱光潛全集》新編增訂本（北京市：中華書局，2012年），卷3，頁113。

5 朱光潛：〈詩論〉，《朱光潛全集》新編增訂本（北京市：中華書局，2012年），卷5，頁4。

賞理論，並由此引出了他最基本的幾個美學與批評範疇。

朱光潛接受了克羅齊的觀點，認為藝術經驗——或者說美感經驗——就是「形象的直覺」，是對一個「孤立絕緣的意象」的「凝神觀照」。朱光潛特別強調，這一「直覺」心理狀態的一個重要特徵，就是「一種極端的聚精會神」[6]，整個意識完全被這一獨立自足的意象所占據，即所謂「用志不紛，乃凝於神」。在這種心理狀態下，主體與客體的區別與界限便消失了，或者說，被忘卻了，這就是所謂的「物我兩忘」，也就是「物我同一」，主體與客體的生命融成了一片。在這個基礎上，就發生了「移情作用」與「內模仿」：「通過移情作用，無知覺的客體有了知覺，它被人格化，開始有感覺、感情和活動能力」，另一方面，「通過內模仿，主體分享著外在客體的生命，並仿照它們形成自己的感覺、感情和活動」[7]。朱光潛由此進一步得出結論：「美感經驗就是形象的直覺。這裡所謂『形象』並非天生自在一成不變的，在那裡讓我們用直覺去領會它，像一塊石頭在地上讓人一伸手即拾起似的。它是觀賞者的性格和情趣的返照。觀賞者的性格和情趣隨人隨地不同，直覺所得的形象也因而千變萬化。」[8]

顯然，在「直覺論」的理論界域內，朱光潛通過「極端的聚精會神」這一經驗描述引入了中國古典美學理論以及近代心理學中的「移情論」、「內模仿說」等等理論假說，從不同角度凸顯了構成審美經驗——也即是構成藝術本體——的兩個實際上不可分割的因素：情感與意象。

當然，這個結果並沒有超出克羅齊美學的範圍。在克羅齊的直覺

---

6 朱光潛：〈文藝心理學〉，《朱光潛全集》新編增訂本（北京市：中華書局，2012年），卷3，頁121。

7 朱光潛：〈悲劇心理學〉，《朱光潛全集》新編增訂本（北京市：中華書局，2012年），卷4，頁23。

8 朱光潛：〈文藝心理學〉，《朱光潛全集》新編增訂本（北京市：中華書局，2012年），卷3，頁124。

論體系中，情感與意象的關係組合本來就占據了一個極其重要的位置：使直覺成為一個具有「連貫性和完整性」的藝術，「而不是一大堆雜亂無章的意象」的「有力原則」的，正是情感。因此，「直覺只能來自情感，基於情感」，「藝術的直覺總是抒情的直覺」[9]。朱光潛引入「移情論」與「內模仿說」的意義與其說是理論上的，不如說是體驗上的，可以說，這種理論嵌合的結果，使得東、西方共同的審美經驗獲得了某種程度上的溝通與闡明，「物我兩忘」說與「移情論」、「內模仿說」在直覺論的先驗哲學框架內互相對照，互相發明，而抽象的直覺論則獲得了體驗資料的填充。

而朱光潛通過這種理論嵌合與體驗溝通所實現的另一個更為重要的成果，則是推出了一個「情趣」的概念。應該說，「情趣」與「情感」大致上是互通的，朱光潛就經常不加區分地使用這兩個詞。但是他似乎更喜歡使用「情趣」的概念（與此相同的還有「情味」、「情調」等）。

可以看出，「情感」或「情趣」顯然都來自英文詞 Feeling，應該說，這是一個語義與語用者相當模糊微妙的詞，朱光潛在克羅齊《美學原理》譯文的注中就對之進行了辨析（見頁一六八注十二），在一九四六年寫的一篇文章中也對之作了專門的辨析：

> feeling 一字不但我們中國人用得含糊，西方人也往往用得很含糊；它時而是「感覺」，時而是「感情」，時而是「測想」。這字的本義只是「觸摸」，引申到觸摸所得的知覺。在心理學上這字的較確定的意義是指「快」（Pleasure）與「痛」（Pain）的感覺，這必先有觸而後有覺。由觸摸一義又引申到生理變化的感覺（例如「我感覺冷」，「我感覺輕鬆」）；再又引申到情緒

9 〔義〕克羅齊：《美學原理．美學綱要》（北京市：外國文學出版社，1987年），頁229。

> 發動時生理變化的感覺（例如「他感覺恐懼」，「他感覺害羞」）。這些感覺有時有「情的成分」，如羞懼等；有時卻不一定有情的成分，如溫度感。所以 feeling 譯為「感情」或「情感」都很不妥，只應譯為「感觸」或「感覺」。……這一點心理變化（feeling of pleasure or pian）常伴隨一般「知」與「意」的活動，所以與「知」「意」共成心理活動的三鼎足。只有在這個意義上（冷熱之類，生理變化的感覺不在此數），才可譯為「感情」，它除「覺」之外還有幾分「感動」。[10]

因此可以認為，Feeling 一詞涵括了由生理到心理乃至「知」與「意」的全方位的「感覺」，人在審美活動中，通過移情與內模仿的心理過程所體驗到的無非是這樣的種種「感覺」，其中可以有情感的成分，也可以沒有情感的成分，而僅僅是某種生理感覺（否則大量純形式藝術的美感經驗就無法解釋）。

「情趣」一詞包含了 Feeling 所指的意義，但顯然不止此而已，「情趣」之「趣」，指涉由「感覺」而生的「樂趣」，這是一種生命的活躍感受，是人的整體生理與心理活動水平的高漲與感受性的敏銳化。克羅齊在《美學綱要》中提到：「正是情感，而不是理念，才給藝術領地增添了象徵的那種活潑輕盈之感」，這種「活潑輕盈之感」其實就是朱光潛所說的「情趣」之「趣」。朱光潛顯然比克羅齊更加地重視所謂「情感」所帶來的這種感受，這顯然秉承了從鍾嶸「滋味」說、司空圖「韻味」說，直至嚴羽的「興趣」說的中國古典詩學的理論傳統，這一系列傳統都集中在注重藝術作品所能帶來的審美快感——即所謂「趣」、「味」——之上。可以說，朱光潛拈出「情趣」這樣一個富有中國文化韻味的概念，凝聚了豐富的體驗內涵，既涵括

10 朱光潛：〈幾個常見的哲學譯詞的正誤〉，《朱光潛全集》新編增訂本（北京市：中華書局，2012年），卷7，頁188-189。

了藝術所來自的生活情感素材，又包括了這種作為素材的情感在構成藝術後給予人的審美快感，因此，它既是一個指稱結構實體的術語，又是一個具有評價功能的術語，既有理論分析的清晰性，又給人以整體玩味與體悟的空間。

因此，藝術就是情趣與意象「融化為一體」而形成的「心靈綜合」。朱光潛對於自己提出的這一對範疇顯然是頗為自得的，他說「從前中國談詩的人往往歡喜拈出一兩個字來做出發點，比如嚴滄浪所說的『興趣』，王漁洋所說的『神韻』，以及近來王靜安所說的『境界』，都是顯著的例。這種辦法確實有許多方便，不過它的毛病在籠統。我以為詩的要素有三種：就骨子裡說，它要表現一種情趣；就表面說，它有意象，有聲音。我們可以說，詩以情趣為主，情趣見於聲音，寓於意象。這三個要素本來息息相關，拆不開來的。」[11]這種對於藝術的理解確實具有非常實用的批評用途。朱光潛接過王國維關於詩歌「隔」與「不隔」的批評思路，認為王氏中指出了隔與不隔的分別，卻沒有作進一步的理論解說，朱光潛認為自己的「情趣——意象」說可以在這方面有所作為。他認為，「詩與其它藝術一樣，須寓新穎的情趣於具體的意象。情趣與意象恰相熨貼，使人見到意象便感到情趣，便是不隔」[12]。例如「池塘生春草」、「春草碧色，春水綠波，送君南浦，傷如之何？」這類句子，意象具體，情趣新穎，便是「不隔」，而「謝家池上，江淹浦畔」，用的是上二句的典，意象不清晰，情趣不真切，就給人「隔」的感覺。因此，「隔」與「不隔」是意象與情趣的關係問題，能夠見景會心，目擊道存，意象與情趣之間沒有隔膜與障礙，無須名理的聯想與轉化，即可由意象見情趣，就是「不隔」。

---

11 朱光潛：〈詩的隱與顯——關於王靜安的《人間詞話》的幾點意見〉，《朱光潛全集》新編增訂本（北京市：中華書局，2012年），卷6，頁28。

12 朱光潛：〈詩的隱與顯——關於王靜安的《人間詞話》的幾點意見〉，《朱光潛全集》新編增訂本（北京市：中華書局，2012年），卷6，頁29。

詩以情趣為主，意象是凝聚與傳達情趣的手段。因此所謂「隔」與「不隔」，究其實質仍是能否傳達出生動真切的情趣。而同在「不隔」之中，如何表達情趣，卻又有高下之分。朱光潛同樣從王國維的話題入手，指出王所謂的「有我之境」實際上應是「無我之境」，因為王氏所謂「以我觀物」，實際上是「移情作用」，這只有在注意力極端專注以至物我兩忘至物我同一時才能發生，故爾應該是「無我之境」；而王氏所謂「以物觀物」的「無我之境」，沒有發生移情作用，其境界是「詩人在冷靜中回味出來的妙境」[13]，所以是「有我之境」。為了擺脫這種「有我」、「無我」的術語糾纏，朱光潛乾脆將王氏所謂「有我之境」與「無我之境」分別稱為「同物之境」與「超物之境」。朱光潛指出，王氏已經認為「有我之境」（同物之境）比「無我之境」（超物之境）品格較低，但卻同樣沒有說清理由。

朱光潛認為，諸如「水似眼波橫，山似眉峰聚」、「數峰清苦，商略黃昏雨」、「感時花濺淚，恨別鳥驚心」、「徘徊枝上月，空度可憐宵」等等詩境的產生，都是以自我的情趣移注於物，是「同物之境」，作者說出了在物理（意象）中所寓的人情；而「采菊東籬下，悠然見南山」、「鳶飛戾天，魚躍於淵」、「微雨從東來，好風與之俱」、「興闌啼鳥散，坐久落花多」等「超物之境」則是不言情而情自見。故而「同物之境」顯而淺，人巧痕跡明顯，尚未完全做到情趣與意象混化無跡的境界，有尖新之弊，而「超物之境」則隱而且深，純然是一派天機混厚，品格自然較高。

嚴格地說，從直覺論與移情論的角度看，朱光潛的這些闡述仍然並不是很清晰，尤其是，為什麼「同物之境」比「超物之境」品格高，這僅僅從直覺論的角度來說，更是缺乏充足的理由。「同物之境」作為移情的產物，固然可以說是說出了在物理所寓的人情，「超

---

13 朱光潛：〈詩的隱與顯——關於王靜安的《人間詞話》的幾點意見〉，《朱光潛全集》新編增訂本（北京市：中華書局，2012年），卷6，頁31。

物之境」沒有移情作用，是「詩人在冷靜中回味出來的妙境」，卻又是「不言情而情自見」，那麼這「情」又從何而來呢？又究竟是什麼「情」呢？這些問題在朱光潛的論述中都語焉不詳。

實際上，朱光潛用「移情論」來闡釋王國維的「有我之境」，尚屬中肯，但是他解釋「無我之境」，卻多少有些誤讀。他認為「無我之境」沒有達到「物我兩忘」的心理狀態，實際上是「有我之境」，是「詩人在冷靜中回味出來的妙境」，這種論調很可能來自於英國浪漫主義詩人華茲華斯的著名論斷「詩是強烈情感的自然流露。它起源於在平靜中回憶起來的情感」[14]，只有這樣才會有所謂「不言情而情自見」。但是，王國維的「無我之境」產生於「以物觀物」，而所謂「以物觀物」的說法來自邵雍，實際上王國維正是以「以物觀物」對接了叔本華的「直觀」，這實際上走的是一條認識論美學的理路[15]，這種「無我之境」所展現的「妙境」應該是在靜觀中得到的世界本體，並不是什麼主觀的「情」。而朱光潛則用浪漫主義的表現論美學的理路來闡釋王氏的這個命題，這顯然是一種誤讀。這也使得他所說的所謂「超物之境」的「冷靜中回味出來的妙境」與「不言情而情自見」之間實際上存在一個理論的裂隙。

當然，在朱光潛的理論系統中，確實存在著彌合這一裂隙的潛在邏輯。這就是把「情」──所謂 feeling 理解為更廣義的「情趣」。因此，由「以物觀物」的靜觀而來的王國維「無我之境」自然也可以引發自我主體的感觸，形成「靜中之趣」，而這種「靜中之趣」能給人帶來寧靜感與超脫感，這也正是叔本華和尼采所說的「由形相而得解脫」。可以說，中國傳統詩歌中大量的這些「無我之境」導向的正是

14 〔英〕華茲華斯：〈《抒情歌謠集》一八〇〇年版序言〉，伍蠡甫主編：《西方文論選》（上海市：上海譯文出版社，1979年），下卷，頁17。

15 相關具體論述可參見拙文〈還原「間距」──王國維「境界」說的文化身分辨析〉，《文學評論》2018年第2期（2018年3月）。

這種天人合一的解脫之感，從這個角度看，說這種境界「天機混厚」，品格較高，也不無道理。另一方面，追求人與宇宙自然的和諧統一、追求心靈從自我的情感欲望中解脫也是一種人的內在需求，人的生命中也會有「閒中之趣」的體驗，因此，從移情論與表現論的角度，說這些「無我之境」是人的一種內心情感（或情趣）向自然景物的投射，說這些詩句是「不言情（趣）而情（趣）自見」也不無可以。

因此，朱光潛的「藝術是意象與情趣的融合」的命題對於藝術現象就有了非常廣泛的解釋力，因而「情趣」的概念在朱光潛的理論系統中就顯得十分重要，是彌合認識論理路與表現論理路的中介環節。可以說，情趣是藝術的靈魂，是藝術表現的中心，也是藝術欣賞的中心。但是對於情趣的把握卻並不是一件簡單的事情，因為藝術不僅僅要人「知」而且要人「感」，不僅僅要感到各種「感觸」，而且要體會到審美的快樂與樂趣。因此對藝術的欣賞和評價就不會「像一塊石頭在地上讓人一伸手即拾起」那樣的輕易，它是一個全面調動人的心理、生理等各方面「本質力量」的創造過程。朱光潛指出：「一首詩對於一個人如果是詩，必須在他心中起詩的作用……他必須能欣賞，而欣賞必須在想像中『再造』，詩人所寫的境界，再在詩人所傳人的情味中生活一番。……創造或欣賞的心理活動如果不存在，詩也就不存在。有這種心理活動，意象情感與語文才綜合成為一個完整有生命的形體，產生『知』與『感』的作用。」[16]而這一創造和欣賞的心理活動得以發生，則有賴於藝術作品的形式媒介與人的心理與感官機能的互動。

從朱光潛藝術理論的基點開始，就主張藝術形象是「觀賞者的性格與情趣的返照」，因此，對於藝術作品的感受就成為人們依據自己的主體條件進行的創造，由此可以推斷，由於人在性情、資稟、修

16 朱光潛：〈詩的無限〉，《朱光潛全集》新編增訂本（北京市：中華書局，2012年），卷5，頁396。

養，趣味等方面各有分別，在藝術欣賞與批評方面，就會相應地產生大量差別。值得注意的是，朱光潛並不僅僅在一般意義上強調這些差別，而是更多地尋找造成這種差別的生理—心理學依據。

二　文學的趣「味」

問題的中心仍然是「情趣」。朱光潛大大強調了情趣的生理層面：「情趣最直接的表現是循環呼吸消化運動諸器官的生理變化……我們做詩或讀詩時，雖不必很明顯地意識到生理的變化，但是他們影響到全部心境，是無可疑的。」[17]通過對情趣的生理感覺成分的強調，朱光潛在藝術形式因素與生理感覺之間架設起一座橋樑，從而將藝術審美問題在某種程度上轉化成一種生理—心理學的解釋，同樣以詩為例：「就形式方面說，詩的命脈是節奏，節奏就是情感所伴的生理變化的痕跡。人體中呼吸循環種種生理機能都是起伏循環，順著一種節奏。以耳目諸感官接觸外物時，如果所需要的心力，起伏張弛都合乎生理的自然節奏，我們就覺得愉快。通常藝術家所說的『和諧』『勻稱』諸美點其實都起於生理的自然需要。」[18]因此，形式規則的依據是基於生理上的規定與要求：「情感雖變化無方，它的生理反應和筋肉的張弛，呼吸循環的急緩卻有一些固定的模樣（Pattern），同時語言的的音調也有一定的限制。因為這兩種原故，節奏雖本來是自然的，不免也形成一些有限制的固定的模樣或形式，如中國舊詩的音律即其一例。」[19]當然，除了節奏之外，詩以及藝術所引起的生理變

17 朱光潛：〈從生理學觀點談詩的「氣勢」與「神韻」〉，《朱光潛全集》新編增訂本（北京市：中華書局，2012年），卷6，頁40-41。

18 朱光潛：〈從生理學觀點談詩的「氣勢」與「神韻」〉，《朱光潛全集》新編增訂本（北京市：中華書局，2012年），卷6，頁41。

19 朱光潛：〈從生理學觀點談詩的「氣勢」與「神韻」〉，《朱光潛全集》新編增訂本（北京市：中華書局，2012年），卷6，頁42。

化還有模仿運動和適應運動。

這樣強調情趣及其表徵形式的生理性成分，就導出了一個結論：只有從生理層面也感受到情趣與形式的影響，才能算是真正對藝術、對詩有所「感」，才算能夠欣賞詩歌與藝術。於是每個人的生理感官的藝術接受力如何就成為備受關注的問題。

朱光潛根據心理學的有關知識推出，不同的人有不同的感覺類型，因而對於不同類型的藝術的欣賞能力是不同的。

首先，有「運動類」（motor type）和「知覺類」（sensorial type）的差異：「知覺類的人欣賞藝術大半用耳目器官，運動類的人才著重筋肉。所以讀詩文是否起模仿運動感覺，也不可一概論。不過純粹的知覺類的人們對於韓愈的『攀躋分寸不可上，失勢一落千丈強』，納蘭成德的『星影搖搖欲墜』之類的詩恐怕有些隔膜。」[20]

此外，在心理上又有「造形類」與「汎流類」的區別。「造形類」人們大半視覺發達，情感成分淡薄，他們善於想像構築明顯清晰的意象，善於將抽象概念與模糊的情調轉化為具體的意象；而「汎流類」的人們視覺記憶較其他感官記憶薄弱，情感成分濃厚，想像的原動力是內心情感，心裡的意象隨情調變化而流動不居，模糊散漫，慣於將明晰的意象化為一種隱約的情調。基於這樣的心理差別，「造形類」的人自然不容易產生或欣賞「迷離隱約」的詩，「汎流類」的人們不容易產生或欣賞「明白清楚」的詩。

這樣，朱光潛就導出了另一個批評範疇：「趣味」。「文學作品在藝術價值上有高低的分別，鑒別出這高低而特有所好，特有所惡，這就是普通所謂趣味。」[21]我們知道，所謂「趣」，是一種生命高漲狀態

20 朱光潛：〈從生理學觀點談詩的「氣勢」與「神韻」〉，《朱光潛全集》新編增訂本（北京市：中華書局，2012年），卷6，頁44。

21 朱光潛：〈文學的趣味〉，《朱光潛全集》新編增訂本（北京市：中華書局，2012年），卷6，頁171。

的感受，是由藝術審美所帶來的一種積極的生命體驗。而「味」則是某種基於生理感官的感覺，朱光潛用「趣味」來指稱人們千差萬別的藝術欣賞與審美能力，無疑是特別突出了這一能力基於感官基礎上的個性壁壘。正如朱光潛所說的，「趣味是一個比喻，由口舌感覺引申出來的。它是一件極尋常的事，卻也是一件極難的事」[22]。說它極尋常，是因為人人都多少擁有自己的個人趣味，說它極難，是因為它雖沒有固定的客觀標準，卻又不能完全聽憑個人主觀的任意選擇。因此趣味的個性壁壘既森嚴難越，又似乎有消弭的必要和可能。正是這樣的悖論性質使得趣味處於一種既「尋常」又「艱難」的狀況之中。

以「趣味」為標準，可以說是朱光潛批評理論的一個重要立足點，站在這個理論紐結上，他可以後顧藝術的審美本質而前瞻生命的文化選擇。良好純正的趣味使人能夠真切地了解與愛好藝術中「佳妙」之處，而且使人能夠時時發現與體悟人生的「新鮮有趣」，使生命過程呈現出勃勃生趣而不致陷入乾枯。正因如此，朱光潛才說：「趣味是對於生命的澈悟和留戀。」[23]

從「趣味」出發，朱光潛首先強調批評的體驗基礎。他指出：「一個人在文藝方面最重要的修養不是記得一些乾枯的史實和空洞的理論，而是對於好作品能熱烈的愛好，對於低劣作品能徹底地厭惡。……能夠使一般讀者懂得什麼才是一首好詩或是一篇好小說，能夠使他們培養成對於文學的興趣和熱情，那才是好的批評家。」[24]因此批評可以說是一種趣味的傳播，出色的批評是對於趣味的個性壁壘的成功的穿越，是對於趣味領地的擴展。

---

22 朱光潛：〈文學的趣味〉，《朱光潛全集》新編增訂本（北京市：中華書局，2012年），卷6，頁171。

23 朱光潛：〈談讀詩與趣味的培養〉，《朱光潛全集》新編增訂本（北京市：中華書局，2012年），卷6，頁25。

24 朱光潛：〈談書評〉，《朱光潛全集》新編增訂本（北京市：中華書局，2012年），卷8，頁51。

朱光潛將當時的批評分為四種類型：

一、「導師」式批評，專以某種藝術理想與規則來指導作者；

二、「法官」式批評，專以先驗的文藝規則來衡量一切作品；

三、「舌人」式批評，專擅對作品的背景（如作者個性、時代、環境等）與作品的意義進行解說與考證；

四、印象主義的批評。力主描寫批評家對於作品的主觀印象。

朱光潛對於印象主義批評頗為贊同，雖然他也很清楚地認識到，印象派批評的缺點在於「往往把快感誤認為美感」，但是印象派認為批評「不應像餐館的使女只捧菜給人吃，應該親自嚐菜的味道」[25]，這一觀念卻與朱光潛重視「趣味」的見解頗為合拍，因此他從心底欣賞與認同印象派批評，事實上，在當時文壇上流行的多種批評範式中，朱光潛唯一激賞並為之辯護的，就是印象主義批評，當然，這必須是一種高水準的印象批評，其實例就是李健吾（劉西渭）的《咀華集》評論。一九三七年，朱光潛主編的《文學雜誌》第一卷第二期上發表了李健吾的〈讀〈里門拾記〉〉（署名劉西渭）一文，朱光潛在編輯後記中寫道：「書評成為藝術時，就是沒有讀過所評的書，還可以把評當作一篇好文章讀。書評成為文學批評時，所評的作品在它同類作品中的地位被確定，而同時這類作品所有的風格技巧種種問題也得到一種看法。劉西渭先生的〈讀〈里門拾記〉〉庶幾近之。」[26]可以說，劉西渭的印象主義批評所具有的兩個特徵：批評的藝術化與批評的個人印象化，在這裡都在相當程度上得到了肯定與褒揚。

關於「味」覺的隱喻——吃菜、喝茶、喝咖啡等等——將朱光潛的思路和印象派批評的觀念表述連在一起（這其中也許還應該加上中

---

25 朱光潛：〈談美〉，《朱光潛全集》新編增訂本（北京市：中華書局，2012年），卷3，頁41。

26 朱光潛：〈編輯後記（二）〉，《朱光潛全集》新編增訂本（北京市：中華書局，2012年），卷8，頁97。

國古典禪學的某些思想，據說在禪宗史上有這樣一則公案，說的是一個和尚向一個高僧詢問佛法大意，後者只是請他喝茶，前者由此頓悟）。可以說，對於個人趣「味」的尊重，也就是對於個人的生命體驗與文學審美體驗的尊重，正是這一點，使得從生理——心理學層面去理解與體驗文學審美過程的朱光潛對於印象批評懷有很強的親和感。照他看來，印象批評走的當然不是一條「穩路」，但卻是一條經常有著新鮮體驗的路，而這種新鮮有趣的體驗，正是朱光潛在文學審美中所極其看重的。

但是朱光潛並沒有滑向以法朗士為代表的極端印象主義及其文學上的享樂主義觀念。雖說從強調批評的體驗基礎出發，朱光潛突出了趣味的個體性與體驗性，並由此推崇與認同印象主義批評，但是他仍然不得不承認作品有「好」與「不好」之分，批評也有「好」與「不好」之別，即使同是印象，也有優劣等差。於是，朱光潛在這裡遭遇了一個難題。如果說趣味是批評的體驗基礎，並且構成了批評的標準，並進而由此而構成了對批評本身的重要評價指標之一的話，那麼，什麼樣的趣味才算是「好的」、「純正的」趣味呢？實際上，這在很大程度上是一個批評標準的問題：「事實上我們天天談文學，在批評誰的作品好，誰的作品壞，文學上自然也有是非好醜，你歡喜壞的作品而不歡喜好的作品，這就顯得你的趣味低下，還有什麼話可說？這話誰也承認，但是難問題不在此，難問題在你以為醜他以為美，或者你以為美而他以為醜，你如何能使他相信你而不相信他自己呢？或者進一步說，你如何能相信你自己一定是對呢？你說文藝上自然有一個好醜的標準，這個標準又如何可以定出來呢？」[27]當然，也曾有人就批評標準提出了不少觀點，諸如取決於多數、由時間來考驗，或者

---

27 朱光潛：〈談趣味〉，《朱光潛全集》新編增訂本（北京市：中華書局，2012年），卷6，頁18-19。

以經典作品為「試金石」等等，朱光潛對這些觀點都提出了質疑：「從前文學批評家們有些人以為要取決於多數。以為經過長久時間淘汰而仍巍然獨存，為多數人所欣賞的作品總是好的。相信這話的人太多，我不敢公開地懷疑，但是在我們至好的朋友中，我不妨說句良心話：我們至多能活到一百歲，到什麼時候才能知道 Marcel Proust 或 D. H. Lawrence 值不值得讀一讀呢？從前批評家們也有人，例如阿諾德，以為最穩當的辦法是拿古典名著做『試金石』，遇到新作品時，把它拿來在這塊『試金石』上面擦一擦，硬度如果相彷彿，它一定是好的；如果擦了要脫皮，你就不用去理會它。但是這種辦法究竟是把問題推遠而並沒有解決它，文學作品究竟不是石頭，兩篇相擦時，誰看見哪一篇『脫皮』呢？」[28]可以說，朱光潛在趣味的普遍性與主觀性，也就是批評標準的有與無之間感到了一種困難：「『天下之口有同嗜』，——但是也有例外。文學批評之難就難在此。如果依正統派，我們便要抹煞例外；如果依印象派，我們便要抹煞『天下之口有同嗜』。」[29]

但是，朱光潛恰恰要在這激烈衝突的「同嗜」與「例外」之間尋求平衡與統一。他在這時又顯示出他一貫奉持的平和公允的態度，他指出，藝術趣味之爭的原因在於趣味的體驗壁壘，只要超越與打通這一壁壘，這種爭端自然就會止息：「文藝不一定只有一條路可走。東邊的景致只有面朝東走的人可以看見，西邊的景致也只有面朝西走的人可以看見。向東走者聽到向西走者稱讚西邊景致時覺其誇張，同時憐惜他沒有看到東邊景致美。向西走者看待向東走者也是如此。這都是常有的事，我們不必大驚小怪。理想的遊覽風景者是向東邊走過之

28 朱光潛：〈談趣味〉，《朱光潛全集》新編增訂本（北京市：中華書局，2012年），卷6，頁19。

29 朱光潛：〈談趣味〉，《朱光潛全集》新編增訂本（北京市：中華書局，2012年），卷6，頁19。

後能再回頭向西走一走，把東西兩邊的風味都領略到。這種人才配估定東西兩邊的優劣。也許他以為日落的景致和日出的景致各有勝境，根本不同，用不著去強分優劣。」[30]我們看到，這一「東西景致」的隱喻與劉勰在《文心雕龍》〈知音〉篇中所使用的「東向而望，不見西牆」的隱喻極其相似，不僅如此，與劉勰主張以「操千曲而後曉聲，觀千劍而後識器」的「博觀」來超越這種趣味壁壘相似，朱光潛也主張「涉獵愈廣博，偏見愈減少，趣味亦愈純正。」[31]同樣是將批評主體的批評能力的優化建立在廣泛的文學體驗的基礎之上。

但是，劉勰時時刻刻不忘「徵聖」、「宗經」，不忘「文統」，這可能是中國古代不少批評家共同的觀念，即強調所謂「入門須正，立意須高」，因此，在主張「博觀」的同時又力爭宗唐宗宋者並不乏其人。作為現代批評家，在更加廣闊多樣的美學與文學參照系下，朱光潛則表現出完全不同於他的古典前輩的胸襟。他極力企圖凸顯趣味的兩極性結構：個體性與超越性，也即他所說的「極偏」與「不偏」。在他的理解中，這個兩極性結構是一個繫於個體生命的時間性結構：「一個人不能同時走兩條路，出發時只有一條路可走。從事文藝的人入手不能不偏，不能不依傍門戶，不能不先培養一種偏狹的趣味。初喝灑的人對於白酒紅酒種種酒都同樣地愛喝，他一定不識酒味。到了識酒味時他的嗜好一定偏狹，非是某一家某一年的酒不能使他喝得暢快。學文藝也是如此，沒有嚐過某一種 clique 的訓練和滋味的人總不免有些江湖氣。我不知道會喝酒的人是否可以從非某一家某一年的酒不喝，進到只要是好酒都可以識出味道；但是我相信學文藝者應該能從非某家某派詩不讀，做到只要是好詩都可以領略到滋味的地步。這

30 朱光潛：〈談趣味〉，《朱光潛全集》新編增訂本（北京市：中華書局，2012年），卷6，頁20。

31 朱光潛：〈談趣味〉，《朱光潛全集》新編增訂本（北京市：中華書局，2012年），卷6，頁21。

就是說，學文藝的人入手雖不能不偏，後來卻要能不偏，能憑空俯視一切門戶派別，看出偏的弊病。」[32]通過這樣一個時間性結構，朱光潛不僅將趣味的個體性與超越性合為一體，而且將趣味的純正性與廣博性也在空間上合而為一，而不是像劉勰們那樣完全將廣博與純正（即「文之正體」的「正」）看成一個單向線性的時間結構，在這個時間結構中，「純正」位於占據了漫長的時間過程的「博觀」的終點，而在朱光潛的「趣味」結構中，廣博與純正都是進行時的，是與生命的過程同步的不斷開拓擴展的一個互為因果關係的二重結構：「涉獵愈廣博，偏見愈減少，趣味亦愈純正。從浪漫派脫胎者到能見出古典派的妙處時，專在唐宋做工夫者到能欣賞六朝人作品時，篤好蘇辛詞者到能領略溫李的情韻時，才算打通了詩的一關。好浪漫派而止於浪漫派者，或是好蘇辛而止於蘇辛者，終不免坐井觀天，誣天渺小。」[33]

於是，人們可以看到，朱光潛以「味」覺隱喻強調了趣味的個體性與體驗性內涵，但是這一對於「味」覺隱喻的理解，與其說近於印象主義者，不如說近於禪宗修行者，即是以個體的生命去體驗與感悟宇宙世界的大道真理，而這則是一個既極為平常又極為艱難的力行修煉的過程。因此，朱光潛認為：「趣味無可爭辯，但是可以修養。文藝批評不可漠視主觀的私人的趣味，但是始終拘執一家之言者的趣味不足為憑。文藝自有是非標準，但是這個標準不是古典，不是『耐久』和『普及』，而是從極偏走到極不偏，能憑空俯視一切門戶派別者的趣味，換句話說，文藝標準是修養出來的純正的趣味。」[34]因

32 朱光潛：〈談趣味〉，《朱光潛全集》新編增訂本（北京市：中華書局，2012年），卷6，頁20。

33 朱光潛：〈談趣味〉，《朱光潛全集》新編增訂本（北京市：中華書局，2012年），卷6，頁21。

34 朱光潛：〈談趣味〉，《朱光潛全集》新編增訂本（北京市：中華書局，2012年），卷6，頁21。

此，「純正的趣味」就是「廣博的趣味」，而由個人化的趣味達到這一化境，則是一個不斷努力以打通個性壁壘的過程。考慮到，朱光潛是從生理——心理深度的生命體驗的意義上來理解「趣味」，理解審美體驗的——「生命時時刻刻都在進展和創化，趣味也就時時刻刻在進展和創化」[35]——這種「趣味的修養」也就是由個體生命體驗向人類總體體驗的一種擴展，是一種於個性中求普遍的伸展。個體在這種擴展中感受到生命的流動與存在。

這種修養與努力擴展的過程中，起作用的就不完全是直覺了，其中多少伴隨著理性的引導，朱光潛指出：「我只說美感經驗和名理的思考不能同時並存，並非說美感經驗之前之後不能有名理的思考。美感經驗之前的名理的思考就是了解，美感經驗之後的名理的思考就是批評，這幾種活動雖相因為用，卻不容相混。」[36]也就是說，陶然忘機的審美直覺與理性的了解與分析思考實際上構成了一條「斷續線」，這種「名理的了解」並不僅僅限於對作品創作背景等知識的了解，也包括詩學的分析。在拓展趣味的時候，「須逐漸把本非我所有的變為我所有的」[37]，這就多少需要理性的詩學分析來引導主體跨越趣味的壁壘進入新的美感境界。朱光潛舉〈尋隱者不遇〉、〈長干行〉兩首詩為例，說一般人都易為文學作品中的故事情節所吸引，但是「兩首詩之所以為詩，並不在這兩個故事，而在故事後面的情趣，以及抓住這種簡樸而雋永的情趣，用一種恰如其分的簡樸而雋永的語言表現出來的藝術本領。……讀詩就要從此種看來雖似容易而實在不容易做出的地方下功夫，就要學會了解此種地方的佳妙。對於這種佳妙

35 朱光潛：〈談讀詩與趣味的培養〉，《朱光潛全集》新編增訂本（北京市：中華書局，2012年），卷6，頁25。

36 朱光潛：〈文藝心理學〉，《朱光潛全集》新編增訂本（北京市：中華書局，2012年），卷3，頁184。

37 朱光潛：〈談讀詩與趣味的培養〉，《朱光潛全集》新編增訂本（北京市：中華書局，2012年），卷6，頁24。

的了解和愛好就是所謂『趣味』」[38]。他自述自己的經驗說：「記得我第一次讀外國詩，所讀的是〈古舟子詠〉，簡直不明白那位老船夫因射殺海鳥而受天譴的故事有什麼好處，現在回想起來，這種蒙昧真是可笑，但是在當時我實在不覺到這詩有趣味。後來明白作者在意象音調和奇思幻想上所做的工夫，才覺得這真是一首可愛的傑作。」[39]可以說，在趣味的培養與拓展中，審美是有理性意識的引導的，是先知其「何以好」，才能「覺得好」，那麼，審美之後的批評則是「說出我何以覺得它好的道理」，是一個逆向的反省過程，或者說，是一種對於趣味的闡說與傳播，從這個意義上說，朱光潛所說的「批評有創造欣賞做基礎，才不懸空；創造欣賞有批評做終結，才底於完成。就批評為『創造的批評』而言，它和美感的態度雖然有直覺和反省的分別，卻彼此互相補充。」[40]這番話才更顯出其深層意義，即直覺的欣賞與反省的批評不僅是一個程序的先後階段，更是兩個互動的過程。

可以說，朱光潛的批評理論始終是圍繞著「情趣」以及「趣味」展開的，他的文學批評同樣是將作品的情趣及其表現手段作為自己關注的中心問題。正如我們已經提及的，情趣與意象是朱光潛批評理論中的兩個重要範疇，通過對這兩個藝術構成因素的品質與相互關係的分析，朱光潛已經比較成功地解說了一些有關詩歌審美的問題，如「隔」與「不隔」、「有無之境」與「無我之境」等等。但是，這些問題大都主要是有關於古典文學尤其是古典詩歌的，而一旦面對更為複雜多樣的現代文學作品，僅憑這兩個概念就顯得有些不足，需要在此基礎上進一步豐富與擴展，在具體批評中轉化與衍生出更多的相關概

---

38 朱光潛：〈談讀詩與趣味的培養〉，《朱光潛全集》新編增訂本（北京市：中華書局，2012年），卷6，頁24。

39 朱光潛：〈文藝心理學〉，《朱光潛全集》新編增訂本（北京市：中華書局，2012年），卷3，頁184。

40 朱光潛：〈文藝心理學〉，《朱光潛全集》新編增訂本（北京市：中華書局，2012年），卷3，頁183。

念或者名詞。

實際上，在朱光潛的理論中，意象是凝聚與表現情趣的媒介，如果以內容與形式來分析文學作品的話，「內容應該是情趣，形式應該是意象：前者為『被表現者』，後者為『表現媒介』。『未表現的』情趣和『無所表現的』意象都不是藝術，都不能算是美，所以『美在內容抑在形式』根本不成為問題。美既不在內容，也不在形式，而在它們的關係——表現——上面。」[41]情趣只有經過意象化才構成了審美的直覺，獲得了藝術的表現。而這一意象化的過程，也即表現的過程，則是複雜的。雖然朱光潛認為，這一過程的本質是審美距離的獲得，但是如何獲得距離，則是一個複雜的詩學技術過程。如果說，在美學理論中，這一過程從心理學層面上被歸約為「距離化」，那麼，在批評過程中，在詩學分析的層面上，「距離化」就必須被還原為「技巧」的運用。只有這樣，文學作品的豐富的個性才能得以呈現，作為「說出道理」的批評才不會是空洞貧乏的，才足以擔當培養與傳播趣味的手段。

在評論廢名的小說《橋》時，朱光潛就將情趣與意象這一對範疇進行了某種轉化與衍生。文中也提到，《橋》有「美妙的意象與高華簡煉的文字」，在文章結尾處也講到「《橋》的基本情調雖不是厭世的而卻是悲觀的。我們看見它的美麗而喜悅，容易忘記後面的悲觀色彩。也許正因為作者內心悲觀，需要這種美麗來掩飾，或者說，來表現。」這顯然是「情趣意象化」原理的闡述，最後說：「我們讀完《橋》，眼中充滿著鏡花水月，可是回想到『探手之情』，也總不免『是一個莫可如何之感』。」這闡說的顯然是《橋》的「情趣」。

但是，僅僅這樣是不夠的，朱光潛在這篇評論中對《橋》做了不少技巧分析。可以說，這些分析實際上都是對「情趣」與「意象」的

41 朱光潛：〈文藝心理學〉，《朱光潛全集》新編增訂本（北京市：中華書局，2012年），卷3，頁253。

具體分解與衍化。朱光潛首先指出，「像普魯斯特與吳爾夫夫人諸人的作品一樣，《橋》撇開浮面動作的平鋪直敘而著重內心生活的揭露。」但是，他又指出，「普魯斯特與吳爾夫夫人藉以揭露內心生活的偏重於人物對於人事的反應，而《橋》的作者則偏重人物對於自然景物的反應。」並認為這與民族文化心理有一定的關係。這顯然也是從「意象表現情趣」的原理推衍出來的，但是由於小說文體的原因，這一「表現」關係顯得比較複雜，在原來的意象與情趣一對範疇中又出現了作者與小說人物以及小說的景物等多個因素，使得其間意象與情趣之間形成了複雜的多重關係。首先是人物的心境作為情趣與小說中的自然風景之間形成了配合，「他渲染了自然風景，同時也就烘托出人物的心境，到寫人物對於風景的反應時，他只略一點染，用不著過於鋪張的分析。」然後，是人物與風景共同成為一種意象或意境，表現某種情趣：「自然，《橋》裡也還有人物動作，不過它的人物動作大半靜到成為自然風景中的片段，這種動作不是戲臺上的而是畫框中的。因為這個緣故，《橋》裡充滿的是詩境，是畫境，是禪趣。每境自成一趣，可以離開前後所寫境界而獨立。」再然後是人物與作者之間的表現與被表現的關係：「廢名的人物卻都沉沒在作者的自我裡面，處處都是過作者的生活。小林，琴子，細竹三個主要人物都沒有明顯的個性，他們都是參禪悟道的廢名先生。……其中主角雖都是青年，而每人身上卻都像背有百歲人的悲哀的重負與老於世故者的澈悟。《橋》是在許多年內陸續寫成的，愈寫到後面，人物愈老成，戲劇的成分愈減少而抒情詩的成分愈增加，理趣也愈濃厚。」[42]通過這樣一種複雜化了的意象與情趣之間的多重「表現」關係，《橋》作為一部詩化的小說的審美特徵得到了分解與闡說。

42 參見朱光潛：〈橋〉，《朱光潛全集》新編增訂本（北京市：中華書局，2012年），卷8，頁111-112。

如果說《橋》因其詩化小說的特徵而使得朱光潛的批評模型較為順利地得以適用的話，那麼，在其他類型的小說，如蘆焚的小說中，朱光潛的批評模型則顯示出更大的化約批評對象傾向。朱光潛感到，蘆焚的小說給人一種「不調和的感覺」，他的解釋是「因為他所經歷的本來就是這種不倫不類的世界」[43]，以此維持了自己「情趣—意象」表現論的批評模型，實際上由於忽略了小說與詩歌的不同的文體要求與可能性，他幾乎是把小說都化約為詩歌了。因此，在朱光潛對蘆焚的小說的批評中，羅列小說中的形象（朱光潛將之都作為意象處理了）占去了很大一部分篇幅，闡說作者態度以及風格特徵則占去了另外一部分篇幅。這一段是比較典型的：「蘆焚先生的世界雖是新舊雜糅的，其中的人物的原型卻並不算多，他們大部分是受欺淩壓迫者，或是受命運揶揄者像〈頭〉裡的孫三，〈谷〉裡的洪匡成，〈牧歌〉裡的雷辛及其他被蹂躪者無辜地慘遭殘殺，永遠沒有申冤的日子，是一種；像〈過嶺記〉裡的退伍老兵，〈人下人〉裡的叉頭，〈鳥〉裡的易瑾，〈金子〉裡的孟天良和金子自己以及和候鳥同來去的賣香莩的江湖客，都經歷人生的險艱而到頭終無去向，是另一種。在這些人物的描寫中，作者似竭力維持鎮靜，但他的同情，忿慨，譏刺，和反抗的心情卻處處脫穎而出。因為這一點情感方面的整一性，《谷》和《落日光》在表現上雖有許多不調和的地方，卻仍有一貫的生氣在裡面流轉。也正因為這個緣故，讀蘆焚頗近讀 Hardy，我們時時覺得在沉悶的氣壓中，有窒息之苦。」[44]

---

43 朱光潛：〈《谷》和《落日光》〉，《朱光潛全集》新編增訂本（北京市：中華書局，2012年），卷8，頁116。

44 朱光潛：〈《谷》和《落日光》〉，《朱光潛全集》新編增訂本（北京市：中華書局，2012年），卷8，頁116-117

三　「距離說」與趣味偏向

從直覺論出發，朱光潛強調審美是「情趣的意象化」，而這一意象化的關鍵在於保持或創造某種審美的「距離」，對生活採取一種「冷靜的旁觀」。他在自己的文章與著作中反覆表達了這樣的觀點：「詩的情趣並不是生糙自然的情趣，它必定經過一番冷靜的觀照和融化洗煉的工夫。……詩人感受情趣儘管較一般人更熱烈，卻能跳開所感受的情趣，站在旁邊來很冷靜地把它當作意象來觀賞玩索。」[45]就這樣，朱光潛就在克羅齊的直覺論中嵌入了布洛的「距離說」，並以此構成了他的美學理論與批評理論的基礎。

在朱光潛的理解中，「距離」「把我和物的關係由實用的變為欣賞的。就我說，距離是『超脫』；就物說，距離是『孤立』。」[46]因此，在對意象的審美中，人的心理就同時處於一種兩極的狀態中，一極是對一個「孤立絕緣的意象」的「凝神觀照」與沉醉，另一極則是對這個意象的冷靜超脫的「觀賞玩索」。我們看到，雖然朱光潛將之理解為一個審美過程的兩面，但是，實際的審美心態仍然可以據此分為兩種不同的類型：「德國美學家弗萊因斐爾斯把審美者分為兩類，一為『分享者』，一為『旁觀者』。『分享者』觀賞事物，必起移情作用，把我放在物裡，設身處地，分享它的活動和生命。『旁觀者』則不起移情作用，雖分明察覺物是物，我是我，卻仍能靜觀形象而覺其美。」與此相對應的，是尼采所說的酒神精神與日神精神，前者是分享，「專在自己的活動中領略世界的美」，以音樂、舞蹈藝術為代表，後者是旁觀，「專處旁觀的地位以冷靜的態度去欣賞世界的美」，以繪

45 朱光潛：〈詩的主觀與客觀〉，《朱光潛全集》新編增訂本（北京市：中華書局，2012年），卷6，頁37-38。

46 朱光潛：〈文藝心理學〉，《朱光潛全集》新編增訂本（北京市：中華書局，2012年），卷3，頁128。

畫、雕刻藝術為代表。[47]但是朱光潛顯然更多地表露出對於日神式的旁觀態度的欣取，雖然「移情論」在他進行理論推演的時候經常起到一個相當重要的樞紐作用，但是顯然並未將之作為一個典範性的審美範式來推崇，尤其是當他企圖推動這種審美態度向人生態度泛化而成為一種文化選擇的時候，朱光潛就更經常地傾向於放棄移情作用與「分享」方式而採取「旁觀」方式。在這個時候，朱光潛顯示出自己強烈的趣味偏向，正是在這一趣味的偏向中，朱光潛展示了自己的審美抉擇與文化抉擇。

朱光潛在〈眼淚文學〉一文中寫道：「能叫人流淚的文學不一定就是第一等的文學。」[48]

他引用了華茲華斯的詩句「最微小的花對於我可以引起不能用淚表達得出的那麼深的思致。」之後說：「用淚表達得出的思致和情感原來不是最深的，文學裡面原來還有超過叫人流淚的境界。」[49]顯然，在這時，他所關心的就不僅是情趣與意象之間的契合了，而更是以某種方式表達出來的某種特定的情趣，以及由此構成的特定的審美情調。這就是他所崇仰的「靜穆」。如前所述，朱光潛一直奉持「情趣—意象」這一二元結構的批評模型，而在這個時候，他似乎更關心的是某種獨特的情趣結構。

一九三五年，朱光潛發表了那篇引起魯迅批駁的〈說「曲終人不見，江上數峰青」〉，文中說「玩味一首詩，最要緊的是抓住它的情趣。有些詩的情趣是一見就能了然的，有些詩的情趣卻迷茫隱約，不

---

47 朱光潛：〈文藝心理學〉，《朱光潛全集》新編增訂本（北京市：中華書局，2012年），卷3，頁156-157。

48 朱光潛：〈眼淚文學〉，《朱光潛全集》新編增訂本（北京市：中華書局，2012年），卷8，頁66。

49 朱光潛：〈眼淚文學〉，《朱光潛全集》新編增訂本（北京市：中華書局，2012年），卷8，頁67。

易捉摸。」[50]並認為對於錢起的這兩句詩，自己從前以為它所表現的是一種淒涼寂寞的情感，是不對的。三年前，朱光潛在〈談美〉中說，「曲終人杳雖然與江上峰青不相干，但是這兩個意象都可以傳出一種淒清冷靜的情感，所以它們可以調和。」[51]這顯然使用的仍然是「意象表現情趣，情趣使意象整一化」的直覺論原理，而在這篇文章中，立論固然不離「意象——情趣」的模型，但是其中的理解卻更加微妙複雜，朱光潛現在認為：「『曲終人不見』所表現的是消逝，『江上數峰青』所表現的是永恆。可愛的樂聲和奏樂者雖然消逝了，而青山卻巍然如舊，永遠可以讓我們把心情寄託在它上面。」[52]文中最後說，如果在這兩句詩中「見出『消逝中有永恆」的道理，它所表現的情感就決不只是淒涼寂寞，就只有『靜穆』兩字可形容了。淒涼寂寞的意味固然也還在那裡，但是尤其要緊的是那一片得到歸依似的愉悅。這兩種貌似相反的情趣都沉沒在『靜穆』的風味裡。」[53]顯然，朱光潛所謂的「靜穆」是一種二重式的情趣結構，正是在這一結構中，熱烈的情感獲得了醇化與中和。朱光潛不禁又發揮道：「藝術的最高境界都不在熱烈。」並說「靜穆自然只是一種最高理想，不是在一般詩裡所能找得到的，……它好比低眉默想的觀音大士，超一切憂喜，同時你也可說它泯化一切憂喜。這種境界在中國詩裡不多見。屈原、阮籍、李白、杜甫都不免有些像金剛怒目，憤憤不平的樣子。陶

50 朱光潛：〈說「曲終人不見，江上數峰青」〉，《朱光潛全集》新編增訂本（北京市：中華書局，2012年），卷8，頁38。

51 朱光潛：〈談美〉，《朱光潛全集》新編增訂本（北京市：中華書局，2012年），卷3，頁71。

52 朱光潛：〈說「曲終人不見，江上數峰青」〉，《朱光潛全集》新編增訂本（北京市：中華書局，2012年），卷8，頁37。

53 朱光潛：〈說「曲終人不見，江上數峰青」〉，《朱光潛全集》新編增訂本（北京市：中華書局，2012年），卷8，頁39。

潛渾身是『靜穆』，所以他偉大。」[54]可以說，「靜穆」所體現的不但是朱光潛的美學理想，而且是他的人生理想與文化理想，是他心中處理生命體驗與情感體驗的理想形式，而這種「靜穆」的基礎，則是「距離」在主體方面的表現——「超脫」。正是這種超脫的人生態度才使主體對激烈的情感體驗進行旁觀的處理，並通過一種悖反式的情感表現結構而達到中和醇厚的境界。

在〈說「曲終人不見，江上數峰青」〉一文中，朱光潛更多地是強調這一二重情感結構中的超脫的一面，並由於推崇「靜穆」的「偉大」而貶抑「金剛怒目」的「憤憤不平」而受到魯迅的駁斥，那麼，在這之後寫的一些文章中，他似乎有意無意地進行了一些調整，開始強調「超脫」之下的「深刻沉痛」。在一九三六年發表的〈王靜安的〈浣溪沙〉〉一文就表現出了這一傾向。

王國維原詞為：

> 天末同雲黯四垂，失行孤雁逆風飛，江湖寥落爾何歸？　陌上挾丸公子笑，座中調醢麗人嬉，今宵歡宴勝平時。

王國維自己的評語是：「意境兩忘，物我一體，高蹈乎八荒之表，而抗心乎千秋之間。」可謂自視甚高。朱光潛說，自己從前覺得只有「失行孤雁」二句沉痛淒厲，後段才情不濟，有些硬湊；現在才發覺後段妙於前段。他分析道，前後段寫的兩種相反的情感，前段寫孤雁淒涼身世，「空氣極陰沉，情調也極淒慘」，後段則寫烹雁歡宴，「空氣極濃麗，情調也極快活」，但是後段是側寫，「表面上雖是渲染公子麗人的歡樂，骨子裡則仍反映孤雁的悲劇」，因此正構成了全詞的精

54 見朱光潛：〈說「曲終人不見，江上數峰青」〉，《朱光潛全集》新編增訂本（北京市：中華書局，2012年），卷8，頁38。

彩所在，其功用在以樂境襯悲境。單以後段論，它雖是樂境，卻「比較前段更深刻沉痛」。由此朱光潛又發揮道，這段詞的妙處正在於如六朝人所說的「愁苦之音，亦以華貴出之」，這也正是尼采所說的「由形相得解脫」。「前段不如後段，因為它仍不免直率，仍不免是『寒酸語』。」[55]

朱光潛同樣將這種理解模式運用到藝術中的幽默與諧趣之上。朱光潛認為，諧趣（詼諧、幽默）是一種最原始的普遍的美感活動，最具有文化的普遍性。他非常欣賞伊斯特曼對於詼諧的論斷：「詼諧是對於命運開玩笑。」[56]可以說，「對於命運開玩笑」揭示了人所無可逃避的悲劇宿命，特別強調了諧趣中所包含的悲劇體驗。如果說，「距離說」、「旁觀論」等僅僅強調了某種超越指向而易於使人忽略這一超越背後的現實苦惱的話，「對於命運開玩笑」則同時展示了這一苦惱——超越的二極感受，使得朱光潛的藝術與文化理解呈現出某種豐富的張力與體驗的深刻性。

同是諧趣，朱光潛對之仍有滑稽與豁達的區分，雖然都是「對於生命開玩笑」，以「一笑置之」的態度來應付人生無可避免的缺陷與苦惱，但是卻有遁逃與征服的不同偏向，偏於前者常以滑稽玩世，在見出人事乖訛之時，顯露出基於理智與聰明的優越心態，因而往往流於輕薄的嘲笑取樂；偏於後者則往往以豁達超世，對人世抱有深切的悲憫，因此這種詼諧常常在表面的滑稽中透出一種出於至性深情的沉痛，朱光潛認為這後一種伴有高度的嚴肅的詼諧才是詩的極境，是偉大的文學。這其中他最為推崇陶潛和杜甫，認為他們「都是詩人中達

55 見朱光潛：〈王靜安的〈浣溪沙〉〉，《朱光潛全集》新編增訂本（北京市：中華書局，2012年），卷8，頁41-42。

56 朱光潛：〈詩論〉，《朱光潛全集》新編增訂本（北京市：中華書局，2012年），卷5，頁30。

到諧趣的勝境者」[57]。但杜詩則略有不及於陶，主要原因就在於其豁達近於陶而沉痛不及，甚而有〈飲中八仙歌〉一類近於滑稽者流的作品。至於韓愈及宋人蘇軾之流，則尤其因為相形之下缺乏嚴肅沉痛之致而等而下之了。

我們看到，朱光潛在這裡的觀點已經與他講「陶潛渾身靜穆」時有所不同。他似乎有意無意地對自己的觀點進行著某種調整，究其原因，也許不排除魯迅的批判對他的觸動，也應該包括朱光潛自己無法抹平的淑世情懷在面對時代苦難與民族危機時的某種反省。因此，我們才會看到，在〈論小品文〉一文中，一向倡言「旁觀」、「距離」的朱光潛對於《人間世》、《宇宙風》等雜誌對明末小品文的倡導進行委婉而又頗不客氣的批評，在這篇寫於一九三六年北平學生罷課期間的文章中，朱光潛甚至寫出了這樣的句子：「我回頭聽到未來大難中的神號鬼哭，猛然深深地覺到我們的文學和我們的時代環境間的離奇的隔閡。」[58]這句寫於抗戰爆發前一年的話，似乎向我們透露出了朱光潛的思想中的另一個方面。

四　文學的大路

一九三八年朱光潛發表了〈文學與民眾〉一文，起首第一句話說：「一個民族的生命力最直切地流露於它的文學和一般藝術，要測量一個民族的生命力強弱，文學和藝術是最好的標準之一。」[59]這似乎可以作為某種標記，標明了朱光潛文藝思想中的另一個面向，如果

57 朱光潛：〈詩的隱與顯——關於王靜安的《人間詞話》的幾點意見〉，《朱光潛全集》新編增訂本（北京市：中華書局，2012年），卷6，頁35。

58 朱光潛：〈論小品文（一封公開信）〉，《朱光潛全集》新編增訂本（北京市：中華書局，2012年），卷6，頁100。

59 朱光潛：〈文學與民眾〉，《朱光潛全集》新編增訂本（北京市：中華書局，2012年），卷8，頁122。

說，在大多數情境中，朱光潛對於文藝的思考都是圍繞著個體生命的解脫與自由的主題展開的，那麼在這裡，他顯然對民族群體的生命力表現出了更強烈的關注。考慮到當時抗日戰爭的背景，這完全可以做出這樣的理解：與當時的大多數中國知識分子一樣，朱光潛同樣也在關注著中華民族在這場戰爭中能否生存下來的嚴峻問題，朱光潛認識到，文學的活力與全民族的精神有著某種互為因果的聯繫。民間文學是各民族文學的源頭與基礎，是「民眾的精神寄託之所」[60]，同時也從民族的智慧與藝術本能中吸取生命的養分。到文字產生之後，文字逐漸而為文學藉以記錄與傳播的主要媒介，大多數民眾就因為不識字而漸與文學的生產與傳播渠道相隔離，於是，「文學失去了它的深廣的泉源，而一般民眾也失去了他們的精神的寄託，生命力宣洩的尾閭以及藝術本能發達的機會，這種損失對於一個民族是精神的衰落，對於一個民族的文學是由窄狹化而僵硬化。」[61]

當然，文學喪失生命力源泉不僅僅是由於採用文字表徵而導致與民眾的絕緣，更由於文學的風格形式的文人化、纖巧化。朱光潛指出，新文化運動造成的語體文的採用，本應使新文學更接近民間文藝而吸取新的生命，但是「新文學的倡導者對於外國文學的傾慕，超過對於『土著』文學的了解」，因此，新文學並沒有接上民間文學的傳統，而是移植了西洋文學的傳統，尤其不幸的是，它所接受的並不是完全的西方傳統，而是十九世紀以來的頹廢期的傳統，這同樣是「經過愛弄纖巧的文人長期矯揉之後而漸進沒落的」。朱光潛明白地指出：這是一條「窄路」，雖然他並不絕對反對「走窄路」，但是卻擔心

60 朱光潛：〈文學與民眾〉，《朱光潛全集》新編增訂本（北京市：中華書局，2012年），卷8，頁123。

61 朱光潛：〈文學與民眾〉，《朱光潛全集》新編增訂本（北京市：中華書局，2012年），卷8，頁123。

「聰明人都走窄路，結果大路空著沒人走」。[62]

朱光潛認為，「文學的大路是荷馬和莎士比亞所走的路，是雅俗共賞，在全民族的深心中生著根的路。」「文學的窄路是亞力山大時期希臘人和近代歐洲象徵派所走的路，是李長吉和姜白石所走的路，是少數口胃過於精巧的文人所持嗜而不能普及於大眾的路。」[63]朱光潛能夠說出這一番話來著實不易，這顯然是他對自己的文人趣味進行一番反省之後作出的判斷，這其中，既有戰爭體驗的衝擊所喚起的民族群體意識，也有民間傳統文藝的蓬勃生機與普遍感召力對他的啟示。朱光潛對比了自己在成都觀看川戲與話劇的經驗，發現川劇比話劇更有持久的吸引力——不僅對於普通大眾，即使對於作為「知識分子」的朱光潛本人，也有同樣吸引力，朱光潛從中引出的結論是：內容「鄙俚粗俗」、「經不起從文學眼光去分析」的唱本與川戲之所以有「如此偉大的勢力」，原因在於「它們的形式和技巧有長久的傳統在後面，在一般民眾心中生了很深的根蒂」。由此，朱光潛提出了以「舊瓶裝新酒」的方式來提高民間文學並給文學注入新的活力的思路。[64]

我們看到，朱光潛的觀點比之從前已頗有不同，作為「直覺論」的信徒，朱光潛一向極力強調「在各種藝術中，實質和形式都是在同一剎那中孕育出來的。」[65]絕對反對用「瓶子」與「酒」的隱喻來說明「內容」與「形式」的關係，而在這裡，觀點卻似乎發生了一百八十度的大轉彎。

62 見朱光潛：〈文學與民眾〉，《朱光潛全集》新編增訂本（北京市：中華書局，2012年），卷8，頁124。

63 朱光潛：〈文學與民眾〉，《朱光潛全集》新編增訂本（北京市：中華書局，2012年），卷8，頁124。

64 朱光潛：〈文學與民眾〉，《朱光潛全集》新編增訂本（北京市：中華書局，2012年），卷8，頁125-126。

65 朱光潛：〈詩的實質與形式〉，《朱光潛全集》新編增訂本（北京市：中華書局，2012年），卷5，頁321。

應該看到，這一觀點的轉向早在一九三六年左右就已開始。朱光潛在對歌謠進行研究之後，原先關於「實質」與「內容」同一性的觀點開始動搖，因為「歌謠並不如一般人所想像，全是自然的流露；它有它的傳統技巧」，形成沿襲的固定形式，而不一定是表現情感所必需的唯一方式[66]。簡言之，「詩的形式多少是現成的，沿襲的，外在的」。[67]

對於這一現象，朱光潛的解釋是：這根源於原始詩歌起源時與樂舞合一的狀況。原始詩歌的形式與原始樂舞的形式是一致的，它們的共同節奏構成了情感表達的統一方式，在詩與樂舞分立以後，以節奏為根據的詩的形式就成為了一種沿襲的慣例。

同時，朱光潛也在努力調和這一「形式沿襲」論與「形式內容同一」論的衝突。朱光潛將詩的傳統形式與語言的文法相比，將詩的形式看成借語言的條理化、紀律化對情感思想進行紀律化的工具和媒介，是一種必須加以征服才能達到自由境界的物質媒介。同時，朱光潛也指出，詩人必須對傳統形式模型加以伸縮變化以適應情感的自然需要，而這恰恰反映了情感思想與語言形式必須一致。當然，朱光潛也說，形式的相對穩定性，表明了「人類情感思想在變異之中仍有一個不變不易的基礎」[68]。在這一系列的調和性解釋中，仍然透露給人這樣一種感覺：固定的形式成規橫亙在詩人情趣與表達這一情趣的獨一無二的形式之間，仍然主要的是詩人實現情感表達與藝術創造的障礙，是一個必須與之努力搏鬥才可征服的異己規定。

---

66 朱光潛：〈從研究歌謠後我對於詩的形式問題意見的變遷〉，《朱光潛全集》新編增訂本（北京市：中華書局，2012年），卷8，頁47。

67 朱光潛：〈從研究歌謠後我對於詩的形式問題意見的變遷〉，《朱光潛全集》新編增訂本（北京市：中華書局，2012年），卷8，頁49。

68 朱光潛：〈詩論〉，《朱光潛全集》新編增訂本（北京市：中華書局，2012年），卷5，頁112。

但是戰爭體驗所導致的民族主體意識的崛起，卻使這個問題找到了解決的思路：「文學的風格形式生根於一個民族的思想性格情調等等。」[69]因此，傳統形式成規非但不再構成文學表達的障礙，反而是全民族表達心聲、寄託共同情感的可靠媒介。

於是，朱光潛開始致力於探討民族文學——尤其是詩——的傳統形式的源流，他明確地意識到：個人情趣的意象化固然是詩與藝術的普遍原則，但是並不一定可以構成偉大的文學，在個人情趣的小院子裡頭打圈圈，很容易走向尖新冷僻，這可以說是當時新詩的誤區之一，「新詩的視野似乎還太窄狹，詩人們的感覺似乎還太偏，甚至於還沒有脫離舊時代詩人的感覺事物的方式」[70]，總之，尚未走上「文學的大路」。這種狀況不能不使朱光潛感到憂慮——既為新文學的前途憂慮，也為民族的精神狀況憂慮。他指出：「詩的生命有縱橫兩方面：橫的方面是當時全民眾所能表現的公同的精神，縱的方面是全民族在悠久歷史上的成就。詩的生命消長隨這兩個因素為轉移。詩在盛旺的時期必須承受風氣與傳統兩個廣大的泉源，在衰頹的時候就變成孤立絕緣的東西，前無所承，後無所繼，旁無所通。詩的衰落往往反映一個民族的精神的衰落。」[71]而「五四」以來的新詩「無疑的是艱晦，不能表現民眾的情趣，也不能打動多數民眾的情趣」[72]，朱光潛最後得出結論：「如何使新詩真正地接近民眾，並且接得上過去兩千餘年中舊詩的連續一貫到底的生命，這是新詩所必須解決的問題。新

69 朱光潛：〈文學與民眾〉，《朱光潛全集》新編增訂本（北京市：中華書局，2012年），卷8，頁124。

70 朱光潛：〈望舒詩稿〉，《朱光潛全集》新編增訂本（北京市：中華書局，2012年），卷8，頁88。

71 朱光潛：〈詩的普遍性與歷史的連續性〉，《朱光潛全集》新編增訂本（北京市：中華書局，2012年），卷5，頁371-372。

72 朱光潛：〈詩的普遍性與歷史的連續性〉，《朱光潛全集》新編增訂本（北京市：中華書局，2012年），卷5，頁373。

詩能否踏上康莊大道，也就要看這個問題解決到什麼程度。」[73]

傳統的形式模型，尤其是詩的聲律形式，作為歷史慣例，是民族共同情感的凝聚。這是不能全然拋棄，也無法拋棄的東西。新文學只有接通這一形式傳統，才可能獲得民族認同感與強大持久的生命力。朱光潛不僅僅是作出了這樣一個判斷，更是在他一貫的文藝心理學的理論框架內進行了一番論證。首先，朱光潛擴展了克羅齊的「表現論」，將克羅齊一向忽視的語言表徵納入了藝術表現的範圍之內，提出了「徵候論」的表現觀，朱光潛認為，「思想、情感與語言是一個完整聯貫的心理反應中的三方面」[74]。說「情感表現於語言」，就如同說「肺病表現於咳嗽吐血」一樣，是以部分代全體，從「徵候」見病症，因此，語言，包括它的聲音與意義在內，都是情感的一個成分，是情感的「症候」，也就是說，情感不僅表現於語言的意義，也表現與流露於語言的聲音之中，甚至於聲音的表現更加直接與微妙。[75]

因此，當原始人表現群體共同的情感或信仰的時候，就很自然地採用了綜合語言、音樂以及肢體動作的詩樂舞一體的方式，這樣在詩、樂、舞同一的源頭中就產生了詩歌最早的聲音格律形式，成為後世詩歌形式所沿襲演變的基礎。因此，如果說後世的個人創作詩歌更多地表現了詩人個人的情趣的話，其共同的聲律形式則是民族集體情趣的寄託。

朱光潛對於形式傳統的重視並不意味著某種文學上的保守主義或者復古主義，他並不是要求新文學退回傳統文學的格局中去，更從未拒斥外國文學的影響，「互相影響原是文化交流所必有的現象，中國

73 朱光潛：〈詩的普遍性與歷史的連續性〉，《朱光潛全集》新編增訂本（北京市：中華書局，2012年），卷5，頁373。

74 朱光潛：〈詩論〉，《朱光潛全集》新編增訂本（北京市：中華書局，2012年），卷5，頁87。

75 參見朱光潛：〈詩論〉，《朱光潛全集》新編增訂本（北京市：中華書局，2012年），卷5，頁86-87。

文學接受西方的影響是勢所必至，理有固然的。」[76]朱光潛並不把文學傳統視為凝固的既成物，而是一個有生命的活體，而生命的特徵就在於它的生長性，中國詩歌的傳統形式本身就經歷史一個漫長的發展過程，歷經代變，而有四言、五言、七言、律、絕、詞、曲等多種形式，這無疑是朱光潛了然於胸的歷史。他指出：「文學是全民族的生命的表現，而生命是逐漸生長的，必有歷史的連續性。所謂歷史的連續性是生命不息，前浪推後浪。前因產後果，後一代儘管反抗前一代，卻仍是前一代的子孫。」[77]

因此，朱光潛對於五四以來截斷舊文學傳統而移植外國文學傳統的作法持有一定的戒心，一個原因是，他並不相信這樣能產生有強大生命力的文學；另一個原因是，他對於傳統文學有著深刻的了解，懷有深厚的感情，絕不會像「五四」時期的激進派那樣，斥之以「謬種」和「妖孽」而予以封殺，相反，他認為中國古代文學「可以擺在任何一國文學旁邊而無愧色」[78]。因此，他更希望在中西文學交流的新環境下，進一步發展中國文學的傳統。這一思路最後實現為他自己最為重視的一部著作——《詩論》。

五　尋根與探路：中國詩聲律形式的特徵與依據

《詩論》初稿寫成於一九三一年前後，經一再修改，於一九四三年出版，一九四八年又出版了它的增訂本。可以說，這部著作跟隨朱光潛經歷了生活的磨難與思想的拓展，其中的理論探索既承續了朱光

76 朱光潛：〈現代中國文學〉，《朱光潛全集》新編增訂本（北京市：中華書局，2012年），卷8，頁161。

77 朱光潛：〈現代中國文學〉，《朱光潛全集》新編增訂本（北京市：中華書局，2012年），卷8，頁161。

78 朱光潛：〈現代中國文學〉，《朱光潛全集》新編增訂本（北京市：中華書局，2012年），卷8，頁161。

潛早期的理論觀點，又展露了他對於中國詩歌有關問題的新的思考與關注。為新詩探索道路是《詩論》的理論目標，這其中，朱光潛尤其關注的是中國現代詩歌的形式格律問題，但是他顯然採取了一種低調的姿態，並不對未來新詩的格律與形式提出什麼預言性的規定，而是在中外詩歌形式比較的視野下，探討中國詩歌傳統形式的內在依據。

朱光潛對詩的音樂性極為重視，他甚至認為「音樂是詩的生命」，他最為憧憬與神往的是遠古時代詩樂舞合一的抒情方式，這個時候的詩處於有言無義的原始時期，卻能在應和樂舞的共同節奏與和諧中淋漓盡致地抒情遣興，在詩與樂舞分離而走向獨立之後，「外在的樂調既然丟去，詩人不得不在文字本身上做音樂的功夫」[79]，朱光潛認為，這就是聲律運動的主要原因之一。由於朱光潛認為詩的抒情功能主要是寄託於聲律，因此，他對於新詩在形式上的草率與隨意很不滿意：「許多詩人的失敗都在不能創造形式，換句話說，不能把握住他所想表現的情趣所應有的聲音節奏，這就不啻說他不能做詩。」[80]這一標準不但可以用來要求中國現代詩歌，而且可以用來求外文詩和其他一切詩歌，大有普遍適用之概：「我鑒別英文詩的好壞有一個很奇怪的標準。一首詩到了手，我不求甚解，先把它朗誦一遍，看它讀起來是否有一種與眾不同的聲音節奏。如果音節很堅實飽滿，我斷定它後面一定有點有價值的東西；如果音節空洞零亂，我斷定作者胸中原來也就很空洞零亂。」[81]

但是任何一種語言的詩歌聲律都有身的特點，中文詩如果要表達自己的民族情趣，就必須走出自己的聲律之路，而不是照搬外文詩的

79 朱光潛：〈詩論〉，《朱光潛全集》新編增訂本（北京市：中華書局，2012年），卷5，頁212。

80 朱光潛：〈給一位寫新詩的青年朋友〉，《朱光潛全集》新編增訂本（北京市：中華書局，2012年），卷5，頁260。

81 朱光潛：〈給一位寫新詩的青年朋友〉，《朱光潛全集》新編增訂本（北京市：中華書局，2012年），卷5，頁260。

格律形式。朱光潛顯然希望通過研究中國詩歌傳統形式的特點與發展歷程而為新詩找到這條道路。

朱光潛將詩的聲律分為節奏與聲韻兩個方面，同時在漢語與其他語言的特徵的多重參照之下考察中文詩的聲律特點。

朱光潛通過比較研究發現，歐洲詩的音律節奏決定於三個因素：音長、音高與音的輕重，而作為漢語聲調特徵的「四聲」主要體現的是「調質」上的差別，而不是聲音的長短、高低與輕重的差別，因而，「它對於節奏的影響雖甚微，對於造成和諧則功用甚大。」[82]這給中國詩的聲音和諧提供了便利，漢語的優勢尤其在於雙聲、疊韻詞多，「音中見義」的諧聲字多，此外，有時字音與意義雖無直接關係，卻也可以因調質而暗示意義：如「委婉」比「直率」、「清越」比「鏗鏘」、「柔懦」比「剛強」、「局促」比「豪放」、「沉落」比「飛揚」、「和藹」比「暴躁」、「舒徐」比「迅速」，「不但意義相反，即在聲音上亦可約略見出差異。」[83]這顯然給中國詩人追求意義調協提供了極大的方便。

朱光潛專門對韓愈〈聽穎師彈琴歌〉頭四句作了分析，以顯示漢語調質對於造成詩歌音義協調的作用。原詩是：「呢呢兒女語，恩怨相爾汝；劃然變軒昂，猛士赴敵場。」

朱光潛指出：「呢呢」、「兒」、「爾」及「女」、「語」、「汝」、「怨」諸字，或雙聲，或疊韻，或雙聲而兼疊韻，讀起來非常和諧，各字音都很圓滑輕柔，子音沒有夾雜一個硬音，摩擦音或爆發音；除「相」字以外沒有一個字是開口呼的。所以頭兩句恰能傳出兒女私語的情致。後二句情景轉變，聲韻也就隨之轉變。第一個「劃」字音來

---

82 朱光潛：〈詩論〉，《朱光潛全集》新編增訂本（北京市：中華書局，2012年），卷5，頁161。

83 朱光潛：〈詩論〉，《朱光潛全集》新編增訂本（北京市：中華書局，2012年），卷5，頁159。

得非常突兀斬截，恰能傳出一幕溫柔戲轉到一幕猛烈戲的突變。韻腳轉到開口陽平聲，與首二句閉口上聲韻成一強烈的反襯，也恰出傳出「猛士赴敵場」的豪情勝概[84]。可以看到，朱光潛分析得非常細緻，同時也非常細膩地把握了詩歌的聲音韻味，諸如「圓滑輕柔」、「突兀斬截」的對語音調質的感性體會與語音學的分析相結合、相印證，絕非死守條例而不識其味的冬烘學究可比，充分地展示了其「趣味」論的體驗實質，也讓人具體地體會到了漢語語音的表現能力。

如果說漢語的聲調給詩歌在音律的和諧與表現力提供了廣闊的空間的話，卻給詩歌的節奏形成帶來某種限制。朱光潛指出，漢詩的節奏源於兩個因素，一是「頓」，二是「韻」。英詩為代表的日耳曼語系詩，主要是依靠語音的輕重相間形成節奏，而法詩為代表的拉丁語系詩，則是靠語音的長短、高低、輕重的抑揚而形成節奏，中國詩與法文詩相類似，節奏主要是由「頓」形成的，但與法詩到「頓」略微停頓不同，中文詩到「頓」並不停頓，而是略略延長、提高、加重。

朱光潛還發現，「舊詩的頓完全是形式的，音樂的，與意義常相乖訛」，因此，「節奏不很能跟著情調走」，成為舊詩的基本缺陷，而白話詩的目的之一，就是要對此作某種補救，達到自由和自然的境界，但是由於白話詩將舊詩的句法、章法和音律一齊打破，就使「頓」成了問題，因此，如何建立白話詩的「頓」的規則，就成了新詩製造節奏的一個必須解決的難題[85]，這是一個需要長期嘗試與探索的問題，朱光潛顯然也暫時無法拿出合適的方案來。

相形之下，朱光潛對韻的看法就清楚明確得多，他認為「韻是歌、樂、舞同源的一種遺痕，主要功用仍在造成音節的前後呼應與和

---

84 朱光潛：〈詩論〉，《朱光潛全集》新編增訂本（北京市：中華書局，2012年），卷5，頁160。

85 參見朱光潛：〈詩論〉，《朱光潛全集》新編增訂本（北京市：中華書局，2012年），卷5，頁170。

諧。」[86]對於中文詩是否應該用韻的問題，他主張從民族語言的個性的角度上予以解釋，他指出：中文類似法文而不類似英文，音的輕重不甚分明，故而不易在輕重的抑揚上見出節奏，因此，中國詩的節奏與法文詩一樣，必須借重韻的回聲來達到點明，呼應和貫串的效果。[87]

六　深廣堅實的基礎

很顯然，朱光潛對詩歌形式與聲律的探討主要是總結與回顧性質的，雖然他希望以此為新詩與新文學的發展提供一種借鑒，也希望新文學能夠繼續發展民族文化傳統，真正成為民族生命力的寄託，但他確實沒有給新文學預先規定未來的走向，這一方面是出於謹慎，另一方面則是希望新文學在盡可能廣闊、深厚、兼容並包的土壤裡自由的成長，這就是朱光潛和「京派」同仁們所認同與看重的「自由生發、自由討論」的文化態度。

朱光潛在《文學雜誌》發刊詞中說：「我們相信文化思想方面的深廣堅實的基礎是新文藝發展的必需的條件。」[88]所謂「深廣堅實」者，並不是定於某一大家的強勢論說，而是由並存與對話而來的豐富性。朱光潛認為，當時的文壇「搬弄名詞，吶喊口號，沒有產生文學；不搬弄名詞，不吶喊口號，也沒有產生文學，失敗的原因是異途而同歸的。大家都缺乏豐富的文化思想方面的修養。」[89]而要造成這

86 朱光潛：〈詩論〉，《朱光潛全集》新編增訂本（北京市：中華書局，2012年），卷5，頁174。

87 參見朱光潛：〈詩論〉，《朱光潛全集》新編增訂本（北京市：中華書局，2012年），卷5，頁177。

88 朱光潛：〈理想的文藝刊物〉，《朱光潛全集》新編增訂本（北京市：中華書局，2012年），卷6，頁107。此文原為《文學雜誌》發刊詞，題為〈我對本刊的希望〉，後收入《我與文學及其他》，題目改為〈理想的文藝刊物〉。

89 朱光潛：〈理想的文藝刊物〉，《朱光潛全集》新編增訂本（北京市：中華書局，2012年），卷6，頁103。

一「深廣堅實」的文化基礎,則需要阿諾德所提倡的廣義的批評,即「自由運用心智於各科學問」,「無所為而為地研究和傳播世間最好的知識與思想」,「造成新鮮自由的思想潮流,以洗清我們的成見積習」。[90]朱光潛尤其強調文化運動中的「自由生發,自由討論」的態度,強調各派思想在「保持獨立自由的尊嚴」的前提下相互對話,「自己努力前進而同時也激動敵派思想努力前進」[91],顯然,只有在這種對話的過程之中,才能真正使各派思想走向深刻與豐富,並且才能使文化思想真正深入人心,成為人民的思想,只有在這個基礎上,在「深廣堅實」的人民的思想與心靈中,才能培養出真正代表民族的精神與生命的詩人與文學。

正是基於這種觀念,一九四七年六月,《文學雜誌》復刊時,朱光潛在卷頭語中又特別指出,文學不是僅僅由少數從事文學職業的人們所負責的,而是全社會的讀者與作者共同創造的,「是全民眾的成就」。他說「現在有些人在驚訝我們處在這樣偉大的時代,何以沒有能產生一個偉大的文學,甚至於把失敗的責任一齊推到從事文學的人們身上去。在我們看,這未免把事情看得太簡單。第一,任何偉大的文學都不是一蹴而就,它需要深廣的根源與堅定而長久的努力……其次,……作者與讀者互為因果,有什麼樣作者便有什麼樣讀者,有什麼樣讀者也便有什麼樣作者。作者與讀者互相提高水準,文學才能順利迅速地發輝光大。」[92]也就是說,偉大的文學的產生,不是某些文學精英們的製造,而是全民族、全社會各種文化思想與文學趣味互相對話、互相提高的產物。

---

90 朱光潛:〈理想的文藝刊物〉,《朱光潛全集》新編增訂本(北京市:中華書局,2012年),卷6,頁107。

91 朱光潛:〈理想的文藝刊物〉,《朱光潛全集》新編增訂本(北京市:中華書局,2012年),卷6,頁104。

92 朱光潛:〈《文學雜誌》復刊卷頭語〉,《朱光潛全集》新編增訂本(北京市:中華書局,2012年),卷8,頁154。

另一方面，朱光潛也指出，文學與文化一樣，都「是一個國家民族的完整生命的表現。一個國家民族的完整生命有它的歷史傳統，現時的內部環境與外來影響，以及人民對於這些要素所釀成的實際生活的體認。」[93]無疑，這一切最後都應該在詩人的思想當中有所反映，並成為他的文學形式創造力的根源。但是朱光潛特別強調的，則是詩人思想的情感性：「詩人與哲學家究竟不同，他固然不能沒有思想，但是他的思想未必是有方法系統的邏輯的推理，而是從生活中領悟出來，與感情打成一片，蘊藏在他的心靈的深處，到時機到來，忽然迸發，如靈光一現，所以詩人的思想不能離開他的情感生活去研究。」[94]只有滲入到情感之中，與情感融為一體的思想與文化，才是真正成為人生活於其中的有生命的文化，才可能成為一種詩學的文化。

也就是說，從詩人那裡所能領悟的，「不是一種學說，而是一種情趣，一種胸襟，一種具體的人格」。[95]

在這一觀念的基礎上，形成了朱光潛的一種批評範式：人格—風格論批評。它的典範形態表現為《詩論》的第十三章〈陶淵明〉，在這樣一部著作中為一個具體的詩人單獨列出一章，顯然有些不合體例，但卻顯示出朱光潛對於這個詩人的重視，同時也顯示出他對這一批評行為本身的重視。他在「增訂版序」中說：「〈陶淵明〉一篇是對於個別作家作批評研究的一個嘗試，如果時間允許，我很想再寫一些像這一類的文章。」[96]顯然，〈陶淵明〉一文是朱光潛對於自己批評理

93 朱光潛：〈《文學雜誌》復刊卷頭語〉，《朱光潛全集》新編增訂本（北京市：中華書局，2012年），卷8，頁153。

94 朱光潛：〈詩論〉，《朱光潛全集》新編增訂本（北京市：中華書局，2012年），卷5，頁245。

95 朱光潛：〈詩論〉，《朱光潛全集》新編增訂本（北京市：中華書局，2012年），卷5，頁245。

96 朱光潛：〈詩論〉〈增訂版序〉，《朱光潛全集》新編增訂本（北京市：中華書局，2012年），卷5，頁6。

論與追求的貫徹，具有非同尋常的意義，要考察朱光潛實用批評的範式，此文無疑是主要依據之一。

〈陶淵明〉一文包含了三個部分：

一、他的身世、交遊、閱讀和思想；

二、他的情感生活；

三、他的人格與風格；

這已經很能夠說明朱光潛心中的批評所應該包含的內容與應該走的路向。全文開首第一句話就說：「大詩人先在生活中把自己的人格涵養成一首完美的詩，充實而有光輝，寫下來的詩是人格的煥發。陶淵明是這個原則的一個典型的例證。」[97]可以說，朱光潛將陶淵明作為一個大詩人的典型來看待，這不但在於其作品風格符合朱光潛的審美理想，而且其人格與風格的高度一致性，也使得朱光潛所企望的合傳記批評與詩學批評於一體的人格—風格論批評的範式在此可以合理地使用。朱光潛首先是圍繞了解陶淵明的人格的目的去尋繹陶的生平經歷，而其中尤其重視構成詩人思想與情感體驗的內容，因此，陶淵明的交遊、讀書，以及對其思想傾向的討論占去了不小的篇幅。

當然，批評的重心還是放在了對詩人的情感世界的透視與剖析上，而這裡所依據的資料全部都是陶淵明的詩文，顯然，朱光潛是將詩人的作品看成詩人的精神自敘狀了。

朱光潛首先肯定，陶詩中充溢著「理智滲透情感所生的智慧」、「物我默契的天機」，但是，他進一步指出，陶詩的「沖澹」是從辛酸苦悶得來的，陶的精神世界，與常人一樣，有許多矛盾衝突和痛苦寂寞。朱光潛要人們注意陶潛的貧困與病痛：「他的詩集滿紙都是憂生之嗟」，「遲暮之感與生死之慮無日不在淵明心中盤旋」。親人的逝去，友人與他「語默殊勢」，更使他備嘗寂寞之苦，「恥事二姓」的問

97 朱光潛：〈詩論〉，《朱光潛全集》新編增訂本（北京市：中華書局，2012年），卷5，頁239。

題也反映了他憂憤苦悶。朱光潛看出，陶淵明須臾離不開的酒既是他挑戰命運的一種武器，又成為一種沉痼，不但使他「多謬誤」，而且耽誤了事業，妨害了病體。對此，朱光潛承認這是一種逃避，但更多地是抱著一種同情的態度：「讓我們慶賀無須飲酒的人們幸福，同時也同情於『君常恕醉人』那一個沉痛的呼聲。」

朱光潛也指出了陶淵明對自我痛苦的超越路徑：一是「打破現在的界限而遊心千載，發現許多可以『尚友』的古人」，一是「打破了切身利害相關的小天地界限」，「人我物在一體同仁的狀態中各徜徉自得」。朱光潛顯然在陶淵明身上看到自己審美理想的實現：「淵明在情感生活上經過極端的苦悶，達到極端的和諧肅穆。他的智慧與他的情感融成一片，釀成他的極豐富的精神生活。」

也許是接納了魯迅先生提出的批評要顧及「全人」的主張，朱光潛特別注意展示陶淵明人格的多側面。除了上面所說的苦悶與超越的二重生命體驗，他還特別突出了陶淵明「極實際極平常的一方面」，指出「淵明的特色是在在處處都最近人情，胸襟儘管高超而卻不唱高調」。朱光潛強調了陶淵明對衣食與勞作的重視，甚而欣賞他做官求飽以及種田做官都不能過活便索性求鄰乞食的行為，贊其「非常率真，也非常近人情」，認為這些與陶潛本有的深厚的友情、親情乃至戀情一樣，是「不避俗」、「不矯情」的表現，「是一個有血有肉的人，富於人所應有的人情」。

以人品證詩品，結論是，「淵明不是一個簡單的人，這就是說，他的精神生活很豐富。」

因而他的詩的風格「也不很單純」，既「平、淡、枯、質」，又「奇、美、腴、綺」，「兩組恰恰相反的性質」奇跡般地調和在一起，正如詩人的性格也是「許多不同性質的調和」一樣。[98]

---

98 參見朱光潛：〈詩論〉第十三章〈陶淵明〉，《朱光潛全集》新編增訂本（北京市：中華書局，2012年），卷5，頁245-255。

如果套用朱光潛對陶淵明的評論來評論朱光潛在文學理論批評上的建樹，恐怕也是相當恰當的。他所建構的，不是一個單純的體系，各種不同的思維向度與理論主張奇跡般地調和在一起，既展示了一個學者思想不斷求索與拓展的過程，又貫徹了始終如一的美學與文化關注，看似互相衝突的中、西各家思想在這裡匯聚，共同支撐起朱光潛對於文學藝術的執著的信仰與追求。

第五章
李健吾：悖論與張力中的自我提升

如果說，中國現代文學史上尚有少數批評家對批評的本質進行過自覺的思考，並將這一思考貫串於自己的批評實踐中的話，李健吾至少應該算是這些少數者之一（如果不是唯一的）。也許正是因為這個原因，即使在以度越流俗自居的「京派」作家們看來，李健吾的文學批評也算得上是獨樹一幟，卓爾不群的。可以說，當沈從文在「反差不多」的旗號下對李健吾（劉西渭）的評論推崇備至的時候，當朱光潛將李健吾的評論視為接近某種批評的理想的典範時，他們無疑已經代表「京派」作家們對李健吾在文學批評上的探索給予了充分的肯定。

一　批評觀念中的悖論與張力

與許多「京派」批評家一樣，李健吾對於當時充斥文壇的大量「文學外」批評懷有一種強烈的厭棄與憎惡態度。他在《咀華集》跋中寫道：「我厭憎既往（甚至於現時）不中肯然而充滿學究氣息的評論或者攻訐。批評變成一種武器，或者等而下之，一種工具。句句落空，卻又恨不把人淩遲處死。誰也不想了解誰，可是誰都抓住對方的隱慝，把揭發私人的生活看做批評的根據。」對於這種現象，李健吾一針見血地指出：「大家眼裡反映的是利害，於是利害彷彿一片烏雲，打下一陣暴雨，弄濕了弄髒了彼此的作品。」[1]

李健吾認為，這種「文人相輕」的心理原因，即曹丕所說的「不

1　李健吾（劉西渭）：〈跋〉，《咀華集》（上海市：文化生活出版社，1936年），頁2-3。

自見」。「這種心理的現象，到了物質文明的今日，便成為生存、宗派、利害衝突的藍本。我們不得不放下文學和藝術，甚至於道德，專門來幹造謠、攻訐、揭發隱私，和其他『文人相輕』的勾當。」於是，李健吾從中國文學批評的鼻祖那裡得到一個重大的警示：「避免這種惡劣的風氣，求得一種公允的評斷，我們需要一種超然的心靈。」[2]

但是，李健吾清醒地意識到，「超然」並不是一個可以輕易達到的目標。他自己承認：「好些同時代的作家和他們的作品，我每每打不進去，唯唯固非，否否亦非，輾轉其間，大有生死兩難之慨。屬於同一時代，同一地域，彼此不免現實的沾著，人世的利害。我能看他們和我看古人那樣一塵不染，一波不興嗎？對於一今人，甚乎對於古人，我的標準阻礙我和他們認識。」[3]

可以看出來，李健吾在此首先將批評視為一種理解行為，他顯然覺察到，這種理解行為並不一定導向對於批評對象的真實認識，如果說人世利害的糾葛可能導致某種有惡意的曲解的話，那麼，由於個體人生體驗與心理人格的不同，進而導致前理解結構的相互錯位，則可以引向某種無惡意的誤解。

李健吾認為，藝術是藝術家自我的表現，這個「自我」，是人生體驗（包括先天、後天的各方面因素）所構成的一個完整的宇宙，這個宇宙是微小的，卻又是無比廣闊而複雜的，李健吾時時感歎：「沒有東西再比人生變化莫測的，也沒有東西再比人性深奧難知的。」[4]正是由於這一點，才造成了批評的艱難。

---

2 李健吾：〈假如我是〉，《李健吾批評文集》（珠海市：珠海出版社，1998年），頁302。

3 李健吾（劉西渭）：〈愛情的三部曲〉，《咀華集》（上海市：文化生活出版社，1936年），頁5。

4 李健吾（劉西渭）：〈愛情的三部曲〉，《咀華集》（上海市：文化生活出版社，1936年），頁4。

李健吾認為，批評的依據是人生，而不是學問或某種理論，因為「學問是死的，人生是活的」[5]，用這些死的學問或理論成見去框範與衡量廣大浩瀚的人性的宇宙，無異於削足適履，因此，必須以人生印證人生，以人性衡量人性，具體說來，批評的根據就是批評者的自我與人生體驗。「批評者絕不油滑，他有自己做人生現象的解釋的根據：這是一個複雜或者簡單的有機的生存，這裡活動的也許只是幾個抽象的觀念，然而抽象的觀念卻不就是他批評的標準，限制小而一己想像的活動，大而浩瀚的人性的起伏。」[6]

正是以自我作為批評的根據，李健吾由此走向了批評的獨立：「一個真正的批評家，猶如一個真正的藝術家，需要外在的提示，甚至於離不開實際的影響。但是最後決定一切的，卻不是某部傑作，或者某種利益，而是他自己的存在，一種完整無缺的精神作用，猶如任何創作者，由他更深的人性提煉他的精華，成為一件可以單獨生存的藝術品。」[7]

因此，在李健吾看來，批評也是一種自我表現的藝術，它有它的尊嚴，有它自己的宇宙。與其他藝術一樣，「同樣是才分和人力的結晶」，同樣努力尋求表現的技巧，將自己的「獨有的印象」、「由朦朧而明顯，由紛零而堅固」，並「形成條例」。[8]

李健吾在這裡走向了印象主義批評觀念。確實，正如某些論者指出的「李健吾對西方印象主義源流的了解是比較廣泛而全面的。」

5 李健吾（劉西渭）：〈愛情的三部曲〉，《咀華集》（上海市：文化生活出版社，1936年），頁4。

6 李健吾（劉西渭）：〈愛情的三部曲〉，《咀華集》（上海市：文化生活出版社，1936年），頁3。

7 李健吾（劉西渭）：〈答巴金先生的自白〉，《咀華集》（上海市：文化生活出版社，1936年），頁50-51。

8 李健吾（劉西渭）：〈答巴金先生的自白〉，《咀華集》（上海市：文化生活出版社，1936年），頁52。

「其中對他理論影響最大最直接的，是法朗士與勒麥特」[9]，但是應該看到，法朗士與勒麥特對李健吾所產生的影響與啟迪是有所不同的。

眾所周知，法朗士極力崇揚批評的主觀性、相對性，主張「靈魂探險」式的藝術享樂主義的批評，認為「天下無所謂客觀的批評，猶之無所謂客觀的藝術：凡彼自詡其著作中除『自身』而外尚有他物者，皆惑於極謬誤之罔見者也。實則我人決不能越出自身的範圍。這是我人的最大不幸之一。」[10]

幾乎出於同樣的觀念與心態，李健吾認為「唯其有所限制，批評者根究一切，一切又不能超出他的經驗」[11]，由於各人的經驗有參差相異之處，往往作者的創作經驗、批評家的經驗以及各個讀者的經驗互不相契，「只得各人自是其是，自是其非，誰也不能強誰屈就。」[12]正是基於這一點，李健吾的批評走向一種獨立自足的境界，並不以作者為作品解釋的權威，他曾與巴金、卞之琳展開一系列批評—反批評—反反批評的互動，反覆辯難，平等對話，並不在作者的自白與反駁面前誠惶誠恐地自我否認，而是認為各種不同的闡釋和理解可以並存，而且不同的經驗豐富了自我的理解和經驗，這對讀者來說是一種幸福。

如果說法朗士對批評主觀性的高揚引導李健吾在批評觀念上走向了獨立自由與對作品闡釋的多解性的包容，但卻並沒有使他完全走向「批評自我」的極端。法朗士認為，人既決不能越出自身的範圍，那麼，「最好不過是大大方方地承認了我們自己所處的這種可怖境地，

9 溫儒敏：《中國現代文學批評史教程》（北京市：北京大學出版社，1993年），頁129。

10 〔法〕法朗士：《文學生活》，引自〔美〕琉威松編，傅東華譯：《近世文學批評》，（北京市：商務印書館，1928年），頁5。

11 李健吾（劉西渭）：〈答巴金先生的自白〉，《咀華集》（上海市：文化生活出版社，1936年），頁53。

12 李健吾（劉西渭）：〈答巴金先生的自白〉，《咀華集》（上海市：文化生活出版社，1936年），頁54。

而凡遇有不能緘默的時候，不如直白招出我們說的是自己。」他公開宣稱，「批評家要十分坦白，便該對人說：「諸君，我將與諸君談談我自己，而以莎士比亞或拉辛或巴斯噶或哥德為題目。」[13]

李健吾並不贊同這種態度。他在一篇文章中說，「稍不加意，一個批評者反而批評的是自己，指摘的是自己，一切不過是絆了自己的腳，丟了自己的醜，返本還原而已。」[14]他主張，「在批評上，尤其甚於在財務上，他要明白人我之分。」[15]如果我們還記得，李健吾對於「不自見」、不公允的批評是如何的深惡痛絕的話，我們就能明白這種極端個人化的批評觀念是不可能使他滿意的。

這樣，我們就接觸到李健吾批評觀念的另一極：公正的追求。他指出：「批評最大的掙扎是公平的追求。」[16]雖然他一方面極力主張以自我和個性作為批評的依據，但是另一方面，有時又說：「妨害批評的就是自我」，因為「如若學問容易讓我們頑固、拗、愚昧，自我豈不同樣危險嗎？」[17]因此，他仰慕曹丕所努力達到的超然的公平態度，同意於聖伯夫所說的「一個豐盈的批評的天才的條件，就是他自己沒有藝術，沒有風格。」[18]但是他很清楚，「我的公平有我的存在的限制，我用力甩掉我深厚的個性（然而依照托爾斯泰，個性正是藝術上成就的一個條件），希冀達到普遍而永久的大公無私。人力有限，我或許中道潰敗，株守在我與世無聞的家園。當一切不盡可靠，還有

13 〔法〕法朗士：《文學生活》，引自〔美〕琉威松編，傅東華譯：《近世文學批評》（北京市：商務印書館，1928年），頁6。

14 李健吾（劉西渭）：〈邊城〉，《咀華集》（上海市：文化生活出版社，1936年），頁69。

15 李健吾（劉西渭）：〈邊城〉，《咀華集》（上海市：文化生活出版社，1936年），頁69。

16 李健吾（劉西渭）：〈跋〉，《咀華集》（上海市：文化生活出版社，1936年版，頁2。

17 李健吾：〈自我與風格〉，《李健吾文學評論選》（銀川市：寧夏人民出版社，1983年），頁216。

18 李健吾：〈自我與風格〉，《李健吾文學評論選》（銀川市：寧夏人民出版社，1983年），頁218。

自我不至於滑出體驗的核心。」[19]

可以看出，李健吾的批評觀念中存在著一個二極悖論，一方面以自我個性為批評的依據，另一方面又想甩脫個性達到公正。他也許努力向後者掙扎，但是最後的宿命卻是落入前者的窠臼。由於這個悖論的存在，註定了李健吾不會成為法朗士那樣的藝術享樂主義的印象主義，從某種意義上說，批評對於李健吾來說，成了一種自我的超越，成了近乎抓著自己的頭髮將自己提離地面的自討苦吃的努力，或者如他自己所說的，「自由便是在限制中求得精神最高的活動。」[20]

批評觀念中的這一悖論，形成了一種特殊的張力，使得李健吾的批評成為對於自我的永恆的提升，成為一種無窮無盡的努力。批評者置身於自我的限制與自由之中，「他有自由去選擇，他有限制去選擇。二者相克相長，形成一個批評者的存在。」[21]

這一存在決定了批評者的態度。「他永久在搜集材料，永久在證明或者修正自己的解釋。他要公正，同時一種富有人性的同情，時時潤澤他的智慧，不致公正陷於過分的乾枯」，李健吾甚至對自己喜愛的警句「靈魂的探險」的內涵進行了某種修改：「他不僅僅是印象的，因為他解釋的根據，是用自我的存在印證別人一個更深更大的存在。所謂靈魂的冒險者是，他不僅僅在經驗，而且是綜合自己所有的觀察和體會，來鑒定一部作品和作者隱秘的關係。」他甚至說：「也不應當盡用他自己來解釋，因為自己不是最可靠的尺度；最可靠的尺度，在比照人類已往所有的傑作，用作者來解釋他的出產。」[22]而所有這一切，都是為了公正地理解作者，這是一種謙虛謹慎的工作，更

19 李健吾（劉西渭）：〈跋〉，《咀華集》（上海市：文化生活出版社，1936年），頁2。

20 李健吾（劉西渭）：〈答巴金先生的自白〉，《咀華集》（上海市：文化生活出版社，1936年），頁53。

21 李健吾（劉西渭）：〈跋〉，《咀華二集》（上海市：文化生活出版社，1942年），頁162。

22 參見李健吾（劉西渭）：〈邊城〉，《咀華集》（上海市：文化生活出版社，1936年），頁68。

是一種必須付出努力的工作。按照李健吾的說法，「當著傑作面前，一個批評者與其說是指導的，裁判的，倒不如說是鑑賞的，不僅禮貌有加，也是理之當然。」這是「一個人性鑽進另一個人性，不是挺身擋住另一個人性」[23]，「是靈魂企圖與靈魂接觸」，這需要批評家用「全份的力量來看一個人潛在的活動，和聚在這深處的蚌珠。」[24]要「頭頭是道，不誤人我生機，未嘗不是現代人一個聰明而又吃力的用心。」[25]

這樣看來，如果說李健吾的批評觀念與批評範式仍屬於印象主義批評的範圍的話，與其說它近於法朗士的印象主義，不如說更接近於勒麥特的印象主義。

與法朗士相似，勒麥特也主張批評的主觀性，而否認批評有客觀不變的標準，認為「所謂批評也者，無論它是獨斷的與否，無論它掛的是怎樣的牌子，總都不外是闡發一件藝術作品在某一頃刻所給我們的印象，而那件藝術作品裡面，則作者曾把自己在某一時間由世界接受來的印象記錄在那裡。」[26]在這其中，批評家和作家一樣，加入了自己的氣質和人生觀念。他進而宣稱，批評似乎「有僅僅成為一種藝術的趨勢——這便是一種欣賞書籍的藝術，一種增富並提純人們由書籍接受來的印象的藝術。」[27]

這些觀點——以批評為印象的印象的觀點、以批評為藝術的觀點——無疑都對李健吾有重大影響，而其中尤其重要的，使勒麥特、

---

23 李健吾（劉西渭）：〈愛情的三部曲〉，《咀華集》（上海市：文化生活出版社，1936年），頁2。

24 李健吾（劉西渭）：〈跋〉，《咀華集》（上海市：文化生活出版社，1936年），頁2。

25 李健吾（劉西渭）：〈愛情的三部曲〉，《咀華集》（上海市：文化生活出版社，1936年），頁3。

26 〔法〕勒麥特：《當代人物》，引自〔美〕琉威松編，傅東華譯：《近世文學批評》（北京市：商務印書館，1928年），頁47。

27 〔法〕勒麥特：《當代人物》，引自〔美〕琉威松編，傅東華譯：《近世文學批評》（北京市：商務印書館，1928年），頁41。

李健吾與法朗士區別開來的，則是最後的總結性觀點：「批評是一種增富、提純從書籍接受來的印象的藝術。」於是，我們看到，李健吾這樣認為：「所有批評家的掙扎，猶如任何創造者，使自己的印象由朦朧而明顯，由紛零而堅固。任何人對於一本書都有印象，然而任何人不見其全是批評家，猶如人人全有靈感，然而人人不見其全是詩人。」[28]這樣，將批評看成一種需要「才分」和「人力」的印象的提純過程，這保證了李健吾的印象批評超離於隨意膚淺的所謂印象批評，而提升為一種追求高品質、高水準的印象批評，真正成為卓爾不群的精品。而勒麥特「增富與提純印象」的方法對李健吾顯然也有更加深刻的影響。而且恰恰是在這方面，勒麥特與法朗士顯示出迥然相異的面貌，這一歧異對於李健吾來說無疑是有重大意義的。因為它在相當大的程度上決定了李健吾與印象主義批評的微妙關係，也決定了他自己批評的路向。

雖然勒麥特和法朗士都站在印象主義營壘中與堅持批評的客觀性與科學性的布呂納介論爭，但是與法朗士同對手糾纏於批評的客觀性與主觀性問題不同，勒麥特更關心的似乎是如何對待當代作家（也即非古典作家）的問題。他似乎承認布呂納介所持的標準與方法對於古典作品有其適用性，「布呂納介先生對於古時的名著確是一個絕好的評判家，因為這些名著是是他所『愛』的。至其對於時人的評判，則我常常不禁要反對他，或至少要得著一種印象，覺得我們對於時人之批評，所持的見解可以跟他大兩樣，而所用的方法也可以比他的更公道，更審慎。」[29]在這裡可以看出，「公道」（不是「客觀」）是勒麥特對批評的一個要求，這一點與李健吾從曹丕那裡得到的啟示是一致

28 李健吾（劉西渭）：〈答巴金先生的自白〉，《咀華集》（上海市：文化生活出版社，1936年），頁51-52。

29 〔法〕勒麥特：《當代人物》，引自〔美〕琉威松編，傅東華譯：《近世文學批評》（北京市：商務印書館，1928年），頁34。

的，甚至李健吾對於「甩脫個性」而達到「普遍永恆的大公無私」的批評境界的那種近乎「知其不可而為之」的渴慕與追求，在勒麥特這裡也可以窺見端倪。勒麥特有這樣的說法：「一個批評家用心的範圍愈廣，同情的能力愈大，則其對於一個有心要確立他的人格和描摹他的人格的人所表現的個人的特徵必愈少……將來或許有一個時候，會有一種理想的人出現，他們因對於凡事都一般的知曉，一般的能把握，所以當然要完全缺乏一種智識上的人格；他們的情欲，他們的過惡，並甚至於他們的幻想，必都將減少到極大的程度……他們將已幾近那個大知識者和大批評家——便是神——的性格；而神是沒有個性的。」[30]如果說勒麥特是將這種批評的無個性的普遍與廣闊看成類似凡人不可企及的理想並且加以懸擱的話，李健吾則是將之作為一種要永遠為之奮鬥與追求的至高目標，雖然「人力有限，肉身易朽」，人的努力註定要失敗，但是他仍然崇尚這種普羅米修斯式的反抗精神，並認為「這種與存在相掙扎的力之激蕩形成人生最美的偉觀」[31]。這種富於張力的批評觀念使得李健吾的批評態度具有一種既謙遜又向上的品格。

勒麥特並不完全反對其他的批評方式，但是，為了「公道」和「審慎」，他更主張對於當代作者進行批評時，「大概不可開頭便指摘他們的毛病，因為這樣的批評往往覺得過於流於容易，而且最易流於空虛」[32]。而應該「從掃除一切成見入手，從對於我們所批評的作品加以一種同情的研讀入手，以期能夠發見其中為那作者所獨具的創作

30 〔法〕勒麥特：《當代人物》，引自〔美〕琉威松編，傅東華譯：《近世文學批評》（北京市：商務印書館，1928年），頁39。

31 李健吾（劉西渭）：〈葉紫的小說〉，《咀華二集》（上海市：文化生活出版社，1942年），頁48。

32 〔法〕勒麥特：《當代人物》，引自〔美〕琉威松編，傅東華譯：《近世文學批評》（北京市：商務印書館，1928年），頁34。

的元素。」[33]

因此，勒麥特提出這樣的一種「提純印象」的操作規程：「我們對於凡夠得上批評的當代作家，都應該用一種同情和愛的精神去接近他。我們應該先把我們從作品中接收到的印象加以一番分析，其次，應該嘗試著去體會那件作品的作者，去描摹他的氣度，刻畫他的氣度，刻畫他的性情，查究出世界對於他是何意義，他在世界上何所取捨，他對於人生的感想如何，他的感覺力強弱的程度如何，以至他的心理如何組織等等。如是，則我們可以將自己和我們所愛的作家吻合無間；苟於其中發見重大的疵病，則我們亦必感著痛苦，且是真正的痛苦；但同時，我們又可澈見作者所以聽憑此等疵病存在的苦衷，並能諒解此等疵病尚只似乎是不可免的或差不多是必要的，未幾，便覺它們不但可以原諒，並且是可喜的了。」[34]我們看到，這樣一種「以同情的態度去體會作者」的批評心態，也貫串了李健吾的全部批評活動，正像他自己所說的，「我不得不降心以從，努力來接近對方——一個陌生人——的靈魂和它的結晶。……我用我全份的力量，來看一個人潛在的活動，和聚在這深處的蚌珠。」李健吾從勒麥特那裡（也從柯勒律治那裡）得到這樣的啟示：「用心發現對方好的地方。」[35]

勒麥特給予李健吾的影響是深刻的，我們在進一步的分析中將會發現，這種影響不但首先滲透於批評態度，進而一直浸潤擴散到批評方法及批評文體，並與中國古典批評傳統交互作用，在李健吾那裡形成了新的風格與特徵。

---

33 〔法〕勒麥特：《當代人物》，引自〔美〕琉威松編，傅東華譯：《近世文學批評》（北京市：商務印書館，1928年），頁35。

34 〔法〕勒麥特：《當代人物》，引自〔美〕琉威松編，傅東華譯：《近世文學批評》（北京市：商務印書館，1928年），頁37。

35 李健吾（劉西渭）：〈跋〉，《咀華集》（上海市：文化生活出版社，1936年），頁2。

二　向心靈世界進發

與勒麥特一樣，李健吾更加關注創作作品的人，關注作品中所包含的人的心靈，「從作品裡面，我們可以探討當時當地的種種關聯，這裡有的是社會的反映，然而樞紐依舊握在作者的手心。批評家容易走錯路，因為他忘掉作者的有機的存在。」[36]他把批評看成是向另一個人的心靈世界的接近，這需要一種對話的態度，需要尊重，禮貌，平等，以及禮尚往來的感激之情，一種對待人的充滿人性與人情溫暖的態度，同時還需要抱有幾分類乎宗教情懷的對人與藝術的敬意。而不應該是粗暴的割截、離析、肢解，乃至充滿惡意的羅織罪名。

李健吾理想的批評態度是鑑賞式的，是在「一個相似而實異的世界旅行」而因為「另一個人格的偉大，自己渺微的生命不知不覺增加了一點意義。」[37]對他來說，批評首先是報告自己讀書的體驗，而不是為了從作品中抽取或證明一種先在的理論或者觀念，因此，他的批評在很大程度上是個性化、體驗化的。他追求「頭頭是道，不誤人我生機」，盡可能將自己活潑潑的藝術審美感受（印象）記錄下來，傳達給自己的讀者。這種閱讀印象往往是一種豐富而微妙的體驗，往往難以用抽象的術語來表述，因此，李健吾必須發展出一種獨特的表述方式以凝定與傳達自己的這種極具個人性的審美感受與情感體驗。類似於中國古代的風格品評，他往往採用感性的，富含形象和情致的語言，將自己對作品的整體閱讀體驗凝成一個或一組鮮明的意象，例如，他說「葉紫的小說始終彷彿一棵燒焦了的幼樹」，「挺立在大野，露出稜稜的骨幹，那給人茁壯的感覺，那不幸而遭電殛的暮春的幼

---

36 李健吾：〈從《雙城記》談起〉，《李健吾批評文集》（珠海市：珠海出版社，1998年），頁15。

37 李健吾（劉西渭）：〈愛情的三部曲〉，《咀華集》（上海市：文化生活出版社，1936年），頁5。

樹」[38]，很恰當地形容了葉紫作品的樸實悲壯而又飽含反抗精神的獨特氣質。這種意象隱喻常常並不完全是視覺性的，為了凝聚與傳達自己的多層面的獨特而微妙的閱讀體驗，他時常不得不引入其他的感覺形式，如他比較巴金和茅盾的行文風格時說：「讀茅盾先生的文章，我們像上山，沿路有的是瑰麗的奇景，然而腳底下也有的是絆腳的石子；讀巴金先生的文章，我們像泛舟，順流而下，有時連收帆停駛的工夫也不給。」[39]這裡用以形容巴金行文的自然流暢與茅盾文句的冗贅（所謂「疙裡疙瘩」），引入的是一種以運動感覺為主的綜合體驗；至於他說「《邊城》是一首詩，是二佬唱給翠翠的情歌。〈八駿圖〉是一首絕句，猶如那女教員留在沙灘上神秘的絕句」[40]時，使用的更是一種出人意表而又情韻盎然的隱喻，傳達出一種幾乎只可意會不可言傳的閱讀印象。我們看到，這種營構意象的表述方式，是一種詩性的表述，在詩歌創作中，意象是詩人所追尋的藉以凝聚情感體驗的「客觀對應物」，一種情感的象徵符號，那麼，在這裡，意象則是批評家為自己鮮活微妙的閱讀體驗找到的一種對應與象徵。可以說，正是在這個意義上，富有創作經驗的李健吾才認為「批評是一種獨立的藝術。」

當然，李健吾在批評中也不免使用一些抽象的術語，但是，他仍然使這些術語帶上了自己的強烈的個人經驗與氣質。在這一點上，他多少是自覺的。正如他自己說的，「觀察一個名詞的產生，剝脫到底，我們便明白決定它命運的最基本的一個條件，有時不是別的，而是使用者的氣質。」[41]說到底，批評家的概念系統也是具有個性的。

---

38 李健吾（劉西渭）：〈葉紫的小說〉，《咀華二集》（上海市：文化生活出版社，1942年），頁59。

39 李健吾（劉西渭）：〈愛情的三部曲〉，《咀華集》（上海市：文化生活出版社，1936年），頁14注1。

40 李健吾（劉西渭）：〈邊城〉，《咀華集》（上海市：文化生活出版社，1936年），頁71。

41 李健吾：〈讀〈從濫用名詞說起〉〉，《大公報》（文藝）第318期，第12版，1937年4月2日。

李健吾對名詞概念的使用往往很靈活，往往讓這些名詞帶上自己的理解和感悟，具有相當的彈性，以使它能夠負載與傳達自己對作品的審美感受。當然，這種活用與彈性也是有限度的，不是一種「濫用」。因此，當梁宗岱在〈從濫用名詞說起〉一文中批評他用「生風尼」（即交響樂）來形容何其芳的詩不夠恰當時，他立刻欣然接受了，並且承認自己順手拾來這個名詞，「要的只是它的一般的意義，音樂，交錯的音樂」，用來形容何其芳的散文詩，確有些不夠準確，但是他並不刻意斤斤計較於為術語下一個準確的普遍適用的定義，他認為，「同樣一個名詞，每個人有每個人特殊的見地」，每個人都在自己的經驗背景下理解與使用它，例如，李健吾自己就承認，他在這裡使用「生風尼」是受了李廣田的小詩〈生風尼〉的影響與暗示[42]，實際上這個「生風尼」已不完全是原來意義上的「生風尼」了，在某種程度上，它實際上已成為凝聚李健吾對李廣田的〈生風尼〉一詩的閱讀體驗的意象符號了——當然，在這裡，它確實太個人化而易於引起歧解。

實際上，李健吾使用某些名詞術語來說明某個作家或作品時，往往只是取其精神氣質的接近，並不是真要給對象歸類或貼上標籤。他說：「每一文學運動所標榜的富有戰鬥性的口號，臨到後來，失卻時間上應有的積極意義和使命，用到作品和作者方面，成為精神的一種主要傾向的說明。它們以各自曾經具有的豐富的內涵，為我們解釋作品在我們心裡留下的感受。」究其實，這並不是什麼實證的定論，而是一種感悟與印象的比較和闡釋而已。他很清楚，「這是一種方便，有危險性。因為過分依賴的結果，我們容易構成時代的錯覺，把過去當做現代，活人當做死馬。」[43]

---

42 李健吾：〈讀〈從濫用名詞說起〉〉，《大公報》（文藝）第318期，第12版，1937年4月2日。

43 見李健吾（劉西渭）：〈三個中篇〉，《咀華二集》（上海市：文化生活出版社，1942年），頁115-116。

因此，李健吾對術語的使用，本質上仍然是一種隱喻性質的表述，是用一個文學印象去闡釋與說明另一個文學印象。因此，當他說及何其芳「更其接近十九世紀初葉」的時候，其實是指「何其芳先生，更其抒情，更其近於浪漫主義所呈現於文學的共同的表徵。」何「依戀於他的童年，故鄉，而有所憾於現實，現世，這種嚮往的心情，處處有自我和感傷做根據」[44]，正與十九世紀初葉浪漫主義文學的特徵有共通之處，或者不如說，何其芳作品給他的印象接近於十世紀初葉文學給他的印象。

可以說，李健吾藉以描述閱讀印象的批評語言，在本質上都是一種隱喻性的批評語言，在使用它闡說自己對於批評對象的整體審美感覺的時候，這些語言所傳遞的不僅是批評對象鮮活的個性與生命氣息，更是批評者自身的經驗背景與精神氣質。

但是，正如我們已經說過的，李健吾並不是一個法朗士式的藝術享樂主義者，他並不以在一切作品上看見自己的面容為樂，即使他明知自己無法走出一己體驗的故園，卻仍然希望進入另一個心靈的世界，借這一次次神遊擴展自己的人格。因此，李健吾在大力崇揚批評的個性化的同時，又在竭力突破自己的個性與體驗的樊籬，努力去理解一個個不同於自己的作者的心靈。

如勒麥特所說，「從掃除一切成見入手」，嘗試著去體會作者的氣質性情，探究作者與世界的關係，李健吾也宣稱要「首先理應自行繳械，把辭句，文法，藝術，文學等武裝解除，然後赤手空拳，照準他們的態度迎上去」[45]。類似於勒麥特所提出的「世界對於他是何意義，他對於世界是何所取捨」一類問題，李健吾也提出了一個指涉作

44 李健吾：〈讀〈從濫用名詞說起〉〉，《大公報》（文藝）第318期，第12版，1937年4月2日。

45 李健吾（劉西渭）：〈愛情的三部曲〉，《咀華集》（上海市：文化生活出版社，1936年），頁5-6。

家整體觀念的概念：「態度」。這是「一個人對於人生的表示，一種內外一致的必然作用，一種由精神而影響到生活，由生活而影響到精神的一貫的活動，形成我們人彼此最大的扞格」。它「不是對事，更不是對人，而是對全社會或全人生的一種全人格的反映」[46]。換言之，是包含了作者情感與理智傾向的自我與世界的關係的凝聚。李健吾認為，正是這個所謂「態度」構成了一個作者看世界的眼光，從而也構成了一個作者與一件作品的與眾不同的個性。「一件作品或者因為材料，或者因為技巧，或者兼而有之，必須有以自立。一個基本的起點，便是作者對於人生看法的不同。由於看法的不同，一件作品可以極其富有傳統性，也可以極其富有現代性」[47]。李健吾不喜歡用內容形式二分法去解析作品，因為他認為從觀察世界，選擇材料開始，作者獨有的個性所構成的眼光或者審美選擇已經介入其中，更不用說到以後的寫作過程，「全部身體靈魂的活動」，「一長串的精神作用」[48]，貫串其間，形成一部完整的作品。其中形式和內容並不是像身體和制服一樣可以分開的兩件東西。

因此，李健吾對作品的讀解往往是從作者的精神氣質與人格——即所謂「態度」——角度進入的。如他說巴金是一個「戰士」，「他的愛是為了人類，他的憎是為了制度」[49]，他有信仰，也有熱情。因此，熱情成為巴金作品的主要特色，既造成了他行文的流暢，又造成了主要人物的性格。再如他評論廢名、沈從文，說「廢名先生彷彿一

---

46 李健吾（劉西渭）：〈愛情的三部曲〉，《咀華集》（上海市：文化生活出版社，1936年），頁6。

47 李健吾（劉西渭）：〈九十九度中〉，《咀華集》（上海市：文化生活出版社，1936年），頁84。

48 李健吾（劉西渭）：〈九十九度中〉，《咀華集》（上海市：文化生活出版社，1936年），頁83。

49 李健吾（劉西渭）：〈愛情的三部曲〉，《咀華集》（上海市：文化生活出版社，1936年），頁6。

個修士，一切是內向的；他追求一種超脫的意境，意境的本身，一種交織在文字上的思維者的美化的境界，而不是美麗自身。」而沈從文則不同，他「不是一個修士。他熱情地崇拜美」[50]。這決定了沈從文小說的特徵，「從來不分析」，作品中充滿了詩意，「所有的人物全可愛」，「屈於一個共同類型，不是個個分明，各自具有一個深刻的獨立的存在」。「他對於美的感覺叫他不忍分析，因為他怕揭露人性的醜惡。」[51]

為了努力實現「進入心靈」的目標，李健吾並不僅僅依據印象，他甚至採納了一些傳記批評與社會歷史批評的路數。尤其在論及左翼作家等以積極參與現實政治鬥爭為旨歸的作家時，這一傾向就更為明顯。我們看到，李健吾在評論蕭軍、葉紫以及夏衍等作家時，大量地涉及了他們的個人生活經歷以及社會現實背景。但是，他顯然更注重這種生活經歷以及社會現實對於作者的情感或「態度」的塑造與影響，他著力去體會與凸現作者或者一般人在這種經歷與現實中的心靈感受，通過這種同情的揣摩來達到對於另一個心靈的理解。因此，他所敘述或描繪的經歷與現實並不太沾著於實有的事實，而是用抒情感歎的筆調寫出一種心靈的傳記或精神的現實。他寫「九一八」對於蕭軍的影響：「一聲霹靂，『九一八』摧毀了這座殖民地的江山。他不等待了。『那白得沒有限際的雪原』，『那高得沒有限度的藍天』，和它們粗大的樹木，肥美的牛羊，強悍的人民，全要從他的生命走失。他當了義勇軍。眼睜睜看見自己爭不回來他心愛的鄉土，一腔悲憤，像一個受了傷的兒子回到家裡將息，他投奔到他向未謀面的祖國，一個無能為力的祖國！縈迴在他心頭的玫瑰凋了，他拾起紛零的幻象，一瓣

50 李健吾（劉西渭）：〈邊城〉，《咀華集》（上海市：文化生活出版社，1936年），頁70。

51 李健吾（劉西渭）：〈邊城〉，《咀華集》（上海市：文化生活出版社，1936年），頁70-74。

一瓣，綴成他餘痛尚在的篇幅。」[52]

當然，除了這種個人精神經歷的詩意抒寫，李健吾有時也揣摩著某種作家或作品所由以產生的社會歷史背景，但是，這種背景仍然更多的是屬於心理的現實，是情感的，體驗的現實，是一個民族、一個社會，至少是一個群體對於社會、人生或世界的「態度」。例如他在評論葉紫時指出這類左翼作家得以產生的歷史條件：「經了三四千年封建制度的統治，物質文明（工商的造詣）與享受的發揚開始把農人投入地獄。正常成了反常，基本成了附著，豐收成了饑荒……如今來了一片忿怒的抗議。」[53]這還只是對於現實的浮泛的概括，然而李健吾馬上進入了對社會情緒的體察和描述：「不是詛咒田地，因為我們還有良心；然而是抗議，抗議那可詛咒的不公道的遭遇。最初，忿怒是一般的，情感的，漸漸一個新法則與其構成的理想的憧憬出現，我們有了理智的解釋，有了社會主義。不過，我們的忿怒那樣激越，那樣出人意表，一方面毫無提防，便火山一樣崩裂，狂飆一樣捲起，一九二七年的事變向原野疾馳而下。風腳橫掃過去，湖南正好首先輪到。『共產』兩個字變成青年的口號，毶毶的蛇蠍。」革命失敗後，「僥倖逃出虎口的青年活了下來。有的修正他們的行動，繼續他們的行動；有的把火鬱在筆梢，用紙墨宣洩各自的痛苦和希望。葉紫應該歸在這後一類。」[54]這就是李健吾對於葉紫等左翼作家創作背景的理解。他並非不重視什麼時代背景、歷史條件，卻更注重從心理、情感體驗的角度，從一般心理背景與情感邏輯出發去體察與挖掘時代、現實中真正作用於作家心靈的創作驅力。

---

52 李健吾（劉西渭）：〈八月的鄉村〉，《咀華二集》（上海市：文化生活出版社，1942年），頁27。

53 李健吾（劉西渭）：〈葉紫的小說〉，《咀華二集》（上海市：文化生活出版社，1942年），頁53

54 李健吾（劉西渭）：〈葉紫的小說〉，《咀華二集》（上海市：文化生活出版社，1942年），頁53-54。

尤其是，李健吾並不就此滿足，他更著力於探討這種社會集體情緒與創作的審美追求之間的關係。正是在這一點上，他發現了五四新文學與左翼文學在審美追求上既相斷裂又一脈相承的審美追求：「假如中國新文學有什麼高貴所在，假如藝術的價值有什麼標誌，我們相信力是五四運動以來最中心的表徵。它從四面八方來，再奔四面八方去。它以種種面目出現，反抗是它們共同的特點。銷毀如《沉淪》，鏗鏘如《死水》，隱遁如《橋》，輕鄙如《飛絮》，感傷如《海濱故人》，未嘗不全站在傳統的邊沿，掙扎向前，希翼對人性有所貢獻。」在這其中，魯迅的小說是一個典範：它「有時候淒涼如蒞絕境，卻比同代中國作家更其提供力的感覺。」[55]

而北伐之後的現實刺激了人的社會反抗情緒，使得對「力」的審美追求出現了另一種傾向。「北伐把一個猙獰的現實生活揭露：我們的毒恨經過長期的醞釀，再三在失望的刀石磨錯，終於磨成利刃，握住階級矛盾，要求全部洗改。」在創作上，「一種政治的要求和解釋開始壓倒藝術的內涵。魯迅的小說是一般的，含蓄的，暗示的，臨到茅盾先生，暗示還嫌不夠，劍拔弩張的指示隨篇可見：或者是積極的人物，有力然而簡單，……或者是熱烈的詞句，感情然而公式化。」[56]這種「時代現實——社會情緒——審美追求——詩學特徵」步步深入落實的思路顯然是比較細緻而切合實際的，比之由社會現實到創作現實的簡單互推的模式自不可同日而語。

可以說，對於志在「接近靈魂」的李健吾來說，心理與情感——個人的，或者群體的——是他所關注的一個中心主題，即使他有時宣

55 李健吾（劉西渭）：〈葉紫的小說〉，《咀華二集》（上海市：文化生活出版社，1942年），頁55-56。

56 李健吾（劉西渭）：〈葉紫的小說〉，《咀華二集》（上海市：文化生活出版社，1942年），頁56-57。

稱「文學是時代的反映」[57]，並且從數年內（如抗戰期間）的形象演變史來透視社會的變遷，但是在這種透視中，處於視線焦點處的仍然是人，是人（一個民族、一個社會的群體的人）的心靈。他指出「曹禺先生的〈蛻變〉，在抗戰初期問世，是一面明照萬里的鏡子，也正象徵一般人心的向上」[58]，而茅盾發表於抗戰勝利前夕的〈清明前後〉，則與作者寫於三十年代的《子夜》一樣，反映著「齷齪，然而牢不可破」的現實[59]。李健吾指出，《子夜》裡關於趙伯韜巧取豪奪的經濟手腕和吳蓀甫拒絕接受銀行放款的描寫，與〈清明前後〉金澹庵脅誘有心無力的林永清的情形毫無二致。現實的黑暗似乎毫無改變，但是是李健吾卻發現，「〈清明前後〉的林永清，這位配合神聖的抗戰一再內遷的工廠廠主，顯然不是肥頭大耳的吳蓀甫」，「他的猶疑不決就是他的良心未泯的有力的證明。他不過是為了挽救他的垂危的事業抄了一次人人在走的近路。……命運這個捉狹鬼一下子把他拖入悲劇的漩渦。然而他是一個硬漢子，不認輸，也不卸責，他要求控訴。十五年前的吳蓀甫不復再是十五年後的林永清。」通過這一形象比較，得出的結論卻是：「變了，我們在不變之中也終於變了，進步了。」[60]這個「我們」是誰？無非是整個的民族，整個的社會群體。這其中，也包括評論家自己，所謂社會心理，其實是批評家也浸潤其中的，感同身受的心理氛圍，我們看到，正是在這樣一種濃重的心理氛圍中，批評家溝通人我，進入另一個心靈世界的企圖才有可能得以實現。

---

57 李健吾（劉西渭）：〈清明前後〉，《咀華二集》（上海市：文化生活出版社，1942年），頁133。

58 李健吾（劉西渭）：〈清明前後〉，《咀華二集》（上海市：文化生活出版社，1942年），頁133。

59 李健吾（劉西渭）：〈清明前後〉，《咀華二集》（上海市：文化生活出版社，1942年），頁136。

60 見李健吾（劉西渭）：〈清明前後〉，《咀華二集》（上海市：文化生活出版社，1942年），頁143-144

三　從「印象」到「條例」

正如李健吾自己所說，他的批評並不僅僅是印象的，他也像勒麥特所說的那樣，為了使印象進一步深化與精純，必須「把我們從作品中接收到的印象加以一番分析」。他的分析甚至是十分細緻、深入，很見功力的。

例如他分析《紅樓夢》中〈哭花詞〉的嵌入就堪稱精彩。在小說中嵌入詩詞，幾乎成為舊小說的陳套，但是用不得其當，損害藝術的完整性也是常見的。對於這首〈哭花詞〉的嵌入，其藝術合法性頗成為一個可堪思量的問題。

李健吾承認，曹雪芹「把舊小說的韌性發揮到了極致。」「沒有林黛玉的心境，沒有暮春三月的落花時節，沒有作者安排的錯落的遇合，〈哭花詞〉動人的力量便缺乏它現有的噴洩的氣勢，印染的顏色。」[61]但是，雖然〈哭花詞〉的意境，同林黛玉合拍，卻「不在現實以內，因為人生不曾提供這種事實，也少可能提供。」李健吾分析道，〈哭花詞〉只能是口道的東西，否則一個人一邊感情激動，「哭的好不傷心」，還分得出心來記誦一首不短的詩詞，豈不成了作偽？但是一邊哭，一邊出口成章，「天才如曹子建，還得七步的餘地，何況只有四句」[62]。所以李健吾得出結論，「〈哭花詞〉不是林黛玉的，是曹雪芹的是他在境界上派給人物的，不是在實感上分配給人物的。」[63]

但是，李健吾轉而指出，〈哭花詞〉「雖說在現實上脫了榫，它在小說的進行上並不突兀，一種性格與環境的諧和中飽了它倔強的個

61 李健吾：〈曹雪芹的〈哭花詞〉〉，《李健吾文學評論選》（銀川市：寧夏人民出版社，1983年），頁207。

62 李健吾：〈曹雪芹的〈哭花詞〉〉，《李健吾文學評論選》（銀川市：寧夏人民出版社，1983年），頁208。

63 李健吾：〈曹雪芹的〈哭花詞〉〉，《李健吾文學評論選》（銀川市：寧夏人民出版社，1983年），頁209。

性。」「它不是生硬嵌上去的。它有它之被運用的必然性。」「這首〈哭花詞〉不是別的，只是靈魂的獨白。它完全等於一段戲劇的獨白，猶如哈姆雷特的獨白，猶如費加羅的獨白，它是內心的瀲灩，映照林黛玉之所以悲傷的觀感。」[64]李健吾指出，〈哭花詞〉是曹的一種補救手段，用以解釋埋花的心理原因，而這僅憑對動作和對話的表面描寫是無法達成的。於是，李健吾推出了第二個結論：「〈哭花詞〉的價值是內在的，不是裝飾的，不僅僅屬於文人的賣弄，他們執行的是積極的藝術使命。」「它的價值是心理的。」[65]

這些辯證的分析與李健吾向來為人所熟知的印象式批評大相逕庭，顯然更多地有理性思維的介入。應該承認，這不是李健吾常用的方式，實際上，李健吾更多地是通過印象比較與辨析來凝定與澄清自己的印象。這可能更多地是出自深厚的素養與直覺，而不是刻意為之的所謂方法與程序。如他自己所說，「有時提到這個作家，這部作品，或者這個時代和地域，我們不由想到另一個作家，另一作品，或者另一時代和地域。有時，一個同樣平常的事實是，相反出來做成接近。值得我們注目的是不由。不由或許就是很快。然而這裡的迅速，雖說切近直覺，卻不就是衝動，乃是歷來吸收的積累，好像記憶的庫存，有日成為想像的糧食。」[66]

這種聯類對比，往往不是為了將作者歸入相同的某一類，而是通過同中之異、異中之同的精微辨析，凸現批評對象自身所具的與眾不同的個性。如果作品之間有交相影響的關係，他更是著意於找出雙方各自的差別來（如《八月的鄉村》與《毀滅》的比較），這方面，典

---

64 李健吾：〈曹雪芹的〈哭花詞〉〉，《李健吾文學評論選》（銀川市：寧夏人民出版社，1983年），頁209。

65 李健吾：〈曹雪芹的〈哭花詞〉〉，《李健吾文學評論選》（銀川市：寧夏人民出版社，1983年），頁211。

66 李健吾（劉西渭）：〈畫夢錄〉，《咀華集》（上海市：文化生活出版社，1936年），頁190。

型的例子往往牽涉到李健吾所熟悉的法國文學作家，如他說左拉「對巴金先生有相當的影響；但是左拉，受了科學和福樓拜過多的暗示，比較趨重客觀的觀察，雖說他自己原該成功一位抒情的詩人。巴金缺乏左拉的客觀的方法，但是比左拉還要熱情。在這一點上，他又近似喬治桑。」[67]然而，巴金在熱情上與喬治桑接近，在情感的性質上卻絕不相同。巴金是悲哀的，而「悲哀，樂觀的喬治桑卻絕不承受。悲哀是現實的，屬於伊甸園外的人間。」李健吾這樣區分他們：「喬治桑彷彿一個富翁，把她的幸福施捨給他的同類；巴金先生彷彿一個窮人，要為同類爭來等量的幸福。」[68]

尤其值得注意的是，這種印象的比較與辨析固然在很多情況下是整體的，但在不少情況下也落實到具體的細部乃至字句的推敲與吟味上。例如在〈里門拾記〉中，李健吾指出蘆焚和沈從文有共同之處，都是自覺的藝術家，「都從事於織繪。他們明瞭文章的效果，他們用心追求表現的美好。他們尤其曉得文章不是詞藻，而是生活。」[69]然而沈從文將這件事情做得「輕輕鬆鬆」，「賣了老大的力氣，修下一條綠萌扶疏的大道，走路的人不會想起下面原本是坎坷的崎嶇。」[70]而蘆焚的文字雖然工整，卻不能不令人「有點兒坎坷之感」，簡言之，他「缺乏自然天成，缺乏圓到」[71]，由此往裡細加分析，李健吾發現了蘆焚更深層的自我與風格傾向，即對於現實的憎恨以及由此而來的

67 李健吾（劉西渭）：〈愛情的三部曲〉，《咀華集》（上海市：文化生活出版社，1936年），頁11。

68 李健吾（劉西渭）：〈愛情的三部曲〉，《咀華集》（上海市：文化生活出版社，1936年），頁12。

69 李健吾（劉西渭）：〈里門拾記〉，《咀華二集》（上海市：文化生活出版社，1942年），頁15。

70 李健吾（劉西渭）：〈里門拾記〉，《咀華二集》（上海市：文化生活出版社，1942年），頁15-16。

71 李健吾（劉西渭）：〈里門拾記〉，《咀華二集》（上海市：文化生活出版社，1942年），頁18。

諷刺，在這時，他將蘆焚的句子與另一個諷刺作家張天翼的句子相比較：「和張天翼先生的句子一樣，他的句子是短的；然而張天翼先生的句子是純潔的，一種完全沒有詩意的純潔，一枝可怕的如意的筆。〈里門拾記〉的句子是短的，然而是雜的。這裡一時是富裕，一時是精緻，一時卻又是顢頇。」[72]

而同在詩意的方向上，李健吾又將蘆焚與蕭乾進行比較，指出雖然兩位青年作家「在藝術的刻畫上」都是「清醒的」，但是「蕭乾先生用力在描繪，無形中溶進一顆沉鬱的心。他的句子往往是長的。他的描寫大都是自己的。蘆焚先生的描寫是他觀察和想像的結果，然而往往攙著書本子氣。他的心不是沉鬱的，而是譴責的。」[73]如果說這還多是一種整體的印象對比的話（但已落實在句子風格上了），下面他很快就引入了對於詞句的微觀分析——蘆焚寫道：「漸漸的樹影長了，牛犢鳴了，砍草的孩子負著滿滿的荊籃在回家的路上走著了，直到黃昏，這叫做散步。」李健吾一下子發覺了這其中的不諧和的音調：「為什麼要這末一句，在田園的景色之後？『這叫做散步。』你可以聽見他揶揄的聲音。」李健吾進而指出，之所以造成這種狀況，是由於作者的痛苦體驗造成的「厭惡的心情」：「作者是從鄉下來的，一個荒旱兵匪，土棍惡紳，孤寡老弱的淒慘世界，一切只是一種不諧和的拼湊：自然的美好，人事的醜陋。」[74]

這正是李健吾批評的一個重要長處，當他進入微觀辨析的時候，時常能夠十分切實地指出作品的缺憾與不和諧之處，同時由這修辭的狀況，又能逆向推導出根源——創作主體的情感狀態。尤其可貴的

72 李健吾（劉西渭）：〈里門拾記〉，《咀華二集》（上海市：文化生活出版社，1942年），頁19。

73 李健吾（劉西渭）：〈里門拾記〉，《咀華二集》（上海市：文化生活出版社，1942年），頁19。

74 李健吾（劉西渭）：〈里門拾記〉，《咀華二集》（上海市：文化生活出版社，1942年），頁20。

是，李健吾總是以一種理解與同情的態度去面對作家的錯失，表現出一種對於人、對於人類情感的極度的尊重。這其中我們又能看見勒麥特的一些影響。

這一點在他面對左翼作家的作品時往往表現得非常顯著。正如李健吾所說的，在左翼作家那裡，「一種政治的要求和解釋開始壓倒藝術的內涵」[75]。情感過於強烈，往往影響了「修辭的清醒」[76]，以至我們「在藝術的領會之中，不時聽見作者枯啞的呼喊」[77]，感嘆號的過多，透露了作者浮燥的心情。他在評論蕭軍時特別指出：「好像一道一道的水閘，他的情感把他的描寫腰截成若干驚歎。文字不夠他使用，而情感卻爆竹一般隨地炸開。不僅僅描寫，就是刻畫人物，他用驚歎符號把自己（情感，意見，愛戀等等）活活獻給我們。」[78]這一切顯然與李健吾所崇奉的福樓拜式的客觀描寫的藝術境界相去甚遠，然而，正如他自己所宣稱的，批評的依據應是活生生的人生，而不是某一個先在的標準。他既指出了對象的不足，又原諒了對象，因為作者所感受到的一切，他多多少少也能體察一些。所以他說：「我們無從責備我們一般（特別是青年）作家。我們如今站在一個漩渦裡，時代和政治不容我們具有藝術家的公平（不是人的公平）。我們處在一個神人共怒的時代，情感比理智旺，熱比冷要容易。我們正義的感覺加強我們的情感，卻沒有增進一個藝術家所需要的平靜的心境。」[79]

75 李健吾（劉西渭）：〈葉紫的小說〉，《咀華二集》（上海市：文化生活出版社，1942年），頁57。

76 李健吾（劉西渭）：〈葉紫的小說〉，《咀華二集》（上海市：文化生活出版社，1942年），頁58。

77 李健吾（劉西渭）：〈葉紫的小說〉，《咀華二集》（上海市：文化生活出版社，1942年），頁64。

78 李健吾（劉西渭）：〈八月的鄉村〉，《咀華二集》（上海市：文化生活出版社，1942年），頁33。

79 李健吾（劉西渭）：〈八月的鄉村〉，《咀華二集》（上海市：文化生活出版社，1942年），頁36。

因此，李健吾雖然看出了作品的缺陷，卻理解並寬容它的存在。因為這是時代的宿命，因為這是人的作品，只要是人都難以超離自己的存在，與批評家一樣，作家也有自己的限制，批評家不能以超人的面目橫加責難，他的才能與責任在於理解，在於與作家共同體驗人類與民族的生存境況，並共同向永恆的理想（藝術的、人生的）掙扎前行。他們都「為全人類服役」，在這個意義上說，批評家和作家是平等的，應該攜起手來共同奮鬥。

日內瓦學派批評家喬治·布萊指出：「沒有兩個意識的遇合，就沒有真正的批評。」[80]可以說，李健吾在文學批評上的全部努力就是尋找與另一個意識遇合的路徑（用他的話說，這是「靈魂企圖與靈魂接近的工作」)，無論他最後是否找到了這一條路徑，也無論他是否實現了這一遇合，他確實使自己努力達到接近這一目標的先決條件：放下一己的傲慢與偏見，謙遜而真誠地面對作品。他的探索使得批評的艱難與魅力在我們面前展露無遺，提示著後人繼續這永恆的奮鬥與冒險。

80 轉引自郭宏安：〈走向自由的批評〉，《李健吾批評文集》(珠海市：珠海出版社，1998年)，頁321。

第六章
梁宗岱：中國現代詩歌形式意識的深度重建

「五四」文學革命以對內容的現代性訴求以及對傳統文學形式觀念的破解開啟了中國現代文學的潮流，尤其在詩歌領域，以散文詩與自由詩的形式向已早已爛熟的中國古典詩歌的格律規範展開的衝擊，構成了新文學向舊文學進攻的主戰場，但是，當新詩與新文學在現代文壇上確立其不可動搖的正統地位之後，人們才猛然驚覺，傳統形式規範的轟然傾頹，並未順理成章地導致中國現代詩歌形式規範的建立，相反地，中國現代詩歌面臨的是一個無處安居的窘境。因此，在二十年代末與三十年代，一批詩人與理論家們開始了重建中國詩歌的形式意識的努力與嘗試，梁宗岱就是其中一位在理論思考與創作嘗試兩方面都取得了不俗成就的傑出代表。

一 「形式」的沉浮

一九三五年十一月八日，《大公報》「文藝」的「詩特刊」創刊，梁宗岱在作為發刊辭的〈新詩底紛歧路口〉一文中所說的一段話，朗然標示了以他為代表的一代作家與五四文學革命先驅們的區別：「和一切歷史上的文藝運動一樣，我們新詩底提倡者把這運動看作一種革命，就是說，一種玉石俱焚的破壞，一種解體。所以新詩底發動和當時底理論或口號，——所謂『建設明瞭的通俗的社會文學，』所謂『有什麼話說什麼話』，——不僅是反舊詩的，簡直是反詩的；不僅是對於舊詩和舊詩體底流弊之洗刷和革除，簡直把一切純粹永久的詩底真元全盤誤解與抹煞了。」[1]不僅如此，這篇具有某種宣言性質的文章幾乎否定與顛覆了五四文學革命倡導者們所提出的全部命題。

梁宗岱所關心的是新詩的形式問題。他顯然意識到，文學革命破除的不僅僅是舊詩的形式成規，而且瓦解了詩歌所必不可少的形式意識，他指出：「如果我們不受嚴密的單調的詩律底束縛，我們也失掉一切可以幫助我們把捉和摶造我們底情調和意境的憑藉；雖然新詩底工具，和舊詩底相反，極富於新鮮和活力，它底貧乏和粗糙之不宜於表達精微委婉的詩思卻不亞於後者底腐濫和空洞。」這就難怪現代詩壇上「充塞著淺薄的內容配上紊亂的形體（或者簡直無形體）的自由詩」。[2]

作為一個頗有造詣的現代派詩人，梁宗岱對詩歌形式高度重視，他甚至認為：「形式是一切文藝品永生的原理，只有形式能夠保存精神底經營，因為只有形式能夠抵抗時間底侵蝕。……這是因為從效果言，韻律作用是直接施諸我們底感官的，由音樂和色彩和我們底視覺和聽覺交織成一個螺旋的調子，因而更深入地銘刻在我們底記憶上；從創作本身言，節奏，韻律，意象，詞藻……這種種形式底原素，這些束縛心靈的鐐銬，這些限制思想的桎梏，真正的藝術家在它們裡面只看見一個增加那鬆散的文字底堅固和彈力的方法，一個磨煉自己的好身手的機會，一個激發我們最內在的精力和最高貴的權能，強逼我們去出奇制勝的對象。正如無聲的呼息必定要流過狹隘的簫管才能夠奏出和諧的音樂，空靈的詩思亦只有憑附在最完美最堅固的形體才能

1　梁宗岱：〈新詩底紛岐路口〉，《梁宗岱文集》（北京市：中央編譯出版社，2003年），卷2，頁156。

2　梁宗岱：〈新詩底紛岐路口〉，《梁宗岱文集》（北京市：中央編譯出版社，2003年），卷2，頁157-158。

達到最大的豐滿和最高的強烈。」[3]

這種認識，與對內容投注了強烈的訴求願望的五四作家們相比，顯然有著巨大的差別。我們看到，胡適在〈文學改良芻議〉中就一直孜孜於「言之有物」，把文學革新的全部希望與熱情都投注在「情與思」二者之上。而宗白華與郭沫若，可以說是當時不多的對詩歌本體問題進行過較深入的思考的人中的兩個，他們也認為，詩包含兩方面的因素，即所謂的「形」同「質」，前者即「適當的文字」，「就是詩中的音節和詞句的構造」，後者「就是詩人的思想情緒」，至於詩的本體當然在於後者：「詩的本職專在抒情。抒情的文字便不采詩形，也不失其詩。」「詩的文字便是情緒自身的表現。」他們推崇自由詩與散文詩，因為這「正是近代詩人不願受一切的束縛，破除一切已成的形式，而專挹詩的神髓以便於其自然流露的一種表示。」[4]

當然，作為詩人的郭沫若也並非沒有絲毫的形式意識，他對於詩歌中的超乎內容之外的形式韻律的存在還是有所感受的，他在〈論詩三札〉中寫道：「詩之精神在其內在的韻律（Intrinsic Rhythm），內在的韻律（或曰無形律）並不是甚麼平上去入，高下抑揚，強弱長短，宮商徵羽；也並不甚麼雙聲疊韻，甚麼押在句中的韻文！這些都是外在的韻律或有形律（Extraneous Rhythm）。內在的韻律便是『情緒的自然消漲』。……內在韻律訴諸心而不訴諸耳。」[5]在〈論節奏〉一文中又寫道：「抒情詩是情緒的直寫。情緒的進行自有它的一種波狀的形式，或者先抑而後揚，或者先揚而後抑，或者抑揚相間，這發現出來便成了詩的節奏。所以節奏之於詩是它的外形，也是它的生命，我

---

3 梁宗岱：〈新詩底紛岐路口〉，《梁宗岱文集》（北京市：中央編譯出版社，2003年），卷2，頁159。

4 郭沫若、宗白華、田漢：《三葉集》，《郭沫若全集》（北京市：人民文學出版社，1990年），文學編卷15，頁48。以下版本皆同，不再注明。

5 郭沫若：〈論詩三札〉，《郭沫若全集》（北京市：人民文學出版社，1990年），文學編卷15，頁337。

們可以說沒有詩是沒有節奏的，沒有節奏的便不是詩。」[6]顯然，在郭氏這裡，除了表層的「適當的文字」這一外在形式之外，還有一種內在的構成其詩意本質的內在的形式，可以說，這是內容本身的形式存在方式。顯然，他更重視的是這種「內容本身的形式」:「詩應該是純粹的內在律，表示它的工具用外在律也可，便不用外在律，也正是裸體的美人。散文詩便正是這個。」[7]正是從這一認識出發，郭沫若才會宣稱自己兒子天真無邪的歡叫是比自己的詩更真切的詩。

郭氏重視詩歌的情緒本體自身的節律這種「內在」形式，而將詩歌語言構造看成外在與裝飾性因素。宗白華對語言似乎比郭氏更重視些。他指出「詩的形式的憑借是文字。」[8]而文字的作用有二：一是構成音樂式的節奏與諧和；二是表現空間的形象與色彩——也就是構成音樂美和繪畫美。如果說詩的內質——即情緒，是錦的話，那麼美的語言形式就是錦上的花。這種「花」當然是沒有本體意義的，以至於這一種工具的使用居然要從別的東西上著手:「我們要想在詩的形式方面有高等技藝，就不可不學習點音樂與圖畫（及一切造型藝術，如雕刻建築），使詩中的詞句能適合天然優美的音節，使詩中的文字能表現天然圖畫的境界。」[9]

形式的地位在聞一多與新月派那裡得到了相當程度的提升。但是在他們那裡，說到詩歌的形式主要意味著詩歌的格律。聞一多在〈詩的格律〉一文中明確提出「form 和節奏是一種東西」，因此，可以將

---

6 郭沫若：〈論節奏〉，《郭沫若全集》（北京市：人民文學出版社，1990年），文學編卷15，頁353。

7 郭沫若：〈論詩三札〉，《郭沫若全集》（北京市：人民文學出版社，1990年），文學編卷15，頁338。

8 宗白華：〈新詩略談〉，《宗白華全集》（合肥市：安徽教育出版社，1994年），卷1，頁169。

9 宗白華：〈新詩略談〉，《宗白華全集》（合肥市：安徽教育出版社1994年）卷1，頁169。

form 譯作格律[10]，也就是說，在他們理解中，形式（form）與格律是等同的。聞一多認為，詩歌的格律就如同遊戲的規則一樣，是藝術存在的前提條件。但是，無論是對於精研唐詩格律的聞一多來說，還是對於葉公超等對於歐洲詩體頗有研究的其他新月同人們來說，他們心目中企圖建設的新詩格律確實是一種具有相當普適性的詩歌音律的「格式」，也許正是因此，他們津津樂道的往往是平仄、音尺、音步這些構成格律的音節組件。當然，他們也並沒有忘記文學革命對傳統詩歌規則的批判，因此，他們也努力為自己重鑄新規則的探索辨解：「律詩的格律與內容不發生關係，新詩的格式是根據內容的精神製造成的，這是它們不同的第二點。律詩的格式是別人替我們定的，新詩的格式可以由我們自己的意匠來隨時構造。」[11]但是，確實，在他們的理論視野中，格律確是一種外在的附屬於內容的東西，所以，可以與內容不發生關係，新詩的格式雖與內容有關，卻仍是由內容決定、擇定的外衣、規則或框子。正是因此，新月詩人有時還是認為：「我們不怕格律。格律是圈，它使詩更顯明、更美。形式是官感賞樂的外助。格律在不影響於內容的程度上，我們要它，如像畫不拒絕合式的金框。金框也有它自己的美，格律便是在形式上給與欣賞者的貢獻。但我們決不堅持非格律不可的論調，因為情緒的空氣不容許格律來應用時，還是得聽詩的意義不受拘束的自由發展。」[12]在這種觀念中，形式格律的存在儘管必要，仍然是內容的助手與外飾。

---

10 聞一多：〈詩的格律〉，《聞一多全集》（武漢市：湖北人民出版社，1993年），卷2，頁137。

11 聞一多：〈詩的格律〉，《聞一多全集》（武漢市：湖北人民出版社，1993年），卷2，頁142。

12 陳夢家：〈《新月詩選》序言〉，引自楊匡漢、劉福春編：《中國現代詩論》（廣州市：花城出版社，1985年），頁149。

二　從二元到一元

無論是郭沫若還是新月派，他們都企圖在「形式──內容」這個二元結構中作出自己的側重或選擇的話，梁宗岱則似乎超越了這種二元對立思維，在他那裡，非此即彼的形式與內容的對立似乎並不存在，他顯然對形式與內容不可分割的渾整性有著真切的感受。在此，象徵主義大師瓦萊里等人向他展示了一種典範的詩歌形態。

梁宗岱欽服於瓦萊里的哲學玄思與感悟，然而，更敬服於他對這種哲思的詩性表述，梁宗岱指出：「倘若他（指瓦萊里──引者）只安於發現而不求表現，或表現而不能以建築家意匠的手腕，音樂家振盪的情緒，來建造一座能歌能泣的水晶宮殿，他還不過是哲學家而不是詩人。夜草底潛生，泉心的霽月，死的飛禽，纍纍下墜的果，以至嬰孩的悲啼，睡女胸間停勻的起伏……一般詩人所不勝眷戀縈迴，歎息吟詠者，對於我們的詩人，卻只是點綴到真底聖寺沿途底花草，雖然這一花一草都為他展示一個深沉的世界，卻只是構成巍峨的聖寺的木石，雖然這一木一石都滿載無聲的音樂。」[13]可以說，瓦萊里的詩充滿了玄奧的哲理沉思，但是，他的詩並不是慣常意義上的「哲理詩」，在他的詩裡，哲理的內容與詩意的形式是融為一體的，梁宗岱指出：「與其說梵樂希以極端的忍耐去期待概念化成影像，毋寧說他底心眼內沒有無聲無色的思想，正如達文希底心眼內沒有無肉體的靈魂一樣。」[14]或者說，瓦萊里詩歌形式本身就是哲理的感性存在方式，就如卡西爾所說的：「它是對實在的再解釋，不過不是靠概念而

13 梁宗岱：〈保羅．梵樂希先生〉，《梁宗岱文集》（北京市：中央編譯出版社，2003年），卷2，頁8。

14 梁宗岱：〈保羅．梵樂希先生〉，《梁宗岱文集》（北京市：中央編譯出版社，2003年），卷2，頁19。

靠直觀，不是以思想為媒介而是以感性形式為媒介。」[15]對此，梁宗岱的描述則更加感性而富於詩意：「它所宣示給我們的，不是一些積極或消極的哲學觀念，而是引導我們達到這些觀念的節奏；是充滿了甘，芬，歌，舞的圖畫，不是徒具外表與粗形的照相。我們讀他底詩時，我們應該準備我們底想像和情緒，由音響，由回聲，由詩韻底浮沉，一句話說罷，由音樂與色彩底波瀾吹送我們如一葦白帆在青山綠水中徐徐地前進，引導我們深入宇宙底隱秘，使我們感到我與宇宙間底脈搏之跳動——一種嚴靜，深密，停勻的跳動。它不獨引導我們去發現哲理，而且令我們重新創造那首詩。」[16]與郭沫若大談「情緒的節奏」相似，梁宗岱也津津樂道於「智慧的節奏」：「藝術底生命是節奏，正如脈搏是宇宙底生命一樣。哲學詩底成功少而抒情詩底造就多者，正因為大多數哲學詩人不能像抒情詩人之捉住情緒底脈搏一般捉住智慧底節奏。」[17]

顯然，梁宗岱對於「形式」的理解是頗為獨特的，在他那裡，形式與內容之間並沒有一條截然的界線，有時候，形式與內容也許根本就是一回事。他說過：「在創作最高度的火候裡，內容和形式是像光和熱般不能分辨的。正如文字之於詩，聲音之於樂，顏色線條之於畫，土和石之於雕刻，不獨是表現情意的工具，並且也是作品底本質：同樣，情緒和觀念——題材或內容——底修養，鍛煉，選擇和結構也就是藝術或形式底一個重要原素。」[18]也就是說，正是人們慣常視為次要的形式的因素構成了作品的存在，同時，人們視為首要的內

15 〔德〕恩斯特．卡西爾撰，甘陽譯：《人論》（上海市：上海譯文出版社，1985年），頁187。

16 梁宗岱：〈保羅．梵樂希先生〉，《梁宗岱文集》（北京市：中央編譯出版社，2003年），卷2，頁22。

17 梁宗岱：〈保羅．梵樂希先生〉，《梁宗岱文集》（北京市：中央編譯出版社，2003年），卷2，頁22。

18 梁宗岱：〈談詩〉，《梁宗岱文集》（北京市：中央編譯出版社，2003年），卷2，頁85。

容因素卻是構成藝術形式的材料。這種觀念顯然與梁宗岱從象徵主義詩歌的閱讀中得到的經驗有某種密切關係。

例如，他講到瓦萊里的名作〈年輕的命運女神〉時說：「詩底內容，是寫一個年輕的命運女神，或者不如說，一個韶華的少婦——在深沉幽邃的星空下，柔波如咽的海濱，夢中給一條蛇咬傷了，她回首往日底貞潔，想與肉底試誘作最後之抗拒，可是終於給蕩人的春氣所陶醉，在晨曦中禮叩光明與生命——的故事。它所象徵的意義是很複雜的。」[19]在此，詩的內容（題材與故事）顯然只是一種表層的東西，作為一種符碼系統，它又指涉或者暗示了更加複雜微妙的深層象徵意義，這就使得詩歌的內容與形式不能進行簡單的劃分了。不僅如此，梁宗岱更認為：「〈年輕的命運女神〉卻是傑作中之傑作——它底深沉和偉大，不在於詩人對於生與死的觀念，而在於茫漠的天海間，詩人心凝形釋，與宇宙息息相通，那種沉靜的深邃的起伏瀠洄……從包含在〈幻美〉的三片斷裡，我們可以聽到一種寧靜，微妙，雋永的音浪，時而為詩人對其創造之沉吟歌詠，時而為哲士對其自我之低徊冥想。……」[20]顯然，在故事、主題、象徵意義之外，梁宗岱認為詩歌還有更加本質的內核——正是這個內核構成了詩美或詩意。

因此，梁宗岱認為：「一切文藝底目的固不是純粹外界的描寫，也不是客觀的情感底表現，而是無數景象和情思交融和提煉出來的一個更高的真實。」[21]而這個所謂的「真實」是什麼？梁宗岱似乎並不把它歸結為人們慣常所理解的「內容」的範疇，因為內容與形式的切割顯然已經破壞了藝術作品的整體性。在梁宗岱看來，詩歌閱讀並不

19 梁宗岱：〈保羅．梵樂希先生〉，《梁宗岱文集》（北京市：中央編譯出版社，2003年），卷2，頁14。

20 梁宗岱：〈保羅．梵樂希先生〉，《梁宗岱文集》（北京市：中央編譯出版社，2003年），卷2，頁22-23。

21 梁宗岱：〈試論直覺與表現〉，《梁宗岱文集》（北京市：中央編譯出版社，2003年），卷2，頁318。

如水果榨汁一樣，從作品中抽取出某種「內容」即為滿足，相反，他似乎有意地對人們孜孜以求的「內容」不屑一顧：「藝術底了解不只限於膚淺地抓住作品底命意——命意不過是作品底渣滓——而是深深地受它整體底感動與陶冶，或者更進而為對於作者匠心底參化與了悟。……真正的文藝欣賞原是作者與讀者心靈間的默契，而文藝的微妙全在於說不出所以然的弦外之音。」[22]「詩底命題，在一意義上，只占次要的位置。一首最上乘的詩所傳達的不是一些凝固的抽象觀念，亦不是單純的明確的情感，而是一些情與思未分化之前的複雜的經驗或靈境」[23]。而構築這些微妙的詩境，則是人們慣常不予重視的「形式」。於是我們看到，梁宗岱的價值天平經常向「形式」作明顯的傾斜：「在散文裡，意義——字義，句法，文法和邏輯——可以說是唯我獨尊，而聲音是附庸。在詩裡卻相反。組成中國詩底形式的主要元素，我們知道，是平仄，雙聲，疊韻，節奏和韻，還有那由幾個字底音色義組成的意象。意義對於詩的作用不過是給這些元素一個極表面的聯貫而已。」[24]「詩之所以為詩大部分是成立在字與字之間的新關係上。『詩人底妙技，』我在《詩與真》中曾經說過，『便在於運用幾個音義本不相屬的字，造成一句富於暗示的音義湊泊的詩。』馬拉美所謂『一句詩是由幾個字組成的一個完全，簇新，與原來的語言陌生並具有符咒力量的字』，便是這意思。」[25]也就是說，是形式因素——節奏、聲韻、意象、文字——構成了詩，或者說，構成了詩之

---

22 梁宗岱：〈文壇往那裡去〉，《梁宗岱文集》（北京市：中央編譯出版社，2003年），卷2，頁56。

23 梁宗岱：〈試論直覺與表現〉，《梁宗岱文集》（北京市：中央編譯出版社，2003年），卷2，頁340。

24 梁宗岱：〈試論直覺與表現〉，《梁宗岱文集》（北京市：中央編譯出版社，2003年），卷2，頁341。

25 梁宗岱：〈按語和跋·音節與意義〉，《梁宗岱文集》（北京市：中央編譯出版社，2003年），卷2，頁169。

為詩的詩意或詩境。在梁宗岱這裡，「形式」不是與「內容」，而是與「詩意」或者「詩境」構成了一個範疇配對。

這一思想，即使在整個西方美學史上也是具有重大意義的。事實上，形式與內容的概念源自西方，而從古希臘開始，無論是柏拉圖還是亞裡斯多德，都秉持一元論的「形式」觀念，把美和藝術作為形式的統一體，形式是美和藝術的本質規定和現實存在，尤其是亞氏，把事物的存在歸結為「質料因」與「形式因」兩大要素，質料是構成事物的原料，而形式則是事物本身的現實存在。前者是事物的「潛能」，後者是事物的「現實」，事物的生成就是質料的形式化。到了古羅馬的賀拉斯才產生了形式與內容的二元對立的觀念，這種觀念後經黑格爾的發揚光大，影響甚大，為人們所普遍接受，在文藝批評上形成了重內容輕形式，並以提取內容為目的的文藝批評觀念。[26]而梁宗岱承自法國象徵主義的詩學觀念則顯然恢復了古希臘時期的一元論「形式」觀念，把形式視為藝術呈現給人們的第一現實，而為了打破「內容—形式」的二元論，他們有意鄙棄內容，凸出形式因素的地位。我們看到，梁宗岱與馬拉美一樣，都在最基本的符號單位——「字」的層面上談論詩歌，儘管從形式一元論的角度上看，主題、故事等因素也是構成詩歌形式的材料，但是這些特殊的材料很容易將人導向「內容」的追求，因此，迴避這些綜合性的層面，而著眼於「字」的層面，也許確是一種使自己和讀者避免跌入「內容」陷阱的明智策略。

顯然，對梁宗岱來說，「形式」的價值不僅不低於「內容」，甚至常常還要高於「內容」，因為在他的觀念中，詩所要傳達的不是什麼主題、思想、情感等等一類的「內容」，而是詩意，形式也不是內容的外衣、容器或者畫框，而是召喚與凝定詩意的符咒：「無論詩境是

26 參見趙憲章：《西方形式美學》（上海市：上海人民出版社，1996年），頁9-16。

來自一股不可抑制的濃烈的情感，或一種不可抗拒的迷人的節奏，想像底功能都是要找尋或經營一個為它底工具和方法——聲音及意象——所允許的與這詩境或靈感相彷彿的象徵。」[27]

三 純詩觀念與形式形而上學

梁宗岱的這些詩學觀念顯然是承自法國象徵主義詩學及其純詩理論。當然，梁宗岱並不是第一個引進這些詩學觀念的人，實際上，穆木天與王獨清一九二六年就在文章中表述過一些純詩理論的觀念，但是梁宗岱對象徵主義詩學與純詩理論的介紹無疑是最集中最成規模的，尤其是，他是第一個嘗試在中國傳統詩歌的語境中系統細緻地闡述這些詩學觀念的理論家。他不但繼周作人之後再次提出「象徵」與「興」有某種相似之處，而且更進一步用象徵詩學的觀念去解讀中國傳統詩歌的經典，從而使得象徵詩學與中國傳統詩學進入了對話與互讀的過程。正是在這個過程中，象徵詩學的形式觀念也得到了更加細緻具體與中國化的闡解。

但是，真正體現梁宗岱形式觀念的特色的，還是他的一系列有關「純詩」理論的闡述。

「純詩」與「偉大的詩」，是梁宗岱的詩歌批評中常見的兩個具有價值意味的名詞，它們顯然標示了兩個不同的詩學價值取向，在〈屈原〉中，梁宗岱就明確地認為，以純詩的觀點來看，〈九歌〉的造詣不獨「超前絕後」，而且超過了〈離騷〉，但是，〈離騷〉卻是中國詩史乃至世界詩史上最偉大的詩之一，「因為一首詩，要達到偉大的境界，不獨要有最優美的情緒和最完美最純粹的表現，還得要有更

---

27 梁宗岱：〈試論直覺與表現〉，《梁宗岱文集》（北京市：中央編譯出版社，2003年），卷2，頁342。

廣博更繁複更深刻的內容。一首偉大的詩，換句話說，必定要印有作者對於人性的深澈的了解，對於人類景況的博大的同情，和一種要把這世界從萬劫中救回來的浩蕩的意志，或一種對於那可以堅定和提高我們和這溷濁的塵世底關係，撫慰或激勵我們在裡面生活的真理的啟示，——並且，這一切，都得化煉到極純和極精。」[28]所以，可以認為，梁宗岱一直歎賞有加的歌德的〈浮士德〉、陳子昂〈登幽州臺歌〉等作品，雖屬「偉大的詩」，卻不能算是純詩。當然，按照梁宗岱的看法，他們的詩，與〈九歌〉、〈離騷〉一樣，都屬上乘之作，是「象徵的詩」。

但是，「純詩」與「象徵主義」之間是什麼關係？應該說，這是兩個很容易混淆、糾纏不清的概念，必須承認，梁宗岱關於「純詩」的論述也容易使人混淆，另一方面，事實上，作為象徵主義詩人的詩學追求，這兩個範疇之間本來就有千絲萬縷的聯繫。

梁宗岱在〈談詩〉一文中說：「所謂純詩，便是摒除一切客觀的寫景，敘事，說理以至感傷的情調，而純粹憑藉那構成它底形體的原素以喚起我們感官與想像底感應，而超度我們底靈魂到一種神遊物表的光明極樂的境域。像音樂一樣，它自己成為一個絕對獨立，絕對自由，比現世更純粹，更不朽的宇宙；它本身底音韻和色彩底密切混合便是它底固有的存在理由。」他又說「這並非說詩中沒有情緒和觀念；詩人在這方面的修養且得比平常深一層。因為它得化煉到與音韻色彩不能分辨的程度。」[29]

「暗示」、意義與「外形」的合一，乃至含蓄與無限等等所謂「純詩」的特徵或條件，都與「象徵主義」幾乎毫無二致。可以說「純詩」概念幾乎涵有了「象徵主義」的所有內涵，所不同的是，

---

28 梁宗岱：〈屈原〉，《梁宗岱文集》（北京市：中央編譯出版社，2003年），卷2，頁232。

29 梁宗岱：〈談詩〉，《梁宗岱文集》（北京市：中央編譯出版社，2003年），卷2，頁87。

「純詩」的立足點主要是語言形式——音韻與色彩，或者說，是象徵詩歌在語言層面上的一種追求與表現。梁宗岱自己的論斷也透露出這點信息：他說過，「狹義的」象徵「應用於作品底整體」，而「廣義的象徵連代表聲音的字也包括在內」。[30]這不是說明「純詩」正是「廣義的象徵」的一部分嗎？——字與聲音層面的那個部分。我們也許可以這樣說：「純詩」的觀念是一種減法，減去詩歌中構成內容層面的那些因素，而只剩下字與聲音等純形式層面的因素；而「偉大的詩」則是加法，它對於內容要素顯然更為重視，但是這並不意味著梁宗岱又回到了「內容—形式」二元論上去了，因為，作為詩歌，偉大的內容要素仍然必須要「化煉」到詩的整體形式之中，從這個意義上說，對「偉大的詩」的形式鍛造方面的要求是更高而不是降低了。正是因此，梁宗岱認為，作為屈原走向成熟的〈離騷〉的過渡，〈九章〉雖然已有了許多表現在〈離騷〉中的思想與內容，但卻是「比較不成功的」，因為「要把這些頑固的雜質熔鑄為詩，就得有一個更高火候的洪爐，一個能夠化一切生澀和黯淡為和諧的聲色的更大想像力，一個使攝入詩裡的紛紜萬象都星羅棋佈一般各得其所的組織力或建築力。而〈九章〉裡的屈原顯然還沒有獲得這對於新材料的無上的駕御和控制。」[31]

至於「純詩」的觀念，反映的則是一種對於詩歌的音樂境界的追求——不是簡單地追求詩歌的音律與節奏，而是企圖「把詩提到音樂底純粹境界」[32]，也就是說，僅憑最單純的形式因素——聲調與音韻，就足以構成詩歌獨立的藝術世界，而未必需要寫景、說理、議論甚至

30 梁宗岱：〈象徵主義〉，《梁宗岱文集》（北京市：中央編譯出版社，2003年），卷2，頁62。

31 梁宗岱：〈屈原〉，《梁宗岱文集》（北京市：中央編譯出版社，2003年），卷2，頁225。

32 梁宗岱：〈保羅．梵樂希先生〉，《梁宗岱文集》（北京市：中央編譯出版社，2003年），卷2，頁20。

感情的渲染等等慣常被視為藝術作品不可缺少的內容因素的支持。

梁宗岱敢於如此持論，當然有其理論和藝術經驗的依恃。其中最重要的應該是波德萊爾的「契合」論。從波德萊爾的名作〈契合〉（*Correspondances*）之中，梁宗岱悟出了宇宙生命的和諧統一：「由這真理波特萊爾與十七世紀一位大哲學家萊賓尼滋遙遙握手，即是：『生存不過是一片大和諧』，宇宙間一切事物和現象，……其實只是無限之生底鏈上的每個圈兒，同一的脈搏和血液在裡面綿綿不絕地跳動和流通著。」[33]

而平常人蔽於一己的七情六欲，「忘記了我們只是無限之生底鏈上的一個圈兒，忘記了我們只是消逝的萬有中的一個象徵，只是大自然交響樂裡的一管一弦，甚或一個音波」[34]。只有在醉，夢或出神的狀態中，才能在形神兩忘的無我境界中瞥見這種宇宙的大和諧的境界。而上乘詩歌正是詩人在這種境界中的創作，並且也能夠使沉醉於它的人進入這種心凝神釋，天人合一，與萬化冥合的境界。

很顯然，這種哲理為象徵主義詩人、也為梁宗岱提供了一種藝術形而上學。在這種玄思之下，一個作品，一首詩，甚而一首詩的韻腳，都如同宇宙交響樂中的一個音符，它的奏響將使整個世界與之共鳴。在這種理解中，詩歌的形式因素就不再僅僅是作品內容的容器或畫框，而是一種有著無限深度的象徵符碼，它聯繫著的，是整個浩瀚的宇宙。可以說，梁宗岱為中國現代詩歌觀念引入了一種形式形而上學，它幾乎全面改寫了文學革命以來人們對於詩歌形式的理解。

於是一首詩的形成就具有了某種近乎於宇宙事件的意義：「一首好詩是種種精神和物質的景況和遭遇深切合作的結果。產生一首好詩

33 梁宗岱：〈象徵主義〉，《梁宗岱文集》（北京市：中央編譯出版社，2003年），卷2，頁70。

34 梁宗岱：〈象徵主義〉，《梁宗岱文集》（北京市：中央編譯出版社，2003年），卷2，頁71。

的條件不僅是外物所給的題材與機緣，內心所起的感應和努力。山風與海濤，夜氣與晨光，星座與讀物，良友的低談，路人的咳笑，以及一切至大與至微的動靜和聲息，無不冥冥中啟發那凝神握管的詩人的沉思，指引和催促他的情緒和意境開到那美滿圓融的微妙剎那；在那裡詩像一滴凝重，晶瑩，金色的蜜從筆端墜下來；在那裡飛躍的詩思要求不朽的形體而俯就重濁的文字，重濁的文字受了心靈的點化而升向飛躍的詩思，在那不可避免的聚然接觸處，迸出了燦爛的火花和鏗鏘的金聲！」[35]因此，一首好詩，既是詩人的整個人格的表現，也是整個宇宙奏出的音樂，或者說，是大宇宙的震顫經由詩人心靈的小宇宙發出的共鳴。正是基於這樣的理由，梁宗岱並不主張詩人刻意去表現所謂時代精神，而是認為：「如果詩是詩人全人格的表現，如果詩人底心靈不是一窪淤濁的死水，而是一泓有活水源頭的清泉，我不相信時代底天光雲影甚或那最恆定的星辰運行不多少被攝入他底詩中。」[36]

四　體味「形式」

形式的概念在梁宗岱這裡獲得了某種深度。但是梁宗岱的形式深度並不完全依靠這些形而上學的玄思，在很大程度上，更有賴於藝術經驗的佐證。

梁宗岱對詩歌的形式因素顯然有著極其敏銳的藝術感覺。他的心靈似乎慣於捕捉詩人每一個音節與韻腳的弦外之音。如他說李商隱的詩句「芙蓉池外有輕雷」，「『外』字簡直是『雷』字底先聲，我彷彿

---

35 梁宗岱：〈《一切的峰頂》序〉，《梁宗岱文集》（北京市：中央編譯出版社，2003年），卷3，頁49。

36 梁宗岱：〈試論直覺與表現〉，《梁宗岱文集》（北京市：中央編譯出版社，2003年），卷2，頁303。

聽見雷聲隱隱自遠而近。」[37]再如他說楚辭〈遠遊〉的開始：「悲時俗之迫厄兮，願輕舉而遠遊……」「帶著一種振盪的強烈開始上升」，「我們彷彿聽見一個大鳥開始飛翔時神秘的拍翼」[38]……等等，都顯示出他對詩歌形式尤其是音律有著一種超乎常人的領會與感受。

這種藝術體驗使他相信，上乘詩歌的音律形式不僅僅只是一種外飾，它同樣也構成了一種深度的意義，或者說，它是某種比理智的意義更加複雜微妙的心理感受或境界之象徵，梁宗岱感到，語言的聲音與意義之間有著某種微妙的聯繫：像「淅瀝」、「澎湃」一類像聲詞以及根據物聲成立的名詞如溪，河，江，海等，聲音與意義間本來就有內在的聯繫。而大量語辭的字音本身與意義原不相聯屬，不過因為習用久了，人們就在心理感覺上將字音與意義聯為一體，而這種基於心理的音義聯繫對於詩歌的理解和欣賞具有重要的意義。在一句詩或一首詩中，語辭文字的有機音義結構形成了比單個字詞更加複雜強大的聯想暗示功能，詩歌就是憑藉這種音義聯想功能激發人們的心境與感受，牽涉的聯想愈豐富，喚起的感應愈繁複，涵義也愈深湛而意味愈雋永。所以說，「一個大詩人底絕技，便在運用幾個音義本無關係的字，造成一句富於暗示的詞氣湊拍，音義渾成的詩。」這也就是馬拉美所謂的「一句詩是由幾個字組成的一個新字」的真正涵義。[39]

基於此，梁宗岱相信，無論是中國古典的詩歌格律形式，還是西方詩歌的音律形式，都具有一種心靈的深度。瓦萊里與他本人的創作經驗似乎也證實了這一點：「無論你所要寫的是莊嚴的思想或輕倩的情緒，是歡樂的高歌或悲痛底沉默，第一步走近表現的關鍵就是找到

37 梁宗岱：〈論詩〉，《梁宗岱文集》（北京市：中央編譯出版社，2003年），卷2，頁41。

38 梁宗岱：〈屈原〉，《梁宗岱文集》（北京市：中央編譯出版社，2003年），卷2，頁246。

39 梁宗岱：〈論詩〉，《梁宗岱文集》（北京市：中央編譯出版社，2003年），卷2，頁40注1。

一套恰當的韻。我曾經僥倖得窺見歐洲許多大詩人底稿本或未完稿，大抵先把韻腳排好，然後把整句底意思填上去。」[40]而他自己因古人詞作音節的煽惑而依律填詞創作《蘆笛風》詞集的經驗也使他頓悟，在中國古代詩人那裡常見的的步韻詩或依律填詞的創作並非完全是文字遊戲，因為這些格律形式實際上構成了一種潛在的情調的模型，依照著它們的引導，詩人可以很方便地將自己的心靈生活內容塑造成為一個恰當的外在表現形式。

因此，梁宗岱認為，無論是詩歌的格律規範還是詩人在靈感中得到的一句或兩句音義諧和的神來之筆，其功能都在於提供一種能夠召喚整個藝術造型的形式胚胎，它們都「等於在琴鍵上彈出一個圓融的樂音在我們潛意識界所掀起的一互相應和的音波或旋律，立刻在我們想像底眼前樹立一個理想的潛在的和諧或模型。韻腳就是幫助我們把捉這些飄忽的音波底尖端的。為凝定或實現這潛在的和諧未實現的寶貴部分，想像憑了它那塑造的意志將不惜上天下地去搜求……那長短，音節，色調和涵義都恰到好處，都湊泊無間的意象和字句。」[41]可以說，詩人鍛造的韻律形式，正對應於詩人靈魂深處的「韻律的潛在標本」，詩歌的寫作，就是傾聽並解放出人的靈魂裡的音樂。當詩人心中的旋律隱秘地響起時，他的生命將像洪鐘一樣與整個宇宙一起鳴響。

五　「走內線」的批評

在梁宗岱的藝術觀念中，作品形式是讀者直接面對的第一現實，

---

40 梁宗岱：〈試論直覺與表現〉，《梁宗岱文集》（北京市：中央編譯出版社，2003年），卷2，頁300。

41 梁宗岱：〈試論直覺與表現〉，《梁宗岱文集》（北京市：中央編譯出版社，2003年），卷2，頁343。

這其中蘊含著一種深度內容，無論是呈現給讀者的作品的形式整體，還是這其中的字、詞、韻律等局部形式因素，從大處說，凝縮了整個世界、乃至整個宇宙的律動，從小處說，則是作者心靈世界的某種象徵。在這樣的形式觀念的背景下，梁宗岱提領出一條獨特的文學批評路線。

梁宗岱對於西方近代文藝批評的路數顯然頗有了解。他在為第一屆詩人節而作的《屈原》一書的自序中說：「文藝的欣賞和批評或許有兩條路」，一條是他稱之為「走外線的」，即現在一般所說的「外部研究」，但是為梁宗岱深惡痛絕的是，中國現代學者對於這種批評方法的誤用與扭曲，已使之偏離了文藝批評的正當方向。他不無憤激地說：「缺乏泰納底敏銳的直覺，深厚的修養，廣博的學識，這批評方法間接傳入我國遂淪為一種以科學方法自命的煩瑣的考證。二十年來的文壇甚或一般學術界差不多全給這種考證所壟斷。試打開一部文學史，詩史，或詩人評傳，至少十之七的篇幅專為繁徵博引以證明某作家的存在與否，某些作品之真偽和先後，十之二則為所援引的原作和一些不相干的詩句所占，而直接和作品底藝術價值有關的不及十之一，——更無論揭發那些偉大作品的最內在的，最深沉的意義了。」[42]

必須注意的是，與朱光潛等其他「京派」批評家一樣，梁宗岱並不完全否定這種考證或外部研究的價值，而認為這種方法確可為「初學的人開許多方便之門」，但同時更認為這只是「理解的初步」，而並非「欣賞和批評底終點」，如果僅僅以此為足，「便是站在一個偉大作家或一件偉大作品之前，不獨不求所以登堂入室，連開戶底方向也沒有認清楚，而只在四周兜圈子」[43]。

針對這種「走外線」批評的末流弊端，梁宗岱自己選擇了一條

42 梁宗岱：〈屈原〉，《梁宗岱文集》（北京市：中央編譯出版社，2003年），卷2，頁207-208。

43 梁宗岱：〈屈原〉，《梁宗岱文集》（北京市：中央編譯出版社，2003年），卷2，頁208。

「走內線」的批評之路。他滿懷銳氣與自信，斷言「真正的理解和欣賞只有直接叩作品之門，以期直達它底堂奧」[44]，至於作者的生平與時代，則大可不必深究。很顯然，梁宗岱的批評觀念是一種「作品中心論」的觀念，在他看來，決定作家成為作家的不在於他底生平和事蹟，而在於作品，或者說，以他這樣一個文學批評者的眼光看來，與其說作家創造了作品，不如說是作品使作家的生活具有了價值。而對於作品來說，其成功的首要條件是「自立和自足」，具體的說，就是能夠相對獨立於其他一切外在因素——如作者的身世環境等，而僅憑自身的藝術魅力「在適當的讀者心裡引起相當的感應」。[45]

梁宗岱的這一作品中心論初看起來與「新批評」的「意圖謬見」論頗有共通之處：都強調作品自身的獨立自足性，但是實際上，梁宗岱的觀點與「新批評」有相當大的區別，梁氏雖然不以外部因素作為理解作品的決定性前提，但卻並不將前者與後者完全割離，相反地，他甚至更乾脆將前者重新包涵於後者之中，他認為「它（作品）應該是作者底心靈和個性那麼完全的寫照，他所處的時代和社會那麼忠實的反映，以致一個敏銳的讀者不獨可以從那裡面認識作者底人格，態度，和信仰，並且可以重織他底靈魂活動底過程和背景——如其不是外在生活的痕跡。」[46]由此看來，梁宗岱的作品中心論的前提實際上是建立在對於「現實——作者——作品——讀者」這一連環鏈條關係的極度信任的基礎之上的，正是基於這一信任，他才敢於斷然放開這一鏈條的其他環節，而僅僅以抓住作品這一中心環節為全面實現批評目的的唯一手段。

在梁宗岱看來，上乘詩作，是詩人的心靈乃至整個宇宙的象徵，只要讀者與批評家的心靈與精神達到足夠的高度，一定能從作品本身

---

44 梁宗岱：〈屈原〉，《梁宗岱文集》（北京市：中央編譯出版社，2003年），卷2，頁208。

45 梁宗岱：〈屈原〉，《梁宗岱文集》（北京市：中央編譯出版社，2003年），卷2，頁209。

46 梁宗岱：〈屈原〉，《梁宗岱文集》（北京市：中央編譯出版社，2003年），卷2，頁209。

透視出作家心靈的世界。他在他唯一的實用批評專著《屈原》的序中寫道：「每個偉大的創造者本身都是一個有機的整體，帶著它特殊的疆界和重心，真正而且唯一有效的批評，或者就是摒除一切生硬空洞的公式（這在今日文壇是那麼流行和時髦），不斷努力去從作品本身直接辨認，把捉，和揣摹每個大詩人或大作家所顯示的個別的完整一貫的靈像——這靈像底完整一貫程度將隨你視域底廣博和深遠而增大。」[47]

我們發現，讀者視域在梁宗岱那裡具有相當重要的意義，批評家從作品中獲得對於作者心靈的了解，而這了解的深淺廣狹，是取決於批評家自己的視域的深度與廣度，換句話說，理解作品、了解作者的過程也就是發現自我、認識自我的過程：「文藝底欣賞是讀者與作者間精神底交流與密契：讀者底靈魂自鑒於作者靈魂底鏡裡。」[48]而這種自我發現的過程，實際上受制於讀者與作品之間構成的共同視域。就在倡言「走內線」的《屈原》的自序之前，梁宗岱顯然有意引用了一段雪萊的〈詩辨〉作為題記：「一切上乘的詩都是無限的。一重又一重的幕盡可以被揭開了，它底真諦最內在的赤裸的美卻永不能暴露出來。一首偉大的詩就是一個永遠洋溢著智慧與歡欣的泉：一個人和一個時代既汲盡了他們底特殊關係所容許他們分受的它那神聖的流瀉之後，另一個然後又另一個將繼續下去，新的關係永遠發展著，一個不能預見也未經想像的歡欣底源頭。」[49]正是因為作品無限豐富的內蘊向讀者敞開多少取決於這種不斷更新的「特殊關係」，梁宗岱尤其強調閱讀過程中讀者自身的努力與自我提升：「正如許多物質或天體的現象只在顯微鏡或望遠鏡審視下才顯露：最高，因而最深微的精神

47 梁宗岱：〈屈原〉，《梁宗岱文集》（北京市：中央編譯出版社，2003年），卷2，頁210。
48 梁宗岱：〈談詩〉，《梁宗岱文集》（北京市：中央編譯出版社，2003年），卷2，頁88。
49 梁宗岱：〈屈原〉，《梁宗岱文集》（北京市：中央編譯出版社，2003年），卷2，頁207。

活動也需要我們意識底更大的努力與集中才能發現。」[50]

梁宗岱希望批評家開啟心靈之門，運用想像力，「從作品所展示的詩人心靈底演變，藝術的進展」[51]——也即從創造的過程，去領會詩人給我們的啟示。梁宗岱對想像力十分重視，他認為，如果在藝術家的心靈中，「情感或感覺的生活是資本家，想像所擔任的職務就是工程師」，擁有對創造藝術至關重要的「形式的感覺」與「塑造的意志」[52]。梁宗岱認為，批評也必須動用想像力，「這是了解和享受這些想像的創造的唯一辦法」[53]。因此，批評就是以心靈接近心靈，以想像重構想像的工作，究其實質，也就是讀者以自己的「形式感覺」與作品的形式相洽合，並以此為契機尋繹自己與作者的精神契合的過程。正是在這個意義上，梁宗岱說他的《屈原》就是自己的心靈和屈原心靈直接交流所激出的浪花。

梁宗岱的《屈原》評論不得不（或者是有意）要與當時學術界否定屈原的存在的疑古思潮相論爭，尤其是胡適在〈讀楚辭〉一文中提出「屈原是『箭垛式』的人物」[54]，認為屈原只是傳說中的人物，他的所有作品都是附會上去的，這更是令梁宗岱感到憤怒。他認為，這種愚昧的「文化破壞主義」，只是拾人餘唾而已，因為歐洲曾有人企圖否認荷馬，否認莎士比亞，我國文化界便有人步其後塵，否認屈原及其作品，梁宗岱認為其動機無非出於兩種心理，「說得含蓄一點，就是他們的確因為自己人格太渺小，太枯瘠，不能擬想這些詩人底偉大與豐饒，因而懷疑他們底存在；說得露骨些呢，就是『好立異以為

50 梁宗岱：〈談詩〉，《梁宗岱文集》（北京市：中央編譯出版社，2003年），卷2，頁89。

51 梁宗岱：〈屈原〉，《梁宗岱文集》（北京市：中央編譯出版社，2003年），卷2，頁210。

52 梁宗岱：〈試論直覺與表現〉，《梁宗岱文集》（北京市：中央編譯出版社，2003年），卷2，頁338。

53 梁宗岱：〈屈原〉，《梁宗岱文集》（北京市：中央編譯出版社，2003年），卷2，頁210。

54 胡適：〈讀楚辭〉，《胡適文存》二集（合肥市：黃山書社，1996年），頁66。

高』，希望哄動視聽，在學術界騙一地位。」[55]應該說，梁宗岱對於「屈原否定論」的反感與抨擊，更多地是出於個人對於屈原的感情和一種民族文化的自尊心，並不是建立在對於屈原及其作品的歷史考證的基礎上的，可以說，有關屈原的古史記載——屈原的生平及其全部作品的寫作背景——是梁宗岱不容置疑的大前提（雖然在細節上有所出入），他的全部「與屈原的心靈交流」都以此為基礎，在很大程度上是在他的詩性想像中完成的。這在疑古論者們看來難免粗疏武斷，但是，在梁宗岱看來，在文學史權威手裡變得東鱗西爪，支離破碎的這些作品（託名屈原或確為屈原所作的），在自己的想像與情感之光的照射下卻「顯得一貫而且完整」[56]。因此，梁宗岱的批評可能不是一種歷史的復原，但卻是一種詩學意義的批評，儘管它有可能因為大前提被證偽而喪失歷史信度，然而，關於屈原的考證至今（也許永遠）未能得出一個確定無疑的結論，如果說古史的記載充滿了迷誤，現代的考證又何嘗不可能陷入執誤呢？

因此，可以認為，梁宗岱對屈原形象的構築，很難說比胡適們的考證或懷疑更遠離事實。而作為批評，無論如何都以某種類型的作者（無論是真實的、抽象的或是想像的）為前提，其實質是為了確定作品的整一性。在古史的影響下，「屈原作品群」一直作為一個整體被閱讀，這對於塑造整個民族的心靈與藝術理解力確實產生過不可忽視的影響，可以說，這種閱讀方式已經構成了一個闡釋框架，關於屈原的傳說以及與此相關的對世界與歷史的理解方式、情感方式已經融入了民族的文化心理之中，並構成了整個民族面對文學——至少是面對楚辭作品群——的「形式感覺」的一部分了。從這個角度看來，梁宗岱的做法並非沒有道理。即使梁宗岱批評的前提尚可爭論，但他在

---

55 梁宗岱：〈談詩〉，《梁宗岱文集》（北京市：中央編譯出版社，2003年），卷2，頁91。

56 梁宗岱：〈屈原〉，《梁宗岱文集》（北京市：中央編譯出版社，2003年），卷2，頁210。

「屈原」心靈（也許是一個文化集體的心靈）中的旅行確實為我們帶來了一些啟人靈府的解讀。這對於重塑整個民族的詩心也已經不無小補了。尤其是，梁宗岱的批評路線提示我們，讀者的「形式感覺」及其所塑造的作品形式含有一個與文化史、民族情感史相關的文化層面的深度內涵，每一次閱讀，都是向這一文化深度內涵的潛入，同時又是對這一文化深度內涵的豐富與重寫，作品意蘊向未來的無限開放正是基於一代代讀者閱讀的沉積疊加。

梁宗岱意識到，疑古派否定屈原的論點也有一個作為作品形式整一性的承諾的作者的概念為背景：屈原之所以被剝奪他大部分作品的著作權，主要是這些作品形式之間有太多的差異。梁宗岱認為，這完全建立在這種假設之上：「藝術底創造既完全受外力的支配，心靈底活動也只是單方面的。」因此，一個作家的心態，思想與技巧的發展，完全是直線的，「沒有紆回，沒有起伏，沒有躊躇，更別說紛亂和變化，矛盾和衝突了。」梁宗岱打破了這種單向度的整一性觀念，而代之以更有現代意味的多面複雜的整一性觀念，而這一替換又在很大程度上以他自己對於「幽暗、浮動、變幻多端的心靈」的體驗為基礎[57]。

《屈原》評論根據屈原的作品群，構築了一個屈原心靈的生活史，並顯示了屈原的情感、生命體驗與詩歌體裁形式之間的互動關係，其中大量讀解與感受保留了梁宗岱特有的細膩玄秘的特點。正如李長之所說，「這部書是美極了，簡直美得過了火」[58]，足以令人愛不釋手，再三展讀玩味。

梁宗岱的藝術感受力在〈保羅．梵樂希先生〉等早期篇章中就已

57 見梁宗岱：〈屈原〉，《梁宗岱文集》（北京市：中央編譯出版社，2003年），卷2，頁213-214。

58 李長之：〈梁宗岱《屈原》〉，《李長之文集》（石家莊市：河北教育出版社，2006年），卷3，頁212。

充分地展露出來了，例如他說：「馬拉美底模糊，恍惚，晝夢一般的迷離，正是梵樂希底分明，玲瓏，靜夜鐘聲一般的清澈。前者底銀浪起伏，雪花亂濺，正是後者底安平靜謐的清流，沒有耀眼的閃爍，只有瀲斂的綃紋。前者底是霜月下的雪景，雪景上的天鵝底一片素白空明，後者底空明中細認去卻有些生物飛騰，雖然這些生物素白得和背景幾不能分辨……」[59]即令是沒有讀過馬拉美和瓦萊里原詩的讀者也會為這種精微空靈的意境描寫而心馳神往。這種對詩歌藝術風格的感受與描述能力在〈屈原〉中不僅僅得到了保留和發揮，而且有所發展。

從自己的感悟與體驗出發，梁宗岱認為〈九歌〉是屈原年輕時的作品，而不是放逐之後的創作。因為「在〈九歌〉裡流動著的正是一個朦朧的青春的夢」，在這裡，沒有思想，也沒有經驗，「一切都是摯愛，悵望，太息和激昂——就是悲哀，也只是輕煙似的，青春的悲哀。」梁宗岱指出，為了傳達這一切，詩人為自己創造了一種「溫婉，雋逸，秀勁的詩體」。他指出，正是由於這種詩體的緣故，「從純詩的觀點而言，〈九歌〉底造詣，不獨超前絕後，並且超過屈原自己的〈離騷〉。」[60]

至於〈天問〉，梁宗岱認為是屈原剛受放逐之後的作品，而非如有人認為的那樣是暮年所作。因為「從心理底觀點，或者較準確點，從情感底觀點而言，則反應最猛烈的是最初受打擊的時候，正如水初出峽時怒濤洶湧，雪花亂濺，到了水勢愈深便漸漸平靜下來一樣。」[61]

與此相應，〈天問〉的體裁正與屈原此時的憤激噴勃的情感相符。梁宗岱指出：「〈天問〉的體裁如果不是世界詩史上最偉大的，至

59 梁宗岱：〈保羅．梵樂希先生〉，《梁宗岱文集》（北京市：中央編譯出版社，2003年），卷2，頁20-21。

60 見梁宗岱：〈屈原〉，《梁宗岱文集》（北京市：中央編譯出版社，2003年），卷2，頁218-219。

61 梁宗岱：〈屈原〉，《梁宗岱文集》（北京市：中央編譯出版社，2003年），卷2，頁222。

少也是最特出最富於獨創性的：二百個疑問蟬聯而下，卻並不單調，錯綜變化，卻又並非無條理可尋。因為誰能一眼看清楚一個怒湧的噴泉水花，誰又能否認其中的條理呢？」[62]

這些對詩體形式的描述手段顯然較為接近於傳統的直覺印象式的路子，儘管足以令人擊節歎賞，但畢竟像有些人所說的，是寫給「利根人」看的，對於資質稍為魯鈍的平常人，恐怕顯得有些淩虛蹈空了些（也許正是因此，梁實秋批評他不明白清楚），離崇尚分析與實證的科學方法也確有些距離，但是我們看到，在〈屈原〉中，梁宗岱的詩體描述手段向分析與實證的方向上有了可貴的發展。

首先是，與上述對詩體的審美面貌作整體的印象式描寫不同，在這裡出現了對詩體形式的某個層面的描述。例如，梁宗岱認為，屈原被逐後寫了〈九章〉，「跟著他底悲慘命運而來的是對於宇宙，人生和自我的更廣更深的認識。取材的範圍擴大了，內容豐富複雜起來了，連情感底本質也沉重錯綜得多了。」而為適應意境上的拓展，屈原創造出了一種不同於〈九歌〉的「較富於彈性和跌盪」的詩行。尤其是，梁宗岱發現，在〈悲回風〉中，屈原以「連翩不絕的雙聲」、「平排或交錯的諧音和疊調」造成了一種「特異的音節」，「一種飄風似的嗚咽，有如交響樂裡那忽隱忽現卻無時不在的基調，籠罩或陪伴著全篇」。[63]

更難得的是，梁宗岱對於詩體的表達效果的分析有時已細緻到了具體的字的層面。例如梁宗岱分析了〈涉江〉、〈抽思〉和〈懷沙〉等三篇的結尾，發現在「亂曰」之後，詩人激烈衝動的情緒漸漸平息，而走向一種堅定與決心，這時候，詩人使用了一種新的較短的詩行，如：

---

62 梁宗岱：〈屈原〉，《梁宗岱文集》（北京市：中央編譯出版社，2003年），卷2，頁222。

63 見梁宗岱：〈屈原〉，《梁宗岱文集》（北京市：中央編譯出版社，2003年），卷2，頁226-227。

定心廣志，
余何畏懼兮！
知死不可讓，
願勿愛兮！

梁宗岱發現，在這種詩行中，「兮」字由常見的位於句中而移到了句末──由於這個「兮」字的移位，決定性地改變了整個詩行的表達風格，「這詩行沒有其他詩行底搖曳和蕩漾，沒有那麼婉轉感慨；卻增加了明確和堅定，比較宜於表達沉著寧靜的沉思」。[64]

可以說，與「五四」一代對形式理解不同，形式在梁宗岱這裡重新獲得了一種深度，它不再僅僅是內容的外飾與容器，而是凝定詩意與審美情感的靈符，即使在最簡單的形式因素的後面，也聯結著人的情感與生命，聯結著人對於歷史與宇宙的感悟。通過這一詩歌形式意識的深度重建，梁宗岱力圖使中國現代詩歌的創作從對詩歌的構成質料──內容的追求回到對詩歌本體的塑造上來，從而為中國現代詩歌的成熟奠定一個堅實的審美觀念與詩歌觀念的基礎，由於歷史的原因，中國現代詩歌的這一工程仍遠未完成，因而梁宗岱的開拓和建設就更加彌足珍貴。

64 梁宗岱：〈屈原〉，《梁宗岱文集》（北京市：中央編譯出版社，2003年），卷2，頁228。

第七章
李長之：重塑情感文化

在中國現代文學史上，像李長之這樣富有個性與卓見，並且對於文藝批評事業如此全身心投入的批評家，確實並不多見。可以說，他是當代最為多產的學者和批評家之一，一九三五年，二十五歲的李長之發表了我國第一部系統評論魯迅的專著，從此奠定了他作為著名青年批評家的地位，至一九五六年，他才四十六歲，卻已出版了近三十種著作和譯著，所撰寫的單篇文章也在百萬字以上。

李長之對文藝批評的認識含有濃郁的個性色彩。在他看來，批評工作需要批評家的血性與學理共同支撐與推動，因此，他一方面大力提倡「批評精神」，另一方面又著力於探索「文藝科學」的建設，在他的理解當中，情感體驗構成了文學的生命根基，也構成文學批評的根基。正是基於這一理解，他將文學與文學批評視為重塑民族的情感文化的一種途徑，對之寄予了深厚的期待與熱情，因而在具體的批評實踐中，他始終貫徹著一種「感情的批評主義」，推崇「感情的智慧」，努力以批評家自我的審美情感去與擁抱與化合批評對象的情感世界，並以讀取超越了具體內容的「感情的型」為批評的最高目標。這種種理解都使得李長之的批評理論與批評實踐獨具特色，在中國現代文學批評史上寫下了濃重的一筆。

一　批評精神

李長之對於自己作為批評家的素質是頗為自信的，一九三四年，年方二十四歲的李長之在一篇文章中作了這樣的自我表白：「照我個人的天性和習慣，我是十分自信的，尤其自信有認識人的能力。這與我在批評書本上的作家時所有的是同樣的自信……我能銳利的，而正確的窺出一件事的最要緊的意義。在思想上，我覺得我能抓住要點，在人物上，我覺得我能抓住人的性格的根本。」[1]

對自己的識力有這樣的自負和自信，對一個年輕人來說，自然是要剖判是非，愛憎分明，絕不能和光同塵以混俗了，李長之的性格，按照他自己說的，是「幾乎有著水至清則無魚的光景」[2]，「對什麼事都求清楚」，「在既清楚之後」，便不禁自己「強烈的愛憎的感情。」[3]

因此，批評的意識與欲望對於李長之來說，幾乎是一種自然的天性，對作品進行褒貶，是他發自內心的一種衝動：「凡碰到好作品，我是常有這樣的感覺，天地間竟有這麼好的作品麼？太好了，非表彰那好的不可！反之，壞作品，便覺得毫不能忍耐了，這就非痛罵不可，非批評不可，這是我的所以批評。」[4]這種遏止不住的批評的衝動，就是李長之所時時提倡的「批評精神」。

所謂「批評精神」，明確地說，「就是正義感；就是對是非不能模糊，不能放過的判斷力和追根究底性；就是對美好的事物，有一種深入的了解要求並欲其普遍於人人的宣揚熱誠；反之，對於邪惡，卻又不能容忍，必須用萬鈞之力，擊毀之；他的表現，是坦白，是直爽，是剛健，是篤定，是勇猛，是決斷，是簡明，是豐富的生命力；他自

1 李長之：〈楊丙辰先生論〉，《李長之文集》（石家莊市：河北教育出版社，2006年），卷3，頁120。

2 李長之：〈楊丙辰先生論〉，《李長之文集》（石家莊市：河北教育出版社，2006年），卷3，頁128。

3 李長之：〈楊丙辰先生論〉，《李長之文集》（石家莊市：河北教育出版社，2006年），卷3，頁121。

4 李長之：〈批評家為什麼要批評？〉，《李長之文集》（石家莊市：河北教育出版社，2006年），卷3，頁27。

己是有進無退地戰鬥著，也領導人有進無退地戰鬥著。」[5]這段話，說的是孟子，在李長之看來，孟子是「儒家中最富有批評精神的人」[6]，而從這些對孟子的描寫裡，我們分明可以看見李長之本人的面影與神情，可以說，「好辯」的孟子之所以受到「愛抬槓」的李長之那樣熱情的禮贊，這無疑與李長之自身的性格氣質有直接關係。

但是李長之對「批評精神」的重視和張揚，顯然並不僅僅因為自己性格使然，這其中更有他對於建設中國現代文藝批評的策略性思考。他認為，中國的文化傳統是有悖於「批評精神」的，因而不適於產生批評。這些消極的傳統是：思想上要求「定於一」的習慣，對於不同意見不能以學術上平等的態度進行理解與分析，而往往以政治鬥爭取代思想鬥爭，希圖借助政治權威來壓制不同立場的學派思想。李長之尖銳地指出：「中國的知識分子都有焚書坑儒的傾向的，只要那書不是自己一派的書，儒不是自己一派的儒。」他甚而不無偏激地認為：「秦始皇不過作了李斯的傀儡而已。」[7]

與此看似相反實則關聯的另一個極端，則是學術思想上的「模模糊糊」，一般人的處世哲學是「世故」，「油滑」，「渾渾噩噩」，怕得罪人，「惡狠狠的戰鬥性都用在思想以外的方式來戰勝論敵了」[8]。這就導致一種思想上的「奴性」：「屈服於權威，屈服於時代，屈服於欲望（例如虛榮和金錢），屈服於輿論，屈服於傳說，屈服於多數，屈服

---

5 李長之：〈批評家的孟軻〉，《李長之文集》（石家莊市：河北教育出版社，2006年），卷3，頁200。

6 李長之：〈產生批評文學的條件〉，《李長之文集》（石家莊市：河北教育出版社，2006年），卷3，頁155。

7 見李長之：〈產生批評文學的條件〉，《李長之文集》（石家莊市：河北教育出版社，2006年），卷3，頁154。

8 見李長之：〈產生批評文學的條件〉，《李長之文集》（石家莊市：河北教育出版社，2006年），卷3，頁154-155。

於成見（不論是得自他人，或自己創造）」[9]，這一切都是反批評的，因為，這種精神氛圍使人不敢反抗，慣於妥協，不願追求理性，追求真理，因而在學術與思想上也就缺乏深刻思考與分析的習慣與能力——而「不批評則已，批評當然要分析得鮮血淋漓」，「不但好壞要分明，就是好之中的壞，壞之中的好，也要分明」[10]，這就是李長之反覆倡言的「理智的硬性」。反之，心慈手軟，「腦筋永遠像豆腐渣一樣，一碰就碎」[11]，就根本不配談批評。

可以說，李長之的「批評精神」涵括了批評家的兩種基本素質，求真意志和理性精神，前者點燃人追求真理，分別是非的熱情，後者則指導人遵守思想學術領域的遊戲規則展開精神上的對話，前者使人勇於追求，勇於戰鬥，後者則將這種戰鬥定義為精神領域的理性批判，從而確保批評家的「精神界的戰士」的身分特質。

「批評精神」是批評家的基本素質，有時，在李長之看來也許是最重要的素質，但是僅僅憑著熱情與血性卻未必能夠成就一個高水準的大批評家，對這一點，李長之其實也是清醒的，這樣，就涉及到李長之對於批評的另一個層面的理解，即所謂文藝批評的科學性質。

二　體驗是一切藝術製作的母懷

李長之在〈文藝批評家要求什麼？〉一文中指出：「文藝批評是一種藝術，而也像一般的藝術所最需要的乃是天才。」這所謂的天才就是「灼見」和「審美能力」。「憑了灼見，他迅速的由第一印象即抓

9　李長之：〈產生批評文學的條件〉，《李長之文集》（石家莊市：河北教育出版社，2006年），卷3，頁155

10　李長之：〈產生批評文學的條件〉，《李長之文集》（石家莊市：河北教育出版社，2006年），卷3，頁154

11　李長之：〈文藝史學與文藝科學〉，《李長之文集》（石家莊市：河北教育出版社，2006年），卷3，頁144。

到作品的核心；憑了審美能力，他馬上嚐出作品的高下，這都非天才莫辦。」[12]而這種批評家的「天才」論並不導向一種逞才使氣、隨意發揮的批評態度，相反，李長之要求一種學術系統對這些「天才」能力的支撐：「為了運用他的天才，文藝批評家必須先把自己的工作建立在一個牢靠的基礎上，這就是必須費了廣大的精力以從事的文學科學。」[13]因此，總歸起來說，「文藝批評家乃是由科學以發揮自己的藝術天才，完成那種對得起作家的求真的工作。」[14]

對於李長之來說，批評所追求的不但是作品的「真相」，還有作品的「真價」。這是一個並不簡單的工程，李長之將之歸納為四個方面的問題：「（一）作者所要表達的是什麼？（二）作者已經表達的成功了沒有（是否如他原來要表達的目的以及有他所原來要發生的作用）？（三）作者何以表達這個而不表達別個？（四）作者所表達的是應當的麼？」[15]可以看出，這四個問題分別屬於文學釋義學、文學美學、作品發生學，以及作品倫理學等層面，同時可以認為，這是一個統括內部研究與外部研究，具有相當綜合性的研究構架。為了達成他的理論目標，李長之希望用多學科知識──哲學、美學、社會學、倫理學──去支持與填充這一研究構架，雖然他也說過這四種常識是同等重要，無所軒輊其間的，但是，另一方面，從實際上來看，專研究審美的美學似乎應該在其中占據一個中心的地位，僅以美與善兩種價值而言，美具有統攝與包容善的能力──「真正善者不必美」，而

---

12 見李長之：〈文藝批評家要求什麼？〉，《李長之文集》（石家莊市：河北教育出版社，2006年），卷3，頁29。

13 李長之：〈文藝批評家要求什麼？〉，《李長之文集》（石家莊市：河北教育出版社，2006年），卷3，頁29。

14 李長之：〈文藝批評家要求什麼？〉，《李長之文集》（石家莊市：河北教育出版社，2006年），卷3，頁31。

15 李長之：〈我對於「美學和文藝批評的關係」的看法〉，《李長之文集》（石家莊市：河北教育出版社，2006年），卷3，頁5。

「真正美者決不止於是美，而必善。」因為，「凡偉大作品之技巧成功者無不有其至佳之內容。」[16]

於是，我們看到，在李長之的文學研究框架中，美學——或者說對作品審美價值的審定，實際上占據了一個樞紐的地位，而這一地位的確立則又依賴於對文學作品內在構成方式的理解。

李長之也使用人們常用的「內容」與「形式」（李長之有時愛用「技巧」的概念，來代替「形式」的概念，其實是一樣的），甚至也常常採用諸如「內容決定形式」一類的通行的說法，但是他對這些命題卻有自己獨到的理解。

首先，李長之所謂的「內容」，是「表現在作品裡的作者之人格的本質」，這是在作品中「把層層外在的因素提煉過後的一點核心」[17]。例如：

「我們見到歌德的作品，就想到『作為』，見到席勒的作品，就想到『自由』，見到宏堡耳特的作品，就想到『人性』，見到屈原的作品，就想到『雖九死其猶未悔』，見到陶潛的作品，就想到『任真無所先』，在這裡，『作為』之於歌德，『自由』之於席勒，『人性』之於宏堡耳特，『雖九死其猶未悔』之於屈原，『任真無所先』之於陶潛，便是我所謂內容，因為這都是最內在的，和作者的精神的根本點不可分。」[18]

因此，所謂「內容」，其實就是作者表現於作品中的個人生命體驗的核心。我們看到，「體驗」，是李長之經常使用的一個概念，他無疑對這個概念有著自己的較為精深的把握，他在翻譯《文藝史學和文

---

16 見李長之：〈我對於「美學和文藝批評的關係」的看法〉，《李長之文集》（石家莊市：河北教育出版社，2006年），卷3，頁10。

17 李長之：〈論文藝作品之技巧原理〉，《李長之文集》（石家莊市：河北教育出版社，2006年），卷3，頁53。

18 李長之：〈論文藝作品之技巧原理〉，《李長之文集》（石家莊市：河北教育出版社，2006年），卷3，頁53。

藝科學》一書時加了三百多條總計六萬多字的注釋，而其中有一些條目是他自信「就目前國內出版物說，還沒有可以代替的」[19]得意之作，這其中就有「體驗」一詞。對於這個概念，李長之是這樣解釋的：「體驗一字，譯自 Erlebnis，這字在文藝科學上是一個專門名詞。意指可以構成文藝創作的一切強烈的情境，感覺，和事件。體驗之存在，自然需要藝術家的才能；但卻並不限於實有的『經驗』，即對於一種從未發生的情境之嚮往，也可稱為體驗。所以所謂一個詩人的體驗，不止其外在的生活過程而已。」[20]顯然，李長之所理解的體驗實指一種內在精神生活，即使是外在的生活經歷，也必須內化為詩人的精神經歷才能構成體驗。而作為李長之所謂「內容」的則是詩人生命體驗的深層因素。它或者是一種人生理想的追求，或者是一種情感趨向、一種人格氣質，所有這一切都與作者的生命體驗息息相關，既來自於體驗，又決定了他體驗生命的方式，規定了他的文學想像、語言表達等等一切的靈性。

而技巧（或者「形式」），則是一切用以表現這種「內容」的手段。李長之認為，技巧包括三個方面的因素：「風格」、「手法」和「結構」。李長之對這些概念的界定都很獨特：

「風格」關係於對藝術工具的運用，在文學上，則是作者對於語言文字的運用方式。當作家對語言文字的運用有了一種「特殊的統一色彩」時，就形成了某某風格。

「手法」則不是語言文字的問題了，而是說了些什麼，寫了些什麼的問題。而「結構」「卻是在大處一種穿插，連絡的問題了」。

打個比喻說，「風格」是蓋房子時的磚瓦如何排列的問題，手法

---

19 李長之：〈文藝史學與文藝科學・譯者序一〉，《李長之文集》（石家莊市：河北教育出版社，2006年），卷9，頁130。

20 〔德〕瑪爾霍茲撰，李長之譯：〈文藝史學與文藝科學〉，《李長之文集》（石家莊市：河北教育出版社，2006年），卷9，頁188注2。

則是選擇什麼樣的磚瓦的問題，「結構」則是房子的間架的設計問題，而建築師要表現一種什麼概念，就是「內容」問題了[21]。

可以認為，李長之的藝術觀是一種「表現論」的藝術觀。藝術的目的乃在於表現作者主觀人格的精神本質，也就是作者生命的深層體驗——無論這是一種理想追求還是一種生活態度，情感方式。而其餘一切，寫什麼和怎麼寫，都不過是一種藉以表現這一主體深層體驗的手段而已。他在《中國畫論體系及其批評》一書中也表達了類似的觀點：一切的藝術，都包括三方面的問題：主觀，即創作者的人格；對象，即藝術的取材；用具，即表現這種取材的手段。顯然，所謂「主觀」，就是作為前述的「內容」的因素，而「對象」與「用具」則分別關涉於「手法」和「風格」，屬於「形式」的範疇，李長之明確地認為，作為藝術品中所要表現的藝術家的人格的所謂「主觀」，是「藝術品的核心」，至於「對象」，「不過是一個手段」，「用具」就又是「手段之手段而已」，所以「都比較次要」。[22]

以主體為作品核心與本質，對世界的描摹，只是表現前者的手段而已，這無疑是一種「表現論」的藝術觀，事實上，李長之經常講到「真」，有時也講到「摹仿」，但並不是像一般意義上所說的那樣，將藝術作為客觀現實的反映與再現，而是指一種藝術的「似真性」，即創造出來的藝術世界給人一種真實感，如同從自然界中生長出來的一樣，符合自然的法則，有生命，如果說到「摹仿」的話，則藝術不是摹仿自然的創造物，而是摹仿自然的創造。

這種「表現論」的藝術觀與我們在浪漫主義者那裡經常看到的相似，都走向對情感的崇奉。如果說，李長之的「體驗」概念是來自狄

21 參見李長之：〈論文藝作品之技巧原理〉，《李長之文集》（石家莊市：河北教育出版社，2006年），卷3，頁54。

22 李長之：〈中國畫論體系及其批評〉，《李長之文集》（石家莊市：河北教育出版社，2006年），卷3，頁241。

爾泰一系的生命哲學的話，那麼，在這裡，我們就看到了李長之對於這一哲學概念的創造性讀解。狄爾泰說：「對生活的反思塑造了我們的生命體驗，它將許多（由衝動和感覺的東西在我們內部喚起的）細微事件統一成客觀的和普遍的知識。」[23]這樣看來，「體驗」概念的鑄造，就有「一種具有認識論性質的動機」，於是正如伽達默爾指出的，「體驗的概念所要表達的東西」，是一種「意義統一體」[24]。而在李長之那裡，他雖然並未絕對排斥「體驗」所涵括的「反思」、「意義」等傾向於認識論性質的內涵，但他確實大大強化了情感在這個概念中所占的比重，他認為「我們以自己的真實，和現實的人物的真實相印證，只有本諸感情而後可」[25]，也就是說，情感是體驗交流的方式。甚至是最具有「認識論性質的動機」的哲理詩的體驗，李長之也是這樣論述的：「宇宙間許多不可測度的神秘之感，我們只要由情感的會心，當然可以入詩。人事的體驗，由情感而大澈大悟，或者看到那種種深情幽趣，我們不能置懷，從而有『一語破的』的光景，當然更可以入詩。」[26]即如由體驗而獲得哲理意義，情感仍然在其中占據了舉足輕重的地位，其他類型文藝作品中的情況就更不待言了。李長之以他特有的一種激烈的語氣強調道：「真的文藝只有情感的！現實不是一方面，在我們的最真的情感中，就存有最真的現實，文藝而離開情感，全是魔道！」[27]

---

23 Wilhelm Dilthey: *Philosophy of existence: introduction to Weltanschauungslehre* (London: Vision, 1960), p .2.

24 〔德〕伽達默爾撰，洪漢鼎譯：《真理與方法》（上海市：上海譯文出版社，1999年），頁82。

25 李長之：〈論新詩的前途〉，《李長之文集》（石家莊市：河北教育出版社，2006年），卷3，頁92。

26 李長之：〈論新詩的前途〉，《李長之文集》（石家莊市：河北教育出版社，2006年），卷3，頁91。

27 李長之：〈論新詩的前途〉，《李長之文集》（石家莊市：河北教育出版社，2006年），卷3，頁91。

李長之如此推崇情感是有其現實針對性的。這主要就是當時文壇上以「反映現實」、「抓住時代」為號召的概念化的創作傾向，尤其是左翼作家中只問題材與主題而不計藝術效果的「標語口號」文學的傾向。這其中李長之特別點名批評了作著「專從表現現實與否以批評文藝」的工作的茅盾，認為「以代表時代潮流論，我承認其代表時代潮流，以真正文藝理論及文學建設論，我認為他這辦法極其不妥」，「最容易把青年導入這個虛偽的一途。」[28]當然這裡面還包括錢杏邨等早期的一批提倡「革命文學」的左翼理論家們，李長之指出，這批理論家們高倡的「抓住時代」是有具體特定的內涵的，這就是「在經濟制度的演進中，能夠把握現代正在進展的階段的便是抓住時代。說痛快了，便是必須指明將是無產階級的世界，才是抓住時代。他們要求，他們都說代一般讀者要求，在作品中必須說出金融資本主義如何崩潰，新興普羅利他利亞如何抬頭，這才免了時代錯誤的罪過，否則便是不識時代了」——李長之話鋒一轉，尖刻地指出：「其實是，那便是所謂不識時務了：也就是不識時髦了！」[29]

我們必須注意的是，李長之所反感與攻擊的並不是左翼作家們所企圖表現的題材與主題，對於正處於國際共產主義運動輻射影響下的中國社會與時代現實，並非左翼理論家的李長之的感受與理解並不亞於這些左翼作者，甚至，他對於左翼作家的立場與追求還懷著某種同情之理解。他在一九三二年的一篇文章中認為：「無產階級者的抬頭，這是沒有問題的，現經濟制度的崩潰，也是沒有問題的。偉大的時代的到來，這也是誰也有預感的。」然而他反對錢杏邨們在時代的名義下抹殺過去的文化，「不錯，舊的文化，被壓榨階級所褻瀆，已

28 李長之：〈論新詩的前途〉，《李長之文集》（石家莊市：河北教育出版社，2006年），卷3，頁91。

29 李長之：〈張資平戀愛小說的考察〉，《李長之文集》（石家莊市：河北教育出版社，2006年），卷2，頁288。

經失掉了部分尊嚴，然而我們並不能全盤的拒絕，所有我們應當致力的乃是選擇而已。」就如同資本主義者要吃飯，將來革命的無產者也一樣要吃飯，但是「人與人之間吃飯的關係，將有大大不同。」[30]對於無產階級文學藝術上比較粗糙的問題，他也並不像梁實秋等人那樣一味抹殺與否定，而是根據內容與技巧發展不平衡性原理認為，無產階級文學「因為是新內容，簡直是世界上全人類的新內容，所以技巧只好先落後些。」[31]

李長之所反對的，是缺乏情感體驗，而從理智——尤其是為個人私欲「打算盤」的「淺薄的理智」——出發的無病呻吟之作。他舉例說：「例如寫農村的破產吧，寫得叫苦連天，聲淚俱下，可是並不能一定成其為詩，因為倘若他確乎是情感的，而感到一幅愁慘的景象，這是詩，可說毫無問題的；倘若不然，他乃是認為文學應當表現現實，什麼是現實呢，於是就報紙上而耳食一些農村的破產的字樣，聯起來，而以為表現現實的文藝在於是矣，毫無文藝價值可言的。所以然者，前者的出發點是情感的，後者的出發點卻是淺薄的理智的。」[32]

因此，「感到」與否就成為文藝與非文藝的分水嶺，沒有真感情，無論本著人道主義或者左翼的立場描寫「撿煤球的女孩，拉車的車夫，推磨的老嫗」[33]，或是寫古典詩人經常吟詠的風花雪月，香草美人，都不成其為詩，不成其為文藝，有真感情，則無論是「看風景」或是「撿煤球」，都將是詩，甚至用說理的方式進行表達的，「人生不滿百，常懷千歲憂」，仍然是詩，是藝術。

---

30 見李長之：〈張資平戀愛小說的考察〉，《李長之文集》（石家莊市：河北教育出版社，2006年），卷2，頁288-289。

31 李長之：〈論文藝作品之技巧原理〉，《李長之文集》（石家莊市：河北教育出版社，2006年），卷3，頁60。

32 李長之：〈論新詩的前途〉，《李長之文集》（石家莊市：河北教育出版社，2006年），卷3，頁91。

33 李長之：〈論新詩的前途〉，《李長之文集》（石家莊市：河北教育出版社，2006年），卷3，頁92。

三　美育夢想與文化批判

李長之是自認「以文藝批評為專業」[34]的批評家，然而，他似乎並不滿足於做一個僅僅就文論文的文學批評家。文學批評，在他心目中似乎有超出於閱讀與品評之外的更廣闊宏大的價值追求。

在李長之看來，文學批評是整個文學研究即文學科學的一部分，是文藝美學的應用，而文學批評的應用，則是美育的一個方面——文學教育。美學或美育，則是李長之整個民族振興思路的依託與實踐手段：「美學上的原理，大而關係整個民族的世界觀，人生觀；小而關係各個國民的起居飲食。」[35]這樣一種信念與思路顯然受之於德國古典哲學與美學（尤其是宏保耳特、席勒等人的「美感教育」的思想），以及蔡元培「以美育代宗教」主張的雙重影響。我們看到，李長之以「審美教育」鑄造新人類的信念是如此的熱切，以至帶有幾分狂熱：「在美學裡，讓你知道內容與形式之一致，抽象與具體之相符，肉體與靈魂不可分，有限與無限之綜合為一；在美學裡，讓你知道理智與情感之如何調和，神性與獸性之如何各得其所，社會與個人的衝突之如何得到公平的解決；在美學裡，讓你知道應如何賦予生命力以優美之形式，人在生活中當如何入乎其中而又出乎其外，當如何積極而不執著，失敗而不頹喪，並如何無時無地而不遊刃有餘；在美學裡，更讓你知道如何就人類的偉大成就——藝術——中而得到互相認識，互相信賴，由心靈深處的互相交流而人類之真正福利與真正和平乃自天國而降在地上。這其中藝術的原理也就是人生的原理，美的極致也就是善的極致，現在理論的極峰也就是將來人類在建造新社會

---

34 李長之：〈批評家為什麼要批評？〉，《李長之文集》（石家莊市：河北教育出版社，2006年），卷3，頁27。

35 李長之：〈釋美育並論及中國美育之今昔及其未來〉，《李長之文集》（石家莊市：河北教育出版社，2006年），卷3，頁164。

時實踐的極峰。」[36]從這樣熱情洋溢的近乎宣教的語言中，我們不難體會美學在李長之心目中的地位，同時也依稀可以猜測，他希圖由審美教育而鑄造的國民與文化應是怎樣的一種面貌。

文化與藝術對於文學批評家李長之來說，幾乎是等值的：「我不知道人類歷史假若抽掉了文化還有什麼，我不知道文化史中假若抽掉了表現人類最崇高最內在的精神的文藝以外還有精華抑是糟粕。」[37]將文化和藝術互相重合起來，就使得藝術是文化精神的載體，談論藝術就是談論文化，談論文化也就必須談論藝術。而文化則是人類整合世界、整合自己生命活動的方式，正是在這個意義上，李長之才對美學寄託了如此厚重的希望。

二元分立模式是李長之基本的思維模式，在這個思維框架之下，李長之展開了他的文化—藝術形態論批評。

李長之認為，人性是二元的：「一方面是不安於現實，要從現實裡飛走，一方面卻是知道必須屈服於現實，於是和現實握手而妥協。前者是情感的，後者是理智的。」[38]而人則根據自己的生存境遇來選擇對待世界的方式，在順境中，就發展其情感的生存態度，在逆境中，則採取理智的生存態度。這是「人類思想上惟心惟物的分野，也便是文藝運動上浪漫與寫實的分野」。[39]很顯然，李長之劃出了一個文化—藝術形態的二元分立模式，在這個模式之中，無論是寫實主義或是浪漫主義，都不僅是一般意義上的文學潮流，而是兩種基本文化類

---

36 李長之：〈釋美育並論及中國美育之今昔及其未來〉，《李長之文集》（石家莊市：河北教育出版社，2006年），卷3，頁164。

37 李長之：〈保障作家生活之理論與實踐〉，《李長之文集》（石家莊市：河北教育出版社，2006年），卷3，頁158。

38 李長之：〈論人類命運之二重性及文藝上兩大巨潮之根本的考查〉，《李長之文集》（石家莊市：河北教育出版社，2006年），卷3，頁62。

39 李長之：〈論人類命運之二重性及文藝上兩大巨潮之根本的考查〉，《李長之文集》（石家莊市：河北教育出版社，2006年），卷3，頁62。

型，李長之認為，浪漫主義，或者說浪漫文化精神，其實質是一種貴族性的精神，即不注重現實生活，而極力發展情感生活和不實際的幻想力，在順境中，表現為樂觀、理想，一遇到現實，就容易幻滅，甚而墮落。過分地樂觀，過分地幻滅，過分地悲觀，情緒濃烈；而寫實主義，則體現了一種平民精神，沒有什麼幻想，只有實際的人生，面對社會的病態，寫實主義則往往陷入悲觀和虛無，恰反映著社會上大部分人受著物質困乏之苦。

我們很容易就可以對李長之的這個模式以及其中一系列論斷提出質疑，應該說，任何一種將文化與藝術現象進行簡單劃分與歸類的企圖都是危險的。這種思路往往導致一些似是而非的結論，並且無視現象本身的複雜性與豐富性。但是，必須注意的是，李長之提出所謂浪漫與寫實二元分立模式，與其說是一種事實的概括與描述，不如說是一種批判的意圖與理想的尋繹的建構，這一模式的提出，有著潛在的文化動機。

李長之的文化理想是一種富於浪漫精神的文化形態。對於寫實文藝，或寫實精神，李長之更多地看到它的負面文化效應：「無疑地伴隨著寫實的文藝思潮，而帶來了虛無。大家都不大敢作理想的打算，總以為整個社會不變動，沒有辦法；至於社會如何改變，那是自然的趨勢，一人也不能為力，反正受環境的支配：雖然想望著社會變改，可是自己吃飯問題似乎在一切之先，沒有信念，沒有理想，沒有分的情感，而且情感快縮到變態的過步了，這是目前中國的青年的精神。現實，虛無，甚而宿命，對於自己的自信，對於民族的自信，對於人類的前途的自信，可說薄弱到極處。」[40]

過分沉溺於與現實生活的周旋，缺乏理想，缺乏深厚的情感，以及由此導致的整個社會氛圍的萎靡，這些是李長之為之深感憂慮的民

40　李長之：〈論人類命運之二重性及文藝上兩大巨潮之根本的考查〉，《李長之文集》（石家莊市：河北教育出版社，2006年），卷3，頁77。

族文化的痼疾。李長之認為，中國傳統文化本身就傾向於注重實際事物，而缺乏超越意識，缺乏對「更高更大更統一的對象」的追求，雖也有一些「理」、「心」等等形而上的抽象理念，但「從一般人看來，卻是太空疏了，甚且不知所云。」[41]這樣孜孜膠著於現實的生活，受著個人利害的壓迫，心靈無法飛上超越的天空，國民的日常生活是散文化的，功利主義與理智主義的，難以有理想，也難以有熱情。

而「五四」運動也是這種理智主義傳統的繼續，李長之不同意將「五四」看做「中國的文藝復興」，他認為，「五四」是一場啟蒙運動，「清淺的理智主義」以及與此相關的唯物思想和功利主義構成了這一啟蒙文化的特徵，缺乏深奧的哲學，缺乏深厚的情感，「少光，少熱，少深度和遠景」[42]，對於中國古典文化和西洋文化都缺少深入的了解和汲取，只是移植了西洋文化的片斷。而真正的「文藝復興」，應該是「古代人生型式、思想型式、藝術型式的再生」，是「新世界與新人類的覺醒」，應該是一場深入持久的文化建設，是「基於一種新的形而上學或對於人生問題一種深摯的吟味」，而「五四」還遠遠夠不上這些標準[43]。

應該說，李長之對「五四」的概括顯然是不完全的，但確實抓住了一些癥結，作為「五四」之後成長起來的一代學者，站在四十年代的文化階段上環顧周圍，他對「五四」以來所造成的文化成果，無疑是不能滿意的，他不得不反思這樣一個問題：「五四運動前後的新文化，為什麼沒有太大的力量？為什麼一些前進的思想，後來反而萎縮了絕跡了？」對此，李長之的結論是：「這只因為那時的文化運動是

41 李長之：〈中國文化傳統之認識（下）：中國人的人生觀之缺點〉，《李長之文集》（石家莊市：河北教育出版社，2006年），卷1，頁79。

42 李長之：〈五四運動之文化的意義及其評價〉，《李長之文集》（石家莊市：河北教育出版社，2006年），卷1，頁25-26。

43 見李長之：〈五四運動之文化的意義及其評價〉，《李長之文集》（石家莊市：河北教育出版社，2006年），卷1，頁19。

插在瓶子裡的花朵，而不是根深蒂固地種在地上的緣故。」他認為，需要將「五四」的文化成果進一步地深化與擴展，對於西洋文化和中國傳統文化都「徹底吸收，充分吸收，猛烈吸收」，使新文化「滋長起來」，成為生命力蓬勃充溢的本土的花朵[44]。

四　生命力的追尋

李長之指出，「清淺的理智主義」，使得整個民族的文化與生活缺乏深厚強盛的「生命力」。他說：「我們在通常生活裡，被壓抑，被幽閉的已經太多，我們的生命力……日漸減削地為我們的理智，機械的生活，人事的周旋，所毫無價值地雕琢殆盡了。」[45]與他所景仰的德國古典美學的大師們相似，他也將自己的文化——藝術理想投射到古典文化的藝術成就上，通過對古典文化的重新體認與闡釋，建構出自己的文化理想的塑像。對此，李長之有著充分的自覺意識。

李長之對中國古代的審美文化一直讚歎有加，在他看來，中國古代的審美文化體現了中國古人的充溢的生命力，他反覆稱道孟子「充實之謂美」的觀念，認為這「可說是再好也沒有的美底定義」，他感到，古人的審美觀念建築在「一種深厚雄健的形上學」的基礎之上，建築在一種「壯闊的宇宙觀」之上，這就是將整個宇宙都生命化了，人化了，古人在「俯仰呼吸之間，便有一個大我在與他息息相通著」。宇宙與人一起生生不息，一起「參贊化育」，「他自己生命的擴張，就是宇宙生命的擴張」，「天地與我並生，萬物與我為一」，在宇宙萬物的流行運化中，感受到「生命力的洋溢充盈」，這就是「充實

44 見李長之：〈釋美育並論及中國美育之今昔及其未來〉，《李長之文集》（石家莊市：河北教育出版社，2006年），卷3，頁171。

45 李長之：〈道教徒的詩人李白及其痛苦〉，《李長之文集》（石家莊市：河北教育出版社，2006年），卷6，頁5。

之為美」的審美觀念所由來。[46]

李長之認為「美」的本質就是生命力的充實與旺盛：「生命是美的，而充實的生命更美，假若把充實的生命潛力統統發揮出來，則更美。」[47]這是他判斷文化的標準，也是他判斷藝術的標準。在他這裡，凡是生命力強健奮發的人格與文化都受到他不遺餘力的褒揚，孟子固然是如此，孔子、屈原與李白、司馬遷也是如此，而凡是生命力萎縮的文化，都受到他的抨擊。他經常激烈攻擊的靶子，就是道家：「道家和儒家是兩個世界。道家終於脫不掉功利色彩。其誘惑人處不過叫人避苦就樂，如佛家然。他的眼光始終沒出乎個人的圈兒……道家是虛無主義者，宿命主義者，一切悲觀，一切譏諷。……普普通通的道家有什麼呢？空造下數千年來冷淡的人生觀，無血色的人生觀，短淺的人生觀，誤以糊塗為奧妙的人生觀，對任何『事不干己』的現象，作一個第三者，沒有勇氣，永遠追隨而不能倡導！道家是中國精神上的污點和恥辱，其所斫喪中國民族的元氣處，完全是不可挽贖的罪孽！」[48]在這裡，他實際攻擊的目標仍然是淺薄的理智主義與自私的功利主義。

有趣的是，屬於道家（教）的李白，卻受到李長之高度的讚揚，而且理由仍然是李白有「深厚的元氣淋漓的生命力」！[49]

在李長之心目中，李白幾乎是生命力的化身。他說「當我一苦悶了，當我一覺得四周的空氣太窒塞了，當我覺得處處不得伸展，焦灼

46 參見李長之：〈釋美育並論及中國美育之今昔及其未來〉，《李長之文集》（石家莊市：河北教育出版社，2006年），卷3，頁165。

47 李長之：〈批評家的孟軻〉，《李長之文集》（石家莊市：河北教育出版社，2006年），卷3，頁193。

48 李長之：〈孔子與屈原〉，《李長之文集》（石家莊市：河北教育出版社，2006年），卷3，頁188-189。

49 李長之：〈孔子與屈原〉，《李長之文集》（石家莊市：河北教育出版社，2006年），卷3，頁188。

與渺茫，悲憤與惶惑，向我雜然並投地襲擊起來了，我就尤其想到李白了。」[50]李白對人有一種解放的價值，這並不是因為李白與常人相異，而恰恰是因為李白的生命感受與常人相似：「他的人生和我們一般人的人生並沒有什麼太大的懸殊」[51]，他的喜怒哀樂與常人是一樣的，所不同的是，他的感情衝動比我們更強烈，而且他能將我們不肯說，不敢說的，壓抑著的生命感受說出來，表現為優美的藝術形式。因此，李長之一反以往人們對李白的所謂「無煙火之氣」的理解，認為「李白的人間味之濃乃是在杜甫之上的」[52]，如果說杜甫只是客觀地反映生命的話，李白自己就是生命和生活。

李長之所取於李白者，是李白的「所愛，所憎，所求，所棄，所喜，所愁，皆趨於極端」[53]，李長之的李白是極端真實的，他毫不虛飾，毫不矯揉作態，他的生命力絲毫沒受到虛偽的理智的扭曲與壓抑，「他直接地說要錢，要酒，要女人，要功名富貴，要破壞，要殺」[54]，其強烈的生命欲求一無矯飾地表現於游俠生活，表現在求仙，表現於從政，也表現在他詩中的豪氣上。

李長之一直反對狹隘的功利主義，但是他卻頗為欣賞李白對功名富貴的執著態度，甚而對於李白信仰有著「很深的現世的功利的色彩」[55]的道教也抱著同情甚而讚賞的態度，這全都歸因於李白的率

---

50 李長之：〈道教徒的詩人李白及其痛苦〉，《李長之文集》（石家莊市：河北教育出版社，2006年），卷6，頁4。

51 李長之：〈道教徒的詩人李白及其痛苦〉，《李長之文集》（石家莊市：河北教育出版社，2006年），卷6，頁4。

52 李長之：〈道教徒的詩人李白及其痛苦〉，《李長之文集》（石家莊市：河北教育出版社，2006年），卷6，頁7。

53 李長之：〈道教徒的詩人李白及其痛苦〉，《李長之文集》（石家莊市：河北教育出版社，2006年），卷6，頁6。

54 李長之：〈道教徒的詩人李白及其痛苦〉，《李長之文集》（石家莊市：河北教育出版社，2006年），卷6，頁16。

55 李長之：〈道教徒的詩人李白及其痛苦〉，《李長之文集》（石家莊市：河北教育出版社，2006年），卷6，頁42。

真，具體說，李白對一切現實功利的追求，完全是出乎生命力本然的衝動，並發揮著生命的當然，卻並未為了達到這一目的而理智地與世周旋。可以說，李白雖追求著功利，卻是以一種情感的方式熱愛著、追求著，因為這樣一種情感的方式，使他的追求超越了功利的目的，進入了美的境地。尤其是，這種情感的方式與功利目的幾乎是背道而馳的。李白只知道像孩子一樣率真地去追求，卻不知道通過一種現實的理智的方式去達到這種目的，因而他的追求全部失敗了。由於這份孩子一樣的率真的情感，李長之不但原諒了李白，而且欣賞了李白。

尤其重要的是，李白的追求本身實際上是一種非現實的追求，「因為他要求的是現世，而現世絕不會讓人牢牢的把握」[56]，這就造成了一種深刻而永恆的矛盾與痛苦，這種深植於生命中的矛盾與痛苦使得李白的功利追求實際上成了一種超越功利的追求，在這種無意產生的超越中，李白實現了一種生命力的審美的表現。可以說，在這一點上，道教徒李白與奉行「知其不可而為之」的人生態度的儒家大師孔子、孟子相遇合了。

應該說，李長之的「生命力」的概念顯然來自叔本華、尼采一系的生命哲學。以「生命力的充實」為美的本質，顯然是以尼采學說對孟子進行了一次有意的創造性誤讀，尼采說：「藝術使我們想起動物活力的狀態；它一方面是旺盛的肉體活力向形象世界和意願的湧流噴射，另一方面是借助崇高生活的形象和意願對動物性機能的誘發；它是生命感的高漲，也是生命感的激發。」[57]認為藝術與美的本質在生命力的充實與旺盛，反之，一切「衰退的東西」，「都引起『醜』這個價

56 李長之：〈道教徒的詩人李白及其痛苦〉，《李長之文集》（石家莊市：河北教育出版社，2006年），卷6，頁93。

57 〔德〕尼采撰，周國平譯：《悲劇的誕生——尼采美學文選》（北京市：生活．讀書．新知三聯書店，1986年），頁351。

值判斷」[58]。甚至，李長之認為「人生對於李白可說是苦酒，但都是有誘惑力的苦酒，他有勇氣飲下去。」[59]這樣一種「痛苦與追求」的主題，可以見出尼采與叔本華關於生命痛苦的觀點的影響，尼采說過：「在悲劇面前，我們靈魂裡的戰士慶祝他的狂歡節；誰習慣於痛苦，誰尋找痛苦，英雄氣概的人就以悲劇來褒揚他的生存，——悲劇詩人只是為他斟這最甜蜜的殘酷之酒」[60]，二者之間顯然有傳承的痕跡。

但是與尼采等人的生命力概念強調人的「動物性機能」不同，李長之生命力概念內涵更多地是偏重於人的情感，即使是最具追求世俗與感官快樂傾向的李白，李長之也是著重強調其追求的情感方式，一種兒童般的率真，以及追求失敗後的痛苦情感：「我且為君捶碎黃鶴樓，君亦為我倒卻鸚武州」，「仰天大笑出門去，我輩豈是蓬蒿人」，「人生在世不稱意，明朝散發弄扁舟」，李長之欣賞的就是這種喜怒哀樂皆趨於極端的感情。

李長之認為生命力充實的一個重要表徵就是情感的強烈與濃郁，這與他一貫的反理智主義、反功利主義是一致的。而這種高揚情感的人生觀，不但是民族生命力的表徵，在民族解放戰爭中，甚而有關乎民族集體生存的現實意義。我們注意到，李長之的〈五四運動之文化的意義及其評價〉等一系列反思「五四」，批判理智主義的文章寫於四十年代早期，正是中華民族頑強抗擊日本帝國主義的侵略的時候，他在文章中反駁了馮友蘭關於抗戰的觀點，馮在《新世訓》中反對「寧為玉碎勿為瓦全」的說法，認為抗戰並非意氣之爭，而是因為考慮到不能瓦全，所以才要玉碎。李長之認為，對於玉碎瓦全的問題，

58 〔德〕尼采撰，周國平譯：《悲劇的誕生——尼采美學文選》（北京市：生活．讀書．新知三聯書店，1986年），頁323。

59 李長之：〈孔子與屈原〉，《李長之文集》（石家莊市：河北教育出版社，2006年），卷3，頁188-189。

60 〔德〕尼采撰，周國平譯：《悲劇的誕生——尼采美學文選》（北京市：生活．讀書．新知三聯書店，1986年），頁326。

「不能這樣理智地計較」。人應當有是非感，也應當有好惡感，寧為玉碎，是「人類一種很自然的情感」，如果必須考慮到不能瓦全才玉碎，恐怕就太理智而不能抗戰了[61]。他在〈評《新事論》與《新世訓》〉一文中簡單明瞭地表明了自己在這個問題上的態度：「氣受不了，所以打，非打不行！玉碎就玉碎，不必瓦全！」[62]顯然，雖然外交與戰爭策略往往是出於國家利益考量與評估的結果，但是李長之更看重的是民族的鬥志和士氣，這種戰鬥意志與士氣與一個民族的戰鬥力之間顯然也存在一種正相關的關係。

這種鬥志和士氣，根源於民族的自尊與自信，而這很大程度上又建築在對民族文化傳統的體認之上。李長之與當時的許多知識分子一樣，對此有著充分的認識：「我們抗戰必勝的信念有一大半建築在對過去文化的成果之認識與情感上。」[63]

可以說，民族生存的壓力，尤其是戰爭的壓力，使得李長之迫切地要求確認民族文化的積極價值，這種壓力同樣也驅動他努力探尋民族文化的重建與振興的道路，這種激切的渴望使他甚至等不及先打贏一場現實的戰爭，再著手去建設精神的文化，而乾脆要求「在抗戰中建國，在建設我們的國防文化中，建設我們的文化國防」[64]，在他看來，所謂堅甲利兵，飛機大炮的物質上的「國防文化」，只是保障精神文化的手段，而真正作為前者的目的與基礎的，則是心理上的「文化長城」，也即所謂「文化國防」，這才是永久的，更重要的。民族解

---

61 見李長之：〈五四運動之文化的意義及其評價〉，《李長之文集》（石家莊市：河北教育出版社，2006年），卷1，頁21。

62 李長之：〈評《新事論》與《新世訓》〉，《李長之文集》（石家莊市：河北教育出版社，2006年），卷1，頁44。

63 李長之：〈保障作家生活之理論與實踐〉，《李長之文集》（石家莊市：河北教育出版社，2006年），卷3，頁159。

64 李長之：〈國防文化與文化國防〉，《李長之文集》（石家莊市：河北教育出版社，2006年），卷1，頁17。

放戰爭所帶來的民族激情的高漲，也使他看到了實現自己的文化理想的可能，李長之以激情洋溢的筆調寫道：「淺薄的理智主義過去了，短狹的功利主義過去了，我們要理想，要熱情！過去作家在精神上的受壓——為理智主義與功利主義所壓——猶可以說國勢使然，但現在民族解放的大勝利快到了，還受什麼束縛！」他充滿信心地呼喚「原始的，健朗的，豐盛的，充溢的熱情歸來！」[65]

五　孔子與屈原：兩種生命的範型

李長之期待著一場文化復興的運動，在這場運動中，他當然不會忘記自己作為批評家的職責，他要捧出心中供奉的理想的雕像，作為這場文化重建運動的藍本與典範。

類似尼采從古臘文明中請出阿波羅與狄奧尼索斯來拯救歐洲文化的衰微，李長之則從中國古代文化的源頭中尋出孔子與屈原，作為他的文化與藝術理想的象徵。

孔子與屈原代表了李長之心目中兩種理想的人格範型，也是兩種文化範型，兩種藝術的範型，從根本上說，也是兩種生命的範型。

李長之將孔子與屈原分別歸屬於溫克爾曼所說的「美」和「表現」。溫克爾曼所謂的「美」，「就像從物質中被火點燃起的一種精神力，它要依照那在上帝聰明之下所首規劃的理性的生物之形象而產生一種創造物。這樣的形式，就是單純與無缺，在統一之中而多樣……各部分都是和諧的」，「像海的水面那樣統一的，其平如鏡，然而又無時不在動著，而浪花在捲著。」而「表現」，則「是我們靈魂的或身體的劇烈與悲哀的情形的模仿，也許是在悲哀時的心情，也許是可悲哀的行動。」而好的藝術家表現悲哀，「是如火焰只許見其火星的，

65 李長之：〈我希望於中國作家者〉，《李長之文集》（石家莊市：河北教育出版社，2006年），卷3，頁162。

是如詩人荷馬所形容的烏里塞斯的吐字，像雪片一樣，雖然紛紛不息，落在地下卻是安詳的。」[66]

孔子的氣質，就是溫克爾曼所謂的「美」──「和諧，平靜，而流動」，屈原的氣質，就是所謂的「表現」──雖悲哀而終歸安詳。

孔子與屈原代表著兩種生命範型，同時也是文化的、藝術的範型。這兩種範型的核心實質，按照李長之常用的說法，就是古典精神與浪漫精神。這裡的古典與浪漫已不僅僅是兩種藝術風格，而是統括了人的世界觀、人生觀與審美觀，是人整理自身生命存在以及這一存在與世界的關係的兩種整體方式，──當然，是兩種典範的方式。

粗略地說，古典的精神就是崇尚理智，浪漫精神則是高揚情感。李長之首先認定孔子和屈原的心理傾向，而與此相關的，則是他們處理自身與世界的關係的方式。孔子是注重社會，注重群體的，他的救世手段是「禮」。李長之指出，「禮」是「情感與理智的一種妥協，但卻是一種巧妙而合理的妥協」，是「適應群的生活計的一種心理準備」[67]，結果，孔子的精神就是為社會，為大我，為群而收斂了自己，隱藏了自己。屈原則側重於個人，他的理想是社會的各個分子都是優秀的，希望過高，幻滅便甚，這樣就產生了「哀眾芳之蕪穢」的痛苦，產生了一種超人的寂寞的痛苦──「我本不棄世，世人自棄我」，這是李白的痛苦，也是屈原的痛苦。為孔子精神所陶染的，有孟子、朱熹等儒家大師，受屈原精神影響的，則有李白、賈誼等詩人[68]。

李長之認為，孔子與屈原的區別在於，前者是為實現理想而奮

66 參見李長之：〈孔子與屈原〉，《李長之文集》（石家莊市：河北教育出版社，2006年），卷3，頁172-173。

67 見李長之：〈孔子與屈原〉，《李長之文集》（石家莊市：河北教育出版社，2006年），卷3，頁174。

68 見李長之：〈孔子與屈原〉，《李長之文集》（石家莊市：河北教育出版社，2006年），卷3，頁175-176。

鬥，後者則是單純為理想而奮鬥，也就是說，孔子有逐步達到理想的手段和橋樑，屈原則缺乏這種手段。孔子比較顧及現實，理智成分較大，因而孔子的生活中富有樂趣，富於幽默感，而屈原則相反，沉溺在「悲天憫人的偉大情感之中」[69]，完全沒有在理智有餘時才能產生的幽默。在文學上，孔子的影響是閒適，屈原的影響則是感傷和悲愁。

孔子和屈原分別象徵了兩種文化形態。孔子象徵著古典文化，其基本精神是節制與和諧；屈原則象徵著浪漫文化，基本精神是自由與奔放。而作為文化形態，其基本精神不但表現在孔子與屈原這兩個文化的負載者的人格上，而且擴展泛化，在各種不同載體形式的文化產品上都能獲得表現，且在整個文明史上連綿不絕：「和孔子的文化息息相通的，是渾樸的周代鼎彝，是漢代的玉器，是晉人的書法，是宋人的瓷。單純而高貴，雅！」「和屈原的文化息息相通的，是漢人的漆畫，是司馬遷的文章，是宋元人的山水。雄肆而流動，奇！」[70]

李長之把孔子和屈原界定為中國大文化系統中的兩種典範文化形態的象徵，所謂古典與浪漫在這裡具體地是中國的古典與中國的浪漫，由於這兩個象徵體的中國文化身分，「古典」與「浪漫」這兩個西方概念被引入中國文化圈中，並重新詮釋與整理了中國文化傳統的精神譜系，使它獲得了現代的、世界的意義，同時這一詮釋與整理，也使這兩個概念所代表的西方文化精神在中國文化系統中得到了印證，為中國文化系統所理解與認同。通過這樣一種相互詮釋與印證，使我們獲得了一個融通中西的文化精神譜系，為民族的文化復興運動提供了一個可資利用的豐厚的精神武庫。

---

69 李長之：〈孔子與屈原〉，《李長之文集》（石家莊市：河北教育出版社，2006年），卷3，頁183。

70 李長之：〈孔子與屈原〉，《李長之文集》（石家莊市：河北教育出版社，2006年），卷3，頁191。

六　在浪漫之中嚮往古典

孔子和屈原，作為兩種文化—藝術形態的典範象徵，在李長之心目中具有同樣崇高的的地位，「一切偉大的天才是平等的」[71]，正如一切藝術，無論是現實主義，是浪漫主義，還是象徵主義，只要達到了完美的境界，就是平等的，沒有高下之分。但是這並不意味著李長之在文化風格上沒有一定的個人偏好。應該說，所謂古典與浪漫，對李長之的意義仍是有所不同的，而這種不同與他本人的氣質有著微妙的聯繫。

按照李長之自己的說法，他是「近於屈原的一流，太有稜角」[72]，他「喜歡濃烈的情緒和極端的思想」，但與此同時，他最憧憬的，又是「理性的自由」[73]。因此，理智與情緒「互相為難」的李長之不由得嚮往與欽羨於理智和情緒相安相溶的楊丙辰先生，崇仰他的健康而渾厚的「元氣淋漓的真精神」[74]，可以看出，李長之以屈原自況，而將楊丙辰先生與孔子相比，他對於孔子的精神是崇拜而嚮往著的，卻感到這種文化精神和自己仍有不小的距離，而對於屈原的精神，他卻有種天然的親切感與契合感，因而不由自主地偏好。

我們可以看到，李長之所喜愛與批評的李白、司馬遷等古代作家，大多是秉承屈原文化精神的作家，即如陶潛這樣的屬於受孔子影響的閒適派作家（按李長之自己的觀點），李長之也時時側重發現其

---

71 李長之：〈孔子與屈原〉，《李長之文集》（石家莊市：河北教育出版社，2006年），卷3，頁192。

72 李長之：〈楊丙辰先生論〉，《李長之文集》（石家莊市：河北教育出版社，2006年），卷3，頁129。

73 見李長之：〈我對於文藝批評的要求和主張〉，《李長之文集》（石家莊市：河北教育出版社，2006年），卷3，頁13。

74 李長之：〈楊丙辰先生論〉，《李長之文集》（石家莊市：河北教育出版社，2006年），卷3，頁129。

閒適外表之下的情感激蕩的真面目。李長之認為陶潛是個「生命力極強的人」，對生命極愛惜，對人生的追求極熱烈，而當他「被死的觀念襲擊之後」，便有了「幻滅的痛苦」，於是便追求著忘掉這種痛苦，而且追求著「在一切幻滅後，還有沒有不幻滅的東西可以把握」等等[75]，李長之心目中的陶潛，完全是一個浪漫氣質濃厚的詩人，哪裡還有一點古典的色彩呢？

即如孔子，李長之也發現了他「精神核心處之浪漫成分」[76]：「孔子像世界上一切偉大的人物一樣，他不但有情感，而且他的情感是濃烈的。他甚而還有陰黯，神秘，深不可測，或者說反理性的一面，也就是德國人所稱為魔性的（Daemomish）。這是世界上任何偉大的人格的共同點，孔子不是例外。」[77]

李長之發現：

> 孔子的出語有時候便很濃重，例如：「見義不為，無勇也，非其鬼而祭之，諂也！」「有殺身以成仁，無求生以害仁！」「朝聞道，夕死可矣！」「天生德於予，恆魋其如予何！」都令人感到那是字字有萬鈞之力，決非出自一個根性清淺的人之口。當顏淵死了時，孔子也曾痛哭一場，他甚而不知道自己是在痛哭了。從者說：「子慟矣！」他卻答道：「有慟乎？非夫人之為慟而誰為！」他簡直叫著說：「噫，天喪予！天喪予！」他的感情何嘗不濃烈？到了他討厭一個人的時候，他便會說：「非吾徒也，小子鳴鼓攻之，可也。」到了他焦灼而不得分辯的時

75 參見李長之：〈我所了解的陶淵明〉，《清華週刊》第39卷，第5、6期（1933年4月）。

76 李長之：〈孔子與屈原〉，《李長之文集》（石家莊市：河北教育出版社，2006年），卷3，頁187。

77 李長之：〈孔子與屈原〉，《李長之文集》（石家莊市：河北教育出版社，2006年），卷3，頁183。

> 候，他便會說：「天厭之！天厭之！」到了他鼓勵人的時候，他便會說：「當仁不讓於師！」當別人說：「非不悅子之道，力不足也」時，他便會給了一個十分利害的當頭棒喝：「力不足者，中道而廢；今汝畫！」他的自負是：「吾道一以貫之。」他對於音樂高了興時，又可以三月不知肉味。我們都可看出這是一個生命力多麼豐盛深厚而活躍的人物。[78]

李長之為我們描繪了一幅孔子的畫像，從他的描繪中，我們也可以感覺到，李長之對於這樣一位情感濃烈的孔子是有著怎樣的熱愛與親切之感，他可以說是用自己的心靈去體味《論語》中的簡單的文字記錄，從中尋繹孔子的情感與生命。在這個過程中，偉人走下了神壇，走近了凡人，但同時，更使人感到他的生命的真實與偉大，他所負載的文化也成為生氣淋漓的人性的文化。

李長之常說的一句話是：「水至清則無魚，生命的幽深處，自然有煙有霧。」[79]所謂「有煙有霧」者，就是心靈深處的非理性成分，這裡有神秘主義傾向的信仰，如孔子所敬畏的「天命」、「天道」，這裡有不能以理性邏輯規範的情感體驗與衝動，李長之甚至因為孔子犯了一些過失，有一些缺點（如好名，如寂寞的痛苦，如政治上偶爾的天真幼稚等等）而更加熱愛和崇仰孔子，他認為這些過失之存在就像藝術中所謂的「缺陷的美」，更增加了孔子人格的崇高與博大。

結論是：「孔子根本是浪漫的，然而他嚮往著古典。」李長之也是這樣去理解司馬遷的，所不同者，他認為，孔子的從浪漫向古典的掙扎，在生命的暮年，獲得了成功，「已使人瞧不出浪漫的本來面

78 李長之：〈孔子與屈原〉，《李長之文集》（石家莊市：河北教育出版社，2006年），卷3，頁183-184。

79 李長之：〈五四運動之文化的意義及其評價〉，《李長之文集》（石家莊市：河北教育出版社，2006年），卷1，頁20。

目」。而司馬遷雖崇拜孔子，卻「不能，也不肯始終被屈於古典之下，因而他像奔流中的浪花一樣，雖有峻岸，卻仍是永遠洶湧著，飛濺著了！」[80]於是司馬遷終於是浪漫的楚文化的代表，是屈原文化精神的承傳者。而李長之與他筆下的孔子、司馬遷一樣，也是一個嚮往古典文化精神的浪漫主義者，只有理解李長之對古典文化精神的嚮往，才能真正明白他對司馬遷與孔子之間的精神聯繫的透徹而細膩的感悟；只有理解李長之對浪漫文化精神的親和感，才能真正理解他對司馬遷的具有濃厚浪漫色彩的時代精神和生命體驗的如此熱烈的抒寫，也才能理解他為什麼將司馬遷視為偉大的詩人。

詩人是樹情感文化的，詩人可以代替哲人。這也許是李長之從恩師楊丙辰那裡接受的最為深切的教誨，可以說，李長之的批評很大一部分是文化形態論批評，也是藝術形態論批評——文化與藝術在他這裡是重合的——而且由於他的文化實際上是情感文化，是人藉以安頓自己的生命與情感的方式，或者說是人的生命與情感所規定於人的生存方式，因而他的批評，從根本上說，則是情感形態論批評。正是從這個意義上來說，批評對於李長之來說，同樣具有哲學的功能，批評家也是哲人，或者用他自己的話說，「批評家乃是人類的火把」[81]，這火把，將照亮人類自身的形象，也將照亮漫漫黑夜中伸向遠方的長路。

七　感情的智慧

我們看到，以情感體驗為文學的核心與本質，希圖通過高揚情感文化來重塑民族文化，振作民族的生命力，這些觀念對李長之整個文

80 參見李長之：〈司馬遷之人格與風格〉，《李長之文集》（石家莊市：河北教育出版社，2006年），卷6，頁244。

81 李長之：〈自序〉〈北歐文學〉，《李長之文集》（石家莊市：河北教育出版社，2006年），卷9，頁5。

藝批評的理論與實踐都具有深刻的影響。

李長之稱自己的批評範式為「感情的批評主義」，並且坦率承認這一主張是自己「性格上必然的反映」[82]。按李長之自己所說，他是一個理智和情感「相互為難」的人，理智使他看得太清楚，情緒使他看得太認真，因此思想對他來說實在並不是一種抽象領域的純粹冰冷的理性活動，而是關涉到他整個情感與生命的一種「熱的思想」，能夠為自己帶來痛苦與歡樂。對李長之來說，對作家或者問題的分析與觀察，也絕非一種冷靜客觀的旁觀，而是投入自身生命體驗與情感體驗的一種「印證」。要他作一個「平靜的不動聲色的走康莊大道」的人物[83]，在批評上採取純粹理智分析的方法，是絕不可能的。

應該說，李長之主張「感情的批評主義」不僅僅是個人性格使然，這其中同樣也有哲學與美學的理論支持，這就是對他影響甚深的德國古典哲學與美學的有關思想。康德在《判斷力批判》中寫道：「為了判斷某一對象是美或不美，我們不是把〔它的〕表像憑藉悟性連繫於客體以求得知識，而是憑藉想像力（或者想像力和悟性相結合）連繫於主體和它的快感和不快感。鑑賞判斷因此不是智識判斷，從而不是邏輯的，而是審美的。」因此，審美判斷是對表像「以愉快的感覺去意識它」，也就是說，「如果這些一定的表像在一個判斷裡卻只是連繫於主體（它的情感），那麼它們就因此在任何時候都是審美的了。」顯然，這是康德美學的根本出發點，即審美判斷不屬於邏輯的理性認識，而是與主體的情感息息相關的，是「在快感或不快感的名義下連繫於主體的生活情緒」，其方式應該是用審美的感覺去「意

82 李長之：〈楊丙辰先生論〉，《李長之文集》（石家莊市：河北教育出版社，2006年），卷3，頁121。

83 李長之：〈楊丙辰先生論〉，《李長之文集》（石家莊市：河北教育出版社，2006年），卷3，頁121。

識」,「使得心靈在情感裡意識到它的狀態」[84],而不是用邏輯去分析推理。換言之,就是要去體驗和感受。

於是,李長之大力提倡「感情的智慧」,他說:「感情就是智慧,在批評一種文藝時,沒有感情,是決不能夠充實,詳盡,捉住要害。」當然,與康德主張審美判斷的普遍有效性相似,李長之所謂的「感情的智慧」也並不是批評家一己的個人化情感,而是「跳入作者的世界裡為作者的甘苦所澆灌的客觀化了的審美能力。」[85]也就是說,李長之這裡所謂的「情感」是一種審美情感,一種趣味,而絕非跳上舞臺去打曹操的那種情感。

可以說,「跳入作者的世界」是李長之著手文學批評的前提條件:「用作者的眼看,用作者的耳聽,和作者的悲歡同其悲歡。」[86]否則,跳不出一己的偏見與偏好,就無法理解和自己性格不同的作家。而這種理解與體驗別人的世界的能力,則是批評家特有的天才。

必須注意的是,李長之這種「跳入作者的世界」的過程,首先是通過作品即語言製作物來實現的,李長之對這一過程有著比較深入的理解。李長之認為「內在的體驗力,乃是一切藝術製作的母懷。一切藝術的效應,無非在使我們可以高興地享受這內在的力量和那活潑性。」[87]而我們所直接面對的詩人的語言,「並不能直接描述或喚起個體的感官印象,但它卻能表現或喚醒一種感情色調,這種感情色調可

---

84 參見〔德〕康德撰,宗白華譯:《判斷力批判》(北京市:商務印書館,1964年),頁39至40。

85 參見李長之:〈我對於文藝批評的要求和主張〉,《李長之文集》(石家莊市:河北教育出版社,2006年),卷3,頁20。

86 李長之:〈我對於文藝批評的要求和主張〉,《李長之文集》(石家莊市:河北教育出版社,2006年),卷3,頁13。

87 李長之:《語言之直觀性與文藝創作》,《李長之文集》(石家莊市:河北教育出版社,2006年),卷3,頁489。

以把外界的直觀和印象，以及內在世界的事件給啟發出來」[88]。因此，實際上評論家和讀者首先跳入的是一個語言的世界，而以語言的情感暗示功能為中介，才引發了一個作者的體驗的世界，在這樣一個三部曲當中，起了關鍵作用的仍然是情感！

「跳入作者的世界」僅僅是批評的前奏，其目的是為了理解作家和作品，而為了達到這個目的，李長之認為還有其他的條件或手段。

一是要了解作家的「中心觀念」，「什麼是最支配他（指作家——引者注）的生活的呢？什麼是他思想的活動上，最根本的作為出發點的呢？簡化了又簡化，必至於有最後的一點餘剩，非常結晶的東西，這就是作家的中心觀念，批評家的寶貴鑰匙。」[89]這顯然是屬於李長之所謂「內容」的範疇。而李長之所把握的作家思想，並不是慣常所認為的抽象的理念，甚至也不是一個理論的觀念體系，在他那裡，思想和感情是融而為一：「內容是什麼呢？思想和情緒」，而內容的極致，則是「思想被化於情緒」[90]。

因此，他在評論魯迅時指出：「從西洋醫藥而取得的科學思想的中心——進化論，如何而作用著魯迅的一切諷刺、告誡、和觀感，這是隨地可見的。人得要生存，這是他的基本觀念。」這已經是一語中的了，然而李長之並不就此為滿足，他繼續寫道：「因為這，他才不能忘懷於人們的死。他見到的，感到的，甚或受到的，關於生命的壓迫和傷害是太多了，他在血痕的悲傷之中，有時竟不能不裝作麻痺起來，然而這仍是為生物所採取的一種適應的方策，也就是為生存。生存這觀念，使他的精神永遠反抗著，使他對於青年永遠同情著，又過

88 李長之：〈語言之直觀性與文藝創作〉，《李長之文集》（石家莊市：河北教育出版社，2006年），卷3，頁490。

89 李長之：〈我對於文藝批評的要求和主張〉，《李長之文集》（石家莊市：河北教育出版社，2006年），卷3，頁13。

90 見李長之：〈我對於文藝批評的要求和主張〉，《李長之文集》（石家莊市：河北教育出版社，2006年），卷3，頁18-20。

分地原宥著，這也就是他換得青年的愛戴的根由。」[91]在這跡近於抒情的闡述中，魯迅的「生存」的觀念顯露出一種濃郁噴勃的情緒色彩，在這樣一個看似簡單的觀念中所凝聚的魯迅生命深處痛苦的情感體驗與反抗的意志都昭然若揭，可以說，「情感的智慧」所參悟的不是抽象的信條，而是活的生命！

理解作者的另一個條件是，「必須明白作家的物質環境」[92]。這是一個「為什麼這樣說」的問題，當然對理解作品「說的是什麼」有幫助。

在這個問題上，李長之顯然企圖通過吸納左翼理論家的觀點而達到一種較有包容性的理解。

李長之並不反對左翼理論家分析作者階級基礎，檢定作者的階級意識的理論思路，但是他並不認為規定作者的物質條件只有階級關係，在他看來，與此同樣重要的還有「天性」和「教育」。值得注意的是，李長之賦予這兩個概念極其唯物化的內涵：「我所謂天性，只有遺傳學上的意義，那是染色體排列組合的事實，完全是物質的，毫無不可思議。教育，我注重心理學的意義，那是刺激反射的造成經驗改變經驗的事實，也完全是物質的，更沒有神奇。」[93]這顯然有與持唯物論觀點的理論家相辯駁的潛在意圖。尤其是當李長之再將這一系列觀念與「天才」的概念相聯繫，並將之作為後者的依據時，就更顯出李長之企圖在持唯物史觀的左翼批評家和康德等人的唯心主義美學之間求得一種平衡，以在實證論前提下解釋與宏揚主體的創造性與個性。

91 見李長之：〈魯迅批判〉，《李長之文集》（石家莊市：河北教育出版社，2006年），卷2，頁8。

92 李長之：〈我對於文藝批評的要求和主張〉，《李長之文集》（石家莊市：河北教育出版社，2006年），卷3，頁15。

93 李長之：〈我對於文藝批評的要求和主張〉，《李長之文集》（石家莊市：河北教育出版社，2006年），卷3，頁14。

應該說，這一關於作家個性與創造性的理論闡述具有相當濃郁的理性化傾向與「實證論」色彩，這與李長之的慣常風格是不太一致的。只有當他考察具體作家的個性的形成背景的時候，其「天才成長論」才顯示出獨有的個性與活力。在這方面，瑪爾霍茲的《文藝史學與文藝科學》（李長之譯）關於狄爾泰的文學研究方法的描述倒可以移用來描述李長之：「狄爾泰摒棄那種起居注式的傳記，而由一人人格之根本體驗與體驗形式以推究其著述與創作……將『時代』在天才的生活裡所造成、所覺醒的造型力量之表現於書籍、思想、人物中的基本的體驗形式，與生活過程中的顯明的運用，清晰地表而出之。」[94]

應該說，李長之確實是十分重視時代環境對作家的影響，無論他評論魯迅、茅盾等現代作家，或是評論李白、司馬遷等古代作家，他都注意到了這個主題，但是對李長之來說，大寫的時代固然重要，更為具體與切實的，也許還是小寫的時代，也就是直接激動與塑造作家人格的事件與經歷，所有的大寫時代都是以具體的小寫的時代對作家施加影響的，於是，李長之指給我們看的就是李白的游俠、學仙、從政，司馬遷的漫遊與李陵案等等。對於魯迅，李長之除了指出其來自醫學的進化論與生存觀念之外，更注意到了魯迅早年所受到的心靈創傷對其創作的深刻影響：「從小康之家而墮入困頓的，當然要受不少的奚落和諷嘲，這也使魯迅所受的印象特別深的。在他的作品裡，幾乎常常是這樣的字了：奚落，嘲諷，或者是一片哄笑。我們一方面看出他自身的一種過分神經質的驚恐，也就是在《狂人日記》裡所謂的『迫害狂』，另一方面，我們卻見他是如何同情於在奚落與諷嘲下受到傷害的人物的創痛；悲哀同憤恨，寂寞同倔強，冷觀和熱情，織就了他所有的藝術品的特色。」[95]

---

94 〔德〕瑪爾霍茲撰，李長之譯：〈文藝史學與文藝科學〉，《李長之文集》（石家莊市：河北教育出版社，2006年），卷9，頁188。

95 李長之：〈魯迅批判〉，《李長之文集》（石家莊市：河北教育出版社，2006年），卷2，頁9。

李長之同意這樣的觀點：「內在的體驗力，乃是一切藝術製作的母懷。」[96]這一內在體驗，無疑是滲透著濃郁的情感的，是「感到」的東西，而不是僅僅「知道」的東西。深層的情感體驗不但在創作者的心靈深處留下了揮之不去的印象，而且塑造了創作者體驗世界的方式，決定了他的所有的欲望、想像乃至語言表述方式等等構成其藝術個性的一切因素。

李長之在把握作家的藝術個性方面可謂是見識卓越，正如他所說的，批評必須指出「那作家特有的技巧」，在這方面，李長之很注意尋找「這特有的技巧有關作家的個性，和內容的特點」[97]，從而真正貫徹技巧與內容合一的理論。在這裡，他似乎繼承了中國古代「文如其人」的傳統觀點，由論「文」而論「人」或由論「人」而論「文」成為他經常遵循的思路。例如，老舍與魯迅都擅長諷刺，然而李長之卻在二者的比較中看出他們各自的特色，並且由此聯繫到各自的個性心理。「老舍沒有魯迅那麼轉折，含蓄，也沒有魯迅那麼有力量。魯迅在尖刻濃烈之中，表現著他的強有力的生命。但是魯迅是沒有耐心的，所謂『心裡清楚』，當然是老舍。如果說詳細，則似乎是，只要看一下，容或魯迅更看得透徹，深入，但他不耐煩再久一點的觀察的。老舍也極其銳感，他卻更肯仔細，不過終缺少力量。」李長之的總結是：「老舍豐富的是智慧，情緒為智慧所掩，力量就缺少。」[98]

類似這樣的準確的把握與洞察在李長之的批評文字中經常可以見到，然而最具特色的，卻是李長之從語言層面對作家情感個性的透視。

96　李長之：〈語言之直觀性與文藝創作〉，《李長之文集》（石家莊市：河北教育出版社，2006年），卷3，頁489。

97　李長之：〈我對於文藝批評的要求和主張〉，《李長之文集》（石家莊市：河北教育出版社，2006年），卷3，頁18。

98　李長之：〈貓城記〉，《李長之文集》（石家莊市：河北教育出版社，2006年），卷4，頁82。

李長之多次分析作家的用字，如他從李白常用「愁殺」、「笑殺」、「狂殺」、「醉殺」等一類極度誇張的字眼，來證明李白「內心裡的要求是往往強烈」，「所愛、所憎、所棄、所喜、所愁，皆趨於極端」[99]。而李詩中常有「忽然」的字樣，「正是代表他精神上潛藏的力量之大，這如同地下的火山似的，便隨時可以噴出熔漿來。」[100]

最典型的仍然是他關於魯迅的評論。李長之發現，魯迅有兩種慣常的句式，一個是「但也沒有竟」怎麼樣，一個是「由他去吧」。例如阿 Q 為報仇起見，很想立刻放下辮子來了，「但也沒有竟放」；魯迅因為不贊成以生而失母為不幸，想寫文章了，「但也沒有竟寫」；他以顧頡剛的「暫勿離粵，以俟開審」，想到飛天虎寄亞妙信之「提防劍仔」了，然而馬上覺得這樣聯繫近乎刻薄了，然而他下面又說：「——但是，由它去吧」等等。李長之認為這都代表了魯迅作為「小資產階級知識分子」的「脆弱」、「偏頗和不馴」的根性——「因為他『脆弱』，所以他自己常常想到如此，而竟沒有如此，便『但也沒有竟』如何如何了，又因為自己如此，也特別注意到別人如此，所以這樣的句子就多起來。『由他去吧』，是不管的意思，在裡面有一種自縱自是的意味，偏頗有不馴，是顯然的。這都代表小資產階級的知識分子的一種型。」[101]無論他對魯迅心理的揣測與界定是否正確，這種由語言修辭而尋繹作家人格精神與情感趨向的思路，卻是頗有獨到的價值，這其中可以依稀看到中國古代重視吟味字句，確定「詩眼」、「文眼」的傳統，而李長之將這一傳統與推理分析思維相結合，形成了一種新的修辭風格論思路。

99 參見〈道教徒的詩人李白及其痛苦〉，《李長之文集》（石家莊市：河北教育出版社，2006年），卷6，頁6-7。

100 參見〈道教徒的詩人李白及其痛苦〉，《李長之文集》（石家莊市：河北教育出版社，2006年），卷6，頁18-19。

101 參見李長之：〈魯迅批判〉，《李長之文集》（石家莊市：河北教育出版社，2006年），卷2，頁99-100。

八　感情的型

李長之無疑是重視技巧的，他甚至認為「技巧是文藝之別於一般別的非文藝品的惟一特色」。但是同時技巧又只是表達內容的手段而已。這樣技巧便具有既是本質又是手段的這樣一種悖論式的屬性，這一矛盾則是在藝術的最高理想中獲得了解決：這就是「由藝術的形式而到藝術形式之超出」，所謂技巧的極致就是內容的極致，而內容的極致是思想被化於情緒，因此，藝術的最高境界是像成功的音樂那樣，「使人聽了忘了音樂而直感到音樂的情緒」[102]。李長之由此更進一步提出了表現「感情的型」的命題，作為文學作品的最高與最終目的。

所謂「感情的型」，是李長之所認為的文學作品的最本質的內核，一種沒有對象的，或者說，是「抽去了對象，又可溶入任何的對象的」純粹的感情[103]。準確地說，即是作品的技巧與內容達到極致之後，使人忘卻情感的對象，而直接感到的情感本身。

可以說，「感情的型」是李長之批評理論中最有特色，而又最易為人所詬病的概念，尤其是，他認為這種「沒有對象」的感情，可以歸納為「失望」和「憧憬」兩種根本形式，更是會令許多人難以理解。但是平心而論，李長之的觀點看似玄奧，卻並非無根之木。在這裡，應該特別引起注意的是，李長之強調，所謂把情感的對象「抽去」，實際上是「令人忘卻」。[104]這顯然走的是一條類似中國古代的莊子哲學中所謂「得意忘言」的思路，只是在莊子的命題中，忘卻後要達到的作品的本質核心是「意」，而李長之則將之置換為浪漫主義的

---

102 參見李長之：〈我對於文藝批評的要求和主張〉，《李長之文集》（石家莊市：河北教育出版社，2006年），卷3，頁17-18。

103 李長之：〈我對於文藝批評的要求和主張〉，《李長之文集》（石家莊市：河北教育出版社，2006年），卷3，頁21。

104 參見李長之：〈我對於文藝批評的要求和主張〉，《李長之文集》（石家莊市：河北教育出版社，2006年），卷3，頁21。

中心主題——「情感」。中國古代文學批評在這一條思路上發展的命題為數不少，如嚴羽所謂「詩有詞理意興」，而「盛唐諸人惟在興趣，羚羊掛角，無跡可求。……言有盡而意無窮」[105]，可見所謂「興」或「興趣」也是一種在作品的技巧與內容達於極致，使人忘掉一切技巧的「跡」之後所傳達出的某種情韻，當然，相形之下，李長之所謂「感情的型」，落實於人的心理結構因素，較之「興」、「興趣」之類概念，顯得較為質實而缺少靈活和有彈性的悟性空間。但是從李長之「什麼事都求清楚」的理論個性來說，斷然不會再使用這種朦朧含蓄有餘而明白清楚不足的古典概念。

但是應該看到，李長之在具體的評論中，則能夠突破枯燥理論的限制，使具體作品中的「感情的型」顯示出生動的氣息。例如，他寫自己讀《紅樓夢》的感受，「只是聽見發自人類的本能的本相的哀喊，猶如我讀托爾斯泰的《復活》」[106]，再如他說在魯迅的許多作品，尤其是類似《傷逝》之類的創作，時時流露出一種「寂寞的哀感」[107]，而司馬遷的時代精神所包含的則是「馳騁，衝決，豪氣，追求無限，苦悶，深情」等等情調[108]，這些都是李長之從作品中所讀出的「感情的型」，但它們都已不僅僅是簡單的失望和憧憬所能概括，而顯出豐富的面貌，具有生命的氣息，因而才能算得上是「感情的型」！

「明目張膽」地以「感情的批評主義」為號召的李長之，可以說是徹底地貫徹了他的批評觀念。以情感體驗為文學的本質，強調批評

105　〔宋〕嚴羽：《滄浪詩話》。

106　李長之：〈我對於文藝批評的要求和主張〉，《李長之文集》（石家莊市：河北教育出版社，2006年），卷3，頁22。

107　李長之：〈魯迅批判〉，《李長之文集》（石家莊市：河北教育出版社，2006年），卷2，頁60。

108　李長之：〈司馬遷之人格與風格〉，《李長之文集》（石家莊市：河北教育出版社，2006年），卷6，頁204。

家的激情，強調跳入作家的世界，通過語言介質來體會作家的情感，揭示一個感情充溢的作家的精神世界和作品的世界，所有這一切，構成了李長之批評的重要特徵——情感中心主義，這一批評範式使得李長之的批評在現代文學批評史上獨具特色，並具有重要價值。

第三部分

走向自覺的審美批評

第八章
京派文學批評與中國傳統文化精神

一個多世紀以來，傳統的問題始終困擾著中國的人文學者。早從「五四」之前開始，傳統與反傳統、繼承與創新、民族化與現代化等等一系列糾纏不清充滿悖論的命題就在中國學者的理論思維場域中往來交戰，綿延數千年的中國古代人文傳統與理論傳統，時而被我們視為甩脫不掉的包袱、累贅乃至於原罪，時而又成為實現我們燦爛的文化夢想的依託與立身之本，「打倒」與「復興」的口號此消彼長，猶如城頭變幻不定的旗號，時見喧騰。

從三十年代到四十年代，以朱光潛、李長之、李健吾、梁宗岱等人為代表的「京派」批評家們正是處在這個文化轉型與文化交雜狀態下的典型語境之中。在中西文化的交互作用下，在傳統與現代兩大引力場之間，他們的文化抉擇與理論創造面臨著豐富的多種可能性與創新的契機，當然，同時也感受著異乎尋常的艱難。

一　探尋創造之源

「京派」批評家們直接面對的當下文化現實是「五四」新文化運動所造就的新文化與新文學。對於這一文化現實，甚而對於造成這一現實的肇端——曾被人稱為「中國的文藝復興」的「五四」，他們無疑是不能滿意的。李長之指出：「新文化的姿態是西洋的」，是移植而來的西方文化，這種移植的文化就像「插在瓶子裡的花朵」，缺乏生命力，過不了多久就要枯萎絕跡[1]。作為詩人與批評家的梁宗岱對當時中國詩歌的成就評價更低，在他看來，當時的許多詩歌作品，只能算是人造的「紙花」，根本沒有內在的生命可言，不要說達不到生氣渾全的「生花」的最高境界，就是距離「從作者心靈底樹上折下來」的「瓶花」的境界都還很遠[2]。朱光潛的評估算是比較溫和而公允的，他認為當時的新文化思想尚處於「生發期」，「還是一個胎兒」，應讓它「多吸收營養，生發滋長」。所謂「胎兒」者，一方面固然應該看到它具有無限新鮮的活力與發展可能，另一方面卻也應該「承認文化運動現在還在它的幼稚期」[3]。

「京派」批評家們對於當下文化現實估價甚低是很自然的。他們大多深受中西兩套博大精深的文化的薰染，一方面自幼接受中國傳統文化的教育，另一方面不少人又曾負笈歐洲，或是精通數門外語。與他們的「五四」前輩不同的是，他們未曾經歷新舊決戰的殊死衝突，也就沒有那種棄舊圖新的決絕心態，中、西文化成果對他們來說是一樣的精嚴，一樣地令他們歎為觀止，心馳神往。朱光潛的自白可謂是他們的典型寫照：「我從許多哲人和詩人方面借得一副眼睛看世界，有時能學屈原、杜甫的執著，有時能學莊周、列禦寇的徜徉淩虛，莎士比亞教會我在悲痛中見出莊嚴，莫里哀教會我在乖訛醜陋中見出雋妙，陶潛和華滋華斯引我到自然的勝境，近代小說引我到人心的曲徑幽室……」[4]

應該說，「京派」批評家們比之他們的「五四」前輩對西方文學

1 見李長之：〈釋美育並論及中國美育之今昔及其未來〉，《李長之文集》（石家莊市：河北教育出版社，2006年），卷3，頁171。

2 梁宗岱：〈論詩〉，《梁宗岱文集》（北京市：中央編譯出版社，2003年），卷2，頁26。

3 朱光潛：〈理想的文藝刊物〉，《朱光潛全集》新編增訂本（北京市：中華書局，2012年），卷6，頁104-106。

4 朱光潛：〈從我怎樣學國文說起〉，《朱光潛全集》新編增訂本（北京市：中華書局，2012年），卷6，頁119。

與文化有更加深湛的了解和精熟，也許也是這種更深的了解和精熟使得他們無需那麼艱難地棄舊向新，而「五四」以後所造就的對西方文化的迎納結構，也使他們無需為異文化的接納作矯枉過正的突擊，這一切都使他們獲得一種難得的欣賞與評審的自由與從容。這種自由與從容正是新文化運動的邏輯結果。正是這在這種自由與從容中，他們更多地感受到了與傳統文化的親和感，並且無所顧忌地表達著這種親和感。梁宗岱的感覺恐怕頗具代表性：「我五六年來，幾乎無日不和歐洲底大詩人和思想家過活，可是每次回到中國詩來，總無異於回到風光明媚的故鄉，豈止，簡直如發現了一個『芳草鮮美，落英繽紛』的桃源，一般地新鮮，一般地使你銷魂。」[5]

正是在這樣的一種雙重參照系之下，他們不但對於當下的文化現實異常不滿，而且對於「五四」新文化運動的偏激傾向也多有批判與反思。李長之就明確地否決了「五四」是「中國的文藝復興」的說法，認為它只是一個理智主義的啟蒙運動，「沒有發揮深厚的情感，少光少熱，少深度和遠景，淺！在精神上太貧瘠，還沒有做到民族的自覺和自信。對於西洋文化還吸受得不夠徹底，對於中國文化還把握得不夠核心。」[6]至於新文化運動的重要一翼——文學革命所提出的理論主張與批評實踐更是幾乎受到他們的全面否定與質疑：「新詩底發動和當時底理論或口號，——所謂『建設明瞭的通俗的社會文學』，所謂『有什麼話說什麼話』，——不僅是反舊詩的，簡直是反詩的，不僅是對於舊詩和舊詩體底流弊之洗刷和革除，簡直把一切純粹永久的詩底真元全盤誤解與抹煞了。」[7]梁宗岱尖銳地批評了文學革

5 梁宗岱：〈論詩〉，《梁宗岱文集》（北京市：中央編譯出版社，2003年），卷2，頁30。
6 李長之：〈五四運動之文化的意義及其評價〉，《李長之文集》（石家莊市：河北教育出版社，2006年），卷1，頁25-26。
7 梁宗岱：〈新詩底紛歧路口〉，《梁宗岱文集》（北京市：中央編譯出版社，2003年），卷2，頁156。

命家們的一些做法：「一壁翻譯一個無聊的美國女詩人底什麼〈關不住了〉，一壁攻擊我們底杜甫底〈秋興〉八首，前者底幼稚粗劣正等於後者底深刻與典麗。」[8]對於這些「京派」批評家們來說，他們所面對的，在詩歌上，「不是新舊詩的問題，而是中國今日或明日底詩底問題」，是怎樣才能「闢出一個新穎的」，卻要和二、三千年的詩歌傳統「同樣和諧，同樣不朽的天地」的問題[9]；在文化上，也不是新舊文化的問題，而是如何創造一個無愧於既往的古代文化，也不遜色於西方文化的中國當代文化的問題。

可以說，「京派」的立場，是中國文化與中國文學的創造與繁榮的立場，而不是新舊文化與新舊文學的立場。他們關注的中心主題，是文化的興旺發達，是文化的創造活力，以及文化的豐富程度與水準，這是他們進行一切文化批判與文化估價的潛在主題。

在這個問題上，「京派」批評家們無一例外地拒絕了「五四」前輩們所鋪定的棄絕傳統並移植西方文化的思路，而選擇了一種「恢復傳統」的策略。

對「五四」新文化運動的經驗教訓的反思使「京派」批評家們認識到，「文化是一種有機物，所以它必須滋長起來才行，倘若硬硬地折來，插入瓶子，不到幾天還是會枯萎的。」「五四」前後的新文化運動之所以沒有造成蔚為壯觀的文化景觀，「一些前進的思想，後來反而萎縮了絕跡了」，就是因為這種文化是一種「移植的文化」，水土不服，自然無法生長繁榮[10]。移植的文化沒有滋長起來，在另一方面卻造成了古代文化傳統的斷裂。與傳統脫節，缺乏源頭活水滋養的文化當然只能造成單薄的文化現實。

8　梁宗岱：〈文壇往哪裡去〉，《梁宗岱文集》（北京市：中央編譯出版社，2003年），卷2，頁52。

9　梁宗岱：〈論詩〉，《梁宗岱文集》（北京市：中央編譯出版社，2003年），卷2，頁30。

10　見李長之：〈釋美育並論及中國美育之今昔及其未來〉，《李長之文集》（石家莊市：河北教育出版社，2006年），卷3，頁171。

傳統斷裂的症候在新詩上得到了集中體現。幾乎每一個「京派」批評家都曾將新詩的發展作為一個重大課題來思考，在這些思考中，幾乎都要面對古代詩歌傳統的斷裂與新傳統的建設的問題。朱光潛對於這一問題有極為清醒的意識：「這傳統問題在中國一向不大成問題——中國人一向是一個重視傳統的民族——而現時卻變得非常嚴重。……新詩顯然已放棄中國古有的傳統。」[11]而這一放棄卻造成了一個民族的詩的衰落。他指出，「一個民族的詩到了頹廢，原因是它落在一些老鼠鑽牛角似的詩人們的手裡，就橫的方面說，它失去普遍性，脫離民眾，就縱的方面說，它與最好的傳統脫節，沒有歷史的連續性。」[12]而這兩個原因實際上是一個原因，因為脫離民眾實際上也就是脫離了一種構成一切傳統的根本源泉的更加深厚廣闊的更有活力的民間傳統。當然，朱光潛也看出，新詩也接受了另一個傳統——「西方詩的傳統」，然而他並不認為這種對異文化傳統的簡單移植就可帶來文化的繁榮，「文化交流是常事，文化移植卻不一定成功，土壤氣候不同，移植往往是丹橘變枳，畫虎類犬。」他甚至斷言新詩在前此走過的一些探索性道路「恐怕都難行得通」[13]。因此，「想詩由頹廢而復興，只有兩個辦法：接近民眾與恢復傳統」。[14]如上所述，這二者實際上可以歸併為一個問題，即「恢復傳統」的問題。

必須指明的是，正如朱光潛所闡明的，所謂「恢復傳統」，「意思

11 朱光潛：〈詩的普遍性與歷史的連續性〉，《朱光潛全集》新編增訂本（北京市：中華書局，2012年），卷5，頁373。

12 朱光潛：〈詩的普遍性與歷史的連續性〉，《朱光潛全集》新編增訂本（北京市：中華書局，2012年），卷5，頁372。

13 見朱光潛：〈詩的普遍性與歷史的連續性〉，《朱光潛全集》新編增訂本（北京市：中華書局，2012年），卷5，頁373。

14 朱光潛：〈詩的普遍性與歷史的連續性〉，《朱光潛全集》新編增訂本（北京市：中華書局，2012年），卷5，頁372。

並不在『復古』，而在運用過去的豐富的儲蓄」。[15]對於這一點，飽受中西文化濡染的「京派」批評家們都有明確的共識。李長之就認為：「舊的文化，自成一個體系，這個體系是已經完成，已經過去了。因此，我們沒法希望再有古人的形而上學，再有古人的世界觀，再有古人的美感，再有古人的美感教育。但繼續發展是可以的。繼續發展並不是依樣重抄。繼續發展與新成分相交融。文化是一個有機物，它有整個性，補綴式的文化吸收和補綴式的文化復興，毫無是處。」[16]因此，「京派」批評家們所謂的「恢復傳統」，本質是一種創造，這種創造的思路是企圖通過深入充分地利用舊有文化資源而實現傳統的接續與新的發展。這種接續與發展並不是以拒斥異文化因素為前提的，相反，它是中國文化傳統在新的文化交流語境下的發展與更新。「雖然是外國種子，只要栽在本國的土壤裡，受了傳統的雨露灌溉以後，它會有一種不同於原來的樣子。」[17]當然，他們也充分地意識到這一工作的艱鉅性：「我們現代，正當東西文化之衝，要把兩者儘量吸取，貫通，融化而開闢一個新局面——並非中學為體西學為用，更非明目張膽去模仿西洋——豈是一朝一夕，十年八年底事！」[18]

二　文化精神資源的利用

「京派」批評家們心懷文化復興的宏願，作為文學批評家，他們更將自己的理想具體化為對偉大的文學作品的期盼，而這個看似更為

15 朱光潛：〈詩的普遍性與歷史的連續性〉，《朱光潛全集》新編增訂本（北京市：中華書局，2012年），卷5，頁372。

16 李長之：〈釋美育並論及中國美育之今昔及其未來〉，《李長之文集》（石家莊市：河北教育出版社，2006年），卷3，頁171。

17 李長之：〈釋美育並論及中國美育之今昔及其未來〉，《李長之文集》（石家莊市：河北教育出版社，2006年），卷3，頁171。

18 梁宗岱：〈論詩〉，《梁宗岱文集》（北京市：中央編譯出版社，2003年），卷2，頁43。

切實與具體的目標，實際上卻往往是文化建設的一種必然結果。可以說，「京派」批評家們大多數都清醒地意識到這點。三十年代和四十年代，朱光潛在《文學雜誌》發刊詞和復刊詞中都反覆強調，文化思想構成了文藝的根源與基礎，要有偉大的文藝必須要有「深廣堅實」的文化思想的基礎。朱光潛堅信，要造成這一必要條件，「第一件急務是英國學者阿諾德所說的廣義的批評」，而在文藝方面也一樣，「無論是對於旁人或是對於自己，冷靜嚴正的批評都是維持健康的良藥。」[19]很顯然，朱光潛等人意圖中的批評或文學批評本質上是一種文化批評，或是一種在文化建設上具有前瞻意義的批評。這一點，李長之揭示得最為鮮明：「（文學的）工具問題，形式問題，都關聯於內容的，內容卻關係於整個文化。我們是必須把研究中國文學的事納入體系的學術的軌道，從世界性、整個性窺出那文化價值，從而批判之，變改之，由中國文學的新建設，以備人類的美麗健康的文學的採擇的！」[20]可以說，在「京派」批評家們接續與更新文化傳統的努力中，批評，或者說文學批評，充當了急先鋒的角色！

正是由於這個原因，當「京派」批評家們在進行文藝理論與批評的建設的時候，傳統文化精神方面的資源常常在其中或隱或顯地發揮著極其重要的支持作用。

「京派」批評家對於傳統文化資源的利用——也即朱光潛所謂「運用過去的豐富的儲蓄」——常通過兩種方式，一是出於當下的現實動機，以現代的眼光，引入西方理論觀念與思維對傳統話語進行重新闡釋與理解，以此實現中西精神傳統在當下時空語境中的對接，將古代文化精神傳統重新激活成具有當代生存價值的活的思想，成為可資利用的精神資源；二是本土傳統文化精神成為對多種西方理論觀

19 見朱光潛：〈理想的文藝刊物〉，《朱光潛全集》新編增訂本（北京市：中華書局，2012年），卷6，頁107。

20 李長之：〈論研究中國文學者之路〉，《李長之文集》（石家莊市：河北教育出版社，2006年），卷3，頁113。

念進行吸納與調和的動因與依據，成為創構新學理的隱在的內部邏輯框架。

必須指出的是，「京派」批評家對於文化傳統的利用，是以對文化傳統實行裂解，將之降格為資源作為先決條件的。這種對原來似乎圓融整合自成系統，且構成一定話語權威的中國文化傳統的裂解與降格，使得「京派」批評家們享有了從不同角度、範圍以及不同層面重新批判、整合與利用傳統，並進行創造的自由。

李長之主要採用的似乎是第一種方式。他曾明確地說過：「在西洋文學史上許多公認的範疇，是要確切地在中國文學的領域內適用一下的。例如什麼是文學，什麼是文藝……什麼是古典主義，什麼是古典精神，什麼是古典，以及什麼是浪漫……都需要先把這些概念澄清，把這些成分把握，來看中國文學裡是不是有這些東西。這樣我們才彷彿是把許多草藥，經過分析提煉之後，就可以隨便作為取用之資了。中國文學中無盡藏的寶庫，便可以耀然生輝，不致荒蕪了。」[21]必須注明的是，他這種「適用」，並不是簡單地用中國文學史的材料去證明某種或某些西方文學理論或觀念，而是站在發展中國文化的立場上去重新估價中國古代文學，他尖銳地指出：「抹殺中國人的立場，是抹殺中國文學的研究立場。」「談中國文學，須有對於文學的認識，又須有文學之民族的認識，無論如何不能忘了是中國的，也只有我們了解中國，敬愛中國，才不致侮蔑了中國文學。」他反覆強調：「我們的目的是，確切地有意識地謀一個中國文學的建設基礎，因而，首先是，我們要將中國文學的一切工具，一切內容，一切形式，予以徹底的重新的估價。」[22]

---

21 李長之：〈論研究中國文學者之路〉，《李長之文集》（石家莊市：河北教育出版社，2006年），卷3，頁113。

22 見李長之：〈論研究中國文學者之路〉，《李長之文集》（石家莊市：河北教育出版社，2006年），卷3，頁105-106。

因此李長之的很大一部分批評工作，都是在對中國的經典作家進行一種文化意義上的批判和重讀：「我們要考核中國文學的內容，只有從整個的文化價值出發，來認識我們的大作家，在我們文學史上幾個煊赫的人物，像孔子孟軻荀況莊周韓非屈原司馬遷董仲舒阮籍陶潛李白杜甫韓愈李商隱李煜朱熹蘇軾辛棄疾王實甫關漢卿施耐庵王陽明曹雪芹吳敬梓金聖歎魯迅等，是必須抉發出他們的真面目和真價值的。」[23]

在所有這一系列經典作家當中，李長之顯然極為重視以孔孟為代表的儒家文化系列。在他眼中，「作為中國思想正統的儒家哲學，尤其是孔孟，所貢獻最大的，即是審美教育。中國文化的精華在此，孔孟思想的極峰在此。」[24]李長之認為，儒家代表了一種崇尚和諧、理智與情感平衡統一的古典文化精神與美學精神，恰可與西方文藝復興時期所標舉的古希臘文化精神相通，而儒家所奉行的「知其不可而為之」的救世精神，正表現了一種美學的真精神——「美學的精神在反功利，在忘卻自己，在理想之追求。」[25]

很顯然，這種對經典的重讀是有著某種特定的立場的，對古代經典的重讀實際上內含著對於當代文化現實的批判以及重建的意圖。李長之痛切地感到：「中國在近代是太走入於急功近利之一途了，一般人只知道縱耳目口腹之欲，學術界也只知道堅甲利兵，或者作餖飣的考據，為什麼不看遠一些呢？」[26]這種狹隘功利主義與精神短視使得

---

23 李長之：〈論研究中國文學者之路〉，《李長之文集》（石家莊市：河北教育出版社，2006年），卷3，頁110。

24 李長之：〈釋美育並論及中國美育之今昔及其未來〉，《李長之文集》（石家莊市：河北教育出版社，2006年），卷3，頁166。

25 李長之：〈釋美育並論及中國美育之今昔及其未來〉，《李長之文集》（石家莊市：河北教育出版社，2006年），卷3，頁167。

26 李長之：〈釋美育並論及中國美育之今昔及其未來〉，《李長之文集》（石家莊市：河北教育出版社，2006年），卷3，頁172。

中國文化缺乏精神力量，整個國民缺乏蓬勃的生命力。李長之批判鋒芒所向甚至擴展到整個的中國文化史：「就中國的思想看，好像儒家在支配一切，但這只是表面。自魏晉，——不，從漢朝所謂黃老雜霸起，就已經是外儒內道了。慷慨激昂，侃侃直言的人越來越少，而世故，油滑，不露鋒芒，作了一般人的處世南針。」[27]

正是基於這一文化動機，李長之雖然也致力於文藝學科的建設，卻更加重視「批評精神」的發掘與倡導，對於情感發露、生命體驗濃烈的作家和傳統文化系列更是褒揚有加。這時候，古代儒學的文化壁壘就無法限制住他的文化求索了。不但儒學大師孟子被他尊為「儒家中最富有批評精神的人」而備受推崇，即令是法家的韓非也因其具有「批評精神」而得到讚賞。尤其是，雖然孔子及其代表的周文化是李長之心目中古典精神的典範，但屈原、司馬遷及楚文化的「馳騁，衝決，豪氣，追求無限，苦悶，深情」的浪漫精神卻似乎更為他所津津樂道。就是在孔子身上，李長之也發現了內在的浪漫本質。甚至，雖然「脫不掉功利色彩」的道家一直是李長之著力批判的對象，而信奉道教、並被儒家影響「整個地漏掉了」的李白，因其「喜怒哀樂皆趨於極端」，具有旺盛的生命力，也成了李長之熱情謳歌的對象。

當以儒學傳統為主的文化系列通過被重新讀解而進入李長之的文化思考界域的時候，中國文化傳統的另一重要系列——道家思想卻以另一種方式悄悄地在朱光潛等人的理論建構中發揮著作用。

朱光潛的美學與批評理論是各派理論「調和折衷」的體系。其中，克羅齊的直覺論美學為美感經驗作了基本界定，心理距離說、移情論為他提供了心理學層面上的事實依據與解釋，叔本華與尼采的悲劇美學則重點承擔了文化價值維度的闡釋與探討。

---

27 李長之：〈產生批評文學的條件〉，《李長之文集》（石家莊市：河北教育出版社，2006年），卷3，頁154-155。

但是，朱光潛為什麼選擇這一系列學說來構築他的文藝心理學體系呢？或者，按照葉維廉的說法，朱光潛接受這一系列學說的「內在需要」[28]是什麼？是否存在什麼內在的潛隱邏輯或文化力量將這些可能是互相衝突的理論和假說聚合在一起？

我認為，這個在背後起著聚合作用的就是道家文化觀念。朱光潛在闡述直覺經驗的時候已經使用了《莊子》的一些語句：「用志不紛，乃凝於神」，認為「美感經驗就是凝神的境界」[29]，講到移情作用時又往往要談到「物我兩忘」，但是這種片斷語句的使用所透露的信息很難清楚地說明《莊子》在朱光潛接受這些理論時起了多大的作用，真正能夠說明《莊子》對於朱氏文藝理論建構的深刻意義的，還是朱光潛在一九四七年發表的一篇文章〈生命〉。事實上，從〈悼孟夏剛〉等文章中，我們已經可以感覺到朱光潛對生命問題的關注。在〈生命〉中，朱光潛非常明確地表示：「我對於這生命問題倒有一個看法，這看法大體源於莊子。」他極為激賞莊子在〈大宗師〉篇中所提出的「化」的觀念：「我只覺得這『化』非常之妙。中國人稱造物為『造化』，萬物為『萬化』。生命原就是化，就是流動和變易……只是化，並非毀滅。」宇宙萬物草木蟲魚都在化，它們並不因此而有所憂喜，有所損益，為何人獨於自己的化看成一件大了不起的事呢？這是「我執」在作怪。因此，朱光潛極為欣賞莊子所表達的一種生命態度：

> 浸假而化予之左臂以為雞，予因之以求時夜，浸假而化予之右臂以為彈，予因之以求鴞炙……

生生死死，只不過是宇宙間的大化流行，「這是何等偉大而悠久，豐

---

28 參見葉維廉：《中國詩學》（北京市：生活．讀書．新知三聯書店，1992年），頁198。

29 朱光潛：〈文藝心理學〉，《朱光潛全集》新編增訂本（北京市：中華書局，2012年），卷3，頁122。

富而曲折的一個遊歷，一個冒險？這真是所謂『逍遙遊』！」[30]

我們看到，這實在是一種最典型的「遠距離審美」！這就是莊子的文化精神！而要達到這種化苦痛為戲劇的境界，就必須「心齋坐忘」──忘懷一切功利與物我區別，達到「形全精復，與天為一」（《莊子》〈達生〉）的境界，也就是物我兩忘，物我同一的境界──「與其譽堯而非桀也，不如兩忘而化其道」（《莊子》〈大宗師〉），「功利機巧必忘夫人之心」（《莊子》〈天地〉）。最終的結果是「原天地之美而達萬物之理」（《莊子》〈知北遊〉）。而其中「凝神」就是「心齋坐忘」的一個重要途徑，正是在這種心無旁騖的狀態之中，人的意識全神貫注於事物的「本來面目」，一切的價值是非消泯了，人的生命與世界萬物之間的壁壘也不復存在，整個宇宙成為一個融貫整一的有機體，成為一部和諧的交響樂，成為一個美的世界。

莊子的生命觀是一種瀰散性的結構，它的本意是追求一種文化構思，以安頓人的生命，它以一種獨特的心理體驗為基礎，並提供了相應的心理調控技術，因而具有很寬的思想頻度，正是這種寬闊的頻度，使得朱光潛能夠以之為基礎貫串起分屬各個不同思想層面的理論表述，將之「調和」成為一個自洽的體系。

---

30 參見朱光潛：〈生命〉，《朱光潛全集》新編增訂本（北京市：中華書局，2012年），卷10，頁125-126。

第九章
混融的思維
——京派批評家對中西文學批評範式的融合

一百多年來，中國文學批評界一直在向西方學習理論思維，同時，也總有一批學者在清理著中國的批評傳統，希圖這些舊有的遺產經過某種改造之後，能夠被納入現代批評的武庫，更有一些學者企圖將這兩條思路結合起來，鑄造出一種綜合中、西傳統優勢的全新的批評與思維方式。三、四十年代，以朱光潛、李健吾、李長之、梁宗岱等為代表的京派批評家們正是在融匯中、西文學批評範式與理論思維模式方面做出了大量的嘗試與努力。

一　透鏡與鑽石

人們可以很清晰地看到，「京派」批評家們對於中國傳統批評範式進行了大量的現代性轉化和發揮。

可以說，比起中國文化精神傳統來說，傳統文學批評範式是一個更加紛繁蕪雜的系統，對於古代文學批評的研究已走過了一個多世紀的歷程，至今仍使人時有「望洋興嘆」之感。究其原因，主要是支持古代文學批評範式的思維方式與現代研究者所操用的研究範式與目標的矛盾。

不可否認，現代研究者對古代文學批評的梳理已頗見成果，尤其是對於批評方法和批評思維，已經梳理出一系列為學界所公認的範疇，諸如「品評批評」、「以意逆志批評」、「辨體批評」、「分解批評」、「比較批評」等批評方法，都已為人們所熟知[1]。作為一種學術研究，這種分析與梳理自有其意義，但是如果從實際應用的角度上考慮，人們就有理由懷疑，這種切割與抽取是否符合古代批評的整體方法精神？

西方文學批評範式往往貫徹著清晰一貫的邏輯推理路向，如艾布拉姆斯所指出的，在藝術品涉及的世界、藝術家、欣賞者與作品四個要素中，「儘管任何像樣的理論多少都考慮到了所有這四個要素，然而我們將看到，幾乎所有的理論都只明顯地傾向於一個要素。就是說，批評家往往只是根據其中的一個要素，就生發出他用來界定，劃分和剖析藝術作品的主要範疇，生發出藉以評判作品價值的主要標準。」[2]依照這種理論模式，我們可以很方便地從古代批評的各種材料中抽取出各種批評方法：諸如風格品評法、以意逆志法、知人論世法等等，也不難找到大量的相應例證。

但是，我們恐怕可以找到更多的例子，足以說明中國古代批評家往往使用多種方法，同時從幾個要素入手對作家或作品進行批評。例如，在傳統批評中占重要地位的「以意逆志」批評法，「側重於『讀者──作品』關係的考察，要求評論家以盡可能細膩的內心體驗去揣測作品的創作意蘊」[3]，而「知人論世」法，則「側重於作者－作品」的關係考察[4]，但是在實際批評中，這兩種方法往往結合使用，在對作者身世、創作、背景有一定了解的情況下，發揮讀者主觀體驗與想像力，去揣摩，推測作品的意蘊。例如《詩品》在論李陵詩時說：「文多悽愴，怨者之流。陵，名家子，有殊才，生命不諧，聲頹身喪。使陵不遭辛苦，其文亦何能至此。」[5]在這裡，批評者的主觀

1 見賴力行：《中國古代文學批評學》（武漢市：華中師範大學出版社，1991年）。
2 〔美〕艾布拉姆斯：《鏡與燈》（北京市：北京大學出版社，1989年），頁6。
3 賴力行：《中國古代文學批評學》（武漢市：華中師範大學出版社，1991年），頁112。
4 賴力行：《中國古代文學批評學》（武漢市：華中師範大學出版社，1991年），頁117。
5 〔南朝〕鍾嶸：《詩品》。

體驗摻合著由史傳記載而引發的對李陵身世悲劇的感慨與同情，構成了讀解文本的重要視界，正是在這一理解場域中，此詩的「悽愴」與「怨」的情感內涵才得到了生發與強調，在批評家的閱讀經驗中構成了強烈的震撼力。必須強調的是，這種批評與西方的傳記批評是不同的，在中國批評家們「好讀書不求甚解」的態度影響下，這種批評方法所重視的並不一定是真確的傳記材料，而往往是一種主觀性的歷史理解或乾脆就是推測，可以說，這種批評往往重視讀者理解的維度，在理解過程中，作品意義、作者背景與讀者經驗存在著一種互動互適的關係，前兩種資料固然可能決定後者的展開，而後者也完全有可能調節與修改前兩種資料的使用，以使閱讀者得到最大程度的感悟與收穫。這種批評甚至在一定程度上允許讀者在作者傳記資料闕如的情況下以想像力去推測作者的創作心態。這種批評當然有可能出現偏差，如將〈關雎〉也訓釋為「后妃之德」就是一個極端的例子，但在三者調諧適當之時，也往往可使作品的意蘊得到超量的激活與釋放。

打個不很恰當的比喻，大多數西方批評範式都有點像一個透鏡，通過焦距與焦點的調節，可以使觀察者對艾布拉姆斯所說的四要素圖式中的局部獲得最清晰細緻的圖像；而中國傳統批評範式，則像一顆多面體的鑽石，觀察者通過調整它的擺放角度，是為了讓四要素所發射的光線在射入這顆鑽石時，閃耀成最奪目的光彩。

這種靈活圓融、多樣兼容的批評思維在京派批評家那裡得到了極大的發揮。

李健吾對印象主義批評心儀神往，也寫下了大量專就作品本身「含英咀華」的印象批評，但是他並不排斥傳記批評，而且在根據自己主觀印象對作品進行「以意逆志」的解釋與風格描述的同時，經常參證作者的傳記材料，不僅如此，作者的生活事件還常常與作品一起構成了批評所依據的基本印象。有時候作者的生活與精神狀況甚至乾脆就成為作品風格的同構性隱喻。例如他評論葉紫時說：「給他的作品尋找一個比喻，那最確切的，最象徵的，怕還就是他的身體。即使神聖的抗戰不會發生，隨便在什麼時日，什麼地點，脈息會全部停止的可能的身體。他的情形是觖望的，然而遠矚未來，他的靈魂自身便是希望。他必須寫。他必須撒布光明的種子。他把這叫做債。我們說這是力，赤裸裸的力，一種堅韌的生之力。」[6]

而且，在李健吾那裡，作者生活經歷的粗略了解與作品本文理解一起，往往成為他想像與揣測作者創作心態與精神性格的依據。我們很難斷定李健吾對蕭軍生活狀況與精神經歷的詩意描寫有幾分來自真確的了解，有幾分是出自想像，尤其是諸如：「他也許哀傷，也許給樓下的姑娘寫上兩首無從投遞的情詩。他也許生氣，無緣無故和女人吵嘴；他也許偷一片可愛的葉子，當一回風雅的小賊。」[7]妙的是「也許」，既然只是「也許」，自然不必細究，但是作者（與作品）的氣質與形象確實豐滿靈活了不少，作為一種個人的審美印象自不妨存在。

但是，更為典型的「以意逆志—知人論世」批評恐怕還是梁宗岱的《屈原》。梁宗岱在序言中宣稱要運用自己的想像力，直接從作品中「認識作者底人格，態度和信仰」，並且「重織他底靈魂活動底過程和背景」[8]，但是，古史中關於屈原生平的傳記仍然構成了他解讀「屈原作品群」的重要背景。同時，在許多細部，尤其是在具體作品的創作契機上，他也並不完全依照古史記載，而是根據自己的生命體驗與閱讀經驗，進行合乎情理的想像與推測，例如他認為〈九歌〉是屈原青年時期的少作，而不是古史所說的那樣是放逐之後的作品，因

---

6 李健吾（劉西渭）：〈葉紫的小說〉，《咀華二集》（上海市：文化生活出版社，1942年），頁59-60。

7 李健吾（劉西渭）：〈八月的鄉村〉，《咀華二集》（上海市：文化生活出版社，1942年，頁25-26。

8 見梁宗岱：〈屈原〉，《梁宗岱文集》（北京市：中央編譯出版社，2003年），卷2，頁209。

為這裡「流動著的正是一個朦朧的青春的夢」[9]；〈天問〉則是初被放逐之後的作品，而非有人認為的那樣是暮年之作，因為「從情感底觀點而言，則反應最猛烈的是最初受打擊的時候」，而〈天問〉中的「充滿懷疑和深究窮詰的思想世界」正是屈原初遭放逐後對身外一切的懷疑與幻滅。[10]至於將〈遠遊〉判定為屈原臨終前的絕筆，說屈原「像迴光返照一般，他重振意志底翅膀，在思想底天空放射最後一次的光芒，要與日月爭光，宇宙終古。」[11]更是出自梁宗岱的想像了。

尤其是，我們必須考慮到，梁宗岱寫作《屈原》很大一部分動機是出於對當時學術界流行的否定屈原之存在的疑古思潮的反擊，但是這種反擊的依據，主要是建立在對於關於屈原的歷史敘述以及被認為是「屈原作品群」的作品熱愛的情感上，而不是充分的學術考據的基礎上的。因此，這種「以意逆志——知人論世」的批評方式就更加顯示出其獨有的以讀者體驗為重的特性，而梁宗岱的屈原評論，則更展示出這種體驗中的歷史文化累積的成分，「一件藝術品的全部意義，是不能僅僅以其讀者和作者的同時人的看法來界定的。它是一個累積過程的結果，也即歷代的無數讀者對此作品批評過程的結果。」[12]因此，梁宗岱對這種傳統批評的運用，無意中向我們顯示了理解行為中的歷史成見與當代主體意識之間的一種微妙的張力關係，正是這種張力關係使得批評同時具有既固守傳統又開拓創新的兩個維度，成為一種不斷豐富的文化積累。

---

9 梁宗岱：〈屈原〉，《梁宗岱文集》（北京市：中央編譯出版社，2003年），卷2，頁218。

10 梁宗岱：〈屈原〉，《梁宗岱文集》（北京市：中央編譯出版社，2003年），卷2，頁222。

11 梁宗岱：〈屈原〉，《梁宗岱文集》（北京市：中央編譯出版社，2003年），卷2，頁245。

12 〔美〕韋勒克、沃倫：《文學理論》（北京市：生活・讀書・新知三聯書店，1984年），頁35。

二 直覺意象與定向詮釋

中國古代批評家在批評過程中往往兼用靈活多樣的批評方式，這與他們批評思維的靈活多樣性是相一致的。而在這一切批評方法中，他們尤其擅長對作品所呈現的審美風格進行整體性的描述與品評，這部分批評構成了為現代學者們所津津樂道的直覺感悟式的品鑒批評，並被認為是中國傳統的整體直覺思維的體現。

「京派」批評家對這一部分傳統顯然給予了相當的重視。李長之在〈王國維文藝批評著作批判〉中稱之為中國印象批評，認為這「確乎是中國所特有，而作了幾千百年的傳統了的」，並特別指出：「這種方法，是由作品中得到作者的個性，由作者的個性以了解作品，所得的遂是不分作品不分作者的一種混同的印象，復由經濟的藝術的字眼表現之」。並認為這是中國文化「特有的長處」，「應該發揮了去」。當然，他們也同樣意識到這種批評方法「流弊當然是大的，因為容易騙人，也容易自己受騙。原故在很容易流入不確切而模糊。沒有鑑賞天才的人，也可以說似是而非的話，爭論起來，又往往都不著邊際。」[13]因此，如何發揮它的正面素質，而避免其流弊，就是「京派」批評家在發揮這一批評傳統的時候必須思考的問題。

正如朱光潛所說，中國詩話批評的缺點在於「零亂瑣碎，不成系統」，「缺乏科學的精神和方法。」[14]因此，要使傳統批評實現現代性轉化，就必須引入科學方法，在保留原有的整體直覺體悟的靈性的同時接入系統分析與實證的科學思維，而這種接合在很大程度上必須通過與西方理論批評進行某種程度上的駁接而實現。

---

13 參見李長之：〈王國維文藝批評著作批判〉，《李長之文集》（石家莊市：河北教育出版社，2006年），卷7，頁217-218。

14 朱光潛：〈抗戰版序〉〈詩論〉，《朱光潛全集》，新編增訂本（北京市：中華書局，2012年），卷5，頁3。

必須注意的是，我們說整體直覺思維是中國傳統思維的主導方式，並在一定程度上構成了中國傳統思維的優勢與特徵，但這並不是說中國古代批評傳統中全部都是「羚羊掛角，無跡可求」的直覺印象，完全沒有分析與實證的成分。事實上，在古代批評中，多種批評方法與思維方法往往是多樣並行，靈活兼容的，當然，缺陷所在，是大多數缺乏自覺意識與系統意識，流於隨意散漫。但是，這種思維方法的多樣性仍然為有志於融貫中西的中國現代批評家提供了與西方批評範式對接的基點。

在西方批評中，理論模型往往起著十分重要的作用，可以說，每一個批評家的批評，往往不是由具體現象與經驗抽象、歸納出理論模型，就是將某種理論模型推演、運用到具體對象的過程，而這一理論模型往往是某種具有相當程度的普適性的明晰抽象的觀念或原理，而對普適性的追求必然要以對現象與經驗中的具體感性內容的簡化與捨棄為代價，但是正是在這種抽象、簡化與捨棄中，思維才得以逐漸把握紛繁蕪雜的經驗世界的某一層面的本質，獲得對事物的某一方面的清晰的認識。

可以說，大多都接受過正規學院派訓練的京派批評家們對這種理論思維模式都有會於心，駕輕就熟，同時，他們作為中國文化的負載者與承傳者，中國傳統的「妙悟」、「神會」式的直覺思維也是深深地化入了他們的文化氣質與思維習慣中，對這兩種思維兼採並用，融匯貫通，既是他們主體素質的必然傾向，也是他們著意努力的文化重建工程之一。

但是，正如任何文化交流事件都因時、空、人等機遇性因素而呈現出偶然性與特殊性一樣，這兩種批評思維的融合也經由不同的文化—學術主體（個人）這一中間環節而出現了不同的類型與方式。

最常見的一種，是在某種歷史或邏輯框架之內，鑲嵌對於作家作品的直覺印象與品鑒。這種批評實際上很難說有多少的思維創新，在邏輯精嚴的西方批評家的著作中也間或可以看見一些感興的印象描述，當然，也許由於傳統的影響，中國批評家往往更大量地使用這些描述，但是，只有在傳記式的批評框架之內，由於作者形象及其創作歷程的統攝作用，這種印象式描述的大量使用才不至於導致過於的散漫與隨意。梁宗岱的《屈原》就是一個比較典型的例子。但是京派批評家們在融合兩種思維方面進行了更加深入與複雜的嘗試。若要對此進行更深入的探討，就有必要來分析一兩個具有典型意義的批評文本。

一個是李健吾的〈邊城〉。

李健吾指出：「沈從文先生便是這樣一個漸走向自覺的藝術的小說家。」[15]這是這篇批評的總論點，是結論。以下對這一總結論展開了論證。論證一：李給出了他所認為的自覺藝術的作品特點：「有些人的作品叫我們看，想，了解；然而沈從文先生一類的小說，是叫我們感覺，想，回味。」[16]這是一個分論點，從作品給人的閱讀感受方面來說明這種「自覺的藝術」作品的特徵。但實際上這只是一個過渡，因為這種所謂區別或特點，仍然是一種模糊的主觀的閱讀經驗，並非清晰的理論界定。故而需要更具體與清晰的闡述與論證，而這，是通過比較與辨析而達到的：

「廢名先生彷彿一個修士」——「修士」，這是一個粗略的意象，凝聚某種作家個性與藝術追求，但並不清晰，需要解釋——「他追求一種超脫的意境，意境的本身，一種交織在文字上的思維者的美化的境界，而不是美麗自身。」相反地，「沈從文先生不是一個修士。他熱情地崇拜美。」[17]可以說，這是一個結論（結論一），是對上述論點——「自覺的藝術家」的進一步闡明。以下是對這個結論的論證。

15 李健吾（劉西渭）：〈邊城〉，《咀華集》（上海市：文化生活出版社，1936年），頁70。
16 李健吾（劉西渭）：〈邊城〉，《咀華集》（上海市：文化生活出版社，1936年），頁70。
17 參見李健吾（劉西渭）：〈邊城〉，《咀華集》（上海市：文化生活出版社，1936年），頁70。

對結論一的論證：沈從文「從來不分析，一個認真的熱情人，有了過多的同情給他所要創造的人物是難以冷眼觀世的。」[18]在這時，批評家進行了一系列辨析，以便凸現沈從文作為自覺的藝術家的特質：首先是與司湯達比較，凸現他「熱情」的特質，「他曉得怎樣揶揄」，但是他的「揶揄不是一種智慧的遊戲，而是一種造化小兒的不意的轉變（命運）。」而司湯達則會「撒誑」、會「取笑自己」。然後是同喬治桑比較：喬治桑熱情，抒情，說教；沈從文雖熱情，但不說教，「抒情，更是詩的。」這是經過辨析後得出的結論，對這一結論的證明是兩個直覺印象：「《邊城》是一首詩，是二佬唱給翠翠的情歌。〈八駿圖〉是一首絕句，猶如那女教員留在沙灘上神秘的絕句」──在這裡，「詩」這一範疇容易引起歧解，故而又需進一步重申與闡述：「然而與其說是詩人，作者才更是藝術家，因為說實話，在他製作之中，藝術家的自覺心是那真正的統治者。詩意來自材料或者作者的本質，而調理材料的，不是詩人，卻是藝術家！」[19]

可以說，藝術家與詩人也是兩個意象，但同時又是兩個概念，並無明確界定，但仍代表了李健吾的藝術觀點。所謂「自覺的藝術家」，是李的理論背景，是其批評的理論立場與前提。

在提出並展開了這個理論前提之後，李健吾進入了論證二：這是將自己的理論前提具體推演到批評對象上，是演繹。「他知道怎樣調理他需要的分量。他能把醜惡的材料提煉成功一篇無瑕的玉石。」（這形成了結論二）這導致其藝術效果：「他的小說具有一種特殊的空氣，現今中國任何作家所缺乏的一種舒適的呼吸。」[20]這是一種整

18 李健吾（劉西渭）：〈邊城〉，《咀華集》（上海市：文化生活出版社，1936年），頁70-71。

19 李健吾（劉西渭）：〈邊城〉，《咀華集》（上海市：文化生活出版社，1936年），頁71。

20 李健吾（劉西渭）：〈邊城〉，《咀華集》（上海市：文化生活出版社，1936年），頁71-72。

體感覺，包括其用以進行概括與描述的語言也是一種感性化、體驗化的語言——所謂「空氣」、「呼吸」，近似於古代文論中常見的「氣」、「風骨」等等。李健吾顯然是企圖用這個感性的印象來說明沈從文作品給人的和諧感以及獨特的境界，並藉此說明結論二。以下圍繞這一感性印象進行實證性的闡述與證明。

如果說對結論一的論證主要是從作者的人文態度角度進行的，對結論二的分析性論證則是從更具體的詩學技巧的角度進行的。除了指出沈從文「不分析」之外，更具體地展示出：沈從文的技巧是「畫畫」式的（這又是一個隱喻）——分析闡述：

A：作品世界「可愛」

B：人物「可愛」——闡述，概括：人物屈於同一類型

推論並總結：「沈從文先生在畫畫，不在雕刻」（又回到隱喻上面）；探究原因：「他對於美的感覺叫他不忍心分析，因為他怕揭露人性的醜惡。」[21]

最後總結並進一步闡述：沈從文是一個自覺的藝術家：（1）〈邊城〉是一部 idyllic 傑作。和諧。（2）人物氣質的悲哀帶來作品的自然的悲劇氛圍。（3）作者的藝術態度是「不破口道出卻無微不至地寫出。」從而形成了一種獨特的「空氣」。[22]（又回到了感性印象之上，經過理論與實證的論證之後，這感性印象顯然具備了更加清晰與具體的內涵，而且這種閱讀感受與作者的藝術自覺之間的因果聯繫也得到了更為清晰可信的確證。）

如果說，在這篇評論中，直覺印象只是作為理性證明過程的某一環節，作為抽象結論的某種佐證以及引向進一步論證的契機，尚未占

---

21 李健吾（劉西渭）：〈邊城〉，《咀華集》（上海市：文化生活出版社，1936年），頁73-74。

22 參見李健吾（劉西渭）：〈邊城〉，《咀華集》（上海市：文化生活出版社，1936年），頁74。

據舉足輕重的地位的話，那麼，在另一些批評文章中，這種直覺印象卻扮演了一種更為重要的角色。〈籬下集〉就是一個例子：

在這篇文章中，李健吾首先從沈從文的〈題記〉入手，抽象出沈從文的人生觀並以《邊城》作為佐證。這似乎是一種探究作品的觀念內容的思路，但是——他很快轉折到閱讀體驗：「當我們放下〈邊城〉那樣一部證明人性皆善的傑作，我們的情思是否墜著沉重的憂鬱？我們不由問自己，何以和朝陽一樣溫煦的書，偏偏染著夕陽西下的感覺？為什麼一切良善的歌頌，最後總埋在一陣淒涼的幽噎？為什麼一顆赤子之心，漸漸褪向一個孤獨者淡淡的灰影？難道天真和憂鬱竟然不可分開嗎？」[23]（這其中包含著對作品的一種整體直覺，比一般抽象的思想觀念更加複雜微妙，其中顯然滲透著情感性體驗，與此同時，這其中已經開始了對閱讀感受進行某種定向的意義抽象——事實上已經抽象出了一系列問題，這裡顯然有對閱讀的感性經驗進行理性反思的過程。）

在這一反思的基礎上出現了思路的深入和轉折，提出了這樣的問題：「什麼使作者這樣編排他的故事，換一句話，有什麼勢力在意識裡作祟，隱隱定這樣一部作品的色彩、感覺和趨止？」[24]這是追溯原因的探究衝動，屬邏輯理性。

批評家很快給出了答案：「湧上我心頭的，是浪漫主義一個名詞，或者說準確些，盧騷這些浪漫主義者的形象。」[25]值得注意的是，這個答案出現的形式——湧上心頭的是「浪漫主義者的形象」，而且是具體的——「盧騷這些」人，這很重要，這是一種整體的直

23 李健吾（劉西渭）：〈籬下集〉，《咀華集》（上海市：文化生活出版社，1936年），頁89。

24 李健吾（劉西渭）：〈籬下集〉，《咀華集》（上海市：文化生活出版社，1936年），頁89。

25 李健吾（劉西渭）：〈籬下集〉，《咀華集》（上海市：文化生活出版社，1936年），頁89。

覺，是一種意象。這個意象可以說是一種對於問題的某種解答，是李健吾在閱讀中湧起的某種感悟，包含了他對於沈從文以及蕭乾作品的一種理解與體驗，這種理解與體驗以李對於藝術史與文學史的理解與知識為背景，因此，本身已經是一種較高水準的直覺，是批評主體自身的前理解結構因素與批評對象的一種契合與凝聚，這種信息的凝聚指向對作者藝術個性的整體感悟——一種對作者形象的構築。

進而，批評家又對意象進行了內涵的定向抽取：這種抽取不是一種直奔主題的概念抽象，而是感性的提純：從中抽取出來的是一種「近似的氣息」，一種「情調」，這與其說是通過思辨達到的，不如說是通過一種感覺——可以比擬於嗅覺——達到的。這種「情調」又通過一系列意象得到呈現：盧騷的一段話（這段話在此的作用並不是闡明什麼概念，而是作為一種體驗與情緒態度的組成部分或邏輯環節）與浪漫主義文學的形象敘述。在一系列的意象呈現之後，作者隨後又從這些感性的形象中抽取出明確的意義內涵：憂鬱的氣質是這些人（即所謂浪漫主義者）的共同點。這樣，對意象隱喻的意義理解便有了一個較為清晰的詮釋導向。

可以說，批評家在這時已經得到了一種理論模型，下一步就是將這種理論模型用於具體的推演——李健吾考察了沈從文的浪漫主義氣質（即憂鬱情調）的獨特的藝術表現方式，這是辨析，也是將前面得到的理論模型進行具體運用。「在他的憂鬱和同情之外，具有深湛的藝術自覺，猶如唐代傳奇的作者，用故事的本身來撼動，而自己從不出頭露面。」這個時候使用了一個隱喻：「這是串綺麗的碎夢，夢裡的男女全屬良民。命運更是一陣微風，撳起裙裾飄帶，露出永生的本質——守本分者的面目，我是說，憂鬱。」[26]這個隱喻顯然滲入了分析思維，而不僅僅是一串直覺的意象，在這裡不但揭示了沈從文作品

26 李健吾（劉西渭）：〈籬下集〉，《咀華集》（上海市：文化生活出版社，1936年），頁93。

所表現的人生觀而且同時提示了「命運」範疇在其中的詩學意義——造成一種客觀化的敘事效果，而這種「無我格」的追求，正是李健吾所推崇的藝術自覺的標誌，很顯然，批評家的背景觀念在這種運用意象符號進行的邏輯運演中起了相當大的決定作用。

實際上，這一切還僅僅是引子，但是這個引子卻奠定了對蕭乾《籬下集》的批評藉以展開的理論模型，即「浪漫主義者的憂鬱氣質的自覺的藝術表現。」而下文便在這個理論觀念的前提下著重分析了蕭乾筆下人物的特徵——質樸、單純而堅韌，同時卻又飽受命運與人世播弄的弱勢者，最後重點賞析了兩篇「傑作」:〈蠶〉和〈道旁〉。而〈蠶〉中所描寫的蠶又被提升為凝聚作者所表現的人物以及主題內涵的象徵性意象:「現在，我們不覺得這些蠶都是老黃之流的常人嗎？這一生，充滿了憂患浮光，不都消耗在盲目的競爭上嗎？為生存，為工作，一種從不出口的意志是各自無二的法門。然而隱隱有什麼支配著它們。一對年輕男女是它們的主宰。那麼誰又是人生朝三暮四的帝王？我們自然而然想到命運。對於現代人，命運失去它神秘的意義，淪在凡間，化成種種人為的障礙。這也許是遺傳，是經濟，是社會的機構，是心靈的錯落。作者似乎接受所有的因子，撒出一面同情的大網，撈拾灘頭的沙石。於是我們分外感到憂鬱，因為憂鬱正是潮水下去了裸露的人生的本質，良善的底裡，我們正也無從逃避。生命的結局是徒然。」[27]可以說，蠶的意象像火一樣點燃了批評家生命的感悟，這種感悟的靈光又回頭照耀了蠶的意象，使它昇華蛻化成為一個凝聚作者與批評家雙方的生命感悟的象徵，映照了對作者作品的全部理解。在借助蠶的意象大發感慨之後，批評家又回到了開頭所歸結的「憂鬱」情調之上，但這時卻更將之提升與擴展為更具普遍性的感悟:「其實屬正常人生的小說，大半從萌芽說到歸宿，從生敘到死，

27 李健吾（劉西渭）:〈籬下集〉,《咀華集》（上海市：文化生活出版社，1936年），頁104-105。

唯其崩潰做成這些現象必然的色相，我怕行動都帶著憂鬱的腳鐐。奇怪的是，浪漫主義和現實主義形似格格不入，它的作品卻同樣憂鬱。……」[28]可以說，這從評論對象引出的議論雖說也切合於所評對象的事實狀況，但更多地已經是在借他人之杯酒，澆自家之壘塊，這也是一種閱讀體驗，其中已然綜合了閱讀者自己的個人氣質與情感因素，這種個人因素在他對作品意義的理解以及對凝聚這一理解的象徵的選擇與抽取的過程中顯然扮演了一個重要的角色。

可以說，上述這些例子所顯示的是整體直覺思維與抽象理性思維相互融合的一種方式，在這種方式中，整體直覺思維所產生的意象作為一種思維符號，經由理性的反思與抽象，而獲得較為清晰的意義導向，從而加入了整體上以邏輯與理性為潛在規則與流程的批評思維過程之中。在其中，經由邏輯思維的滲透而實現意義詮釋定向的直覺意象或是充當了邏輯推斷的起始條件，或是成為邏輯推理的結果的一種意義凝聚，在思維的進程中充當了某種跳板與驛站的作用。

三　文化的象徵

但是在京派批評家們的批評實踐中，這兩種思維的融合還有另外一種方式。如果說，在上述方式中，是以抽象理性思維為主體而吸納與滲入直覺思維因子的話，那麼，在這裡，則是以直覺思維為主而輔以實證與分析思維的理性支撐。例如李長之在〈釋美育並論及中國美育之今昔及其未來〉中說：「中國古代人美感的最佳代表是玉。」這就將玉提升成為他所說的中國古代美感的象徵，隨即他引用了一系列典籍的記載，以證明玉對於中國古代的文化意義，然後說：「玉所代表的美感是頗高等的，不稚弱，不瑣碎，不淺薄，不單調，不暫時，

28 李健吾（劉西渭）：〈籬下集〉，《咀華集》（上海市：文化生活出版社，1936年），頁105。

不變動不居，不死滯不前。在人格上能與之符合者，也恐怕只有孔子而已。所以宋儒也都常拿玉來形容孔子。玉和孔子代表了美育發達的古代中國。」這裡雖然以抽象的語言對所謂「玉的文化」進行一種闡說，但是採用的並不是一種規範的定義，或是全用否定式的判斷，或是用另一個更加複雜（當然，也許更加令人熟悉）的文化存在或意象來對這個象徵意象進行說明，應該說，這並不旨在給人一個清晰確定的抽象觀念，而在於使人能有所感悟，也正因此，下文更是變本加厲地使用了一系列實在的文化意象加入這一闡說：「後來玉的文化雖然少了，但玉的文化曾經變成為晉人書法，玉的文化曾經變而為元人文人畫；那簡淨淡雅而有力的壯美感，始終陶冶著中國讀書人的趣味。」[29]雖說有一個「簡淨淡雅而有力的壯美感」，但這與其說是形容玉的，不如說是形容晉人書法與元代文人畫，而且仍然是一種非親味所描述的對象不能有所領悟的直觀感受。

顯然，這種意象符號具有極大的文化容量，它不但不僅僅是抽象理性思維過程的某個環節，而且完全可構成一種思維的結構框架，吸納入大量的思維內容與過程。李長之採取這種思維方式，一方面固然有其中國本土文化的根基，另一方面可能也跟尼采的影響有一定關係，我們可以很容易地看見，尼采關於日神精神與酒神精神的闡說顯然與西方主流的理論思維範式大異其趣，而更接近於東方的直覺思維方式。我們並不想在此討論尼采的思維與東方或中國傳統思維的親緣關係，我們所要提示的是，在中西方文化與思維的融合中，中國傳統思維有可能經由外來文化中的相似性因素而得到激活，並與這一外來影響相結合而獲得新的生命。可以說，李長之用直覺意象來融貫與綜合中國傳統文化精神就是其中一個例子。除了關於「玉文化」的闡說之外，李長之關於孔子與屈原的論述其實是這種思維的更為典型的成果。雖

29 見李長之：〈釋美育並論及中國美育之今昔及其未來〉，《李長之文集》（石家莊市：河北教育出版社，2006年），卷3，頁169-170。

然他反覆認為，「孔子是古典的，屈原是浪漫的」（在〈司馬遷之人格與風格〉等書中也有諸如楚文化是浪漫的而周文化是古典的論述。），但是他更多的是致力於通過對孔子與屈原的文化人格的描述，而將孔子與屈原提升為一種具有普遍意義的文化象徵與文化原型，至於古典與浪漫的概念，只是借用來說明這兩個文化意象內涵的術語罷了——李長之更認為，孔子是在浪漫中嚮往古典，其精神內核是浪漫的，而最終表現為古典的，（對司馬遷也有此類看法）這更說明了古典與浪漫並不能統括這兩個文化意象的豐富內涵。於是，有關孔子與屈原的全部形象描述與理論分析都將成為對這兩個文化意象進行理解與體悟的路徑與暗示，就如同指示月亮的一根根手指，雖然可能幫助人們看見月亮，但畢竟不是月亮本身，真正的月亮，還需要人們自己用眼睛去觀看。李長之推出這兩個文化意象的目的顯然是要對中國傳統的人格文化精神進行某種新的理解，並使人們體會與認同這種理解。

我們看到，整體直覺感悟思維綜合混融了批評主體個人體驗與批評客體自身狀態，這使得融合中西思維方式的京派批評呈現出一種濃厚的個性心理學氣氛，批評成為一種靈魂的遇合，成為作者與批評家讀者之間的一種心靈對話，在這種對話中，隱喻性的語言與分析性的語言並存，相輔相成，互釋互注，對作家作品的直覺感悟理解凝結成隱喻性的意象，這種意象作為符號也參與了理論的思維與推演，即通過理性語言的闡釋與分析而使直覺意象的指涉內涵趨於明確與清晰，從而具備與抽象概念相類似的參與思維的分析與綜合程序的功能；或者，隱喻性的意象構成了具有強大的凝聚與吸納能力的意義中心，為所有的邏輯思維與歷史回憶構築起一個意義生產的場所。於是，長於保留鮮活的閱讀體驗的直覺意象與長於傳達清晰意義的抽象語言共同建構起一個融理性與感性為一體的富有彈性的理解空間，在這個空間中，文學經驗與人生經驗都將如同撞開岩層的泉水，流淌不竭，共同匯入感悟的海洋。

第十章
網際人語
——京派批評家對中西文學批評術語的會通

語言是人類為自己編織的一張大網。人類只能通過這張網去理解世界，審視自我。對人類來說，這張網既是安放心靈的家園，也是困囚心智的牢籠。在文學批評中，語言之網更是鋪天蓋地，疏而不漏，無論採用何種批評思維與方法，批評家的藝術體驗最後都必須借助語言才能凝聚、呈現，也只有通過語言才能交流與傳播，從而成為人們可以共同擁有的體驗與生命的一部分。在這其中，一個個批評術語更是一顆顆珍貴的思想結晶，每一顆這樣的結晶，都歷經提純與濃縮，在一代代人的體驗與思索中凝聚、傳遞與生產著新的體驗與意義，並構成了批評的語言之網上的一個個網結，使得這張捕捉與包裹藝術體驗的語言之網堅牢而有效。而對於中國現代文學批評家們，尤其對於朱光潛、梁宗岱、李長之這些深受中西兩種文化與學術傳統薰染的京派批評家們來說，他們而臨的處境則獨特而尷尬，他們發現自己立在兩張語言之網的邊際之間，面對著兩套藝術體驗描述系統，他們感到的，未必是語言之網家園般擁抱的堅實靜謐，更經常的可能，是面對新天地的欣喜嚮往與無所適從的窘迫。而他們本能的衝動就是彌合網際縫隙，用一張新的大網來喚回曾經有過的家園之感。

一　欣喜與嚮往：面對另一張語言之網

京派批評家們大多對於西方文藝理論與批評話語有著較為廣泛的涉獵與浸染，儘管他們同樣難以忘懷中國傳統的藝術體驗及其描述系統，但是這一張來自西方的語言之網顯然令他們目炫神迷。尤其是，當這張網在他們的心目中籠罩著現代性、科學性等等諸多光圈的時候，西方理論術語就幾乎有著一種普遍性的價值。在這個時候，他們時常按捺不住將自己傳統的家園搬遷到這張網內的衝動。

全面轉換描述系統，在中國傳統文學經驗的地界上編織、甚而複製出一個西方文學理論與批評的語言之網，這也許是這種衝動的最直截了當的一種表現。在這其中，李長之的某些表述就極為典型。他提出，要把西方文學史的大量「公認的範疇」——諸如文學（Literatur）[1]、文藝（Dichtung）、劇（Drama）、文（Prosa）、抒情詩（Lyrik）、史詩（Epik）、古典主義（Klassizismus）、古典精神（Klassizitaet）、古典（Klassik）、浪漫（Romantik）等等——運用到中國文學當中去，看看中國文學裡有沒有這些成分，他認為，經過這個過程，就「彷彿是把許多草藥，經過分析提煉之後，就可以隨便作為取用之資了。中國文學中無盡藏的寶庫，便可以耀然生輝，不致荒蕪了。」[2]

顯然，李長之的這些說法中實際上隱含著一個不言自明的前提，就是中國文學確實是一個寶庫，而它之所以是寶庫，就是因為其中確實包含著西方文學範疇所表述的那種經驗與內容，如若不然，又何必下這「分析提煉」的功夫？可以說，這種所謂「分析提煉」實際上是描述系統的轉換，李長之希望通過這種轉換，將中國傳統文化與文學的經驗存在向另一個語言與經驗系統——這個系統被視為更普遍因而也更現代——引渡，從而實現中國傳統藝術世界向西方——也即現代——藝術經驗視界的融入。

---

1 儘管其中一些概念，例如「文學」、「文」，在中國典籍中也可以找到相應語辭，但李長之特意注出德文，顯然所指的是西方文學範疇。

2 李長之：〈論研究中國文學者之路〉，《李長之文集》（石家莊市：河北教育出版社，2006年），卷3，頁113。

李長之的另一個隱喻可能更加充分地表達了這種轉換描述系統的急切意圖。他在〈現代美國的文藝批評〉一文中將中國與美國在文藝批評方面的成就作了對比，認為中國與美國一樣，目前都拿不出能夠「代表本國的成為獨立面目的體系的文藝批評」，而且在這方面中國還不如美國。但是，「以過去論，中國卻比美國幸運」，因為美國「沒有什麼本國的傳統可說」，而「我們終有深厚的文化教養作傳統，在那裡是純然有我們自己的面目的」，而對於現代中國人來說，問題並不是在於缺乏精神文化資產，而是這些資產與現代（西方）通行的文化形式不能通約。「這好像世界上已經通用紙幣了，我們卻有元寶藏在地下，並不是沒有錢，卻是有而不能馬上用。我們有傳統的人生觀的呀，我們有傳統的哲學的呀，我們也有我們的審美能力的呀，但那完全建築在另一個世界裡，現世界裡所有的，我們卻又急切不能取得。這便是現代中國人文化上的最大苦悶時期。」[3]在承認與肯定傳統文化具有巨大價值的前提下，李長之關注的課題就是如何迅速實現這些傳統的精神文化資產向西方現代通行的文化貨幣的兌換。

在這樣的思路之下，傳統術語就必須而且可以易容改裝為現代（西方）術語。李長之在這方面也顯示出了相當的興趣和信心，他在評介王國維的時候就提出，要「把他（指王氏——引者注）的術語翻成現代語言」，而作為一種嘗試，他在〈王國維文藝批評著作批判〉一文中真的動手對王國維的一些重要術語進行了解釋與翻譯，這其中就有王國維的重要範疇「境界」。李長之認為：「我們看從前人所謂的興趣，神韻，其中有一個相同的目的，便是要把文學作品中所感到的東西扼要的說出來。但是終於沒弄清楚，有意無意之間，那用語帶了形容的意味，興趣啦，神韻啦，倒是有著形容那作品的成功而加上讀者的鑑賞的色彩了，王國維卻更常識的，更具體的，換上了一個『境

3　李長之：〈現代美國的文藝批評〉，《李長之文集》（石家莊市：河北教育出版社，2006年），卷3，頁43。

界』，我們很可以知道，凡是不清楚而神秘的概念只是學術還在粗糙的征驗，所以王國維的用語，可說一大進步。」但是李長之對此仍不滿意，他又把「境界」解釋、翻譯為「作品的世界」——「客觀的存在之外再加上作者的主觀，攪在一起，便變作一個混同的有真景物有真感情的世界。」對於這一解釋與翻譯，李長之頗為自得地說，「我認為是比王國維的用語還近於科學的，還進步的，學王國維的話：王國維所謂境界，又不若鄙人拈出作品的世界五字為更探其本也。」[4]在這之後，李長之又乘興一口氣解釋、翻譯了一系列與「境界」有關傳統範疇：如「格」，「偏於在中國古代人心目中讀書人所修養的雅俗的程度的意味」；「情」，「即是感情」；「氣」，「即貫串作品的力量」；「韻」，「即是諧和的音樂性的美」；「性情」，「是指作者的個性」，「氣象」，「是指被那作者的個性所鼓蕩的一篇作品中所給人的整個印象」等等[5]。

李長之的這些嘗試看似輕鬆暢快，恐怕反而更易於引起人們的疑慮。中國人用來描述自己的藝術經驗的傳統術語與從西方人藝術經驗中提純出來的西方理論範疇是否可能實現對等的互譯？西方的理論範疇系統（即使是就整體而言）是否可以一網打盡中國人的藝術經驗？甚至，感性的藝術經驗是否可以用「清楚明瞭」的抽象術語來完整表述？這些問題恐怕都很難有一個明確一致的回答。而從中國現代學術實踐來看，王國維的「境界」並不因此就被「作品的世界」或者其他相類似的清晰概念所取代，人們一邊在許多場合下繼續樂此不疲地使用著這一概念，一邊在津津有味的不斷咀嚼著這一術語所包含的諸多微妙意蘊。人們同樣也會覺得「氣」、「氣象」等其他術語，也似乎在

4 見李長之：〈王國維文藝批評著作批判〉，《李長之文集》（石家莊市：河北教育出版社，2006年），卷7，頁215-216。

5 李長之：〈王國維文藝批評著作批判〉，《李長之文集》（石家莊市：河北教育出版社，2006年），卷7，頁217。

這脫胎換骨的翻譯中流失了不少本有的弦外餘響和不盡意味，以這些代價換取清晰明瞭，似乎未必值得。在這個時候，人們就可以看到，這些王國維所使用的傳統式概念[6]具有某種與傳統漢語言的優勢俱來的難以忽略的優越之處。這都使人們有理由懷疑，這種描述系統的由中到西的簡單轉換，是否也像國際貨幣之間的兌換一樣，有可能令我們原本數額巨大的文化經驗資產無形中受到損耗。

二 雜用與黏合

與李長之相比，朱光潛對於中國傳統文學批評術語的生命力顯然抱有更大的信心，儘管各種西方文藝理論的思路與術語的運用對他來說可稱是駕輕就熟，但是在他的著作中仍然不時地閃現中國傳統詩文論的概念與話語。例如「境界」，這個取自王國維詩論的概念就構成了朱光潛詩論的重要範疇。他在《詩論》中說：「一個境界如果不能在直覺中成為一個獨立自足的意象，那就還沒有完整的形象，就還不成為詩的境界。一首詩如果不能令人當作一個獨立自足的意象看，那還有蕪雜湊塞或空虛的毛病，不能算是好詩。古典派學者向來主張藝術須有『整一』（unity），實在有一個深理在裡面，就是要使在讀者心中能成為一種完整的獨立自足的境界。」[7]實際上，朱光潛所理解的

---

6 近年來，有學者提出王國維的「境界」儘管語言的外觀上保持著中國古代詩學的表象，實際上是已經被植入了西方美學觀念的「衍指符號」，其中國文化身分令人懷疑。持這一觀點比較具有代表性的論著是羅鋼的專著《傳統的幻象：跨文化語境中的王國維詩學》（北京市：人民文學出版社，2015年），但筆者認為，「境界」說雖然採納了西方美學的一些觀念，但它仍然保留了基本的中國文化思維方式，其中國文化身分是無可置疑的。有關論述可參見拙作：〈還原「間距」——王國維「境界」說的文化身分辨析〉，《文學評論》2018年第2期。在此為了避開與主題無關的爭議，故而使用了「傳統式概念」這一比較折衷而較有彈性的界定。

7 朱光潛：〈詩論〉，《朱光潛全集》新編增訂本（北京市：中華書局，2012年），卷5，頁49。

「境界」，除了特別強調所謂「整一性」之外，其內涵（詩的這種獨立自足的小天地）與李長之所表述的「作品的世界」並沒有本質的不同，但是，朱光潛顯然對傳統氣息濃厚的「境界」一詞仍然情有獨鍾，並沒有用一個更加明晰的現代語彙取而代之，而是讓它與「直覺」、「意象」等西方術語一起在自己的論說中比肩而行。

這種中西術語的雜用恐怕可以算是朱光潛理論著述的一大特點。面對中西兩張語言之網，朱光潛不像李長之那樣急於通過轉換描述系統而達到體驗與語言向西方語言之網的全面遷移，也許，對他來說，這兩張語言之網的重疊交叉構成了一個更加廣闊的舞臺，在這上面進行的論說表演將會比僅僅在一張網上所可能產生的更加精彩。

朱光潛有關詩的境界的論述仍然是建立在他承自克羅齊直覺論的文藝心理學的基礎之上，概括地說，即所謂「美感經驗就是形象的直覺」。值得注意的是，在解說「直覺」這一基礎性概念的時候，朱光潛就已經開始摻雜使用中國傳統的哲學術語。

朱光潛在《文藝心理學》中說：「『用志不紛，乃凝於神』，美感經驗就是凝神的境界。」[8]很顯然，通過強調二者之間的心理體驗層面內涵的相似性，朱光潛把「直覺」的概念與中國古代莊子哲學的「凝神」概念勾連在一起，這不是用西方現代語言來解釋古代術語，相反，是利用中國知識分子比較熟悉的經典術語去解說引進的西方概念，不僅如此，以這一傳統概念為中介，朱光潛還引入與闡說了叔本華與尼采的解脫理論以及移情論與內摹仿理論，從而建構起一套能夠對學兼中西的現代中國知識分子的藝術體驗進行有效闡釋的知識系統。

事實上，朱光潛引入「凝神」概念，只是刻意強調這一概念的心理經驗層面的內涵——「用志不紛」，也就是所謂「極端的聚精會神

---

8 朱光潛：〈文藝心理學〉，《朱光潛全集》新編增訂本（北京市：中華書局，2012年），卷3，頁122。

的心理狀態」[9]，在這之後，朱光潛的闡說言路開始分化，一路通過強調凝神心理狀態的「物我兩忘」的一面，將克羅齊的直覺概念的內涵向叔本華的直觀概念的內涵移置，從而使這一美學闡述言路走向審美解脫論的目標，另一路，通過強調凝神心理狀態的另一面——其實應該是另一種話語描述——「物我同一」，又使直覺與移情論、內摹仿論等心理學話語勾連起來，並由此推出直覺意象是審美主體情趣的返照，也即審美意象包含著主體的情趣，在後來的《詩論》中，這一言路終於延展為有關「境界」的詩學闡釋：「詩的境界是情景的契合」——也即「情趣與意象的契合」。[10]

這樣，在這裡就不僅僅是中西術語的雜用，更是中西術語的互解互釋，朱光潛的言路在兩張語言之網間穿梭跳躍。正如一些論者所指出的，這其中顯然包含著相當程度的誤讀成分。例如：「朱光潛在第一章中引用叔本華論述『純粹直觀』的一段話來闡釋證明克羅齊直覺的意象，這就說明他完全沒能弄清這兩種『直觀（覺）』在各自體系中的位置。在克羅齊體系中，直覺是認識過程的起點，和理性認識構成低高兩度關係，而在叔本華體系中，『純粹直觀』是認識的最高境界，只有純粹直觀才能認識理念和世界本質，獲得真理。叔氏的直觀是脫離一切欲望情感後的靜觀的認識，而克羅齊的直覺則是心靈為情感創造出適於表現的意象，即抒情的表現。」[11]而且他對於尼采悲劇美學的理解也有偏差。但正是通過這樣一種有意無意的誤讀，他實際上使得西方術語與中國傳統術語在意蘊上互相映照並互相滲透，從而開始發生變形，開始講述一種新的伽達默爾所謂的「共同意義」。

---

9 朱光潛：〈文藝心理學〉，《朱光潛全集》新編增訂本（北京市：中華書局，2012年），卷3，頁121。

10 朱光潛：〈詩論〉，《朱光潛全集》新編增訂本（北京市：中華書局，2012年），卷5，頁51-52。

11 王攸欣：《選擇．接受與疏離》（北京市：生活．讀書．新知三聯書店，1999年），頁130。

使得這些原來可能相互衝突的概念得以在同一意義場中黏合在一起的，應該是「凝神」概念。可以說，「凝神」這個經過經驗心理學解釋的莊學範疇成為一個中轉站，「直覺」概念經過這個中轉站，一路接上哲理維度的解脫論，一路最終接上中國傳統的「情景交融」的表現論詩學。

可以說，「凝神」概念自身的複合性意蘊也使這一概念非常適合承擔這樣一種黏合與中轉的任務。在中國傳統的莊禪思想中，「凝神」、「坐忘」、「止觀」等等都是一種由靜觀而得解脫的超越方法，因此，這些概念都具有「技」（心理調控與心理體驗）與「道」（超越與解脫）兩個層面的意義指涉功能。無論是道家還是禪宗，都是企圖通過這種技術，達到最終的超脫，即所謂「墮肢體，黜聰明，離形去知，同於大通」（《莊子》〈大宗師〉）的境界。從粗淺意義上說，這種境界也確實如朱光潛所理解的，是由所謂「物我兩忘」而至「物我同一」，這種超脫過程，與叔本華的「直觀」有些相似，但與其直觀世界而見理念終至解脫不同，莊禪更重視的是自我心性的內在超越。這種心境與審美應該說頗為幾分相似，但是，有所不同的是，在審美活動中，審美表象占據了至關重要的中心地位，而在莊禪哲學中，「象」顯然並不具備重要的地位，道家認為「大象無形，大音希聲」，天地之「道」是超越具體事物表象的，因此，《莊子》中才有「象罔得珠」的寓言。而所謂「象罔」，王先謙《莊子集解》引宣穎曰：「似有象而實無，蓋無心之謂。」[12]說的正是超越於具體表象才能達到對「玄珠」——也即「大道」的把握，而對於佛教禪宗來說，事物的表象更是一種「相」，是一種必須破除的執著。朱光潛通過「凝神」將克羅齊與莊禪相黏合，使克羅齊向上提升，但在莊禪的超越之途中止步於具體的「象」，從而使審美「意象」成為承載自我內在超

12 〔清〕王先謙撰：《莊子集解》（北京市：中華書局，1987年），頁101。

越意圖的救生艇。這樣克氏的「意象」獲得莊禪一路的解脫意義，最終導向了他所理解的叔本華與尼采的「由形相而得解脫」的藝術終極目標論。

正如有些論者指出的，將「形象的直覺」向叔本華的「純粹直觀」以及莊禪等的認識論哲學的理路一路遷移，顯然背離了克羅齊的原意。但是，經「凝神」、「物我同一」中轉，向下接上移情說與內摹仿論，最終導向中國傳統的意境論、表現論詩學，這條理解言路則與克羅齊頗為接近。但是這條言路瀰漫著濃厚的情感心理學的氛圍，尤其是移情論與內摹仿論的引入，更使之與向上一路的認識論與解脫論的理路幾乎是背道而馳的，這一矛盾，也許朱氏並不是沒有覺察，他時常強調「情趣意象化」以及「由形相而得解脫」的闡述，也許正是為了彌合上路的認識—解脫論與下路的抒情—表現論的裂隙，以便在上路與下路間築起一條聯繫通道，以免上下兩路的言路分道揚鑣而導致整個闡述系統的瓦解。

但是，正如我們已經提示的，真正在這個系統中充當黏合劑的，還是被經驗心理學化的「凝神」概念，正是通過這個概念將截然相反的兩種心理經驗集納在一起，這些有著相當差距甚至在哲學理路上幾乎背道而馳的的術語與解說才能夠黏合成為一整個話語系統而不至於陷入明顯的矛盾甚至混亂之中。

而朱光潛對於這種經驗心理學的解釋言路也顯然頗有信心，在這些知識與理論的基礎上對中、西術語或命題進行解說與闡述是他常用的方法。他用這種方法對中國傳統詩學中的一系列重要範疇——如「氣」、「氣勢」、「神韻」、「格調」等等——進行了某種現代化解釋。

他在〈從生理學觀點談詩的「氣勢」與「神韻」〉中說：「詩和其他藝術一樣，是情趣的意象化。情趣最直接的表現是循環呼吸消化運動諸器官的生理變化。」[13]「詩所引起的生理變化不外三種，一屬節奏，二屬模仿運動，三屬適應運動。……究竟『氣勢』『神韻』是什麼一回事呢？概括地說，這種分別就是動與靜，康德所說的雄偉與秀美，尼采所說的狄俄倪索斯藝術與阿波羅藝術，萊辛所說的『戲劇的』與『圖畫的』，以及姚姬傳所說的陽剛與陰柔的分別。從科學觀點說，這種分別即起於上文所說的三種生理變化。生理變化愈顯著愈多愈速，我們愈覺得緊張亢奮激昂；生理變化愈不顯著，愈少愈緩，我們愈覺得鬆懈靜穆閒適。前者易生『氣勢』感覺，後者易生『神韻』感覺。」[14]很顯然，這又是朱光潛常用的方式，將中西兩組概念擺在一起，互解互釋，但是，這一理解過程，是在經驗心理學的背景下才得以實現的。至於他對於「氣」的解釋，則更是直截了當地用生理心理學的理論去讀解作為一種中國文化體驗的「文氣」論：詩文都要有情感和思想。情感都見於筋肉的活動，而思想離不開語言，語言離不開喉舌的動作。而古人講「氣」往往與聲調朗誦有關，聲調又與喉舌運動有關。於是「可知從前人所謂『氣』也就是一種筋肉技巧了。」[15]考慮到朱光潛將以上中國傳統詩學範疇都看成「情趣──意象」（構成意境）這一對概念的分支與衍化，這種解釋言路顯然有其相當廣泛的適用潛能。

可以說，朱光潛的闡述策略擁有巨大的優勢，通過在經驗心理學的理解平臺上使中西兩套描述系統互解互釋，他確實比較成功地使西方理論話語在中國文化與藝術體驗的語境中開始言說，同時也使中國傳統的藝術經驗描述語言在現代理論的語境下發出聲音，朱光潛猶如

13 朱光潛：〈從生理學觀點談詩的「氣勢」與「神韻」〉，《朱光潛全集》新編增訂本（北京市：中華書局，2012年），卷6，頁40。

14 朱光潛：〈從生理學觀點談詩的「氣勢」與「神韻」〉，《朱光潛全集》新編增訂本（北京市：中華書局，2012年），卷6，頁45。

15 朱光潛：〈談美〉，《朱光潛全集》新編增訂本（北京市：中華書局，2012年），卷3，頁82。

一個合唱隊的指揮，努力使這兩種唱腔互相應和，甚至以相同的節拍合唱同一主題旋律，而這時他手上揮舞的正是經驗心理學的指揮棒。

三　合適的映射以及闡述機制

朱光潛的思路恐怕具有相當廣泛的代表性，在中國傳統詩學的叢林中尋找一個個西方詩學概念的對應物，是許多中國現代批評家都樂於從事的闡釋學探險。通過建立起一系列這樣的一一映射關係，可以很方便地實現西方詩學術語與中國傳統詩學術語的雙向兌換，從而在中西語言之網間構成語辭與意義的流通共享機制，但是，在建立這種概念的映射關係時，必須慎之又慎，至少，要精心挑選合適的互釋對子，這樣才能在語言與意義上達到一種視界的融合，從而實現對中西藝術體驗及其描述語言的共享，否則，這張在中西語言之網的邊際上編織起來的解說之網便會出現令人窘迫的裂隙。

正是因此，京派批評家們時常在中西術語的對釋時因理解與解說的分歧而爭訟不休。梁宗岱與朱光潛就是這樣一對典型的論友。例如，在象徵主義詩學問題上他們就存在著理解的分歧。

朱光潛認為，「象徵底定義可以說是：『寓理於象。』梅聖俞《續金針詩格》裡有一段話很可以發揮這個定義：『詩有內外意，內意欲盡其理，外意欲盡其象。內外意含蓄，方入詩格。』」[16]

梁宗岱對此卻頗不以為然，他認為，朱光潛是把文藝上的「象徵」和修辭學上的「比」混為一談，中國詩學中的「比」，無論擬人還是托物，只是把抽象的意義附加在形象上面，意與象並未融合為一，感人的力量也就膚淺而有限[17]。這絕不是他心目中的象徵詩學的

---

16 朱光潛：〈談美〉，《朱光潛全集》新編增訂本（北京市：中華書局，2012年），卷3，頁66。

17 梁宗岱：〈象徵主義〉，《梁宗岱文集》（北京市：中央編譯出版社，2003年），卷2，頁62。

真髓。在否定了朱光潛建立的「象徵＝寓理於象」（也即他所理解與概括的「象徵＝比」）這一映射之後，他自己提出了另一個映射：「象徵……我以為它和《詩經》裡的『興』頗近似。」當然，對於「興」中國傳統詩學中也有大量不同的解說，梁宗岱特別選定了《文心雕龍》的解說：「興者，起也；起情者依微以擬義」，但是卻對其中的關鍵詞作出了自己的闡釋：「所謂『微』，便是兩物之間微妙的關係。表面看來，兩者似乎不相聯屬，實則是一而二，二而一。」在此基礎上，梁宗岱開始用他所理解的「興」去解說「象徵」：「象徵底微妙，『依微擬義』幾個字頗能道出。當一件外物，譬如，一片自然風景映進我們眼簾的時候，我們猛然感到它和你們當時或喜，或憂，或哀傷，或恬適的心情相彷彿，相逼肖，相會合。我們不摹擬我們底心情而把那片自然風景作傳達心情的符號，或者，較準確一點，把我們底心情印上那片風景去，這就是象徵。瑞士底思想家亞美爾說，『一片自然風景是一個心靈底境界。』這話很可以概括這意思。」[18]

顯然，梁宗岱不滿於朱光潛將「象徵」解釋為中國詩學中的「寓理於象」，主要是因為這一解說不能闡說他理解中的象徵主義詩學的獨特氣質——豐富微妙的情緒感興。而他用「興」去與「象徵」構成概念映射的對子，主要也是為了強調突出這些方面的內涵，因此他對劉勰對「興」的解說中涉及的「情」與「微」這兩個字眼特別重視，並在闡說中加以重點凸顯。實際上，梁宗岱的這些解釋未必符合劉勰的原意。《文心雕龍》〈比興〉中明確地說：「觀夫興之託喻，婉而成章；稱名也小，取類也大」、「興則環譬以託諷」，顯然認為「興」也是一種「託喻」，與「比」的不同之處只是「比顯而興隱」而已，而且劉勰說「興者，起也」，「起情者依微以擬議」，固然強調其中情感

18 梁宗岱：〈象徵主義〉，《梁宗岱文集》（北京市：中央編譯出版社，2003年），卷2，頁62-63。

的因素，但所謂「擬議」，最終旨歸仍然指向了「意義」，黃侃在《文心雕龍札記》中亦說：「原夫興之為用，觸物以起情，節取以託意。」[19]就指出了「興」之中亦包含了「託喻」之成分。至於「比」，雖說是「附理者，切類以指事」，但另一方面「比則蓄憤以斥言」，同樣是基於情感的一種。因此若是照劉勰的觀點來看，「比」與「興」實際上都是一種譬喻，並沒有本質上的區別。因此，〈關雎〉被劉勰引為「興」例——所謂「關雎有別，故后妃方德；尸鳩眼見為實一，故夫人象義」，梁宗岱卻認為這是「比」，這就足以證明梁對劉勰「比興」論的理解與闡釋有些錯位。因此，如果深究起來，梁宗岱援引劉勰的「比興」論來批評朱光潛對於「象徵」的解釋，恐怕未必得力。

實際上，劉勰的「興論」折衷綜合了漢儒的「託事於物」的「興」論與魏晉時出現的「興感」論，梁宗岱所看重和強調的只是劉勰「興」論的後面這半個。魏晉以普遍以「感」釋「興」，並且出現了「興感」一詞，如王羲之〈蘭亭集序〉中曰：「每覽昔人興感之所由，若合一契未嘗不臨文嗟悼，不能喻之於懷。」而摯虞則在《文章流別論》中稱：「興者，有感之辭也。」明確地以「有感」釋「興」，而之後鍾嶸《詩品》則提出：「文已盡而意有餘，興也。」顯然，劉勰的「起情者依微以擬議」就綜合了這兩方面的理解——「興」是「起情」，且具有「文已盡而意有餘」之「微」，劉勰尤其強調了「興」之中主體情感受外在物象觸動激發的意義——「原夫登高之旨，蓋睹物興情。情以物興，故義明雅；物以情觀，故詞必巧麗。」[20]這種論「興」的理路，後世不絕如屢，如宋人李仲蒙稱：「敘物以言情謂之賦，情物盡也；索物以託情謂之比，情附物者也；觸物以起情謂之興，物動情者也。」[21]李仲蒙此論，最早見於宋人胡致堂〈與李叔易

19 黃侃：《文心雕龍札記》（上海市：華東師範大學出版社，1996年），頁219。

20 〔梁〕劉勰：《文心雕龍》〈詮賦〉。

21 〔明〕楊慎：《升庵詩話》，卷4。

書〉、宋人王應麟《困學紀聞》、明人王世貞《藝苑卮言》、楊慎《升庵詩話》都曾加以引述，顯然影響頗廣，因此，以「觸物起情」來釋「興」已成一思想傳統。正是這一闡釋理路導向了後世的「情景交融」說。明人謝榛亦以「興」論詩，認為：「凡作詩，悲歡皆由乎興，非興則造語弗工。」「詩有天機待時而發，觸物而成，雖幽尋苦索，不易得也。」在此基礎上，謝榛更明確地秉承「觸物起情」的理路談論詩中的情景關係：「夫情景相觸而成詩，此作家之常也。」「作詩本乎情景，孤不自成，兩不相備。……景乃詩之媒，情乃詩之胚，合而為詩。」[22]王夫之關於「興」與「情」、「景」之間的相互觸發的關係狀態的論述更是經典：「興在有意無意之間，比亦不容雕刻；關情者景，自與情相為珀芥也。情景雖有在心在物之分，而景生情，情生景，哀樂之觸，榮悴之迎，互藏其宅。」[23]因此可以說，梁宗岱用來與「象徵」論進行對接的實際上並不是孤立的劉勰「興」論，而是由此發展而來的中國古代詩論的「情景交融」論傳統。值得注意的是，梁宗岱極力強調「象徵」也即「興」與「比」之間的區別，但是，在中國詩學傳統之中，經常是「比興」並稱的，二者之間未必有如此截然的劃分。如唐代孔穎達就持與劉勰十分接近的觀點：「比之與興，雖同是附託外物，比顯而興隱。」[24]王昌齡《詩格》亦稱「興者，指物及比其身說之為興，蓋託喻謂之興也。」[25]即便上文所引的王夫之的論述，實際上是以「情景相生」並論「興比」，也就是說，「情景交融」亦可以適用於「比」。這些都說明了在古代「比」與「興」未必有梁宗岱所強調的區別。

不僅如此，梁宗岱對於「象徵」的論述實際上很難說與朱光潛的

---

22 見〔明〕謝榛：《四溟詩話》。

23 〔明〕王夫之：《薑齋詩話》。

24 〔唐〕孔穎達疏：《毛詩正義》，卷1。

25 〔唐〕王昌齡：《詩格》，引自〔日〕遍照金剛：《文鏡秘府論》（北京市：人民文學出版社，1975年），地卷，頁56。

「情趣加意象即是直覺」的理論模型有很大的區別，二者接通的都是中國詩學傳統中的「情景交融」論的命題。即使是與「寓理於象」相比，雖然「情（心情）」在此置換了「理」，並特別強調情與景（象）之間的微妙融會，但是這其中所敘及的藝術符號結構卻大致相同，都是以一個事物——景（象）——去指代另一個客觀上原本完全無關的事物——情（理）。更何況在朱光潛的解釋中，所謂「寓理於象」仍然是要以移情與聯想為基礎的，這其中仍然包含著情感的因素，並不是純粹抽象的「意義」，從這個意義上說，很難說朱、梁二人對於「象徵」的闡說有本質不同。

也許正是因為這些原因，在梁宗岱的感覺中，「情景交融」仍未能完全闡述他對象徵主義詩學的理解，也許正是唯恐自己著意強調的東西仍然未能引起別人的重視。於是他又作了大量的補充與解釋：

> 有「景中有情，情中有景」的，有「景即是情，情即是景」的。前者以我觀物，物固著我底色彩，我亦受物底反映。可是物我之間，依然各存本來面目。後者是物我或相看既久，或猝然相遇，心凝形釋，物我兩忘：不知何者為我，何者為物。前者做到恰好處，固不失為一首好詩；可是嚴格說來，只有後者才算象徵底最高境。[26]

他一再強調象徵的兩個特徵：一、融洽無間；二、含蓄無限。「融洽是指一首詩的情與景，意與象底惝恍迷離，融成一片；含蓄是指它暗示給我們的意義和興味的豐富和雋永。」[27]

---

26 梁宗岱：〈象徵主義〉，《梁宗岱文集》（北京市：中央編譯出版社，2003年），卷2，頁64。

27 梁宗岱：〈象徵主義〉，《梁宗岱文集》（北京市：中央編譯出版社，2003年），卷2，頁66。

但是到此梁宗岱似乎仍然意猶未盡，他又進一步闡說道：

> 象徵是藉有形寓無形，藉有限表無限，藉剎那抓住永恆，使我們只在夢中或出神底瞬間瞥見的遙遙的宇宙變成近在咫尺的現實世界，正如一個蓓蕾蓄著炫熳芳菲的春信，一張落葉預奏那瀰天漫地的秋聲一樣。所以，它所賦形的，蘊藏的，不是興味索然的抽象觀念，而是豐富，複雜，深邃，真實的靈境……[28]

可以說，這是一系列優美而富於啟示的解說，但是，又是一種反覆疊加的解說，這種反覆疊加解說恰恰透露了這一解說有「言不盡意」之憾，儘管在梁宗岱的理解中，「興」與「象徵」所指涉的藝術體驗有著極其相似的一些方面，但是，這種映射與對釋似乎並沒有使得象徵主義詩學得到令他滿意的清晰的界說，梁實秋認為他不夠「明白清楚」，似乎也從側面證明了這一點。

這就顯示出，用「興」的概念與「象徵」相對接的努力並沒有取得很大的成功。也許也正是因此，在〈象徵主義〉一文之後，我們很少看見梁宗岱再提「象徵＝興」這一映射。

究其實，梁宗岱的「象徵」論思維和朱光潛的「直覺＝情趣＋意象」的直覺論思維是有著相當大的差別的。與朱光潛談詩時津津樂道於「詩的境界就是意象與情趣的契合」不同，梁宗岱經常說的是「意象啟示詩的靈境」。在梁宗岱的闡述中，「靈境」（或意境）通過意象即可得到表現：「正如風底方向和動靜全靠草木搖動或雲浪起伏才顯露，心靈底活動也得受形於外物才能啟示和完成自己：最幽玄最縹緲的靈境要借最鮮明最具體的意象表現出來。」[29]而在梁宗岱這裡，「意

28 梁宗岱：〈象徵主義〉，《梁宗岱文集》（北京市：中央編譯出版社，2003年），卷2，頁66-67。

29 梁宗岱：〈談詩〉，《梁宗岱文集》（北京市：中央編譯出版社，2003年），卷2，頁84。

象」的內涵及其在理論結構中的地位與其在朱光潛那裡的並不一樣。朱氏儘管也認為情趣與意象不可分離，但是在理論闡述中，仍然認為意象必須與情趣相合才能構成藝術形象，「意象」在此實際上偏於「物像」。

而梁宗岱的「意象」則不是如此。他在〈試論直覺與表現〉一文中談到自己的創作經驗，說到他往往從古詞的韻律中感受到一種隱秘的情緒體驗，例如當他翻閱馮延巳的《陽春集》，讀到「新結同心香未落」一句時，「一個久沉睡在我記憶裡的意象忽配上它底音節醒來」，形成了這樣的一句詩：

怕見白帆開又落

對此，梁宗岱進一步解釋說，這個意象的來源是十幾年前自己遊覽瓦萊里詩中所寫的海濱墓園時所得的印象。瓦萊里在〈海濱墓園〉的開頭將海上出沒的小帆船想像成了白鴿──「這平靜的瓦背，白鴿在上面踱著……」然而，在梁宗岱的眼中，這些小帆船卻像是一朵朵白花在開謝。多年以後，在某種外界因素的激發之下，這個印象混合了別的情感元素，配上另一種特定的韻律重新浮上詩人的意識，形成了一幅江邊「樓頭思婦」的畫面。[30]

很顯然，梁宗岱的「意象」已經不是簡單的物像，而是融匯了主體的情感經驗與記憶，甚而經過想像化合重組的藝術形象，至少是朱光潛的「情趣」與「意象」之和。但在朱光潛那裡，情趣加上意象就構成了意境，而在梁宗岱這裡，融匯了情感的意象並不等於完全的意境。在他心目中，詩所要傳達的比這更加複雜豐富而且微妙：「一首最上乘的詩所傳達的不是一些凝固的抽象觀念，亦不是單純的明確的

30 參見梁宗岱：〈試論直覺與表現〉，《梁宗岱文集》（北京市：中央編譯出版社，2003年），卷2，頁306-307。

情感，而是一些情思未分化之前的複雜的經驗或靈境；而是一切優美或莊嚴的自然與人事在我們裡面所喚起的植根於我們所不能認識的深淵（非意識的區域）同時又伸拓和透達於我們肢體和肌肉底尖端的深邃錯綜的反應，無限地精微又極端地普遍，超出一切機械的理智與邏輯底把捉的。即使當一種情感（悲歡興奮或憂鬱），一個觀念（善惡或永生），或一種景象（月夜或花朝）顯得特別強烈，占據著作者意識底中心時，作者底反應與態度，以及那隨著來的萬千聯想與回聲，也組成一種不可分析的氛圍與微妙的蔭影。」[31]

因此，在梁宗岱的理解中，意境或境界與意象就不是以一物代一物的關係，意象只能構成微妙豐富的意境的一個斷片，它只能暗示與召喚整體意境，也即充當詩歌意境的象徵，它與意境之間是部分與全體的關係。這種關係使我們想起中國傳統詩學中「境生象外」一類的命題。正是因此，梁宗岱認為：「無論詩境是來自一股不可抑制的濃烈的情感，或一種不可抗拒的迷人的節奏，想像的功能都是要找尋或經營一個為它底工具和方法——聲音及意象——所允許的與這詩境或靈感相彷彿的象徵。」[32]

不僅如此，詩歌的所有構成因素——意象、語辭、語義、音律，都只是詩歌意境的象徵因素，「一首詩底每一行每一字以及每字底音和義，都是為要配合成一種新的關係以便在讀者心裡喚起作者所要傳達的意境。如果照馬拉美底說法，一句詩是幾個字組成的一個完全簇新的字，則一首應該是許多句組成的一個更完全更簇新的大字。所以在一首詩裡，一個字（尤其是一個字所含的音或義），即使是最精彩的，即使是全句或全首詩底和諧所繫如我們通常所稱的詩眼，正如一

31 梁宗岱：〈試論直覺與表現〉，《梁宗岱文集》（北京市：中央編譯出版社，2003年），卷2，頁340-341。

32 梁宗岱：〈試論直覺與表現〉，《梁宗岱文集》（北京市：中央編譯出版社，2003年），卷2，頁342。

幅畫上的一筆顏色，一支曲裡的一個音符，或一個書法家底字裡的一點或一撇，只是構成全詩底意境的一個極小元素或單位，——它本身並不能代表一個意境，它只能把它完成或表現到最高度。」[33]正是在這個意義上，梁宗岱為步韻詩進行辯護：「要各個韻都在我們心裡喚起一個新鮮活潑的境界：這是步韻詩甚或一切詩創作成敗的關鍵。如果你底韻對於你只是一些空洞嘈雜的音響，如果它們只使你想起一串模糊，黯淡，無意義，無組織的字，而不能在你心裡喚起一幅甘芳歌舞的圖畫；或一句有光輝有色彩的旋律——那麼，不獨你步別人底韻時不免牽強生澀，就是你自己的創作也會和一切失敗的趁韻詩一樣無生命無靈魂。……我底〈鵲踏枝〉不致完全失敗，就是說，它們還多少能傳達我最隱秘的一種心聲。」[34]

可以說，直到梁宗岱找到意境、意象等概念時，他對象徵主義詩學觀念的闡發才顯得比較自如起來。這種自如並不在於找到了一個合適的可與「象徵」概念構成映射的中國詩學概念，實際上，梁宗岱跳出並超越了尋找概念映射的思路，而是通過中西術語的雜用構成了一個對於具體藝術經驗的闡述機制，即，將「意境」概念加入到象徵主義詩論的概念系統中去，使得原來單獨的「象徵」概念衍化出了多個次級概念（梁宗岱用意境與意象等概念來闡發象徵主義觀念的時候，他實際上使得「象徵」概念解析出兩個因素——象徵物與被象徵物，並用「意象」與「意境」這兩個名詞對它們進行命名）。在這其中作為接合與溝通基礎的，是以不同的方式進行闡述的共通的藝術經驗，正是通過把西方詩學概念的意義與內涵置入中國傳統的語言與體驗環境中，從而使得中國傳統的詩學語言與西方詩學語言形成一種互讀、

33 梁宗岱：〈試論直覺與表現〉，《梁宗岱文集》（北京市：中央編譯出版社，2003年），卷2，頁324。

34 梁宗岱：〈試論直覺與表現〉，《梁宗岱文集》（北京市：中央編譯出版社，2003年），卷2，頁314。

互釋的關係網絡，通過這種方式，兩張語言之網都貢獻了出相應的語辭，以一種新的方式來解說一種共同經驗與共同意義，並使之得到更新。在此基礎上最終建立了一個橋接兩方的雜合性的語言闡述機制。

從王國維開始，中國的文學理論家與批評家們就一直置身於兩張語言之網的邊際之間，雖然他們一直努力彌合兩網之間的縫隙，但是在大多數時候，他們的言說仍然顯得混雜斷續，難以形成整一純粹的語流。從本質上說，他們的言說不是獨語，而是對話，是一種中國與西方的微型對話——套用巴赫金的話說，中國現代理論家所發出的每一句話語上面，都帶有別人——西方人的、中國古人的——話語的印跡。在中國理論家這裡，中西這兩張語言之網也許永遠不可能彌合為一，這種對話也就永遠沒有結束的時刻，但正是在這種對話中，東方與西方的審美體驗與語辭得以相互交流，於是，在對話發生之處，語言之網承載著不斷豐富與增殖的體驗逐漸生長，這也許正是中國現代理論創造的意義所在，也是京派批評家們的成就所在。

第十一章
社會關懷與審美追求的交匯
——京派文學批評與左翼文學批評

巴赫金認為，批評的主要功能是「作為時代的社會要求和一般思想要求與文學之間的中介」。[1]可以說，社會的、意識形態方面的關懷與美學的、詩學的探討是文學批評的兩大基本維度。整個二十世紀的文學批評史幾乎就是在這兩極之間反覆震盪搖擺，並力圖尋求一種協調與平衡。在中國，由於人文傳統與歷史境遇的交互作用，幾乎每一個對於文學與文學批評持有較為深刻的理解與追求的人，都不得不捲入文學批評的這兩大維度之間的價值搏鬥與對話，因此，當我們翻開二十世紀三、四十年代的中國現代文學批評史，就會看到，京派批評與以左翼批評為主的社會學批評之間，形成了一種既相互誤解、相互衝突，又相互對話、相互啟迪的意味深長的格局。

一　誤解與衝突

京派批評家與左翼批評家之間相互對立、相互指摘的情形無疑給人們留下了十分深刻的印象。毫無疑問，這兩大群體之間大相逕庭的社會政治趨向以及學術理論背景構成了某種深厚的壁壘，不但造成了他們對文學與批評的理解的理論歧異，也在一定程度上造成了這兩個群體之間的情緒上的隔膜與對立，對於對方的價值關懷和理論系統難

1　〔俄〕巴赫金：《周邊集》〈文藝學中的形式主義方法〉，《巴赫金全集》（石家莊市：河北教育出版社，1998年），頁342。

以全面深入地進行理解，論戰過程中難免宗派情緒與意氣之爭，也難免以偏概全、攻其一點不計其餘的過激言辭。

因此，當沈從文揭起「反差不多」的旗幟，並指責左翼文學作家「記著『時代』，忘了『藝術』」，甚而認為大批以「時代精神」為標榜的作者實際上是為獲取商業利益而追逐時髦的時候，他的觀點一方面包含了某種銳利的洞見，另一方面卻也顯示出了某種無知和偏激。對於這一點，人們透過左翼批評界自我辯護性的反駁言論也許可以看得更加清晰。《光明》第二卷第十號上刊載的一篇短文〈雜談一則〉就尖銳地指出：「他（指沈從文——引者注）以為文藝上之所以形成了差不多，那罪過應由提倡『時代』的人來負，他為那些在寫作上中了『時代』的毒的千千萬萬的青年惋惜，並以為近年來在小說上只發現了一個蘆焚。可是事實恰與炯之（沈從文的筆名——引者注）先生所想像的相反：提倡『時代感』的人，不特如沙裡淘金似的，時時苦心選擇投稿中的精彩的作品，而對於藝術性濃厚的作品亦從不曾加以埋沒過。即以對蘆焚先生而論，假如筆者的記憶不錯，他的最初的作品應是〈請願正篇〉和〈請願續篇〉，但發現這兩篇作品的人正是現在在文藝上提倡『時代感』的人，而給以發表的刊物，又恰恰是當時注重『時代感』的刊物。」[2]而為沈從文所點名批評的茅盾則在〈關於「差不多」〉一文中反駁了沈對於己方文藝陣營「只記得『時代』，忘了『藝術』」的指責：「既見有『差不多』現象的炯之先生何以不見近數年來到處可見的『作家應多向生活學習』一類的議論。在炯之先生發議論以前，許多定期刊上曾屢次指出文藝界的不健全的現象（即炯之先生取名『差不多』的，）並且討論如何矯正的方法，——『充實生活經驗』，『寫自己所熟悉的人和事』，諸如此類的提示，不是到處可見麼？同時，西歐先進作家指導青年作者寫作方法的書籍也翻譯

2 凡：〈雜談一則〉，《光明》第2卷第10號（1937年4月）。

過好幾部來了。然而炯之先生好像全未聞見。」[3]

沈從文的某些偏激的言辭顯示了他的某種偏見與盲區，並由此招致了左翼批評界的反駁，而後者在反擊與反批判中也同樣暴露出了一些簡單化的思維與誤解。發表於《光明》三卷一號的公越（即馮乃超）的〈批評家怎樣地批評了？〉一文恐怕可以作為這類言論的代表。文章認為沈從文有關「抓住時代」的批評，暴露了他對於社會革命運動之「無知」，和「對祖國命運的冷淡」，該文針對沈從文「記著『時代』，忘了『藝術』」的說法，反擊道：「正因為記著『藝術』，忘了時代，他把個人主義的藝術永遠化了，而為它『抱殘守闕』。」[4]

如果說沈從文以一種類乎挑戰的姿態激起左翼文壇的一片不平之聲的話，朱光潛則主要是由於其理論的相對複雜性而導致了左翼批評家們的誤解。朱光潛在《文學雜誌》發刊詞中既反對「為文藝而文藝」，又對左翼文學群體的「工具論」文藝觀表示不滿，在左翼批評家們看來，這顯然是自相矛盾：「朱先生的文藝，既不是改善人生的工具，是什麼呢？這個朱先生沒有正面的說，但他說了反對『為文藝而文藝』的主張，『為大眾』，『為革命』，『為階級意識』『為國防』，他也都反對，結論當然是他主張無所為而為的純文藝。世間是不是有純文藝的存在，姑且不論，但我們知道，『為文藝而文藝』的文藝和純文藝，血緣很相近，它們同是有閒者們的創造物，同是叫人家離開現實生活的主張，反對『為文藝而文藝』，而又主張純文藝，這不能不說是思想上的一種混亂。」[5]而有些左翼作家（如張天翼）乾脆譏之為「應用上的多元論」[6]，認為朱光潛並沒有一貫的立場，完全以一己利害為轉移而隨時變換理論前提。在當時的左翼批評家中，周揚

---

3 茅盾：〈關於「差不多」〉，《中流》第2卷第8期（1937年7月）。

4 公越：〈批評家怎樣地批評了？〉，《光明》第3卷第1期（1937年6月）。

5 知：〈漫談一則〉，《光明》第2卷第11期（1937年5月）。

6 張天翼：〈某教授致青年導師書〉，《中流》第2卷第8期（1937年7月）。

曾對朱光潛美學思想進行了比較深入的探討，但他也只是局部、單面地抓住了朱光潛美學的部分內容，並由此判斷：「朱先生所主張的美感態度正是要不用思想，不動感情，對於人生一切現象，不在那發展和關聯上去把握，而只當一個孤立絕緣的意象去觀賞。任怎麼嚴重的社會問題，在藝術家眼中也不過如同一片雲，一朵花一般。這樣的人生表現，結果恐怕只是藝術和人生的本質之游離吧了。」[7]周揚得出結論，認為朱光潛的藝術觀念正是為了使人「擺脫繁複錯雜的現實世界」，而「替人生造出一個避風息涼的處所」，也就是因此，朱光潛才要反對文學「為大眾」，「為革命」，「為階級意識」，甚至「為國防」。[8]

「不關心現實社會」，甚至「對國家民族的前途命運冷淡」，而「只專注於象牙塔中的藝術」，這恐怕是大多數左翼批評家都持有的對於京派批評家的成見，也許正是從這一定勢出發，歐陽文輔才對劉西渭的《咀華集》作出了這樣的輕率評論：「這種分析（指劉西渭對巴金與茅盾的文體風格的分析——引者），似乎是單純地從兩人的『行文』上去看的，但是夠不夠呢？巴金以『熱情』為主，然而熱情內面卻埋藏著他的『理想』；茅盾以『刻畫』為主，而刻畫裡頭卻散佈著他的『理想』。巴金用主觀的態度來洩露靈魂；茅盾以客觀的精神來察看社會，因而在文章描寫的風格上才有那種分歧的差異之點的，但是這個劉西渭先生卻沒有看出來，劉西渭先生是只看見了那種表現形態的，更進一層的內蘊是什麼，他卻要技窮而沒有方法說明了。」[9]

即使是左翼批評家中頗具藝術敏感的胡風，也無法接受京派作家們時時展露的那種似乎是士大夫式的唯美立場。他不僅在〈自然・天才・藝術〉一文中以徹底的社會現實批判的立場針鋒相對地破解了李

---

7 周揚：〈我們需要新的美學〉，《周揚文集》（北京市：人民文學出版社，1984年），卷1，頁221。

8 周揚：〈我們需要新的美學〉，《周揚文集》（北京市：人民文學出版社，1984年），卷1，頁223。

9 歐陽文輔：〈略評劉西渭先生的《咀華集》〉，《光明》第2卷第11期（1937年5月）。

長之〈大自然的禮贊〉的美學文化思考，[10]而且即使在評論《蜈蚣船》時也要標上〈京派看不到的世界〉的副題，並趁機對「京派文人」作一諷刺[11]。

也正是這個激情洋溢的胡風在他的一篇文章中將這種有意無意的對立的實質背景揭示無遺。這篇文章針對的是周作人，但是作者在說明寫作緣起時提到「天津《大公報》文藝副刊上——如果模仿一部分北方學者文人們底說法，就應該說北方刊物上，有一節〈藹理斯的時代〉，作者為周作人先生，但署名知堂。」[12]所謂「北方刊物」正是沈從文等人常用的說法，而考慮到周作人與京派文人的密切關係，就可以理解胡風在這裡顯然有將周作人也劃歸「京派」之中而一併批判的意圖。胡風在文中寫道：「知堂先生怪我們沒有『明淨的觀照』，但他不曉得對於陷在『孽海』裡的我們那只是一個可望而不可即的太虛仙境；他看不起我們底『教徒般的熱誠』，但我們卻正是因為不能皈依一個上帝才沒法子來麻醉掉在這個現實社會裡所受的肉體上的精神上的苦惱。我不懂，連生命都朝不保夕的中國大眾為了『求生』為了『求勝』的『熱誠』為什麼反而是可嘲笑的東西？」最後，胡風一下子揭破了構成左翼作家與京派文人們相互對立格局的迥然不同的體驗基礎：「知堂先生……他希望我們感謝那曾為晨光之垂死的落日，但如果我們並不是苦雨的詩人而是赤地千里上的耕者或是在火熱的沙石路上雙足流血了的旅客呢？」[13]無論對於理論還是對於創作而言，記

10 胡風：〈自然・天才・藝術〉，《胡風評論集》（北京市：人民文學出版社，1984年），上冊，頁100。以下版本皆同，不再注明。

11 胡風：〈蜈蚣船〉，《胡風評論集》（北京市：人民文學出版社，1984年），上冊，頁139。

12 胡風：〈「藹理斯的時代」問題〉，《胡風評論集》（北京市：人民文學出版社，1984年），上冊，頁77。

13 胡風：〈「藹理斯的時代」問題〉，《胡風評論集》（北京市：人民文學出版社，1984年），上冊，頁81。

憶與體驗都構成了巨大的意義，在左翼作家與理論家看來，京派文人似乎超然物外、高蹈飄逸的「苦雨詩人」的姿態，與自己所體驗與關注的殘酷痛苦的社會現實、與自己無法超然於其中的政治鬥爭的訴求是完全格格不入的。

於是，在當時理論批評界的觀念之中，就形成了這樣一種對立範疇：京派批評，是審美批評，缺乏對社會現實與時代精神的關懷；而左翼批評，則屬社會學批評，缺乏審美領悟。

可以說，這種理解格局在很長時間裡一直潛在影響著人們對於京派批評與左翼批評的理解。甚至在二十世紀九十年代的一本論著中，作者指出，朱光潛為代表的京派批評家從心理學、美學的角度展開批評，對從社會學角度出發的左翼理論與批評具有巨大的補充意義。[14] 從「對立」到「互補」，應該說，這種理解已經發生了相當大的變化，但是另一方面，我們仍然看到，「京派（美學的）——左翼（社會學的）」這樣一種理解格局仍然在一定程度上制約著論者的理解與思路。

二　社會關懷的分歧

說京派批評家們對左翼革命運動隔膜乃至無知，並不過分，但如果就此認為他們不關心現實，對祖國和民族的前途命運「冷淡」，顯然是不公正的。只要翻開他們的全集或文集就可以看到，在大量關於文學的著述之外，他們更曾寫過為數不少的憂國憂民的社會批評文字，人們不能懷疑他們懷抱真誠的改革社會，服務人群、振興民族的熱望。我們很難相信，這一批人全都患有社會關懷和文學觀念背道而馳的人格分裂症。

就以朱光潛而言，他反覆倡言的「距離」、「無所為而為」的審美

14 參見許道明：《京派文學的世界》（上海市：復旦大學出版社，1994年），頁355。

觀念在很大程度上恰恰是出於一種對於自我生命存在與社會道德實踐的雙重選擇。他在早年所寫的〈悼孟夏剛〉一文中表達了自己對生命存在方式及意義的一種思索：「人生是最繁複而詭秘的，悲字樂字都不足以概其全。……具有湛思慧解的人總不免苦多樂少。」[15]而在悲觀之下，有的人往往選擇自殺的方式來處置苦惱的生命，也有的人以玩世逃世為出路，對於後兩種「絕世而不絕我」的方式，朱光潛都不贊同，認為這「就人說，為不道德，就己說，為不徹底」，還不如自殺來得「直截了當」。朱光潛理想的生命方式是「絕我而不絕世」：「所謂『絕我』，其精神類自殺，把涉及我的一切憂苦歡樂的觀念一刀斬斷。所謂『不絕世』，其目的在改造，在革命，在把現在的世界換過面孔，使罪惡苦痛，無自而生。」[16]這就是朱光潛受自弘一法師與佛學影響的「以出世精神，做入世事業」的人生信念。他在文章中明確地表白了自己對於這種融「出世——入世」於一身的偉大人格精神的嚮往與追隨：「我決計要努力把這個環境弄得完美些，使後我而來的人們免得再嘗受我現在所嘗受的苦痛，我自己不幸而為奴隸，我所以不惜粉身碎骨，努力打破這個奴隸制度，為他人爭自由。」[17]在朱光潛心目中，釋迦牟尼、墨子、耶穌、甘地以及許多哲人、宗教家、革命家都屬於這種人格範型。而朱光潛構築的這種人格範型與普通理解的革命志士之不同在於多了些超塵脫俗的宗教化氣息，他的社會改革意志是以主體人格的宗教修行式的提升、打破自私的「我執」為前提基礎的，而他所反覆宣說的社會變革與民族振興的主要手段，就是「立人」，是塑造具有高尚情操——也就是具有「以出世的精

15 朱光潛：〈悼孟夏剛〉，《朱光潛全集》新編增訂本（北京市：中華書局，2012年），卷1，頁78。

16 朱光潛：〈悼孟夏剛〉，《朱光潛全集》新編增訂本（北京市：中華書局，2012年），卷1，頁79。

17 朱光潛：〈悼孟夏剛〉，《朱光潛全集》新編增訂本（北京市：中華書局，2012年），卷1，頁79。

神，做入世的事業」的救世胸懷——的人。

而美學與文藝就是他達成這一目的的教育手段。只有從這個角度才能夠理解他在《談美》中所表露的思維：在「危急存亡的年頭」，在「國內經過許多不幸的事變」，青年人或遭不幸，或為高官厚祿而奔忙之時，他決定來談美，不是為了逃避現實的殘酷與紛亂，恰恰是「因為時機實在是太緊迫了」[18]——「中國社會鬧得如此之糟，不完全是制度的問題，是大半由於人心太壞。我堅信情感比理智重要，要洗刷人心，並非幾句道德家言所可了事，一定要從『怡情養性』做起，一定要於飽食暖衣、高官厚祿等等之外，別有較高尚、較純潔的企求。要求人心淨化，先要求人生美化。」[19]

這種「美育教化」的文藝功用觀念幾乎是所有京派批評家的共識。以文藝承擔國民精神與情感的重建，通過塑造高尚與完整的人格文化以達到改造社會，振興民族的目的，這幾乎是京派批評家共同的夢想。在這方面，李長之的觀點與朱光潛如出一轍：「美學的真精神是在反功利，在忘卻自己，在理想之追求。這是成功任何大事業所必不可少的精神。」他的某些看似偶發隨感的偏激之論更能折射他的這種「美育救世」觀念：「我記得前幾年的一期《大西洋月刊》上，有人寫過一篇文章，他說人類第一次的教育是得自地板，因為小孩在沒會走以前，總是在地板上爬。地板的顏色美惡，足以影響這個小孩終生。因此他勸賢明的父母務必注意這兒童第一次教育所自的地板設計才好。我當時讀了，就有一個深深的感觸，中國的小孩那裡有地板可爬？爬的都是污穢的土地，無怪乎長大了個個都十分貪污而卑鄙

18 朱光潛：〈談美．開場話〉，《朱光潛全集》新編增訂本（北京市：中華書局，2012年），卷3，頁7。

19 朱光潛：〈談美．開場話〉，《朱光潛全集》新編增訂本（北京市：中華書局，2012年），卷3，頁7。

了！」[20]這種感興的論調自然經不起認真推敲，然而我們應該注意的是這種論調所透露出的「從美育而德育」的社會教化思路，以及這一思路所蘊含的救世熱忱。

很顯然，京派批評家所理解的文藝承擔社會責任的途徑和方式與左翼社會學派批評家的思路有相當的歧異。茅盾等一貫崇奉社會學批評觀念，以「表現人生，指導人生」為文藝的鵠的，並通過接受馬列主義的歷史唯物論而走向階級革命的道路，在民族救亡與階級鬥爭的雙重語境下將「表現人生、指導人生」的主題發展成為「無產階級藝術」與「時代精神」的訴求。一九二五年的〈文學者的新使命〉一文標誌著茅盾在理論上完成了這一命題的發展：「如果我們不能明瞭現代人類的痛苦與需要是什麼，則必不能指示人生到正確的將來的路徑，而心中所懷的將來社會的理想只是一帖不對症的藥罷了。」而現代人類的痛苦，「簡單地說，就是世界上有被壓迫的民族和被壓迫的階級陷於悲慘的境地並且一天一天的往下沉溺。」因此，「文學者目前的使命就是要抓住了被壓迫民族與階級的革命運動的精神，用深刻偉大的文學表現出來，使這種精神普遍到民間，深印入被壓迫者的腦筋，因以保持他們的自求解放運動的高潮，並且感召起更偉大更熱烈的革命運動來！」[21]

這種企圖使文學直接介入社會政治鬥爭的欲望，承接了一部分五四啟蒙主義傳統，卻和京派批評家們的思路有不小的距離，後者顯然接續了這一傳統的另外一部分，這就是以早期魯迅和郭沫若為代表的「無用之大用」的文藝功能論。尤其是郭沫若，他在〈文藝之社會的使命〉一文中明確將「中國現在弄得這般糟」的主要原因歸結為「藝

20 李長之：〈釋美育並論及中國美育之今昔及其未來〉，《李長之文集》（石家莊市：河北教育出版社，2006年），卷3，頁164。

21 茅盾：〈文學者的新使命〉，《茅盾全集》（北京市：人民文學出版社，1989年），卷18，頁541。

術的衰亡」和「美之意識的麻痺」[22]，這些在朱光潛的《談美》中都得到了回應。至於魯迅，既抱著五四啟蒙主義的「為人生」的文學精神，又保有「涵養人之神思，即文章之職與用也」[23]的早年認識，終於走上了「批判國民性」的戰場，而這恰恰構成了京派批評與左翼批評的分水嶺。魯迅在〈我怎麼做起小說來〉中說：「我的取材，多採自病態社會的不幸的人們中，意思是在揭出病苦，引起療救的注意。」[24]可以說，這其中干預與變革社會現實的實踐意圖為左翼批評家們所汲取與發揮，而文化精神的醫治與重建的內涵則與京派批評家們的理想人格塑造相契合，從而合成了李長之等人文化批判與人格文化建設的社會關懷路向。

於是，我們看見，京派批評家們形成了自己獨特的迂徐內含的文學社會功用觀。通過對生命存在的理解與處置，通過對個體人格教化與國民文化素質的提升，潛移默化地實現自己的社會進步理想。

京派批評家對於自己的文學功用論與左翼文學功用論的區別顯然有清醒的意識，他們十分堅定而固執地持守著自己的立場，甚至當他們在相當程度上理解並肯定了對方的價值追求的時候，他們仍然對自己的立場抱有極大的自信和熱情。

沈從文可算是一個典型。他在〈《鳳子》題記〉中說：「近年來一般新的文學理論，自從把文學作品的目的，解釋成為『向社會即日兌現』的工具後，一個忠誠於自己信仰的作者，若還不缺少勇氣，想把他的文字，來替他所見到的這個民族較高的知慧，完美的品德，以及其特殊社會組織，試作一種善意的記錄，作品便常常不免成為一種罪

22 郭沫若：〈文藝之社會的使命〉，《文藝論集》匯校本（長沙市：湖南人民出版社，1984年），頁118。

23 魯迅：〈摩羅詩力說〉，《魯迅全集》（北京市：人民文學出版社，2005年），卷1，頁74。

24 魯迅：〈我怎麼做起小說來〉，《魯迅全集》（北京市：人民文學出版社，2005年），卷4，頁526。

惡的標誌。」[25]沈從文甚至同意，精緻的文化「並不適宜於作這個民族目前生存的工具，過分注意它反而有害，那麼，丟掉它，也正是必需的事。」[26]然而，他仍然認為：「目前明白了把自己一點力量擱放在為大眾苦悶而有所寫作的作者，已有很多人，——我尊敬這些人。也應當還有些敢擔當罪惡，為這個民族理智與德性而來有所寫作的作者——我愛這些人！」[27]

這種自信與熱情有時多少帶上一點孤高自許的優越感與崇高感，使他們在不為社會所接受的時候能夠維持住某種驕傲，不求廣泛的認同，以「曲高和寡」將自己限制在精英文化層之中，甚而自得其樂。這恐怕也是古代知識分子文化在他們身上的遺存：奉行著「內聖外王」的人生理想，一旦不能「達」而「兼濟」，便易於轉為「窮」則「獨善」，在自己營構的美學之塔中「息風避涼」，這恐怕也是京派批評家們時時被指責為「不關心現實」的一個重要原因。

三　「本質」歧見

文學是「為人生」的，表現人生，並對人生起作用，這仍然是京派作家認可的大前提。然而，對於文學與人生之間互動影響的具體方式，京派批評家們的理解卻比較複雜微妙，尤其是當我們將他們的理解與同是承續了五四「為人生」的文學觀念的左翼批評觀念相比較的時候，他們的理解就更顯示出其獨特性。

「文以載道」的觀念從五四以來一直受到鄙棄，但是朱光潛卻從

25 沈從文：〈《鳳子》題記〉，《沈從文全集》（太原市：北嶽文藝出版社，2002年），卷7（太原市：北嶽文藝出版社，2002年），頁79。

26 沈從文：〈《鳳子》題記〉，《沈從文全集》（太原市：北嶽文藝出版社，2002年），卷7，頁79。

27 沈從文：〈《鳳子》題記〉，《沈從文全集》（太原市：北嶽文藝出版社，2002年），卷7，頁80。

新的高度對這個陳舊的觀念進行了發揮，儘管他也曾指摘過：「中國所舊有的『文以載道』一個傳統觀念很奇怪地在一般自命為『前進』作家的手裡，換些新奇的花樣而安然復活著。」[28]但是他又在另一篇論及文學與人生的關係的文章中說：「如果釋『道』為人生世相的道理，文學就決不能離開『道』，『道』就是文學的真實性。……文藝的道是具體的，是含蘊在人生世相中的……哲學科學的道是客觀的、冷的、有精氣而無血肉的；文藝的道是主觀的、熱的，通過作者的情感與人格的滲瀝，精氣與血肉凝成完整生命的。」[29]可以看見，在京派批評家這裡，「文學表現人生」的樸素命題已有所豐富和發展，「表現人生」已提升為「表現人生世相的道理」，已經開始要求文學表現的形而上意味，不僅如此，通過與科學、哲學的形而上型態的比較，進一步凸現出文學的形而上表達具有主觀性與體驗性的成分，凸出了從客觀現實到文學的過程中所必須經歷的「人」的中介。

可以說，探究生活的本質，並期待對這一本質的文學表述，是無論京派或左翼批評家共同的企圖，但是對於什麼是「生活本質」，兩個群體的理解卻頗有些歧異。我們可以看到，在左翼批評家那裡，「時代」、「歷史的必然」等等具有濃郁的社會政治色彩的名詞往往是他們的關鍵詞，對於他們大多數人來說，無論是政治鬥爭經驗還是以哲學、社會科學理論為基礎的政治信仰，都使他們對生活的理解與思考在社會政治的層面上運行，因而生活本質對他們往往顯示為時代趨勢、社會歷史發展的必然規律，也即是社會生活的革命意義理解。周揚在〈藝術與人生〉一文中說得很清楚：「藝術家應當和歷史的發展傾向脈息相關，在他的作品裡來處理並且解答時代所提出的問題。只

28 朱光潛：〈理想的文藝刊物〉，《朱光潛全集》新編增訂本（北京市：中華書局，2012年），卷6，頁103。

29 朱光潛：〈談文學・文學與人生〉，《朱光潛全集》新編增訂本（北京市：中華書局，2012年），卷6，頁162。

有這樣，『藝術家才能成為思想家，藝術作品才有科學的意義。』」[30] 藝術要反映「時代」，這已成為左翼批評家們共同的中心議題。對此，茅盾闡述得更為具體而細緻：「所謂時代性，我以為，在表現了時代空氣而外，還應該有兩個要義：一是時代給與人們以怎樣的影響，二是人們的集團的活力又怎樣地將時代推進了新時代，換言之，即是怎樣地催促歷史進入了必然的新時代，再換一句說，即是怎樣地由於人們的集團的活動而及早實現了歷史的必然性。」[31]

相對於左翼批評家的真理在握的自信，京派批評家似乎更多地感受到生活的複雜性和多變性，他們似乎並不願意用某種原理或學說去化約豐富的生活內容，而更樂於潛心品味人生的諸多滋味，不時為之感慨萬端。李健吾的感歎恐怕頗能引起他們的共鳴：「沒有東西再比人生變化莫測的，也沒有東西再比人性深奧難知的。」[32]至於文學表現人生，自然也應該同樣的豐富多樣，複雜變幻，而批評家「第一先得承認一切人性的存在，接受一切靈性活動的可能，所有人類最可貴的自由，然後才有完成一個批評家的使命的機會。」[33]而他們所謂「人性」，與梁實秋所強調、並為魯迅以及其他左翼批評家所譏評的所謂「永遠不變的人性」不同，他們似乎更願意強調「人性」的多樣和多變，即所謂「大者變者」（雖然他們也相信「人性」有某種共通性），李健吾說過：「我愛廣大的自然和其中活動的各不相同的人

---

30 周揚：〈藝術與人生〉，《周揚文集》（北京市：人民文學出版社，1984年），卷1，頁196。

31 茅盾：〈讀《倪煥之》〉，《文學週報》第8卷第20期（1929年5月），後收入《茅盾全集》（北京市：人民文學出版社，1991年），卷19，頁209。

32 李健吾（劉西渭）：〈愛情三部曲〉，《咀華集》（上海市：文化生活出版社，1936年），頁4。

33 李健吾（劉西渭）：〈邊城〉，《咀華集》（上海市：文化生活出版社，1936年），頁67-68。

性。」[34]這「人性」應該是複數的，其實就是「人的個性」，包括人的族群特性。所以，他在〈讀〈中國作家與美國讀者〉〉一文中，針對賽珍珠所謂寫中國人必須「第一像有人性的人，第二像中國人」，甚至認為中國人是「不喜歡有人性的人的」等種種說法，提出「有了人性，不一定就有了中國人，但是有了中國人，定而無疑，也就有了人性。」[35]

當然，謙遜如李健吾等，有時也情不自禁地大談人生的本質。例如他在評論何其芳的《畫夢錄》時說：「他把人生裡戲劇成分（也就是那動作，情節，浮面，熱鬧的部分）刪去，用一種魔術士的手法，讓我們來感味那永在的真理，那赤裸裸的人生和本質。什麼是人生的本質，每人全有一個答案，而答案不見其各各相同。有一點我可以斷言的，就是：不管你用何等繁縟的字句，悲哀會是所有的泉源。」[36]在評論蕭乾的《籬下集》散文中的憂鬱氣質時又說：「憂鬱正是潮水下去了裸露的人生的本質，良善的底裡，我們正也無從逃避。生命的結局是徒然。」[37]等等，所有這些，如果再聯繫到朱光潛「從形相求解脫」等有關論點，我們更可以看出，這些所謂「人生本質」往往與社會歷史發展規律並無多大關係，而主要是一種個體的生命體驗，無論別人是何種感覺，對於體驗者自己，這是一種絕對的真實，而文學的很大一部分功能，就是記錄並傳播這種體驗內容。

因此，京派批評家的文學視野所關注的，主要的不是社會或歷史

34 李健吾：〈《以身作則》後記〉，《李健吾批評文集》（珠海市：珠海出版社，1998年），頁102。

35 李健吾：〈讀〈中國作家與美國讀者〉〉，《李健吾批評文集》（珠海市：珠海出版社，1998年），頁241。

36 李健吾（劉西渭）：〈畫夢錄〉，《咀華集》（上海市：文化生活出版社，1936年），頁203-204。

37 李健吾（劉西渭）：〈籬下集〉，《咀華集》（上海市：文化生活出版社，1936年），頁105。

的進程與規律，而是個體的人、是主體對生活的體驗與領悟。另一方面，正如我們已經論述過的，在京派作家的文學功用觀中，人的因素也占據著極為重要的地位——文學對社會施加影響同樣是通過人，通過對國民的每一個個體的人格塑造來達成的。

於是，「人」——個體的「人」，就成為了京派批評的文學本質論與文學功用論的交匯點，成為他們將自己的社會關懷與文學理想聯繫起來的重要樞紐（或者中介環節）。

於是，我們看到，作者個性在京派批評那裡受到高度的重視。李健吾對於當時有些批評家熱衷於僅僅以社會背景來考察作品很不滿意：「比如一件作品，我們往往加重社會的關係，運用唯物史觀解釋一切的成就。這並沒有錯，可惜中途遺失了許多。」[38]他明確地提出：「認識一件作品，在他的社會與時代色彩以外應該先從作者身上著手：他的性情，他的環境，以及二者相成的創作的心境。從作品裡面，我們可以探討當時當地的種種關聯，這裡有的是社會的反映，然而樞紐依舊握在作者的手心。」[39]——「樞紐握在作者的手心」！正是基於這一信念，京派批評家才往往熱衷於描繪作者的個性與肖像，熱衷於用作者的個人氣質、生活經歷與心理背景去解釋與推證作品，或者由作品的風格反過來揣摩作者的性情。

這樣我們就不難理解，無論是李長之或是李健吾，儘管都曾聲明自己對於作家的「藝術」更感興趣，另一方面卻時常樂於尋繹作家的精神經歷與心理世界。他們並不否認外部環境對創作的作用，但是，他們仍然要說：「環境沒有影響，這句話我不信；正如環境有絕對的決定的力量我也不信然。可是環境以外還有什麼力量是決定著的呢，

---

38 李健吾：〈從《雙城記》談起〉，《李健吾批評文集》（珠海市：珠海出版社，1998年），頁13。

39 李健吾：〈從《雙城記》談起〉，《李健吾批評文集》（珠海市：珠海出版社，1998年），頁15。

這我不容易馬上叫出名目來的，雖然我彷彿依稀覺得。……他們反映著社會的要求；不錯，他們的口和筆，是各時代裡幾千萬人的心跡和呼聲。然而，這使命為什麼獨獨讓他們擔承了去？」[40]對於這個問題，他們找到的答案是個性，或者是個性與社會的交互作用，李健吾說：「一件作品的組成是一個全人，全時代與全社會的交切。」[41]李長之則在他對魯迅等作家的「精神進展」的尋繹中反覆論證著這樣一個觀點：環境如何塑造與推動著作家的個性，而作家的個性如何選擇著環境，並在對環境的回應中展示與發展著自己的個性。

京派批評家們尤其強調這一「個性」範疇中所包含的感性體驗的成分，他們不是不重視思想，但是他們尤其強調這種思想與情感體驗的融合，強調個人體驗的整體性，因此李健吾提出了「態度」的範疇，「一種內外一致的必然的作用，一種由精神而影響到生活，由生活而影響到精神的一貫的活動」[42]，用以指涉作家對於生活現實的整體立場與評價（理智的、情感的）。而李長之反覆強調著詩人（廣義上的）應和時代精神的無意識性與情感驅動性，例如魯迅，「在他也許是因為寂寞了，偏有那些愁慘的可憐的動物的生活，浮現在心頭，然而他這取材，卻無疑地作為此後文學運動的一種先聲，在他不意識地中間，他已反映了時代的要求了，他已呼吸著時代的氣息了。……詩人是不知不覺，而作了時代的代表的。所以我說詩人像是被動的，就是在這種意義上。詩人對事情不是用理智推來的，他是感到的。」[43]

---

40 李長之：〈魯迅批判〉，《李長之文集》（石家莊市：河北教育出版社，2006年），卷2，頁7。

41 李健吾：〈舊小說的歧途〉，《李健吾批評文集》（珠海市：珠海出版社，1998年），頁174。

42 李健吾（劉西渭）：〈愛情的三部曲〉，《咀華集》（上海市：文化生活出版社，1936年），頁6。

43 李長之：〈魯迅批判〉，《李長之文集》（石家莊市：河北教育出版社，2006年），卷2，頁38。

即如一向被視為推崇「無偏見的」「理智」的朱光潛，在論及陶淵明的思想時，也主張「詩人的思想和感情不能分開」[44]，詩人的思想是「從生活中領悟出來，與感情打成一片，蘊藏在他的心靈的深處」[45]，因而認為陳寅恪論述陶淵明思想時，「把淵明看成有意地建立或皈依一個系統井然、壁壘森嚴的哲學或宗教思想」未免是太「求甚解」，曲解了詩人的思想與性格。[46]

四　體驗與形式

當然，京派批評家們並不是個性至上主義者，他們的氣質與其說是浪漫主義的，不如說更傾向於古典主義（或者像李長之那樣，是一個嚮往古典精神的浪漫主義者），在他們的理論中，作家個性只是由現實生活邁向藝術表現的「天國歷程」上的一個驛站，雖然是極其重要的一個驛站。無論是生活體驗或是個性情感，要成為藝術的東西，還必須經由藝術形式的洗禮。

因此，形式化環節無疑成為京派批評家們理解中的人生與藝術之間的又一重中介。這一環節就是所謂「審美距離」，所謂「從旁觀照」。「這種外位（但不是冷漠態度）使藝術家能以其積極性從外部去融合雕飾和完成事件。」[47]我們可以看到，不僅僅是朱光潛，幾乎所有的京派批評家都推崇「藝術與現實生活拉開距離」，主張對生活實

44 朱光潛：〈詩論〉，《朱光潛全集》新編增訂本（北京市：中華書局，2012年），卷5，頁245。

45 朱光潛：〈詩論〉，《朱光潛全集》新編增訂本（北京市：中華書局，2012年），卷5，頁245。

46 朱光潛：〈詩論〉，《朱光潛全集》新編增訂本（北京市：中華書局，2012年），卷5，頁244。

47 〔俄〕巴赫金：《哲學美學》〈文學作品的內容、材料與形式問題〉，《巴赫金全集》（石家莊市：河北教育出版社，1998年），頁332。

行「冷靜地觀照」、「從容客觀地描寫」。李長之在《魯迅批判》中反覆指出，「藝術必須得和實生活有一點距離，因為，這點距離的所在，正是審美的領域的所在。」[48]李健吾更是對福樓拜式的「無我格」的客觀描寫推崇備至；而沈從文也說：「若把心沉靜下來，則我能清清楚楚地看一切世界。冷眼地作旁觀人，於是所見到的便與自己離得漸遠，與自己分離，彷彿便有希望近於所謂藝術了。」[49]

一方面是獨特而強烈的個性，鮮活的情感體驗與印象，另一方面卻是藝術形式的塑造所要求的遠距離觀照、冷靜客觀的描述。這二者顯然構成了強烈的矛盾與張力，京派批評家們時時在藝術傑作中發現這種矛盾與張力，在這其中，作者個性、情感評判與藝術手法之間，也即內容與形式之間，更多地是處於一種緊張的相互征服的對立統一的狀態之中，而不是像一般人所理解的那樣簡單地和平共處。

李長之反覆指出，魯迅的「豐盛強烈的情感」，往往在一種冷靜客觀的文體中得到充分的藝術的表現。「因為太豐盛而強烈了，倒似乎在那時可以憋著一口氣，反而更有冷冷地刻畫一番的能力，這樣，在似乎殘忍而且快意的外衣下，那熱烈的同情是含蘊於其中了，於是未始不可以成了審美的對象。」[50]不但是在《阿Q正傳》、〈風波〉、〈離婚〉等傑作中，「魯迅那種冷冷的，漠不關心的，從容的筆，卻是傳達了他那最熱烈，最憤慨，最激昂，而同情心到了極點的感情。」[51]即使是承擔戰鬥任務的雜感，也往往因為從容寫來而成為

48 李長之：〈魯迅批判〉，《李長之文集》（石家莊市：河北教育出版社，2006年），卷2，頁47。

49 沈從文：〈《阿黑小史》序〉，《沈從文全集》（太原市：北嶽文藝出版社，2002年），卷7，頁231。

50 李長之：〈魯迅批判〉，《李長之文集》（石家莊市：河北教育出版社，2006年），卷2，頁89。

51 李長之：〈魯迅批判〉，《李長之文集》（石家莊市：河北教育出版社，2006年），卷2，頁47。

「優美的筆墨」，例如，「魯迅之論『費厄潑賴』，生著氣是無疑的，然而他從從容容地把落水狗分為三種……意義是多麼隆重，而當時和章士釗、陳西瀅的筆戰也正酣，情勢又是多麼危急，可是那筆下竟是那麼從容，所以我們又有了一篇好文章了：是雍雅、清晰、而深沉的文章。」[52]

但是，即便是魯迅，也並不是每一篇作品都能達到這樣的藝術境界。各種因素都可能使作家無法完成對生活體驗的冷靜觀照與形式化塑造，因而使得作家的創作停留在這條藝術征途的中間而無法達到終點。

這其中，急切的社會關懷是京派批評家們經常警惕的藝術干擾因素。過於急切的社會關懷往往導致作家無法從現實生活關係的糾纏中超越出來，從藝術創作者的立場對自己的情感體驗與社會關懷進行藝術的（而不是純倫理的）觀照與評價。魯迅就是其中的一個例子。雖然魯迅的藝術個性適於寫抒情意味濃厚的作品，但是他創作這種抒情的文章卻不多，「小半的原因是因為魯迅碰到要攻擊的對象是太多了，他那種激昂的對於社會的關懷遂使他閒適不得。即是他的雜感，也每每不大從容，然而遇有從容的筆墨，卻一定是優美的筆墨。」[53]

京派批評家們心中的藝術極境是一種古典式的藝術理想，「真」與「自然」是他們經常掛在嘴邊的讚詞，而所謂「真」與「自然」，在他們這裡指的是「似真性」，也即是一種「藝術幻覺」——「一如真事的自然，如生長出來的。」而要做到這一點，需要李健吾所說的「藝術家的公平」，一種對現實進行公正客觀的刻畫與表現的心境；李健吾在評論蕭軍時指出，蕭軍（以及大多數左翼作家）的「政治的

---

52 李長之：〈魯迅批判〉，《李長之文集》（石家莊市：河北教育出版社，2006年），卷2，頁68-69。

53 李長之：〈魯迅批判〉，《李長之文集》（石家莊市：河北教育出版社，2006年），卷2，頁37。

愛戀不能讓他心平氣靜，人世的知識不能幫他刻畫。由於這種緣故，壞人都是可笑的，都是一副面孔；他們缺乏存在：他們不是『人』，只是一種障礙。……他表現的是自己（彷彿抒情的詩人），是意造的社會，不是他正規看出來的社會。」[54]與此相較，法捷耶夫卻有條件獲得一種較為超越的心境，在《毀滅》中能夠公平地描寫敵人勝利的原因。李健吾指出，「《毀滅》的作者，事過境遷，對於蘇俄懷有堅強的信念，曉得怎樣達到一個更高的藝術效果。……和我們相比較，法捷耶夫其實是幸運的，他有一個自己愛護的蒸蒸日上的國家。他不計較那些意氣作用。」[55]

無論藝術家是否徹底完成了對於生活現實的藝術征服，他在這個征服過程中仍然創造了各種水準類型均不相同的藝術體裁。可以說，藝術體裁是作者藝術地處理生活的整體手段與結果。其中整合了作家的個性氣質、社會實踐意向以及審美取向等主體的全部的「本質力量」，正是從這個意義上說，「作者兼創造者是藝術形式的基本因素」。[56]如李健吾所說，「談到創作，氣質具有無形的決定作用，然而對於人生和藝術的態度，理智而形成的清醒的認識，因為具有強力左右，往往做成一部作品和讀眾的橋樑或者鴻溝。為了達到目的，企圖在現實之上建築理想的國度，作家不期然而然就運用和各自心性吻合的方法，加強他的態度（所謂愛憎，或者如福樓拜所謂，只是一個觀察家的客觀態度，無所謂愛憎——那也就是態度），完成和各自人格相符的認識。於是文學運動，應運而生，標新立奇，提出一個驚人的口號，表示趨止，正好總括作家全人的存在：同時是氣質的流露，也

54 李健吾（劉西渭）：〈八月的鄉村〉，《咀華二集》（上海市：文化生活出版社，1942年），頁38。

55 李健吾（劉西渭）：〈八月的鄉村〉，《咀華二集》（上海市：文化生活出版社，1942年），頁37。

56 〔俄〕巴赫金：《哲學美學》〈文學作品的內容、材料與形式問題〉，《巴赫金全集》（石家莊市：河北教育出版社，1998年），頁358。

是態度的表白和方法的選擇。」[57]因此，無論是流派藝術範式或是個人藝術個性，都構成某種文學體裁（群體體裁或個人體裁），並成為作者實現從生活世界到藝術世界的自我征服的工具，成為人們理解藝術作品的一種中介。

在藝術體裁、生活體驗以及作家個性與創作意圖（或者態度）之間存在著複雜的相互掣動關係，這一關係決定了具體作品的最終面貌。這其中，有各方面協調統一的情形，例如卞之琳等現代派詩人，「他們厭惡徐志摩之流的格式（一個人工的技巧或者拘束）；這和現代的生活扞格；他們第一個需要的是自由的表現，然而表現卻不就是形式。內在的繁複要求繁複的表現，……他們所要表現的，是人生微妙的剎那，在這剎那（猶如現代歐西小說的趨勢）裡面，中外古今薈萃，空時集為一體。他們運用許多意象，給你一個複雜的感覺，一個，然而複雜。」[58]

在這裡，是對於現代生活的微妙的感覺導致了表現手法和體裁的選擇。二者之間是和諧統一的。然而，在許多情形下，作為藝術工具的體裁與其他因素之間卻往往構成某種不相和諧的關係，從而損害了藝術創造，使這一藝術遠征在半途停了下來。這可能是作家的創作個性與他選擇的文類不協調，作家將自己習慣與適應了的其他體裁的因素帶入了其中，例如沈從文論及郭沫若的小說時說：「他不會節制。他的筆奔放到不能節制。這個天生的性格在好的一個意義上說是很容易產生巨偉的著作。做詩，有不羈的筆，能運用舊的詞藻與能消化新的詞藻，可以作一首動人的詩。但這個如今卻成就了他做詩人，而累及了創作成就。不能節制的結果是廢話。廢話在詩中或能容許，在創

57 李健吾（劉西渭）：〈三個中篇〉，《咀華二集》（上海市：文化生活出版社，1942年），頁118。

58 李健吾：〈新詩的演變〉，《李健吾批評文集》（珠海市：珠海出版社，1998年），頁26。

作中成了一個不可救藥的損失。……所以看他的小說，在文字上我們得不到什麼東西。」[59]

或者，是作家個性化的個人體裁與新的題材（即生活）的衝突與矛盾。例如李長之所指出的：「魯迅不宜於寫都市生活，他那性格上的堅韌，固執，多疑；文筆的凝煉，老辣，簡峭，都似乎更宜於寫農村。寫農村，恰恰發揮了他那常覺得受奚落的哀感，寂寞和荒涼，不特會感染了他自己，也感染了所有的讀者。同時，他自己的倔強、高傲，在愚蠢、卑怯的農民性之對照中，也無疑給人們以興奮與鼓舞。都市生活卻不同了，它是動亂的，脆弱的，方面極多，局面極大，然而鬆，匆促，不相連屬，像使一個鄉下人之眼花撩亂似的，使一個慣於寫農民的靈魂的作家，也幾乎不能措手。在魯迅寫農民時所有的文字的優長，是從容，幽默，帶著抒情的筆調，轉到寫都市的小市民，卻只剩下沉悶、鬆弱、和駁雜了。」[60]

我們看到，作家主體個性與藝術客體的各種因素都在體裁這個中介因素中相遇匯合，如能相生相成，發揮出大於局部的整體功能，則成就了藝術，反之，則可能互相消解壓制，造成了藝術上的失敗與缺陷。

相對於京派批評家們而言，從生活到藝術的漫漫征途也許令左翼批評家們感到了更大的困擾。工欲善其事，必先利其器，越是對於藝術抱有急迫的功用心態，越是需要解決這個問題：如何才能使藝術真正適於充當社會革命的推進器？因此，當對馬列主義思想的初步了解在早期左翼批評家那裡引起的興奮沉澱下去之後，他們就不得不思考如何將自己的社會政治信念與藝術的、美學的要求結合起來的問題。

---

59 沈從文：〈論郭沫若〉，《沈從文全集》（太原市：北嶽文藝出版社，2002年），卷16，頁175。

60 李長之：〈魯迅批判〉，《李長之文集》（石家莊市：河北教育出版社，2006年），卷2，頁63。

這個問題經常在理論上呈現為「兩點論」的膚淺形態。茅盾的某些觀點是其典型：「一部作品在產生時必須具備兩個必要的條件：（一）社會現象全部的（非片面的）認識，（二）感情地去影響讀者的藝術手腕。兩者缺一，便不能成功一部有價值的作品，至少寫作此類作品的本來的目的因而不能達到；不但不能達到，往往還會發生相反的不好的影響。而這不好的影響也是兩方面的，一在指導人生方面，又一則在藝術的本身發展方面。」[61]這種認識模式也相應地產生了一種分析歸納主題思想、總結藝術特色「兩步走」的批評模式。即使是茅盾的作家論，也是以尋繹作家的思想內容與社會意義為主要目的。

社會意義與藝術風貌在觀念上的二元分立，不但在批評界，也在創作界都有相當的影響。尤其是作家們的政治意識與審美體驗方式尚無法融合成一個整體的時候，往往造成創作上的公式化、概念化。這就使得對公式主義的理論突圍成為一批傑出左翼批評家長期為之奮鬥的目標。

與京派批評家們不謀而合，左翼批評家們也想到了在創作主體的體驗上做文章。他們意識到，要使左翼文學能夠發揮自己所期待的社會功能，就要使它能夠從情感上、體驗上打動讀者，這就首先要求給讀者一種真實感。他們看到，「臉譜主義」、公式主義的描寫就是因為缺乏這種藝術幻覺而喪失了感人的力量。為了解決這一問題，左翼批評家們提倡挖掘作者個人體驗的潛能。這又分成兩種方式，一種就是提倡「寫自己熟悉的人和事」，充分地利用作者個人的體驗儲備。茅盾在〈從牯嶺到東京〉一文中提出了「應該以小資產階級生活為描寫的對象」的觀點，被某些左翼批評家指責為「要創造小資產階級文藝」，實際上，茅盾的這一觀點恰恰是出於解決生活體驗與社會革命

61 茅盾：〈《地泉》讀後感〉，《茅盾全集》（北京市：人民文學出版社，1991年），卷19，頁332。

欲求之矛盾的動機。茅盾指出，大多數從事革命文藝創作的作家都是小資產階級出身，他們的讀者群也主要是小資產階級群體，而以小資產階級生活為描寫的對象，則既可以發揮作者個人體驗的優勢，使作品可能獲得生活實感，同時又「能夠在尚能跟上時代的小資產階級廣大群眾間有一些作用」[62]，實現他所追求的推進社會革命的功能。

然而，如何藝術地表現與傳達社會生活中的「革命意義」，也即使得「革命意義」獲得一種令人信服的文學表達，仍然是一個難題。鑒於「公式主義」、「臉譜主義」的前車之鑒，茅盾提出了「體驗革命意義」的思路：「一切社會現象中都有革命意義，但作者的任務是從那些社會現象中去實地體驗出革命意義，而不是先立一革命的結論，從而『創造』社會現象（作品中的故事）。幾年前的盛行的『革命文學』就是那樣『創造』的，所以文學自文學，革命自革命，實際上並未聯在一起。」[63]

這一思路在胡風那裡獲得了充分的發揮。胡風指出，文藝思想所要求的「是廣大人民，特別是勞苦人民底負擔、潛力、覺醒、和願望」[64]這些「歷史內容」，「革命文藝底任務是要反映出這個偉大的時代底豐富的內容和火熱的渴求，在鬥爭裡面成長的堅強的性格，在重壓下面苦鬥的堅強的性格，在苦痛的生活負擔下面覺醒的善良的或堅強的性格，這正是非得在活生生的『感性的活動』裡面把握他們、創造他們不可的。」[65]對於這樣一種具有「革命意義」的現實，用一種

62 茅盾：〈讀《倪煥之》〉，《茅盾全集》（北京市：人民文學出版社，1991年），卷19，頁214。

63 茅盾〈《法律外的航線》讀後感〉，《茅盾全集》（北京市：人民文學出版社，1991年），卷19，頁348。

64 胡風：〈論現實主義的路〉，《胡風評論集》（北京市：人民文學出版社，1984年），下冊，頁284。

65 胡風：〈論現實主義的路〉，《胡風評論集》（北京市：人民文學出版社，1984年），下冊，頁334。

「邏輯公式平面上」的思想是無法把握與塑造的，胡風指出：「真正的詩人，就要能夠在『個人的』情緒裡面感受他們的感受，和他們一道苦惱，仇恨，興奮，希望感激，高歌，流淚……」[66]這種使「革命意義」在「感性的活動」中體驗化的過程，是一種相當艱難的過程。胡風充分地意識到了這種艱難，他往往用「搏鬥」、「戰鬥」、「突進」等等詞語來表達這一主觀精神世界的革命與改造的過程。他指出：「有革命性或革命要求的知識分子」，要克服自己和現實之間、和「人民的內容」之間的游離性，就必須「在實踐過程裡面深入人民底內容，使他的二重人格在『長期的甚至是痛苦的磨練』當中進行改造。」[67]而這必須「依靠著對於歷史現實底發展方向的承受，依靠著把自己放在反封建的鬥爭要求裡面，依靠著對於被革命思想所照明的人民底內容（負擔、潛力、覺醒、願望、和奪取生路）的深入。」[68]這也就是魯迅所說的，要創作革命的文藝，必須先做「革命人」。

這種思想強調的是作家主觀與現實生活——社會歷史的本質要求——在情感與感性體驗層次上的聯繫。作為這一切問題的最終的藝術解決方案，左翼批評家們將自己全部的社會實踐欲求與藝術設計落實在現實主義（或者革命現實主義）這一文學範式之上。而在這個時候，我們發現，雖然京派批評家對於形式化、距離化問題的觀點曾經多次受到左翼批評家的指責，但卻同時啟迪了左翼批評家對於文學理解。

儘管在反對公式主義的時候，左翼批評家們反覆強調生活體驗與藝術的內在聯繫，但是，他們其實非常清楚：「有了生活，不一定就

---

66 胡風：〈今天，我們的中心問題是什麼？〉，《胡風評論集》（北京市：人民文學出版社，1984年），中冊，頁117。

67 胡風：〈論現實主義的路〉，《胡風評論集》（北京市：人民文學出版社，1984年），下冊，頁324。

68 胡風：〈論現實主義的路〉，《胡風評論集》（北京市：人民文學出版社，1984年），下冊，頁324。

能寫出作品；作品中寫了生活，也不一定就是好作品。」周揚指出，作家還需要具備一種對於生活本身的超越精神。他引用王國維的論述（可能是朱光潛最常用的理論資源之一）：「詩人對宇宙人生，須入乎其內，又須出乎其外。入乎其內，故能寫之；出乎其外，故能觀之。入乎其內，故有生氣，出乎其外，故有高致。」對於「高致」，周揚的理解是，「在創作家主觀上說，是一種澄清如水，洞澈萬物的心境。」但是周揚認為自己所說的這種「高致」，與他所理解的朱光潛的那種「超然」是不同的：「這是超然物外，一絲不染嗎？是康德式的『無關心』嗎？是對生活缺少熱情嗎？都不是。這正是深味了人生的結果，熱情被控制的形式。大思想家大文學家都是能夠保持一種心境的平靜的。他們用血肉和生活搏戰過來，辨識了生活的每根纖維，直探了它的心臟，掌握了生活全部的規律，所以在任何變化面前都能從容自如。只有他們，才真懂得幽默。」[69]

周揚這段論述，顯然有與他心目中的朱光潛等京派批評家的觀念相辯駁的意圖，為此他甚至使用了對方常用的理論資源，但是我們卻可以發現，他所達到的理論觀點卻很難說與京派們有多大的差距。事實上，朱光潛一直認為，在偉大的文學中，「極上品的幽默」是與「高度的嚴肅」攜手並行的（一九三六年〈論小品文〉），在《詩論》中他更指出上品詩的詼諧是「表面上雖詼諧，骨子裡卻極沉痛嚴肅」的，在一九四八年的〈詩的嚴肅與幽默〉一文中更主張詩人對人生必須能入又能出——這些觀點實際上與周揚並無多大分歧。

因此，我們就可以毫不奇怪地看到並理解這種情形：這些傑出的左翼批評家們追求一種將主觀情感體驗與描寫對象融合一體的冷靜表現的現實主義範式。胡風的論述是具有代表性的：「我們所要求的情緒，一定是附著在對象上面的，也就是『和』對象『一同』放射的東

69 周揚：〈文學與生活漫談〉，《周揚文集》（北京市：人民文學出版社，1984年），卷1，頁328。

西。作者可以哭泣，可以狂叫，可以有任何種類的情緒激動，不但可以，而且還是應該的，但他卻不能把他的哭泣他的狂叫照直地吐在紙上，而是要壓縮在、凝結在那使他哭泣使他狂叫的對象裡面，那使他哭泣使他狂叫的對象底表現裡面。這樣，即令讀者在字面上看不見他的哭泣他的狂叫，但能夠從作者所表現的對象上，從那表現過程底顫動上感受到不能不哭泣，不能不狂叫的力量。只有這樣，文藝才能取得它的功用，也只有這樣，作家才算達到他的任務。」[70]

雖然京派批評家與左翼批評家在政治信念、社會關懷乃至文學趣味與批評風格上表現出極大的差異，並且在相互之間存在著衝突與誤解，但是我們看到，他們之間的距離並不像人們想像的那麼大，也不像他們自己想像的那麼大，他們在誤解中互相指摘，同時在誤解中互相啟迪，並且，在某些重要的理論層面上，他們似乎在無意中走到了一起。這些難得的共同理解是中國現代文學批評史留下的極為可貴的理論成果的一部分，這又一次向我們啟示：正是理論的衝突與對話構成了文學批評這一學科不斷發展的內在動力。

70 胡風：〈論戰爭期的一個戰鬥的文藝形式〉，《胡風評論集》（北京市：人民文學出版社，1984年），中冊，頁19。

結語
自由與秩序

京派批評是一種走向自覺的審美批評。在二十世紀三十年代中國政治文化背景的作用下，在周作人、胡適等自由主義文化人士的牽引影響下，經由左翼文學運動的逆反刺激，京派批評終於在北平故都挑起了自己標榜獨立與超然的審美旗幟，這派批評不但通過繼承與反思「五四」前輩的精神遺產而明確了自己的「文學代」意識，更在與左翼文學及左翼批評的衝突與對話中確立了自己的審美個性傾向，我們看到，通過這一系列的對話，審美的批評不僅進一步認識與確認了自身，並不斷向人們強調自身無可迴避的存在意義，同時在對話機制的雙向制衡與刺激之下不斷反思與回顧文學批評自身的審美維度與社會關懷維度之間的張力關係，並且通過以審美的方式對社會功利意識進行包容和化合──而不是拒斥與迴避──而得到真正的自覺與確立。它提示人們，批評不僅僅是一種對於某些特定文學作品的解讀與評價，它似乎還應該承擔起某種關聯於整個社會倫理與群體生存的使命。但是，與此同時，正如人們所了解的，批評的基本行為就是對於文學的解讀，因此，無論人們對批評寄予了何種希望，它都無法脫離一個根本層面，即它所有的目標都必須而且似乎只能借助對文學發言的方式來達成。如果說，文學包含了人類的體驗的話，那麼，這種體驗的意義只有通過某種方式的閱讀，也即通過批評，才可以得以闡明，正如弗萊所說的，藝術沉默不語，但是批評卻可以說話。因此，我們可以說，批評就是使文學說話，是使當代體驗的意義得以闡明，為人們自己所意識。如果說詩人在歷史中一直充當著人類的導師的話，那是因為他們提供了一種資源，而批評家則利用這種資源創造意義，使這些資源進入了當代人的情感體驗之中，因此，批評家提供了了一種體驗的路徑，這條路徑上匯集了一個社會全體成員的過去、現在與未來，在這種體驗中，包含了一個社會對自己的全部自我意識，即有關人們從哪裡來，到哪裡去，現在何處等等問題的全部知識。從這個意義上說，批評家更是人類的導師，但是批評家所提供的東西雖然超越於文學，卻不能脫離於文學，它不是以一種從外部強加於文學的方式來對文學發言，而是以一種從文學中產生的原則來適用於文學，這就是一種想像與體驗的方式。也就是說使人們以某種方式感受與思考，也即以某種方式進行體驗，才是批評家的訓導方式。也許正是出於這樣一種認識，京派批評家們一直致力於開掘與鋪設一條匯合社會關懷與審美追求的批評之路，也即通過使這條批評之路成為一條審美文化的重建與再造之路，通過在充分利用中西文化傳統與批評傳統的前提下重新熔鑄全民（審美）文化，而使得民族生命活力獲得全面的整合與提升。

為了盡可能最大範圍地匯合與利用現有的文化資源，以形成盡可能廣闊深厚的文化地基，京派批評家們大力崇揚「自由生發，自由討論」的文化對話原則。而京派批評與左翼批評之間的對話則在一定的程度上實現了這一文化的多元並行、對話競爭的設計與期望。但與此同時，我們也看到，這一實現確實是非常有限的，這場對話實際上是在一種對話條件與對話意識都不完整的情形之下發生的扭曲的對話。當時的民族危亡與革命鬥爭構成了社會主導旋律，在政治上，爭奪國家政權與主權的鬥爭、在文化領域，對於統一性話語霸權的爭奪都達到了白熱化的地步，幾乎每一個勢力集團（無論是政治的還是文化的）都將這種領導權與霸權的爭奪看成事關自身生死的事情，而就社會群體來說，選擇哪一個勢力集團幾乎就意味著選擇一條群體的生存出路。而所謂「自由生發，自由討論」的這樣一種多元共存的發展格局，只有在一個穩定而開放的社會中，當群體生存已經獲得保障，

「其中國家政權對保持它們（即各個文化勢力集團——引者注）之間的和平負責」[1]也即保證它們作為對話主體的資格平等的前提下，才能成為可能。然而，在三、四十年代，這樣一種文化構思只能說是一種無法實施的奢望，我們看到，這場對話時時牽扯著政治霸權意識，有些左翼批評家時常無法克服以簡單粗暴的階級鬥爭與政治革命的權勢判決來壓服對手的欲望，甚而最終使這場對話與爭論演變成一方對另一方的政治上的終審判決，使得這一對話中本來含有的學術內涵完全流失在歷史的荒漠之中。即使是一些優秀的左翼批評家在一些問題上達到了與京派批評家們相同的理解的時候，仍然有意無意地拒絕承認這其中的學理上的相通性，從而錯過了一次相互溝通以及將理論的對話與爭論進一步深化下去的機會。另一方面，人們也可以看到，京派批評家們也時時流露出一種學院派精英的優越感與身分感，對於左翼批評家們所操用的一套馬克思主義的學理，他們大多數都感到隔膜與陌生，但卻很少想到去進行深入的了解（在當時的政治環境中，也許我們也不能苛責他們，但是，在這一點上他們和因被「擠」而去閱讀了馬列主義著作的魯迅確實顯示出完全不同的態度），不僅如此，在他們感到大眾文化與左翼文化對他們的文化精英地位的擠壓與挑戰的時候，內心深處的這種知識分子的精英意識與優越感，更促使他們將這視為文化秩序崩潰與文化涵量流失的表現，並且不由自主地顯示出一種輕蔑與厭棄的態度，而在意識到這種大眾文化與左翼文化的巨大影響力時，他們又會由於憂慮與焦灼而做出一些與他們竭力標榜的「公平交易」的「紳士風度」所不相稱的過激反應，對於這些大眾文化與左翼文化進行一種並不寬容的指責與攻擊。他們在對固守自己的文化陣地感到困難的時候，甚至時時會天真而一廂情願地希望通過當

1　〔加〕諾思諾普・弗萊撰，王逢振、秦明利譯：《批評之路》（北京市：北京大學出版社，1998年），頁71。

時政權的官方權威來支持與擴展自己的知識精英的精神權威，在不知不覺當中完全偏離了他們自己提出的「自由生發，自由討論」的文化發展原則。

可以說，京派批評家們仍然具備了一種急切的啟蒙式的願望，一種將自己的文化設計推而廣之，使之成為全民文化的願望。與他們所標榜的「自由生發，自由討論」的文化發展策略相比，這種願望對於自己的文化設計表現出更多的自信。正是因此，他們才會希望借助政府這一國家權力機器來推廣他們的文化理想與藝術理想，因為「國家來作這件事，等於向全國中優秀腦子和高尚情感投資，它的用意是尊重這種腦子並推廣這種情感。」[2]很顯然，面對一種在他們看來是「禮崩樂壞」的喪失秩序感的文化局面，京派批評家們都抱有一種類似「重振綱紀」的使命感與責任感。在他們看來，現代中國社會顯然是一個混亂失序的社會，社會成員缺乏共同的集體意識，為了一己私利互相鬥爭、傾軋，以至於瓦解了整個民族的生命力量；與此同時，原先構成全體國民的體驗模式之基礎的傳統文化，也在西方文化的衝擊與挑戰下面臨被消解的危機，整個文化感受的場域中佈滿了源自不同文化的碎片，卻無法形成一個有機完整的統一體。因此，必須有人致力於文化統合的工作，重新建構起一種集情感體驗與理性認知乃至信仰確證為一體的文化感受模式，並對國民承擔一種文化教化的義務，通過實施某種啟蒙性的或宗教式的文化運動，使這個社會成為一個有活力的整體。而承擔這一工作的當然是他們這些受過教育的人文知識分子。在這種思想當中，既有他們承自歐美的人文主義觀念，也有中國傳統的士大夫精神。

但是，與此同時，他們也深深地感到這種領導群體的任務的艱巨

2　沈從文：〈小說與社會〉，《沈從文全集》（太原市：北嶽文藝出版社，2002年），卷17，頁305。

性。首先是，人文知識分子作為社會精神領袖的地位在現代中國已經遭到了挑戰與瓦解，即使是他們操作得最為嫻熟的武器——文學，隨著教育的相對普及以及文化流通機制的確立、黨派政治與國家專制權威的介入，他們也已經逐漸喪失對它的主控權，文學政治化、商業化已是社會潮流，相當一部分曾經操持啟蒙任務的文人，如周作人、林語堂等，已經走入個人化的狹小圈子，傾向於放棄社會關懷。京派批評家們對此無疑感到了某種焦慮。

他們感到了發言的困難，這種困難來源於一種喪失精神權威與話語權威的感覺。這種感覺的產生不僅僅由於上述的地位失落，也由於文化傳統的衰落與裂解而導致知識分子與社會群體以及歷史失去了精神聯繫，這更使他們感到焦慮。而他們首先想要做與能夠做的，就是重建文化傳統，為這個社會提供一個具有全民性的文化與體驗方式，這種全民文化是一套信念與知識，但又超乎其上，是一種深入人們心靈的體驗與想像的方式，它既具有普遍性，同時又具有個人性，是一種全民共通的體驗方式。京派批評家們正是企圖通過建立這樣一種想像與情感的模式來恢復自己與社會、與群體的聯繫路徑，也恢復自己與歷史——精神的歷史、民族的歷史——的聯繫。正是因為這些理由，他們極力呼喚與期盼「中國的文藝復興」，並致力於一種自覺的審美的文學批評。

但是，對於當時的社會與文化狀況而言，他們所操持的文化確實是一種精英文化，北平古城、大學校園、昂貴的教育以及優雅的文人沙龍氛圍支持著這種文化，同時也限制住了這種文化。這註定了這種文化在當時所能傳播的範圍是狹窄的，這一點，甚至連京派作家自己也多少有所意識。沈從文在〈新的文學運動與新的文學觀〉中寫道：「國家民族憂患加深，個人責任即加重。尤其是中產階級分子中責任加重。……新的文學觀，毫無可疑，它應當在啟迪征服社會中層分子著眼。」[3]朱光潛在檢討中國文化的時候也堅持認為，「君子之德風，小人之德草，草上之風必偃」，在任何社會，開導風氣，影響實際政治的，都是少數知識分子[4]。很顯然，這種「中產階級文化」的自我定位與他們「將民族的弱點加以修正」的文化宏願是存在矛盾的，或者說，他們所謂的民族、文化主要指的是知識分子的精英文化，對於下層的、作為一個民族的文化的基礎與生命力之源的民間的、大眾的文化則在很大程度上忽略了，這不能不說是一種認識上的偏狹。這也顯示出，他們的文化秩序重建與文化啟蒙思路下仍然隱藏了對於文化的精神權威的訴求。而當他們對精神權威的訴求在當時以衝突與動盪為主要特徵的時代現實中受到冷落與打擊的時候，又往往不自覺地走向另一面，也即在他們自己的藝術與審美趣味中自得其樂，聊以解憂，因此，他們雖然時時在論證他們的人文理念、藝術體驗與審美範式作為一種民族群體關懷方式的積極價值，有時甚至極力強調自己個人性的藝術天地與社會大眾、時代進程之間的內在關係，但是，在當時的社會條件下，這種內在的文化壁壘還是離間了他們與在亂世中「求生求勝」的普通民眾的生存樣態，在更多的時候，他們的文化設計與藝術建構仍然主要是充當了他們撫慰自己的焦灼與惶恐心靈的安慰劑。

然而，京派批評家們的文化構想並不是一種完全空洞的囈語，至少在今天，在歷史的烽煙早已消散的時候，他們的文化設計終於顯現出重要的啟示價值。

人們可以看到，京派批評家們把自己的社會關懷意向全部寄託在文化甚至是知識分子文化——的建設與改造之上，從某種程度上來

3 沈從文：〈新的文學運動與新的文學觀〉，《沈從文全集》（太原市：北嶽文藝出版社，2002年），卷12，頁51。

4 參見朱光潛：〈蘇格拉底在中國（對話）——談中國民族性和中國文化的弱點〉，《朱光潛全集》新編增訂本（北京市：中華書局，2012年），卷7，頁286。

說，這是文化操持者所無法超脫的侷限，也是文化操持者所唯一可能營造的夢想。但是，一個民族的文化更多地取決於這個民族的每一個個體所面臨與獲得以及可能獲得的政治、經濟以及教育環境，「京派」在很大程度上侷限於學院之內，顯然，他們所試圖構建與推廣或擁有的這一套文化以及體驗方式正是以特定政治、經濟結構所支持的某種教育為知識來源基礎以及維持與傳播機制的，在當時，它與遍佈這個國家的窮鄉僻壤與十字街頭乃至血火戰場有著嚴重的隔膜，也正是由此，構成了其精英文化的某種自我封閉性，並使其文化意圖受到了極大的阻遏，而他們對群眾性社會運動的遠離與拒斥又往往加強了這種封閉性，這使得他們的文化訴求始終缺乏一種與全民大眾的文化生活狀況實現溝通乃至互動的渠道。

這種渠道的獲得，顯然需要一些條件，首先是文化霸權意識的淡化，從而確立各文化主體的平等地位；其次，相對開放的公共空間，使各種社群能夠獲得互交流的場所；再次，知識獲取途徑與教育的普及化，使得大眾文化主體能夠形成並從中產生代言人。只有在這些基礎上，所謂「自由生發，自由討論」的文化構想才有可能實現，在這個文化對話的過程中，知識分子文化與大眾文化以及其他文化類型才可能以平等的地位與身分進行對話，而且由於教育的普及，文化壁壘將變得相對容易跨越，大眾有可能理解知識分子的精英文化，而精英文化也有可能真正向大眾文化滲透與傳遞，在這個基礎上，雖說並不可能完全打破各文化類型之間的文化壁壘，但卻更有可能展開一種啟蒙─對話式的文化互動，並在這個過程中，各文化主體能夠充分利用既有文化資源，進行文化的再創造，並刺激與啟迪其他文化主體進行新的創造。這時，全民文化的塑造過程就不是一個角逐精神權威的王座的過程，真正的全民文化也不是一種固定的規範類型，而是全民參與的永無完結的多維多向的創造過程，是由每一個個體充分展示其個性並在對話中擴展與調整個性的全民文化創造過程，人們聽到的將是廣場上對話的喧聲，而不是某個人或某些文化集團的獨白。也只有在這個時候，覺醒的眾多主體才會迸發出強大的創造力，將整個民族推上生存的高峰。京派派批評家們所期望的由文化動力產生社會進步動力，由文化復興而推動民族復興的景象才可能呈現。

回到關於文學批評本身的問題上來，我們可以認為，京派批評為中國現代文學批評史提供的這種自覺的審美批評的範式也許比他們的文化設計具有更加重要的意義。正是通過這些出自於文學自身的審美的與詩學的批評，京派批評家們支撐起了自己的文化理想與文化設計，並且使自己的文化理解堅實地沉積到整個民族源遠流長的審美文化之流的河床上去，與古遠以來的民族審美文化的歷史性體驗合為一體，成為這個民族不斷變遷、不斷豐富的精神礦藏的一部分，時至今日，仍然經得起我們這些後來者不斷的重新審視與考量。這種審美的、詩學的批評，既是文學的，又是文化的，由於它緊緊地依託著文學經驗的大地，面對著代代傳閱的文學文本，它的言說同時向著歷史、當下、與未來，它的語言與聲音不僅僅是理性的、觀念的，更是情感的、體驗的，不僅儲存在這個民族的記憶庫之中，更將經由文學作品審美形式的共振，不斷地在我們一代代後來者的心靈中響起，激發出新的對話和言說，從這個意義上說，京派批評的理論成就不僅僅屬於歷史，更應該屬現在與未來。

參考文獻

一

朱光潛　《朱光潛全集》　新編增訂版　北京市　中華書局　2012年

沈從文　《沈從文文集》　花城出版社、三聯書店香港分店　1984年

沈從文　《沈從文批評文集》　珠海市　珠海出版社　1998年

沈從文　《沈從文全集》　太原市　北嶽文藝出版社　2002年

李健吾　《李健吾批評文集》　珠海市　珠海出版社　1998年

李健吾　《李健吾文學評論選》　銀川市　寧夏人民出版社　1983年

李健吾　《咀華集》　花城出版社　1984年

李健吾　《福樓拜評傳》　長沙市　湖南人民出版社　1980年

梁宗岱　《梁宗岱文集》　北京市　中央編譯出版社　2003年

梁宗岱　《梁宗岱批評文集》　珠海市　珠海出版社　1998年

梁宗岱　〈屈原〉　《詩與真・詩與真二集》　北京市　外國文學出版社　1984年　華胥社叢書之一　1941年

李長之　《李長之文集》　石家莊市　河北教育出版社　2006年

李長之　《李長之批評文集》　珠海市　珠海出版社　1998年

李長之　〈魯迅批判〉　上海市　上海北新書局　1935年

李長之　《批評精神》　重慶市　南方印書館　1943年

李長之　《道教徒的詩人李白及其痛苦》　長沙市　商務印書館　1940年

李長之　《苦霧集》　重慶市　商務印書館　1943年

李長之　《迎中國的文藝復興》　上海市　商務印書館　1946年

李長之　《中國畫論體系及其批評》　重慶市　獨立出版社　1944年
李長之　《司馬遷之人格與風格》　北京市　生活·讀書·新知三聯書店　1984年
李長之　《北歐文學》　重慶市　商務印書館　1944年
李長之　〈王國維文藝批評著作批判〉　《文學季刊》創刊號（1934年11月）
《王國維文集》　北京市　中國文史出版社　1997年
《胡適文存》　合肥市　黃山書社　1996年
《胡適文集》　北京市　北京大學出版社　1998年
《胡適書信集》　北京市　北京大學出版社　1996年
《胡適往來書信選》　北京市　中華書局　1979年
《魯迅全集》　北京市　人民文學出版社　2005年
《周作人文類編》卷一至卷十　長沙市　湖南文藝出版社　1998年
《梁實秋批評文集》　珠海市　珠海出版社　1998年
《梁實秋論文學》　臺北市　時報文化出版公司　1984年
《茅盾全集》　北京市　人民文學出版社
《周揚文集》　北京市　人民文學出版社　1984年
《胡風評論集》　北京市　人民文學出版社　1984年
馮雪峰　《雪峰文集》　北京市　人民文學出版社
《新文學里程碑·評論卷》　上海市　文匯出版社　1997年

二

《中華教育文化基金會報告》　第一次至第十四次　1926-1939年
王哲甫　《中國新文學運動史》　上海市　上海書店　1986年　據北平傑成書局1933年版影印
楊晉豪編　《二十三年度中國文藝年鑒》　北京市　北新書局　1935年

李何林編　《中國文藝論戰》　西安市　陝西人民出版社　1984年
胡適編選　《中國新文學大系·第一集·建設理論集》　上海市　良友圖書公司　1935年　上海文藝出版社1980年影印
鄭振鐸編選　《中國新文學大系·第二集·文學論爭集》　上海市　良友圖書公司　1935年　上海文藝出版社1981年影印
《中國新文學大系（1927-1937）·第一集·文學理論集1》　上海市　上海文藝出版社　1987年
《中國新文學大系（1927-1937）·第二集·文學理論集2》　上海市　上海文藝出版社　1987年
《中國新文學大系（1937-1949）·第一集·文學理論卷1》　上海市　上海文藝出版社　1990年
《中國新文學大系（1937-1949）·第二集·文學理論卷2》　上海市　上海文藝出版社　1990年
胡頌平編著　《胡適之先生年譜長編初稿》　臺北市　聯經出版事業公司　1984年
張菊香主編　《周作人年譜》　天津市　南開大學出版社　1985年
吳福輝編　《京派小說選》　北京市　人民文學出版社　1990年
《楊義文存》　《中國現代文學流派》卷4　北京市　人民出版社　1998年
許道明　《京派文學的世界》　上海市　復旦大學出版社　1994年
溫儒敏　《中國現代文學批評史教程》　北京市　北京大學出版社　1993年
許道明　《中國現代文學批評史》　南京市　江蘇文藝出版社　1995年
〔斯洛伐克〕瑪利安·高利克撰　陳聖生、華利榮、張林傑、丁信善譯　《中國現代文學批評發生史（1917-1930）》　北京市　社會科學文獻出版社　1997年

賴力行　《中國古代文學批評學》　武漢市　華中師大出版社　1991年
勞承萬　《朱光潛美學論綱》　合肥市　安徽教育出版社　1998年
王攸欣　《選擇・接受與疏離——王國維接受叔本華、朱光潛接受克羅齊美學比較研究》　北京市　生活・讀書・新知三聯書店　1999年
文潔華主編　《朱光潛與當代中國美學》　香港　中華書局（香港）有限公司　1998年
商金林　《朱光潛與中國現代文學》　合肥市　安徽教育出版社　1995年
淩　宇　《沈從文傳》　北京市　北京十月文藝出版社　1988年
《文人畫像——名人筆下的名人》　上海市　上海三聯書店　1996年
曹聚仁　《文壇五十年》　濟南市　東方出版中心　1997年
曠新年　《1928：革命文學》　濟南市　山東教育出版社　1998年
錢理群　《周作人傳》　北京市　北京十月文藝出版社　1990年
雷啟立　《苦境故事——周作人論》　上海市　上海文藝出版社　1996年
徐靜波　《梁實秋：傳統的復歸》　上海市　復旦大學出版社　1992年
劉炎生　《才子梁實秋》　南昌市　百花洲文藝出版社　1996年
魯西奇　《梁實秋傳》　北京市　中央民族大學出版社　1996年
甘少蘇　《宗岱和我》　重慶市　重慶出版社　1991年

三

中國社會科學院科研局編　《中國社會科學前沿報告（1998）》　北京市　社會科學文獻出版社　1998年

《巴赫金全集》 石家莊市 河北教育出版社 1998年
吳岳添編 《法朗士精選集》 濟南市 山東文藝出版社 1997年
〔義〕克羅齊撰 朱光潛、韓邦凱等譯 《美學原理·美學綱要》 北京市 外國文學出版社 1987年
〔美〕艾布拉姆斯撰 酈稚牛、張照進、童慶生譯 《鏡與燈》 北京市 北京大學出版社 1998年
〔美〕琉威松編撰 傅東華譯 《近世文學批評》 上海市 商務印書館 1928年
〔德〕瑪爾霍茲撰 李長之譯 《文藝史學與文藝科學》 重慶市 商務印書館 1943年
〔德〕康德撰 宗白華譯 《判斷力批判》 北京市 商務印書館 1964年
〔德〕弗里德利希·席勒撰 張玉能譯 《秀美與尊嚴》 北京市 文化藝術出版社 1996年
伍蠡甫編 《西方文論選》 上海市 上海譯文出版社 1979年6月新1版
馬奇主編 《西方美學史資料選編》 上海市 上海人民出版社 1987年
《外國現代文藝批評方法論》 南昌市 江西人民出版社 1985年
史亮編 《新批評》 成都市 四川文藝出版社 1989年
趙毅衡編 《新批評文集》 北京市 中國社會科學出版社 1988年
〔英〕托·斯·艾略特撰 李賦寧譯 《艾略特文學論文集》 南昌市 百花洲文藝出版社 1994年
《波佩的面紗——日內瓦學派文論選》 北京市 社會科學文獻出版社 1995年
Wilhelm Dilthey *Philosophy of existence: introduction to Weltanschauungslehre* London Vision 1960

〔德〕伽達默爾撰　洪漢鼎譯　《真理與方法》　上海市　上海譯文出版社　1999年

周國平譯　《悲劇的誕生——尼采美學文選》　北京市　生活·讀書·新知三聯書店　1986年

〔美〕韋勒克、沃倫撰　劉象愚譯　《文學理論》　北京市　生活·讀書·新知三聯書店　1984年

〔美〕葉維廉　《中國詩學》　北京市　生活·讀書·新知三聯書店　1992年

〔加〕諾思諾普·弗萊撰　王逢振、秦明利譯　《批評之路》　北京市　北京大學出版社　1998年）

〔加〕諾思洛普·弗萊撰　陳慧、袁憲軍、吳偉仁譯　《批評的剖析》　天津市　百花文藝出版社　1998年

〔法〕阿爾貝·蒂博代撰　趙堅譯　《六說文學批評》　北京市　生活·讀書·新知三聯書店　1989年

〔美〕拉爾夫·科恩主編撰　程錫麟等譯　《文學理論的未來》　北京市　中國社會科學出版社　1993年

〔波蘭〕符·塔達基維奇撰　褚朔維譯　《西方美學概念史》　北京市　學苑出版社　1990年

蔣孔陽　《德國古典美學》　北京市　商務印書館　1980年

Immanuel Kant（康德）　*The Critique of Judgement*（《判斷力批判》）　Oxford　Oxford University Press 1952

The Cambridge Companion to Kant（《坎布里奇康德手冊》）　Cambridge　Cambridge University press 1992

〔蘇〕瓦·費·阿斯穆斯撰　孫鼎國譯　《康德》　北京市　北京大學出版社　1987年

陳　偉　《崇高論》　上海市　學林出版社　1992年

王一川　《意義的瞬間生成》　濟南市　山東文藝出版社　1986年

劉小楓　《詩化哲學》　濟南市　山東文藝出版社　1986年
〔英〕阿倫・布洛克撰　董樂山譯　《西方人文主義傳統》　北京市　生活・讀書・新知三聯書店　1997年
〔美〕丹尼爾・貝爾撰　趙一凡、蒲隆、任曉晉譯　《資本主義文化矛盾》　北京市　生活・讀書・新知三聯書店　1989年
〔德〕馬克斯・韋伯撰　于曉、陳維綱等譯　《新教倫理與資本主義精神》　北京市　生活・讀書・新知三聯書店　1987年
〔美〕克利福德・格爾茲撰　納日碧力戈等譯　《文化的解釋》　上海市　上海人民出版社　1999年
汪暉、陳燕谷主編　《文化與公共性》　北京市　生活・讀書・新知三聯書店　1998年
張岱年、程宜山　《中國文化與文化論爭》　北京市　中國人民大學出版社　1990年
陳衛平　《第一頁與胚胎——明清之際的中西文化比較》　上海市　上海人民出版社　1992年
陳鼓應注譯　《莊子今注今譯》　北京市　中華書局　1983年
〔美〕理查德・克萊恩撰　樂曉飛譯　《香煙——一個人類痼習的文化研究》　北京市　中國社會科學出版社　1999年
蘇　力　《閱讀秩序》　濟南市　山東教育出版社　1999年
朱智賢、林崇德　《思惟發展心理學》　北京市　北京師範大學出版社　1986年
〔英〕E.H.貢布里希撰　楊思梁、徐一維譯　《秩序感》　杭州市　浙江攝影出版社　1987年

修訂後記

這本書原是我的博士論文，二〇〇二年曾由上海三聯書店出版。過了這麼多年，回頭看看，似乎仍然可以認同當年的大多數觀點，從這角度看，這本書也許還有些價值，但從另一個角度看，這也許就說明了自己這些年沒有多少進步吧。但是最讓我不安的是其中大多數的引文注釋都粗率而不規範，按現在的學術界的標準，是絕對不合格的。現在既然要再次出版，正好可以趁此機會好好修訂一番，以彌補當年的遺憾。

過了這麼多年，出版界與學術界都發生了很大的變化，當年寫作時費盡力氣才搜集到的資料，現在大多都出版了比較完備的全集或文集，為了方便讀者，我將原書中相當一部分引文出處儘量都換成了近幾年新出版的較為完備的版本。原來因容量所限而刪去的〈網際人語〉一章現也加以恢復，並做了較為深入的修改，其他各章也在原有思路框架基礎上或增加了一些資料，或增加了更為深入的論述，有些現在看來不甚恰當的觀點與表述也進行了調整。從這個意義上說，這是一個增訂本，多少體現了我這幾年在這個論題上的一些新的研究心得。

每當為一本書寫下一些總結性的心得與感想的時候，我都會不由自主地想起我的博士導師程正民教授，在他的指導與帶領下，我才多少摸到了學術研究的門，先生的人格與學術素養一直成為我這幾年從教與從學的一個榜樣，使我在工作與研究方面有一個基本的追求而不至於迷茫，我永遠從心底感謝程老師。

也感謝福建師範大學文學院的領導、老師與同事們，在我的教學與科研工作中一直幫助和支持我。最後，感謝福建師大文學院將此書列入入臺圖書出版計劃，使我有機會對本書進行修訂，並再次出版。

二〇一八年八月寫於福州

作者簡介

黃　鍵

一九七〇年生，福建莆田人氏。二〇〇〇年畢業於北京師範大學中文系，獲文學博士學位，現為福建師範大學文學院教授，長期從事中國現代文學與文論研究，著有《文化保守主義思潮與中國現代文藝批評》等專著，並在《文學評論》等學術刊物上發表論文若干。

本書簡介

本書對中國現代文學史上的重要文學流派——「京派」的文學批評方面的成就進行考察，從「京派」的歷史形成、「京派」批評家的個案研究、「京派」文學批評與中國傳統文化精神的關係、「京派」批評家在批評思維與批評術語方面融通中西的方式及其成就、「京派」批評家與左翼批評家的理論衝突與對話等方面進行分析與研究，力圖發掘「京派」文學批評對於當代中國現代文藝批評的啟示性意義。

福建師範大學文學院百年學術論叢·第五輯 1702E09

京派文學批評研究（修訂版）

作　　者 黃　鍵
總 策 畫 鄭家建　李建華

發 行 人 陳滿銘
總 經 理 梁錦興
總 編 輯 陳滿銘
副總編輯 張晏瑞
編 輯 所 萬卷樓圖書股份有限公司
排　　版 林曉敏
印　　刷 百通科技股份有限公司

發　　行 萬卷樓圖書股份有限公司
臺北市羅斯福路二段 41 號 6 樓之 3
電話 (02)23216565
傳真 (02)23218698
電郵 SERVICE@WANJUAN.COM.TW
香港經銷 香港聯合書刊物流有限公司
電話 (852)21502100
傳真 (852)23560735

ISBN 978-986-478-265-9
2019 年 5 月再版
2019 年 1 月初版
定價：新臺幣 460 元

如何購買本書：

1. 劃撥購書，請透過以下郵政劃撥帳號：
帳號：15624015
戶名：萬卷樓圖書股份有限公司
2. 轉帳購書，請透過以下帳戶
合作金庫銀行 古亭分行
戶名：萬卷樓圖書股份有限公司
帳號：0877717092596
3. 網路購書，請透過萬卷樓網站
網址 WWW.WANJUAN.COM.TW

大量購書，請直接聯繫我們，將有專人為您服務。客服：(02)23216565 分機 610

如有缺頁、破損或裝訂錯誤，請寄回更換

國家圖書館出版品預行編目資料

京派文學批評研究 / 黃鍵著. -- 再版. -- 臺北市 : 萬卷樓, 2019.05
面 ; 公分. -- (福建師範大學文學院百年學術論叢. 第五輯 ; 1702E09)
ISBN 978-986-478-265-9(平裝)

1.中國文學史 2.文學流派 3.文學評論

820.8　108000224